# 比较文学与世界文学 研究丛书

主编 曹顺庆

三编 第 **18** 册

## 韩国古代文人的唐宋诗观研究

朴哲希 著

花木兰文化事业有限公司

国家图书馆出版品预行编目资料

韩国古代文人的唐宋诗观研究／朴哲希 著－－初版－－新北市：
花木兰文化事业有限公司，2024〔民113〕
目 4+256 面；19×26 公分
（比较文学与世界文学研究丛书 三编 第 18 册）
ISBN 978-626-344-817-9（精装）
1.CST：唐诗 2.CST：宋诗 3.CST：研究考订 4.CST：韩国
810.8                                113009374

比较文学与世界文学研究丛书
三编　第十八册　　　　　　ISBN：978-626-344-817-9

## 韩国古代文人的唐宋诗观研究

作　　者 朴哲希
主　　编 曹顺庆
企　　划 四川大学双一流学科暨比较文学研究基地
总 编 辑 杜洁祥
副总编辑 杨嘉乐
编辑主任 许郁翎
编　　辑 潘玟静、蔡正宣　美术编辑 陈逸婷
出　　版 花木兰文化事业有限公司
发 行 人 高小娟
联络地址 台湾235 新北市中和区中安街七二号十三楼
　　　　　电话：02-2923-1455／传真：02-2923-1452
网　　址 http://www.huamulan.tw 信箱 service@huamulans.com
印　　刷 普罗文化出版广告事业
初　　版 2024 年 9 月
定　　价 三编 26 册（精装）新台币 70,000 元

# 韩国古代文人的唐宋诗观研究

朴哲希 著

## 作者简介

朴哲希，男，朝鲜族。现为辽宁师范大学文学院讲师，文学博士，硕士生导师。主要研究方向为东亚文学与比较文学、东方诗学。目前，主持完成辽宁省社科基金项目一项，在研辽宁省社科基金项目一项，参与国家社科基金项目两项；出版专著（《朝鲜新罗时期文学思想研究》，民族出版社）一部；发表论文二十三篇，其中在《外国文学研究》《浙江学刊》《国际汉学》等 CSSCI 来源期刊发表论文十篇。研究成果曾获吉林省社科优秀成果奖。

## 提　　要

　　针对当下备受学界关注的中国文论"失语症"及东方文论话语重建问题，本书从唐宋诗的域外影响这一论题出发，将其置于东亚汉文化圈的整体视域内展开探讨。通过运用比较文学影响研究、变异研究等方法，剖析韩国古代文人对中国诗学的接受与变异，重新审视中国古典文论的价值，证明中国文论在域外的巨大影响力。从而为阐明东亚文论如何自成体系，并为全球化视野下构建起东方文论话语体系提供一些有益见解。即，一是整合国内外文献资源，夯实文本资料基础，重视原始文献的分类与整理。二是以还原文学现场为出发点，重在突出中韩两国文人唐宋诗观的差异性。在几经反复的尊唐黜宋和远唐近宋的经验与反思中，寻找韩国古典诗学在哪些方面接受了唐宋诗，又发生了哪些变异现象。从中探寻域外诗学不同于中国诗学的真正原因。三是在历史文化场域中，通过中韩比较研究，探求两国共同的诗学规律及对东亚诗学理论体系建设的推动作用，找出东亚汉文化圈诗学发展的普遍性，主体精神与审美追求的一致性。进而在比较文学视野下，挖掘中韩诗学"共同体"和"共同价值"，探究东亚诗学内部的互动关系。同时，本书可作为比较文学与世界文学、中国古代文学等专业课堂教学的补充与扩展，以科研反哺教学。

# 比较文学的中国路径

曹顺庆

自德国作家歌德提出"世界文学"观念以来，比较文学已经走过近二百年。比较文学研究也历经欧洲阶段、美洲阶段而至亚洲阶段，并在每一阶段都形成了独具特色学科理论体系、研究方法、研究范围及研究对象。中国比较文学研究面对东西文明之间不断加深的交流和碰撞现况，立足中国之本，辩证吸纳四方之学，而有了如今欣欣向荣之景象。这套丛书可以说是应运而生。本丛书尝试以开放性、包容性分批出版中国比较文学学者研究成果，以观中国比较文学学术脉络、学术理念、学术话语、学术目标之概貌。

## 一、百年比较文学争讼之端——比较文学的定义

什么是比较文学？常识告诉我们：比较文学就是文学比较。然而当今中国比较文学教学实际情况却并非完全如此。长期以来，中国学术界对"什么是比较文学？"却一直说不清，道不明。这一最基本的问题，几乎成为学术界纠缠不清、莫衷一是的陷阱，存在着各种不同的看法。其中一些看法严重误导了广大学生！如果不辨析这些严重误导了广大学生的观点，是不负责任、问心有愧的。恰如《文心雕龙·序志》说"岂好辩哉，不得已也"，因此我不得不辩。

其中一个极为容易误导学生的说法，就是"比较文学不是文学比较"。目前，一些教科书郑重其事地指出：比较文学不是文学比较。认为把"比较"与"文学"联系在一起，很容易被人们理解为用比较的方法进行文学研究的意思。并进一步强调，比较文学并不等于文学比较，并非任何运用比较方法来进行的比较研究都是比较文学。这种误导学生的说法几乎成为一个定论，

一个基本常识，其实，这个看法是不完全准确的。

让我们来看看一些具体例证，请注意，我列举的例证，对事不对人，因而不提及具体的人名与书名，请大家理解。在 Y 教授主编的教材中，专门设有一节以"比较文学不是文学比较"为题的内容，其中指出"比较文学界面临的最大的困惑就是把'比较文学'误读为'文学比较'"，在高等院校进行比较文学课程教学时需要重点强调"比较文学不是文学比较"。W 教授主编的教材也称"比较文学不是文学的比较"，因为"不是所有用比较的方法来研究文学现象的都是比较文学"。L 教授在其所著教材专门谈到"比较文学不等于文学比较"，因为，"比较"已经远远超出了一般方法论的意义，而具有了跨国家与民族、跨学科的学科性质，认为将比较文学等同于文学比较是以偏概全的。"J 教授在其主编的教材中指出，"比较文学并不等于文学比较"，并以美国学派雷马克的比较文学定义为根据，论证比较文学的"比较"是有前提的，只有在地域观念上跨越打通国家的界限，在学科领域上跨越打通文学与其他学科的界限，进行的比较研究才是比较文学。在 W 教授主编的教材中，作者认为，"若把比较文学精神看作比较精神的话，就是犯了望文生义的错误，一百余年来，比较文学这个名称是名不副实的。"

从列举的以上教材我们可以看出，首先，它们在当下都仍然坚持"比较文学不是文学比较"这一并不完全符合整个比较文学学科发展事实的观点。如果认为一百余年来，比较文学这个名称是名不副实的，所有的比较文学都不是文学比较，那是大错特错！其次，值得注意的是，这些教材在相关叙述中各自的侧重点还并不相同，存在着不同程度、不同方面的分歧。这样一来，错误的观点下多样的谬误解释，加剧了学习者对比较文学学科性质的错误把握，使得学习者对比较文学的理解愈发困惑，十分不利于比较文学方法论的学习、也不利于比较文学学科的传承和发展。当今中国比较文学教材之所以普遍出现以上强作解释，不完全准确的教科书观点，根本原因还是没有仔细研究比较文学学科不同阶段之史实，甚至是根本不清楚比较文学不同阶段的学科史实的体现。

实际上，早期的比较文学"名"与"实"的确不相符合，这主要是指法国学派的学科理论，但是并不包括以后的美国学派及中国学派的学科理论，如果把所有阶段的学科理论一锅煮，是不妥当的。下面，我们就从比较文学学科发展的史实来论证这个问题。"比较文学不是文学比较""comparative literature is not literary comparison"，只是法国学派提出的比较文学口号，只是法国学派一派的主张，而不是整个比较文学学科的基本特征。我们不能够把这个阶段性的比较文学口号扩大化，甚至让其突破时空，用于描述比较文学所有的阶段和学派，更不能够使其"放之四海而皆准"。

法国学派提出"比较文学不是文学比较"，这个"比较"（comparison）是他们坚决反对的！为什么呢，因为他们要的不是文学"比较"（literary comparison），而是文学"关系"（literary relationship），具体而言，他们主张比较文学是实证的国际文学关系，是不同国家文学的影响关系，influences of different literatures，而不是文学比较。

法国学派为什么要反对"比较"（comparison），这与比较文学第一次危机密切相关。比较文学刚刚在欧洲兴起时，难免泥沙俱下，乱比的情形不断出现，暴露了多种隐患和弊端，于是，其合法性遭到了学者们的质疑：究竟比较文学的科学性何在？意大利著名美学大师克罗齐认为，"比较"（comparison）是各个学科都可以应用的方法，所以，"比较"不能成为独立学科的基石。学术界对于比较文学公然的质疑与挑战，引起了欧洲比较文学学者的震撼，到底比较文学如何"比较"才能够避免"乱比"？如何才是科学的比较？

难能可贵的是，法国学者对于比较文学学科的科学性进行了深刻的的反思和探索，并提出了具体的应对的方法：法国学派采取壮士断臂的方式，砍掉"比较"（comparison），提出比较文学不是文学比较（comparative literature is not literary comparison），或者说砍掉了没有影响关系的平行比较，总结出了只注重文学关系（literary relationship）的影响（influences）研究方法论。法国学派的创建者之一基亚指出，比较文学并不是比较。比较不过是一门名字没取好的学科所运用的一种方法……企图对它的性质下一个严格的定义可能是徒劳的。基亚认为：比较文学不是平行比较，而仅仅是文学关系史。以"文学关系"为比较文学研究的正宗。为什么法国学派要反对比较？或者说为什么法国学派要提出"比较文学不是文学比较"，因为法国学派认为"比较"（comparison）实际上是乱比的根源，或者说"比较"是没有可比性的。正如巴登斯佩哲指出："仅仅对两个不同的对象同时看上一眼就作比较，仅仅靠记忆和印象的拼凑，靠一些主观臆想把可能游移不定的东西扯在一起来找点类似点，这样的比较决不可能产生论证的明晰性"。所以必须抛弃"比较"。只承认基于科学的历史实证主义之上的文学影响关系研究（based on scientificity and positivism and literary influences.）。法国学派的代表学者卡雷指出：比较文学是实证性的关系研究："比较文学是文学史的一个分支：它研究拜伦与普希金、歌德与卡莱尔、瓦尔特·司各特与维尼之间，在属于一种以上文学背景的不同作品、不同构思以及不同作家的生平之间所曾存在过的跨国度的精神交往与实际联系。"正因为法国学者善于独辟蹊径，敢于提出"比较文学不是文学比较"，甚至完全抛弃比较（comparison），以防止"乱比"，才形成了一套建立在"科学"实证性为基础的、以影响关系为特征的"不比较"的比较文学学科理论体系，这终于挡住了克罗齐等人对比较文学"乱比"的批判，形成了以"科学"实证为特征的文学影响关系研究，确立了法国学派的学科理论和一整套方法论体系。当然，法国学派悍然砍掉比较研究，又不放弃"比较文学"这个名称，于是不可避免地出现了比较文学名不副实的尴尬现象，出现了打着比较文学名号，而又不比的法国学派学科理论，这才是问题的关键。

当然，法国学派提出"比较文学不是文学比较"，只注重实证关系而不注重文学比较和文学审美，必然会引起比较文学的危机。这一危机终于由美国著名比较文学家韦勒克（René Wellek）在 1958 年国际比较文学协会第二次大会上明确揭示出来了。在这届年会上，韦勒克作了题为《比较文学的危机》的挑战性发言，对"不比较"的法国学派进行了猛烈批判，宣告了倡导平行比较和注重文学审美的比较文学美国学派的诞生。韦勒克作了题为《比较文学的危机》的挑战性发言，对当时一统天下的法国学派进行了猛烈批判，宣告了比较文学美国学派的诞生。韦勒克说："我认为，内容和方法之间的人为界线，渊源和影响的机械主义概念，以及尽管是十分慷慨的但仍属文化民族主义的动机，是比较文学研究中持久危机的症状。"韦勒克指出："比较也不能仅仅局限在历史上的事实联系中，正如最近语言学家的经验向文学研究者表明的那样，比较的价值既存在于事实联系的影响研究中，也存在于毫无历史关系的语言现象或类型的平等对比中。"很明显，韦勒克提出了比较文学就是要比较（comparison），就是要恢复巴登斯佩哲所讽刺和抛弃的"找点类似点"的平行比较研究。美国著名比较文学家雷马克（Henry Remak）在他的著名论文《比较文学的定义与功用》中深刻地分析了法国学派为什么放弃"比较"（comparison）的原因和本质。他分析说："法国比较文学否定'纯粹'的比较（comparison），它忠实于十九世纪实证主义学术研究的传统，即实证主义所坚持并热切期望的文学研究的'科学性'。按照这种观点，纯粹的类比不会得出任何结论，尤其是不能得出有更大意义的、系统的、概括性的结论。……既然值得尊重的科学必须致力于因果关系的探索，而比较文学必须具有科学性，因此，比较文学应该研究因果关系，即影响、交流、变更等。"雷马克进一步尖锐地指出，"比较文学"不是"影响文学"。只讲影响不要比较的"比较文学"，当然是名不副实的。显然，法国学派抛弃了"比较"（comparison），但是仍然带着一顶"比较文学"的帽子，才造成了比较文学"名"与"实"不相符合，造成比较文学不比较的尴尬，这才是问题的关键。

美国学派最大的贡献，是恢复了被法国学派所抛弃的比较文学应有的本义——"比较"（The American school went back to the original sense of comparative literature ——"comparison"），美国学派提出了标志其学派学科理论体系的平行比较和跨学科比较："比较文学是一国文学与另一国或多国文学的比较，是文学与人类其他表现领域的比较。"显然，自从美国学派倡导比较文学应当比较（comparison）以后，比较文学就不再有名与实不相符合的问题了，我们就不应当再继续笼统地说"比较文学不是文学比较"了，不应当再以"比较文学不是文学比较"来误导学生！更不可以说"一百余年来，比较文学这个名称是名不副实的。"不能够将雷马克的观点也强行解释为"比较文学不是比较"。因为在美国学派看来，比较文学就是要比较（comparison）。比较文学就是要恢复被巴登斯佩哲所讽刺和抛弃的"找点类似点"的平行比较研究。因为平行研究的可比性，正是类同性。正如韦勒克所说，"比较的价值既存在于事实联系的影响研究中，也存在于毫无历史关系的语言现象或类型的平等对比中。"恢复平行比较研究、跨学科研究，形成了以"找点类似点"的平行研究和跨学科研究为特征的比较文学美国学派学科理论和方法论体系。美国学派的学科理论以"类型学"、"比较诗学"、"跨学科比较"为主，并拓展原属于影响研究的"主题学"、"文类学"等领域，大大扩展比较文学研究领域。

## 二、比较文学的三个阶段

下面，我们从比较文学的三个学科理论阶段，进一步剖析比较文学不同阶段的学科理论特征。现代意义上的比较文学学科发展以"跨越"与"沟通"为目标，形成了类似"层叠"式、"涟漪"式的发展模式，经历了三个重要的学科理论阶段，即：

一、欧洲阶段，比较文学的成形期；二、美洲阶段，比较文学的转型期；三、亚洲阶段，比较文学的拓展期。我们将比较文学三个阶段的发展称之为"涟漪式"结构，实际上是揭示了比较文学学科理论的继承与创新的辩证关系：比较文学学科理论的发展，不是以新的理论否定和取代先前的理论，而是层叠式、累进式地形成"涟漪"式的包容性发展模式，逐步积累推进。比较文学学科理论发展呈现为层叠式、"涟漪"式、包容式的发展模式。我们把这个模式描绘如下：

法国学派主张比较文学是国际文学关系，是不同国家文学的影响关系。形成学科理论第一圈层：比较文学——影响研究；美国学派主张恢复平行比较，形成学科理论第二圈层：比较文学——影响研究＋平行研究＋跨学科研究；中国学派提出跨文明研究和变异研究，形成学科理论第三圈层：比较文学——影响研究＋平行研究＋跨学科研究＋跨文明研究＋变异研究。这三个圈层并不互相排斥和否定，而是继承和包容。我们将比较文学三个阶段的发展称之为层叠式、"涟漪"式、包容式结构，实际上是揭示了比较文学学科理论的继承与创新的辩证关系。

法国学派提出，可比性的第一个立足点是同源性，由关系构成的同源性。同源性主要是针对影响关系研究而言的。法国学派将同源性视作可比性的核心，认为影响研究的可比性是同源性。所谓同源性，指的是通过对不同国家、不同民族和不同语言的文学的文学关系研究，寻求一种有事实联系的同源关系，这种影响的同源关系可以通过直接、具体的材料得以证实。同源性往往建立在一条可追溯关系的三点一线的"影响路线"之上，这条路线由发送者、接受者和传递者三部分构成。如果没有相同的源流，也就不可能有影响关系，也就谈不上可比性，这就是"同源性"。以渊源学、流传学和媒介学作为研究的中心，依靠具体的事实材料在国别文学之间寻求主题、题材、文体、原型、思想渊源等方面的同源影响关系。注重事实性的关联和渊源性的影响，并采用严谨的实证方法，重视对史料的搜集和求证，具有重要的学术价值与学术意义，仍然具有广阔的研究前景。渊源学的例子：杨宪益，《西方十四行诗的渊源》。

比较文学学科理论的第二阶段在美洲，第二阶段是比较文学学科理论的转型期。从 20 世纪 60 年代以来，比较文学研究的主要阵地逐渐从法国转向美国，平行研究的可比性是什么？是类同性。类同性是指是没有文学影响关系的不同国家文学所表现出的相似和契合之处。以类同性为基本立足点的平行研究与影响研究一样都是超出国界的文学研究，但它不涉及影响关系研究的放送、流传、媒介等问题。平行研究强调不同国家的作家、作品、文学现象的类同比较，比较结果是总结出于文学作品的美学价值及文学发展具有规律性的东西。其比较必须具有可比性，这个可比性就是类同性。研究文学中类同的：风格、结构、内容、形式、流派、情节、技巧、手法、情调、形象、主题、文类、文学思潮、文学理论、文学规律。例如钱钟书《通感》认为，中国诗文有一种描写手法，古代批评家和修辞学家似乎都没有拈出。宋祁《玉楼春》词有句名句："红杏枝头春意闹。"这与西方的通感描写手法可以比较。

### 比较文学的又一次危机：比较文学的死亡

九十年代，欧美学者提出，比较文学作为一门学科已经死亡！最早是英国学者苏珊·巴斯奈特1993年她在《比较文学》一书中提出了比较文学的死亡论，认为比较文学作为一门学科，在某种意义上已经死亡。尔后，美国学者斯皮瓦克写了一部比较文学专著，书名就叫《一个学科的死亡》。为什么比较文学会死亡，斯皮瓦克的书中并没有明确回答！为什么西方学者会提出比较文学死亡论？全世界比较文学界都十分困惑。我们认为，20世纪90年代以来，欧美比较文学继"理论热"之后，又出现了大规模的"文化转向"。脱离了比较文学的基本立场。首先是不比较，即不讲比较文学的可比性问题。西方比较文学研究充斥大量的 Culture Studies（文化研究），已经不考虑比较的合理性，不考虑比较文学的可比性问题。第二是不文学，即不关心文学问题。西方学者热衷于文化研究，关注的已经不是文学性，而是精神分析、政治、性别、阶级、结构等等。最根本的原因，是比较文学学科长期囿于西方中心论，有意无意地回避东西方不同文明文学的比较问题，基本上忽略了学科理论的新生长点，比较文学学科理论缺乏创新，严重忽略了比较文学的差异性和变异性。

要克服比较文学的又一次危机，就必须打破西方中心论，克服比较文学学科理论一味求同的比较文学学科理论模式，提出适应当今全球化比较文学研究的新话语。中国学派，正是在此次危机中，提出了比较文学变异学研究，总结出了新的学科理论话语和一套新的方法论。

中国大陆第一部比较文学概论性著作是卢康华、孙景尧所著《比较文学导论》，该书指出："什么是比较文学？现在我们可以借用我国学者季羡林先生的解释来回答了:'顾名思义,比较文学就是把不同国家的文学拿出来比较,这可以说是狭义的比较文学。广义的比较文学是把文学同其他学科来比较,包括人文科学和社会科学'。"[1]这个定义可以说是美国雷马克定义的翻版。不过,该书又接着指出:"我们认为最精炼易记的还是我国学者钱钟书先生的说法:'比较文学作为一门专门学科,则专指跨越国界和语言界限的文学比较'。更具体地说,就是把不同国家不同语言的文学现象放在一起进行比较,研究他们在文艺理论、文学思潮,具体作家、作品之间的互相影响。"[2]这个定义似乎更接近法国学派的定义,没有强调平行比较与跨学科比较。紧接该书之后的教材是陈挺的《比较文学简编》,该书仍旧以"广义"与"狭义"来解释比较文学的定义,指出:"我们认为,通常说的比较文学是狭义的,即指超越国家、民族和语言界限的文学研究……广义的比较文学还可以包括文学与其他艺术(音乐、绘画等)与其他意识形态(历史、哲学、政治、宗教等)之间的相互关系的研究。"[3]中国比较文学早期对于比较文学的定义中凸显了很强的不确定性。

由乐黛云主编,高等教育出版社 1988 年的《中西比较文学教程》,则对比较文学定义有了较为深入的认识,该书在详细考查了中外不同的定义之后,该书指出:"比较文学不应受到语言、民族、国家、学科等限制,而要走向一种开放性,力图寻求世界文学发展的共同规律。"[4]"世界文学"概念的纳入极大拓宽了比较文学的内涵,为"跨文化"定义特征的提出做好了铺垫。

随着时间的推移,学界的认识逐步深化。1997 年,陈惇、孙景尧、谢天振主编的《比较文学》提出了自己的定义:"把比较文学看作跨民族、跨语言、跨文化、跨学科的文学研究,更符合比较文学的实质,更能反映现阶段人们对于比较文学的认识。"[5]2000 年北京师范大学出版社出版了《比较文学概论》修订本,提出:"什么是比较文学呢? 比较文学是一种开放式的文学研究,它具有宏观的视野和国际的角度,以跨民族、跨语言、跨文化、跨学科界限的各种文学关系为研究对象,在理论和方法上,具有比较的自觉意识和兼容并包的特色。"[6]这是我们目前所看到的国内较有特色的一个定义。

---

1 卢康华、孙景尧著《比较文学导论》,黑龙江人民出版社 1984,第 15 页。
2 卢康华、孙景尧著《比较文学导论》,黑龙江人民出版社 1984 年版。
3 陈挺《比较文学简编》,华东师范大学出版社 1986 年版。
4 乐黛云主编《中西比较文学教程》,高等教育出版社 1988 年版。
5 陈惇、孙景尧、谢天振主编《比较文学》,高等教育出版社 1997 年版。
6 陈惇、刘象愚《比较文学概论》,北京师范大学出版社 2000 年版。

　　具有代表性的比较文学定义是 2002 年出版的杨乃乔主编的《比较文学概论》一书，该书的定义如下："比较文学是以跨民族、跨语言、跨文化与跨学科为比较视域而展开的研究，在学科的成立上以研究主体的比较视域为安身立命的本体，因此强调研究主体的定位，同时比较文学把学科的研究客体定位于民族文学之间与文学及其他学科之间的三种关系：材料事实关系、美学价值关系与学科交叉关系，并在开放与多元的文学研究中追寻体系化的汇通。"[7]方汉文则认为："比较文学作为文学研究的一个分支学科，它以理解不同文化体系和不同学科间的同一性和差异性的辩证思维为主导，对那些跨越了民族、语言、文化体系和学科界限的文学现象进行比较研究，以寻求人类文学发生和发展的相似性和规律性。"[8]由此而引申出的"跨文化"成为中国比较文学学者对于比较文学定义所做出的历史性贡献。

　　我在《比较文学教程》中对比较文学定义表述如下："比较文学是以世界性眼光和胸怀来从事不同国家、不同文明和不同学科之间的跨越式文学比较研究。它主要研究各种跨越中文学的同源性、变异性、类同性、异质性和互补性，以影响研究、变异研究、平行研究、跨学科研究、总体文学研究为基本方法论，其目的在于以世界性眼光来总结文学规律和文学特性，加强世界文学的相互了解与整合，推动世界文学的发展。"[9]在这一定义中，我再次重申"跨国""跨学科""跨文明"三大特征，以"变异性""异质性"突破东西文明之间的"第三堵墙"。

　　"首在审己，亦必知人"。中国比较文学学者在前人定义的不断论争中反观自身，立足中国经验、学术传统，以中国学者之言为比较文学的危机处境贡献学科转机之道。

## 三、两岸共建比较文学话语——比较文学中国学派

　　中国学者对于比较文学定义的不断明确也促成了"比较文学中国学派"的生发。得益于两岸几代学者的垦拓耕耘，这一议题成为近五十年来中国比较文学发展中竖起的最鲜明、最具争议性的一杆大旗，同时也是中国比较文学学科理论研究最有创新性，最亮丽的一道风景线。

---

7 杨乃乔主编《比较文学概论》，北京大学出版社 2002 年版。
8 方汉文《比较文学基本原理》，苏州大学出版社 2002 年版。
9 曹顺庆《比较文学教程》，高等教育出版社 2006 年版。

比较文学"中国学派"这一概念所蕴含的理论的自觉意识最早出现的时间大约是 20 世纪 70 年代。当时的台湾由于派出学生留洋学习，接触到大量的比较文学学术动态，率先掀起了中外文学比较的热潮。1971 年 7 月在台湾淡江大学召开的第一届"国际比较文学会议"上，朱立元、颜元叔、叶维廉、胡辉恒等学者在会议期间提出了比较文学的"中国学派"这一学术构想。同时，李达三、陈鹏翔（陈慧桦）、古添洪等致力于比较文学中国学派早期的理论催生。如 1976 年，古添洪、陈慧桦出版了台湾比较文学论文集《比较文学的垦拓在台湾》。编者在该书的序言中明确提出："我们不妨大胆宣言说，这援用西方文学理论与方法并加以考验、调整以用之于中国文学的研究，是比较文学中的中国派"[10]。这是关于比较文学中国学派较早的说明性文字，尽管其中提到的研究方法过于强调西方理论的普世性，而遭到美国和中国大陆比较文学学者的批评和否定；但这毕竟是第一次从定义和研究方法上对中国学派的本质进行了系统论述，具有开拓和启明的作用。后来，陈鹏翔又在台湾《中外文学》杂志上连续发表相关文章，对自己提出的观点作了进一步的阐释和补充。

在"中国学派"刚刚起步之际，美国学者李达三起到了启蒙、催生的作用。李达三于 60 年代来华在台湾任教，为中国比较文学培养了一批朝气蓬勃的生力军。1977 年 10 月，李达三在《中外文学》6 卷 5 期上发表了一篇宣言式的文章《比较文学中国学派》，宣告了比较文学的中国学派的建立，并认为比较文学中国学派旨在"与比较文学中早已定于一尊的西方思想模式分庭抗礼。由于这些观念是源自对中国文学及比较文学有兴趣的学者，我们就将含有这些观念的学者统称为比较文学的'中国'学派。"并指出中国学派的三个目标：1、在自己本国的文学中，无论是理论方面或实践方面，找出特具"民族性"的东西，加以发扬光大，以充实世界文学；2、推展非西方国家"地区性"的文学运动，同时认为西方文学仅是众多文学表达方式之一而已；3、做一个非西方国家的发言人，同时并不自诩能代表所有其他非西方的国家。李达三后来又撰文对比较文学研究状况进行了分析研究，积极推动中国学派的理论建设。[11]

继中国台湾学者垦拓之功，在 20 世纪 70 年代末复苏的大陆比较文学研

10 古添洪、陈慧桦《比较文学的垦拓在台湾》，台湾东大图书公司 1976 年版。
11 李达三《比较文学研究之新方向》，台湾联经事业出版公司 1978 年版。

究亦积极参与了"比较文学中国学派"的理论建设和学科建设。

季羡林先生 1982 年在《比较文学译文集》的序言中指出:"以我们东方文学基础之雄厚,历史之悠久,我们中国文学在其中更占有独特的地位,只要我们肯努力学习,认真钻研,比较文学中国学派必然能建立起来,而且日益发扬光大"[12]。1983 年 6 月,在天津召开的新中国第一次比较文学学术会议上,朱维之先生作了题为《比较文学中国学派的回顾与展望》的报告,在报告中他旗帜鲜明地说:"比较文学中国学派的形成(不是建立)已经有了长远的源流,前人已经做出了很多成绩,颇具特色,而且兼有法、美、苏学派的特点。因此,中国学派绝不是欧美学派的尾巴或补充"[13]。1984 年,卢康华、孙景尧在《比较文学导论》中对如何建立比较文学中国学派提出了自己的看法,认为应当以马克思主义作为自己的理论基础,以我国的优秀传统与民族特色为立足点与出发点,汲取古今中外一切有用的营养,去努力发展中国的比较文学研究。同年在《中国比较文学》创刊号上,朱维之、方重、唐弢、杨周翰等人认为中国的比较文学研究应该保持不同于西方的民族特点和独立风貌。1985 年,黄宝生发表《建立比较文学的中国学派:读〈中国比较文学〉创刊号》,认为《中国比较文学》创刊号上多篇讨论比较文学中国学派的论文标志着大陆对比较文学中国学派的探讨进入了实际操作阶段。[14]1988 年,远浩一提出"比较文学是跨文化的文学研究"(载《中国比较文学》1988 年第 3 期)。这是对比较文学中国学派在理论特征和方法论体系上的一次前瞻。同年,杨周翰先生发表题为"比较文学:界定'中国学派',危机与前提"(载《中国比较文学通讯》1988 年第 2 期),认为东方文学之间的比较研究应当成为"中国学派"的特色。这不仅打破比较文学中的欧洲中心论,而且也是东方比较学者责无旁贷的任务。此外,国内少数民族文学的比较研究,也应该成为"中国学派"的一个组成部分。所以,杨先生认为比较文学中的大量问题和学派问题并不矛盾,相反有助于理论的讨论。1990 年,远浩一发表"关于'中国学派'"(载《中国比较文学》1990 年第 1 期),进一步推进了"中国学派"的研究。此后直到 20 世纪 90 年代末,中国学者就比较文学中国学派的建立、理论与方法以及相应的学科理论等诸多问题进行了积极而富有成效的探讨。

---

12 张隆溪《比较文学译文集》,北京大学出版社 1984 年版。

13 朱维之《比较文学论文集》,南开大学出版社 1984 年版。

14 参见《世界文学》1985 年第 5 期。

刘介民、远浩一、孙景尧、谢天振、陈淳、刘象愚、杜卫等人都对这些问题付出过不少努力。《暨南学报》1991 年第 3 期发表了一组笔谈，大家就这个问题提出了意见，认为必须打破比较文学研究中长期存在的法美研究模式，建立比较文学中国学派的任务已经迫在眉睫。王富仁在《学术月刊》1991 年第 4期上发表"论比较文学的中国学派问题"，论述中国学派兴起的必然性。而后，以谢天振等学者为代表的比较文学研究界展开了对"X+Y"模式的批判。比较文学在大陆复兴之后，一些研究者采取了"X+Y"式的比附研究的模式，在发现了"惊人的相似"之后便万事大吉，而不注意中西巨大的文化差异性，成为了浅度的比附性研究。这种情况的出现，不仅是中国学者对比较文学的理解上出了问题，也是由于法美学派研究理论中长期存在的研究模式的影响，一些学者并没有深思中国与西方文学背后巨大的文明差异性，因而形成"X+Y"的研究模式，这更促使一些学者思考比较文学中国学派的问题。

　　经过学者们的共同努力，比较文学中国学派一些初步的特征和方法论体系逐渐凸显出来。1995 年，我在《中国比较文学》第 1 期上发表《比较文学中国学派基本理论特征及其方法论体系初探》一文，对比较文学在中国复兴十余年来的发展成果作了总结，并在此基础上总结出中国学派的理论特征和方法论体系，对比较文学中国学派作了全方位的阐述。继该文之后，我又发表了《跨越第三堵'墙'创建比较文学中国学派理论体系》等系列论文，论述了以跨文化研究为核心的"中国学派"的基本理论特征及其方法论体系。这些学术论文发表之后在国内外比较文学界引起了较大的反响。台湾著名比较文学学者古添洪认为该文"体大思精，可谓已综合了台湾与大陆两地比较文学中国学派的策略与指归，实可作为'中国学派'在大陆再出发与实践的蓝图"[15]。

　　在我撰文提出比较文学中国学派的基本特征及方法论体系之后，关于中国学派的论争热潮日益高涨。反对者如前国际比较文学学会会长佛克马（Douwe Fokkema）1987 年在中国比较文学学会第二届学术讨论会上就从所谓的国际观点出发对比较文学中国学派的合法性提出了质疑，并坚定地反对建立比较文学中国学派。来自国际的观点并没有让中国学者失去建立比较文学中国学派的热忱。很快中国学者智量先生就在《文艺理论研究》1988 年第

---

15 古添洪《中国学派与台湾比较文学界的当前走向》，参见黄维梁编《中国比较文学理论的垦拓》167 页，北京大学出版社 1998 年版。

1 期上发表题为《比较文学在中国》一文，文中援引中国比较文学研究取得的成就，为中国学派辩护，认为中国比较文学研究成绩和特色显著，尤其在研究方法上足以与比较文学研究历史上的其他学派相提并论，建立中国学派只会是一个有益的举动。1991 年，孙景尧先生在《文学评论》第 2 期上发表《为"中国学派"一辩》，孙先生认为佛克马所谓的国际主义观点实质上是"欧洲中心主义"的观点，而"中国学派"的提出，正是为了清除东西方文学与比较文学学科史中形成的"欧洲中心主义"。在 1993 年美国印第安纳大学举行的全美比较文学会议上，李达三仍然坚定地认为建立中国学派是有益的。二十年之后，佛克马教授修正了自己的看法，在 2007 年 4 月的"跨文明对话——国际学术研讨会（成都）"上，佛克马教授公开表示欣赏建立比较文学中国学派的想法[16]。即使学派争议一派繁荣景象，但最终仍旧需要落点于学术创见与成果之上。

比较文学变异学便是中国学派的一个重要理论创获。2005 年，我正式在《比较义学学》[17]中提出比较文学变异学，提出比较文学研究应该从"求同"思维中走出来，从"变异"的角度出发，拓宽比较文学的研究。通过前述的法、美学派学科理论的梳理，我们也可以发现前期比较义学学科是缺乏"变异性"研究的。我便从建构中国比较文学学科理论话语体系入手，立足《周易》的"变异"思想，建构起"比较文学变异学"新话语，力图以中国学者的视角为全世界比较文学学科理论提供一个新视角、新方法和新理论。

比较文学变异学的提出根植于中国哲学的深层内涵，如《周易》之"易之三名"所构建的"变易、简易、不易"三位一体的思辨意蕴与意义生成系统。具体而言，"变易"乃四时更替、五行运转、气象畅通、生生不息；"不易"乃天上地下、君南臣北、纲举目张、尊卑有位；"简易"则是乾以易知、坤以简能、易则易知、简则易从。显然，在这个意义结构系统中，变易强调"变"，不易强调"不变"，简易强调变与不变之间的基本关联。万物有所变，有所不变，且变与不变之间存在简单易从之规律，这是一种思辨式的变异模式，这种变异思维的理论特征就是：天人合一、物我不分、对立转化、整体关联。这是中国古代哲学最重要的认识论，也是与西方哲学所不同的"变异"思想。

---

16 见《比较文学报》2007 年 5 月 30 日，总第 43 期。
17 曹顺庆《比较文学学》，四川大学出版社 2005 年版。

由哲学思想衍生于学科理论，比较文学变异学是"指对不同国家、不同文明的文学现象在影响交流中呈现出的变异状态的研究，以及对不同国家、不同文明的文学相互阐发中出现的变异状态的研究。通过研究文学现象在影响交流以及相互阐发中呈现的变异，探究比较文学变异的规律。"[18]变异学理论的重点在求"异"的可比性，研究范围包含跨国变异研究、跨语际变异研究、跨文化变异研究、跨文明变异研究、文学的他国化研究等方面。比较文学变异学所发现的文化创新规律、文学创新路径是基于中国所特有的术语、概念和言说体系之上探索出的"中国话语"，作为比较文学第三阶段中国学派的代表性理论已经受到了国际学界的广泛关注与高度评价，中国学术话语产生了世界性影响。

## 四、国际视野中的中国比较文学

文明之墙让中国比较文学学者所提出的标识性概念获得国际视野的接纳、理解、认同以及运用，经历了跨语言、跨文化、跨文明的多重关卡，国际视野下的中国比较文学书写亦经历了一个从"遍寻无迹""只言片语"而"专篇专论"，从最初的"话语乌托邦"至"阶段性贡献"的过程。

二十世纪六十年代以来港台学者致力于从课程教学、学术平台、人才培养，国内外学术合作等方面巩固比较文学这一新兴学科的建立基石，如淡江文理学院英文系开设的"比较文学"（1966），香港大学开设的"中西文学关系"（1966）等课程；台湾大学外文系主编出版之《中外文学》月刊、淡江大学出版之《淡江评论》季刊等比较文学研究专刊；后又有台湾比较文学学会（1973 年）、香港比较文学学会（1978）的成立。在这一系列的学术环境构建下，学者前贤以"中国学派"为中国比较文学话语核心在国际比较文学学科理论、方法论中持续探讨，率先启声。例如李达三在 1980 年香港举办的东西方比较文学学术研讨会成果中选取了七篇代表性文章，以 *Chinese-Western Comparative Literature: Theory and Strategy* 为题集结出版，[19]并在其结语中附上那篇"中国学派"宣言文章以申明中国比较文学建立之必要。

学科开山之际，艰难险阻之巨难以想象，但从国际学者相关言论中可见西方对于中国比较文学学科的发展抱有的希望渺小。厄尔·迈纳（Earl Miner）

---

18 曹顺庆主编《比较文学概论》，高等教育出版社 2015 年版。
19 *Chinese-Western Comparative Literature：Theory & Strategy*, Chinese Univ Pr.1980-6

在 1987 年发表的 *Some Theoretical and Methodological Topics for Comparative Literature* 一文中谈到当时西方的比较文学鲜有学者试图将非西方材料纳入西方的比较文学研究中。(until recently there has been little effort to incorporate non-Western evidence into Western com- parative study.) 1992 年，斯坦福大学教授 David Palumbo-Liu 直接以《话语的乌托邦：论中国比较文学的不可能性》为题（*The Utopias of Discourse: On the Impossibility of Chinese Comparative Literature*）直言中国比较文学本质上是一项"乌托邦"工程。(My main goal will be to show how and why the task of Chinese comparative literature, particularly of pre-modern literature, is essentially a *utopian* project.) 这些对于中国比较文学的诘难与质疑，今美国加州大学圣地亚哥分校文学系主任张英进教授在其 1998 编著的 *China in a polycentric world: essays in Chinese comparative literature* 前言中也不得不承认中国比较文学研究在国际学术界中仍然处于边缘地位 (The fact is, however, that Chinese comparative literature remained marginal in academia, even though it has developed closely with the rest of literary studies in the United Stated and even though China has gained increasing importance in the geopolitical world order over the past decades.)。[20] 但张英进教授也展望了下一个千年中国比较文学研究的蓝景。

新的千年新的气象，"世界文学""全球化"等概念的冲击下，让西方学者开始注意到东方，注意到中国。如普渡大学教授斯蒂文·托托西（Tötösy de Zepetnek, Steven）1999 年发长文 *From Comparative Literature Today Toward Comparative Cultural Studies* 阐明比较文学研究更应该注重文化的全球性、多元性、平等性而杜绝等级划分的参与。托托西教授注意到了在法德美所谓传统的比较文学研究重镇之外，例如中国、日本、巴西、阿根廷、墨西哥、西班牙、葡萄牙、意大利、希腊等地区，比较文学学科得到了出乎意料的发展 (emerging and developing strongly)。在这篇文章中，托托西教授列举了世界各地比较文学研究成果的著作，其中中国地区便是北京大学乐黛云先生出版的代表作品。托托西教授精通多国语言，研究视野也常具跨越性，新世纪以来也致力于以跨越性的视野关注世界各地比较文学研究的动向。[21]

---

20 Moran T . Yingjin Zhang, Ed. China in a Polycentric World: Essays in Chinese Comparative Literature[J].现代中文文学学报,2000,4(1):161-165.

21 Tötösy de Zepetnek, Steven. "From Comparative Literature Today Toward Comparative Cultural Studies." CLCWeb: Comparative Literature and Culture 1.3 (1999):

以上这些国际上不同学者的声音一则质疑中国比较文学建设的可能性，一则观望着这一学科在非西方国家的复兴样态。争议的声音不仅在国际学界，国内学界对于这一新兴学科的全局框架中涉及的理论、方法以及学科本身的立足点，例如前文所说的比较文学的定义，中国学派等等都处于持久论辩的漩涡。我们也通晓如果一直处于争议的漩涡中，便会被漩涡所吞噬，只有将论辩化为成果，才能转漩涡为涟漪，一圈一圈向外辐射，国际学人也在等待中国学者自己的声音。

上海交通大学王宁教授作为中国比较文学学者的国际发声者自 20 世纪末至今已撰文百余篇，他直言，全球化给西方学者带来了学科死亡论，但是中国比较文学必将在这全球化语境中更为兴盛，中国的比较文学学者一定会对国际文学研究做出更大的贡献。新世纪以来中国学者也不断地将自身的学科思考成果呈现在世界之前。2000 年，北京大学周小仪教授发文（*Comparative Literature in China*）[22]率先从学科史角度构建了中国比较文学在两个时期（20 世纪 20 年代至 50 年代，70 年代至 90 年代）的发展概貌，此文关于中国比较文学的复兴崛起是源自中国文学现代性的产生这一观点对美国芝加哥大学教授苏源熙（Haun Saussy）影响较深。苏源熙在 2006 年的专著 *Comparative Literature in an Age of Globalization* 中对于中国比较文学的讨论篇幅极少，其中心便是重申比较文学与中国文学现代性的联系。这篇文章也被哈佛大学教授大卫·达姆罗什（David Damrosch）收录于《普林斯顿比较文学资料手册》（*The Princeton Sourcebook in Comparative Literature*，2009[23]）。类似的学科史介绍在英语世界与法语世界都接续出现，以上大致反映了中国学者对于中国比较文学研究的大概描述在西学界的接受情况。学科史的构架对于国际学术对中国比较文学发展脉络的把握很有必要，但是在此基础上的学科理论实践才是关系于中国比较文学学科国际性发展的根本方向。

我在 20 世纪 80 年代以来 40 余年间便一直思考比较文学研究的理论构建问题，从以西方理论阐释中国文学而造成的中国文艺理论"失语症"思考

22 Zhou, Xiaoyi and Q.S. Tong, "Comparative Literature in China", Comparative Literature and Comparative Cultural Studies, ed., Totosy de Zepetnek, West Lafayette, Indiana: Purdue University Press, 2003, 268-283.

23 Damrosch, David (EDT)*The Princeton Sourcebook in Comparative Literature*: Princeton University Press

属于中国比较文学自身的学科方法论，从跨异质文化中产生的"文学误读""文化过滤""文学他国化"提出"比较文学变异学"理论。历经 10 年的不断思考，2013 年，我的英文著作：*The Variation Theory of Comparative Literature*（《比较文学变异学》），由全球著名的出版社之一斯普林格（Springer）出版社出版，并在美国纽约、英国伦敦、德国海德堡出版同时发行。*The Variation Theory of Comparative Literature*（《比较文学变异学》）系统地梳理了比较文学法国学派与美国学派研究范式的特点及局限，首次以全球通用的英语语言提出了中国比较文学学科理论新话语："比较文学变异学"。这一新概念、新范畴和新表述，引导国际学术界展开了对变异学的专刊研究（如普渡大学创办刊物《比较文学与文化》2017 年 19 期）和讨论。

欧洲科学院院士、西班牙圣地亚哥联合大学让·莫内讲席教授、比较文学系教授塞萨尔·多明戈斯教授（Cesar Dominguez），及美国科学院院士、芝加哥大学比较文学教授苏源熙（Haun Saussy）等学者合著的比较文学专著（Introducing Comparative literature: New Trends and Applications[24]）高度评价了比较文学变异学。苏源熙引用了《比较文学变异学》（英文版）中的部分内容，阐明比较文学变异学是十分重要的成果。与比较文学法国学派和美国学派形成对比，曹顺庆教授倡导第三阶段理论，即，新奇的、科学的中国学派的模式，以及具有中国学派本身的研究方法的理论创新与中国学派"（《比较文学变异学》（英文版）第 43 页）。通过对"中西文化异质性的"跨文明研究"，曹顺庆教授的看法会更进一步的发展与进步（《比较文学变异学》（英文版）第 43 页），这对于中国文学理论的转化和西方文学理论的意义具有十分重要的价值。（"Another important contribution in the direction of an imparative comparative literature-at least as procedure-is Cao Shunqing's 2013 *The Variation Theory of Comparative Literature*. In contrast to the "French School" and "American School" of comparative Literature, Cao advocates a "third-phrase theory", namely, "a novel and scientific mode of the Chinese school," a "theoretical innovation and systematization of the Chinese school by relying on our *own* methods" (*Variation Theory* 43; emphasis added). From this etic beginning, his proposal moves forward emically by developing a "cross-civilizaional study on the heterogencity between

---

24 Cesar Dominguez,Haun Saussy,Dario Villanueva Introducing Comparative literature: New Trends and Applications，Routledge,2015

Chinese and Western culture"(43), which results in both the foreignization of Chinese literary theories and the Signification of Western literary theories.）

　　法国索邦大学（Sorbonne University）比较文学系主任伯纳德·弗朗科（Bernard Franco）教授在他出版的专著（《比较文学：历史、范畴与方法》）*La littératurecomparée: Histoire, domaines, méthodes* 中以专节引述变异学理论，他认为曹顺庆教授提出了区别于影响研究与平行研究的"第三条路"，即"变异理论"，这对应于观点的转变，从"跨文化研究"到"跨文明研究"。变异理论基于不同文明的文学体系相互碰撞为形式的交流过程中以产生新的文学元素，曹顺庆将其定义为"研究不同国家的文学现象所经历的变化"。因此曹顺庆教授提出的变异学理论概述了一个新的方向，并展示了比较文学在不同语言和文化领域之间建立多种可能的桥梁。（Il évoque l'hypothèse d'une troisième voie, la « théorie de la variation », qui correspond à un déplacement du point de vue, de celui des « études interculturelles » vers celui des « études transcivilisationnelles . » Cao Shunqing la définit comme « l'étude des variations subies par des phénomènes littéraires issus de différents pays, avec ou sans contact factuel, en même temps que l'étude comparative de l'hétérogénéité et de la variabilité de différentes expressions littéraires dans le même domaine ».Cette hypothèse esquisse une nouvelle orientation et montre la multiplicité des passerelles possibles que la littérature comparée établit entre domaines linguistiques et culturels différents.）[25]。

　　美国哈佛大学（Harvard University）厄内斯特·伯恩鲍姆讲席教授、比较文学教授大卫·达姆罗什（David Damrosch）对该专著尤为关注。他认为《比较文学变异学》（英文版）以中国视角呈现了比较文学学科话语的全球传播的有益尝试。曹顺庆教授对变异的关注提供了较为适用的视角，一方面超越了亨廷顿式简单的文化冲突模式，另一方面也跨越了同质性的普遍化。[26]国际学界对于变异学理论的关注已经逐渐从其创新性价值探讨延伸至文学研究，例如斯蒂文·托托西近日在 *Cultura* 发表的（Peripheralities: "Minor" Literatures, Women's Literature, and Adrienne Orosz de Csicser's Novels）一文中便成功地将变异学理论运用于阿德里安·奥罗兹的小说研究中。

---

25　Bernard Franco La littératurecomparée: Histoire, domaines, méthodes，Armand Colin 2016.

26　David Damrosch Comparing the Literatures,Literary Studies in a Global Age,Princeton University Press,2020.

　　国际学界对于比较文学变异学的认可也证实了变异学作为一种普遍性理论提出的初衷，其合法性与适用性将在不同文化的学者实践中巩固、拓展与深化。它不仅仅是跨文明研究的方法，而是一种具有超越影响研究和平行研究，超越西方视角或东方视角的宏大视野、一种建立在文化异质性和变异性基础之上的融汇创生、一种追求世界文学和总体问题最终理想的哲学关怀。

　　以如此篇幅展现中国比较文学之况，是因为中国比较文学研究本就是在各种危机论、唱衰论的压力下，各种质疑论、概念论中艰难前行，不探源溯流难以体察今日中国比较文学研究成果之不易。文明的多样性发展离不开文明之间的交流互鉴。最具"跨文明"特征的比较文学学科更需要文明之间成果的共享、共识、共析与共赏，这是我们致力于比较文学研究领域的学术理想。

　　千里之行，不积跬步无以至，江海之阔，不积细流无以成！如此宏大的一套比较文学研究丛书得承花木兰总编辑杜洁祥先生之宏志，以及该公司同仁之辛劳，中国比较文学学者之鼎力相助，才可顺利集结出版，在此我要衷心向诸君表达感谢！中国比较文学研究仍有一条长远之途需跋涉，期以系列丛书一展全貌，愿读者诸君敬赐高见！

曹顺庆

二零二一年十月二十三日于成都锦丽园

# 目

# 次

前　言……………………………………………………… 1
第一章　高丽朝中后期文人的唐宋诗观 ………………… 5
　第一节　高丽朝中后期的文学生态与文人群体
　　　　　诗学观的生成……………………………………… 5
　　一、社会、文化环境与高丽朝的文学活动…… 6
　　二、自然环境与高丽朝的文学活动 ………… 10
　　三、高丽朝文学生态与诗学观生成之关联 … 16
　第二节　李齐贤的"宗宋观" ………………………… 19
　　一、对宋诗及江西诗派认识的文化语境 …… 20
　　二、李齐贤对宋诗的认识 …………………… 22
　　三、李齐贤对江西诗派诗论的接受 ………… 28
第二章　朝鲜朝初期文人的唐宋诗观 …………………… 31
　第一节　徐居正的唐宋诗观 …………………………… 31
　　一、唐宋并立："文章所尚随时不同" ……… 32
　　二、唐宋各异："文章者气也，时运也" …… 37
　　三、兼学唐宋：徐居正对唐宋诗的文学选择 … 39
　第二节　沈义的唐宋诗观 ……………………………… 44
　　一、塑造尊唐抑宋的理想文人形象 ………… 45
　　二、以学唐或学宋作为"战争"的导火索 … 49
　　三、小说中尊唐抑宋的原因探析 …………… 51
　第三节　其他文人的唐宋诗观 ………………………… 56

一、对唐宋诗价值的认识 …………………… 57

二、学诗拟于唐宋之域内 …………………… 59

三、唐宋诗歌以气分高下 …………………… 61

四、"唐宋诗之争"在朝鲜半岛的滥觞 ……… 64

第三章　朝鲜朝中期文人的唐宋诗观 …………… 69

第一节　李睟光的唐宋诗观 ……………………… 69

一、李睟光的身份及其唐宋诗观 ………… 70

二、李睟光的叙述视角 …………………… 72

三、李睟光唐宋诗观的成因及叙述的特殊
意义 …………………………………… 79

第二节　小说《云英传》中的唐宋诗观 ………… 81

一、诗学盛唐：小说中作者对唐宋诗的选择
与取舍 ………………………………… 82

二、唐宋兼学：小说外李瑢及其所处时代
真实的诗学倾向 ……………………… 85

三、虚实之间：小说中推崇唐诗的原因探析 ‥ 88

第三节　"唐宋诗之争"的形成 ………………… 91

一、"唐宋诗之争"形成的理论背景 ……… 92

二、"唐宋诗之争"的形成及主要争论点 …… 94

三、朝鲜朝文坛多样化的现实 …………… 99

第四章　朝鲜朝后期文人的唐宋诗观 …………… 103

第一节　明清诗学东传与文人诗学观的转变 …… 103

一、明代复古思潮与朝鲜朝中期文坛风气的
转变 …………………………………… 104

二、明末清初唐宋融合之风与朝鲜朝后期
文坛风气的转变 ……………………… 105

三、清代文坛多元样态与朝鲜朝后期文坛的
面貌 …………………………………… 106

第二节　李德懋的唐宋诗观 ……………………… 108

一、接触：对唐宋诗的认识及与中国诗学之
关联 …………………………………… 108

二、学诗：对唐宋诗的接受与批评 ……… 112

三、个性：对"唐宋诗之争"的独特态度与
诗学选择 ……………………………… 116

第五章　韩国古典诗学中"唐宋诗之争"的焦点‥123

　第一节　性情论与"唐宋诗之争"…………………124

　　一、性情与朝鲜朝中期唐诗正宗地位的确立…125

　　二、性情与朝鲜朝后期唐宋诗风的融合……129

　　三、性情与近代时期"唐风"的短暂兴起…133

　第二节　江西诗派与"唐宋诗之争"…………137

　　一、文坛对江西诗派的批判与唐诗风的盛行…139

　　二、兼学唐宋风潮下对江西诗派的重新接受…146

　　三、接受江西诗派的过程中显现的诗学价值‥153

第六章　涉及韩国古代文人唐宋诗观的代表性
　　　　文献 ………………………………………161

　第一节　高丽朝时期 …………………………161

　第二节　朝鲜朝前期 …………………………165

　第三节　朝鲜朝后期 …………………………203

附录　韩国古代文人生卒年表　………………235

# 前　言

　　自宋代以来，宋诗有别于唐诗而独树一帜，并与唐诗一同成为古典诗歌的巅峰。于是，围绕唐宋诗及其优劣高下的比较成为文人热衷讨论的话题，共延续了八百余年。各代文人因好尚不同而各抒己见、分唐界宋，作诗皆未能逾越唐宋，最终形成了中国文学批评史上一项重要的诗学议题。有将此称之为"唐宋诗之争"者，也有谓之"唐宋之争""唐宋之辨"者，其实质不仅仅是时代之争，更是对两种诗歌审美范型的讨论。

　　在中外文学交流与互鉴的语境下，唐宋诗及衍生出的"唐宋诗之争"也流传到域外的朝鲜半岛（也称韩半岛）和日本，同样成为两国文坛引人瞩目的现象与话题，成为了东亚共有的文学遗产。两国文人的诗歌创作和诗学理论的发展始终脱离不开唐诗或宋诗的影响，其诗歌与诗话的写作素材、用典来源、仿写范本，皆不外乎唐宋诗之范畴。不仅参与争论的诗人、诗派、理论家众多，更是左右着诗歌创作及诗学理论的走向。但两国文人对唐宋诗的认识并不和中国完全相同，他们经过长期模仿、经验积累，以及本土化运演之后，逐渐带有鲜明的本土特色，持续延伸、丰富和扩展着唐宋诗的内涵和范畴。可以说，唐宋诗是真正将东亚各国文学关联在一起的重要内容。

　　就韩国古典诗学而言，朝鲜半岛虽与中国语言殊异，但其汉诗与中国诗歌却是一脉相承。韩国古代汉诗崇尚中国诗歌之风千百年而不衰，且随着唐宋诗风的交替而起伏有常。韩国古代文人对唐宋诗之间的不同审美特征皆有着清晰的认知。然而他们对唐宋诗的思考却是从"学诗者"的角度出发，重视在诗学实践中如何学习两种诗歌，关注点并非停留在作家、作品的阐释上，往往集中在诗教、诗法、诗人素养以及诗风的演变上。其目的在于纠正文坛的不良风气和弊病，指导并影响后人学习汉诗。

韩国古代文人唐宋观的形成始于高丽朝时期，并渐渐具有较为鲜明的民族特色。就唐宋诗传入的时间上看，众所周知，唐诗于新罗、百济、高句丽时期便已传入，而宋诗于何时传入，很难找到具体的时间点。但从李奎报的《全州牧新雕东坡文集跋尾》可知，最晚于高丽高宗朝23年（1236年）时宋诗已传入朝鲜半岛，并为一时所尚。恰如李奎报之言："今古以来，未若东坡之盛行，尤为人所嗜者也。"[1]文人学苏之属辞富瞻，用事恢博，对唐宋诗开始有了不同的认识和比较的可能。那么，韩国古代文人的唐宋诗观，有何特点和价值，其诗学观点是否与中国文人相同？这些问题都值得研究者思考。因此，本书拟从唐宋诗在朝鲜半岛的传播与影响着手，研究韩国古典诗学如何接受唐宋诗、侧重在何处，为什么会形成"唐宋诗之争"以及出现了哪些新的解读与变化；通过文献资料，辨析韩国古代文人的唐宋诗观与中国、日本之不同。

实际上，国内外学界对于韩国古代文人唐宋诗观的研究已经取得了一些成绩。国内学者如，孙德彪（2005）、杨会敏（2011）、王成（2013）、崔雄权（2015）、李岩（2015、2016）、马金科（2019）、张乃禹（2020）、李丽秋（2020）、张景昆（2022）等，多从个案出发，判断文人的学诗倾向。因此，局限便在于现有的研究或只针对一段时期内的著名文人，就其所宗之诗风作出评价；或只谈及单个中国诗论家对韩国古代汉诗风转变的影响，论述未能贯穿整个韩国诗学史。韩国学者如，闵丙秀（1986）、卞钟铉（1994）、李钟默（1995、2000）、黄渭周（1997）、朱昇泽（1998）、刘素珍（2010）、朴顺哲（2012）等，他们或站在文学史发展的角度，从诗学背景出发，梳理韩国古代文人对唐宋诗的继承与创新；或以作家作品为研究中心，较为全面地总结了诗坛学唐和学宋的实际情况，但略显笼统。朝鲜学者如，郑洪教（1984、1991）、李东源（1999）、金春泽（1999）等，他们多立足于朝鲜半岛自身文学发展的土壤，对中国诗学与朝鲜半岛诗学之间关联的研究所论较少。此外，在方法论探索上，国内外学者对中韩诗学的可比性进行了论证与解析，并在理论上充分证明东亚文学内部比较的可行性及重大研究价值。如，曹顺庆（1996、2012）、李岩（2003）、金柄珉（2003、2013）、张哲俊（2004）、张伯伟（2011）、赵东一（2013）等

---

1 李奎报：《全州牧新雕东坡文集跋尾》，《影印标点韩国文集丛刊》（第一册），首尔：景仁文化社，1990年，第515页。

中韩学者从不同的角度注意到东亚文学内部，中韩诗学之间同源异流的特殊关系，或指明韩国古典诗学的发展与中国诗学密切相关；或提出比较文学变异学、东亚跨文化研究、作为方法的汉文化圈等适用于中韩古代诗学研究的方法论。根据这些富有建设性的成果，有助于打通中韩诗学理论的国别界限，展开跨文化对话。为东亚总体文学的视野之下，中韩诗学比较研究提供了重要思路。然而，当前却鲜有中韩唐宋诗观比较的专题性研究论文或专著出现，此领域存在较大的研究空间。因此，在未来的研究趋势中，随着学界对东亚比较文学的关注以及方法论的更加成熟，本书涉及的相关内容必将成为比较文学研究者热议的问题之一。

　　本书基于此，一是立足于朝鲜半岛自身诗学的发展规律，阐明韩国古代文人对唐宋诗的接受及其本土特色；二是点面结合，以时间为经，理论纷争为纬，厘清韩国古代"唐宋诗之争"的发展脉络及异同；三是发现并剖析中韩唐宋诗观的相似性与差异性；四是利用比较文学变异学等研究方法，从历史经验中思考中韩古代诗学交流的方式、路径以及东亚文学"内在统　性"的合理性问题。始终以"世界文学的眼光"，在平等的位置上沟通，追求生成性的对话，体现出中国研究者的中国立场、中国特色和中国范式。努力寻求中国与韩国古典文学的共同规律及不同特色，避免简单地将两国文学定义为"中心—边缘"的传统二元结构，力求发现"美美与共，和而不同"的差异性、特殊性、矛盾性。从而在两国文学的交流与互鉴中，发现东亚文学的价值。旨在深刻阐明中国文论在域外的巨大影响力，以及东亚古代文艺理论的独特个性。最终，从本书中，可以明确看到两国文学交流显现出的深厚文化渊源和东亚诗学多样化的美学形态。进而为推动当下中国与韩国的文化交流，为人类命运共同体理念以及东亚文化新秩序的构筑提供根源性的文化传统论证及现实性思考。

# 第一章　高丽朝中后期文人的唐宋诗观

　　文学活动的展开是离不开环境的。所以，文人群体的创作除了内在的文学冲动外，也来自于满足文人生存需要的自然、社会和文化环境，同时又受其制约。我们通过把高丽朝中后期的诗话看成一个当时生态系统表现的集合体，将高丽朝文学生态作为着眼点，能够还原在当时的历史条件下韩国古典文学的生成、发展、变化和文人的生存状态、文学活动及文学需要。在文学再现的人类体验中，来重新审视当时文人的文学作品、文学思想，以探求文学自身与实在（自然环境、社会与文化环境）的关系，并重新认识文人群体诗学观的产生与发展，从而使更多研究者了解韩国古典文学（对唐宋诗接受）的生长环境和文化面貌。

## 第一节　高丽朝中后期的文学生态与文人群体诗学观的生成

　　《破闲集》是韩国古代首部"诗话"，不仅是研究韩国古典文论的重要资料，也真实地记录了李仁老[1]日常生活中的所见所闻以及当时的自然，政治、

---

1　李仁老（1152-1220 年），字眉叟，号双明斋，贵族家庭出身。能诗文，善草隶。他以汉诗著名，代表作品有汉诗《续行路难》《野菊》《赠接花者》《游智异山》和《山居》等。他的创作大多反映世道的不公和权贵的暴虐。在《续行路难》中，他渴望扣开天门，借天河之水以洗刷污浊的世界，表示了他深沉的悲愤情绪。他也有明显的逃避现实的思想，向往桃花源式的世外之乡。诗学理论著作《破闲集》于 1260年刊行，该书既包含崔致远、郑知常等著名诗人的逸话，还记述了一些传说、民谣、风俗习惯、文物制度等。从中可见他重视作品的内容，反对形式主义的模仿，

经济、民情、民俗等社会现状，可谓有补史之效。目前中外学界的研究主要集中在《破闲集》与中国诗话之渊源及比较，其自身的诗学体系、审美特征上。但是在高丽朝诗话中不仅仅包含诗学思想，还有大量记人、记事、记景、记物等内容，具有明显的史传叙事传统，其写作目的是使当时文坛的诗歌、诗事、趣闻、文人的言行得以保存。被记录的文人则以高丽朝中后期为主。而文学史对本时期文学背景的描述，多集中在社会环境上，或说明武人的专横、文人政治上的失意刺激了诗歌的发展；[2]或阐明"海左七贤"崇尚自然；[3]或从诗话出发，找出材料来佐证文学发展的社会历史语境；[4]或从作家的生平出发，关注作家与时代的联系；[5]或关注高丽朝"海左七贤"如何接受中国"竹林七贤"的文学思想。[6]因此，在各类文学史上还是以作家、作品为中心，文学背景只是作为理解、解读作品的辅助而出现，且往往对文学背景的介绍十分模糊、抽象，有的很少论及韩国古典文学发展的内在"土壤"（特别是自然因素）；有的则完全是史料文献的堆积，忽视了文学环境的客观性作用。所以，通过诗话可以有效地复原当时高丽朝中后期文坛的文学生态，进而探析文学生态与文人群体诗学观生成之间的关联，以补充文学史记录的缺失。

## 一、社会、文化环境与高丽朝的文学活动

文学是想象的世界，物质环境的变化能够使其发生转变。故而高丽朝政治、经济、文化的变化不断改变着文人群体的生存环境与精神状态，进而影响着他们的文学活动。对于社会、文化环境与高丽朝的文学活动的论述，各类韩国文学史都将其作为文学作品及文学思想产生的前提来谈。如，统治者以诗赋取士；贸易频繁；金属活字印刷出现等等。这里，我们就不在过多的论述此内容，只是举出一些新的实例和聚合文学史中常忽视的内容，对文学史进行互证与补充。

---

强调文学创作贵在"托物寓意"。具体可参见，任范松等：《朝鲜古典诗话研究》，延吉：延边大学出版社，1995 年。

2　韦旭昇：《韩国文学史》，北京：北京大学出版社，2008 年，第 80 页。

3　李岩，徐健顺：《朝鲜文学通史》，北京：社会科学文献出版社，2010 年，第 327 页。

4　代表性研究成果如，许辉勋，蔡美花的《朝鲜文学史》（古代中世纪部分），延吉：延边大学出版社，2003 年。

5　代表性研究成果如，郑洪教的《朝鲜文学史》，平壤：科学百科图书综合出版社，1994 年；赵东一的《韩国文学通史》，首尔：知识产业社，1989 年。

6　代表性研究成果如，李海山：《朝鲜汉文学史》，延吉：延边大学出版社，1995 年。

政治上，除选拔官员以诗赋取士外，国王定期派人赴各地收集诗歌，编纂成集，以察当地风俗。如，"毅王诏五道及东西两界，分遣史，悉录诸院宇邮置所题诗，悉纳御府，察其风谣，因择名章俊语编上，以为《诗选》。"[7]国王不仅设立采诗者，且为了想要见到心仪之文人亦积极寻访。如，"西湖僧惠素该内外典，尤工于诗，笔迹亦妙……上素闻其名，邀置内道场。"[8]可知，文学活动离不开政治生态的需要，君王的喜好促进了文学的发展。

其次，经济上，中国与朝鲜半岛的贸易往来密切。主要有两种形式，一是通过国家使节进行的国家贸易；二是在民间进行的私人贸易。[9]从《破闲集》的描述上看，统治者为求取书籍、器物也与私人进行贸易。

整体上看，高丽朝中后期，经济还是较为繁荣；文人多出身贵族，身份上为相国、学士等官员，没有为生存而奔波者。一些贵族文人生活奢靡，以至于在社会中弥散着"尚奢"之风。如，"王孙公子携珠翠引笙歌。"[10]又如，"文房四宝皆儒者所须，唯墨成之最艰。然京师万宝所聚，求之易得。"[11]由此可知，当时商品较为丰富，文人喜华丽之物，一些难以生产的文化用品可以自足。与此同时，国家具有一定的财力，兴建了不少建筑。如，"仁王卜得中兴大华之势，于西都新开龙堰阁。"[12]另外，中韩古代经济往来密切。如，"睿王时，画局李宁尤工山水，为其图附宋商。久之，上求名画于宋商，以其图献焉。"[13]毅王末年，大金使人盖益笔势奇逸，清河崔说购得之。显而易见，高丽朝文人可以轻易购得他国物品，直接与宋商人往来，就连国王也通过商人求物。而宋人亦有以精缣妙墨换取高丽朝国师（大鉴国师）笔迹者。总的来看，高丽朝文人所求之物多为书画、典籍等物品，说明书画、典籍业已成为高丽朝文人生活必不可少的要素。然而普通百姓、下层劳动者的生存状态、经济情况，是否开展与文学有关的活动，《破闲集》中均未有提及，亦可见他们或许并未被文人所关注。

---

7 李仁老《破闲集》，《韩国诗话全编校注》（第一册），北京：人民文学出版社，2012年，第40页。

8 同上，第21页。

9 朴真奭：《中朝经济文化交流史研究》，沈阳：辽宁人民出版社，1984年，第47页。

10 李仁老：《破闲集》，《韩国诗话全编校注》（第一册），北京：人民文学出版社，2012年，第25页。

11 同上，第4页。

12 同上，第17页。

13 同上，第25页。

再次，社会文化上，文人群体用实际行动直接推动着文学的发展。其一，文人间往来密切。二三人、一众人或请求赠诗、主动赠诗、献诗、仿诗、和诗、补诗；或众人交流一同观诗、论诗、品画、赏字；亦或是诗酒唱和，甚至彼此未曾谋面，但因诗作交流而神交已久。此外，拜谒、寻访之风盛行。

> 至明王初，学士韩彦国率门生谒崔相国惟清，亦作诗云："缀行相访我何荣，喜见门生门下生。"此虽据裴公旧例，闻者皆以谓盛集。今上践阼八年，赵司成冲亦引门生诣任相国濡第陈谢，而公以冢宰尚在中书，古今所未有，奇哉。作诗以记卓异："十年黄阁佐升平，三辟春闱独擅盟。国士从来酬国士，门生今复得门生。风云变化鲲鹏击，布葛缤纷鹄鹭明。金液一杯公万寿，玉笙宜命喜迁莺。"[14]

这则诗话说明，高丽朝文人有携诸门生拜望恩师、文坛先辈、政界高官之传统。相关内容在卷下第六十二则又再次出现，彼此具有互文性联系。六十二则补充道："引云：'君子人君子继得英才；门生下门生共陈礼谢。'又云：'师子窟中，师子同一吼音；桂枝林下，桂枝无二熏气。'"[15]言外之意，文坛看重师徒礼法，师生团结、彼此一体。同时门生的出现、门生之门生的出现也说明彼此间相近的审美情趣、知识体系，使得师承授业链得以形成。如，"真乐公资玄（李资玄），起自相门。"[16]表明文人群体间开始强调师承出身。与此同时，文学团体、文学派别也相继出现。

> 本朝以状头入相者十有八人，今崔洪胤、琴克仪相继已到黄扉，而仆与金侍郎君绥并游诰苑，其余得列于清华亦十五人，何其盛也。今上即阼六年己巳，金公出守南州，诸公会于桧里以饯之，世谓之"龙头会"。[17]

上段材料说明，以历届状元为成员，形成了文学团体——"龙头会"，人数达二十余人。而"海左七贤"也正是因文人间的密切往来而形成。另外，从《破闲集》的记载上看，高丽朝文人不同于中国，绝大多数为官员，且出身于士族；文人间注重名誉，也不想授人口实。

---

14 同上，第9页。
15 同上，第33页。
16 同上，第19页。
17 同上，第38页。

其二，家族文学圈悄然形成。正如李仁老所言："仆先祖世以文章相继，红纸相传今已八叶矣。仆以不才，偶居多士之先，而长子裎第四人，次让第三，次椐第二。虽崭然露头角科级巍，而未有能卓然处状头，得与父同科者。"[18]由此可见，从个人喜好文学到家族成员共同醉心于文学，彼此以文章相继，相传家学成为文人群体当中的一种文学传统。从家族文学活动的范围上看，集中在文化发达、文风昌盛、文人集中的开京，其他地域的文学家族则寂焉无闻。

其三，儒家思想影响下的社会风气。朝鲜半岛三国及统一新罗时期，儒家典籍就已经大量传入，促使新罗的礼仪制度、思维方式、道德准则、行为举止、社会风气发生巨大改变。高丽朝时儒家思想对文人群体的影响不断深化。如，仁王时以"孝仁"为其立朝大节；官员去世时多赠予"忠"为谥号。在文学活动中，文人多写"尽忠"之臣心。如，"欲将忠义辅君王"[19]"安有不尽忠竭诚以补国家者哉。"[20]在《破闲集》中，作者为引导后世树立崇尚忠义的品格，在一众中国唐宋杰出诗人中，尤为推崇杜甫诗。

> 自《雅》缺《风》亡，诗人皆推杜子美为独步。岂唯立语精硬，刮尽天地菁华而已。虽在一饭未尝忘君，毅然忠义之节根于中而发于外，句句无非稷契口中流出。读之足以使懦夫有立志。[21]

从上不难看出，杜甫因其忠义之节而被文人所推崇，"独步"二字说明其在高丽朝文坛的地位是独一无二的。李仁老主张，在创作时要将不忘君恩、忠诚之思想要载于文中，反复强调诗歌要意存忠义；评判诗歌高下时，也要以忠义为尺度，以"读之足以使懦夫有立志"为标准。以此为依据，李仁老品评了金永夫的《有感》一诗，认为其诗有拳拳忧国之诚老而益壮，给予了极高的评价。除此之外，文人还要有诤臣风骨，能劝谏统治者。儒家思想对文坛的影响可见一斑。

其四，在当时社会中除了盛行儒家忠孝节义之风气，文人相聚亦诗酒风流，表现出极强的文人个性。如，"尚书金子仪，性嗜酒，醉则起舞，辄唱四海之歌，其所言皆涉国朝纲纪"；[22]"黄彬然携酒壶以寻人"；[23]"在孟城李仁

---

18 同上，第32页。
19 同上，第19页。
20 同上，第38页。
21 同上，第17页。
22 同上，第18-19页。
23 同上，第23页。

老与咸淳酒八九巡；[24]黄纯益嗜酒少检束；[25]朴公袭嗜酒，求酒于灵通寺"；[26]"芬皇宗光阐师夷旷，……大醉颓然坐睡，涕洟垂胸"，[27]等等。李仁老通过记录"好饮酒"这一文人嗜好，充分展现了高丽朝文人自由、洒脱的姿态与气质。风格是文人个性的外化，所以，高丽朝文人鲜明的文学个性也潜移默化地影响着其文学风格、文本的外在形态。

最后，其他文学活动。除了以上主要文学活动外，高丽朝文人有时也受王命与诸生讲习；接待中国使者或作为使臣出使中国；文人赴任时多写诗以记之；祝寿；考证；为友人饯行；笃信佛法，与僧人交流；参与科举，等等。另外，文人狎妓也是常有的现象。在文化环境上，佛儒并尊，私学兴盛，且对女性还是较为尊重的。如，虽然咸淳的夫人闽氏悍妒无比，使他不能接近女色，但夫人去世后，咸淳也未再续弦，对此李仁老对咸淳的这一行为加以赞赏，并未从"三从四德"的角度对闽氏予以斥责，反而称赞咸淳为笃行君子。

总之，社会、文化环境与文学活动不可分割。高丽朝国王对汉文学的热爱；经济上与中国贸易的繁荣，贵族社会追求"奢靡"之风以及中后期的"武臣之乱"；加之中国文学典籍的大量传入，形成了高丽朝文学独有的成长语境。此种环境不仅影响了作家的审美与思维方式、气质个性、成长高度、作品特色、对文学本质的理解，同时，也促使了文人群体的密切往来和家族文学的传承，孕育出高丽朝首个影响较大的文学团体与文学潮流，汉诗及诗论也由此得到发展。而长歌、时调等国文文体亦于本时期出现。故而高丽朝文学在韩国古典文学史上的地位举足轻重。

## 二、自然环境与高丽朝的文学活动

与后世诗话（朝鲜朝诗话）相比，《破闲集》论诗的内容较少。[28]对诗歌的记录并非采用摘句批评的方法而是着重叙述诗歌创作的背景、目的以及详细的写作过程。对此，李仁老之子李世黄在《破闲集·跋》中谈到了如此记录

---

24 同上，第 25 页。
25 同上，第 31 页。
26 同上，第 32 页。
27 同上，第 23 页。
28 《破闲集》中共记载唐诗 8 首，宋诗 7 首，李仁老本人诗 21 首，以及韩国古代文人诗 60 余首。

之目的。即，"如吾辈等，苟不收录传于后世，则堙没不传决无疑矣。"[29]高丽朝末期，李齐贤在《栎翁稗说·序》中借他者之口也说明了其收录之目的，与李氏之言异曲同工。即，"客谓栎翁曰：'子之前所录，述祖宗世系之远，名公卿言行颇亦载其间，而乃以滑稽之语终焉。'"[30]虽然从《破闲集》到《栎翁稗说》诗话文体逐渐走向成熟，观察与书写的视角不断流变（从论诗及事逐渐到论诗及辞，叙事性的内容不断减弱，摘句评判、介绍诗法、学诗等内容不断增强），但综观高丽朝诗话，记事仍是主要内容之一。相较于诗歌叙事能力的不足与历史典籍记录视角的局限，诗话成为了展现当时文人生存状态的最好载体之一。

### （一）对朝鲜半岛自然环境的描述

以往我们研究韩国诗话，特别是分析中国文论对韩国古代文人的影响时，焦点聚集在社会、人文背景对当时文学创作者的影响，重在分析接受的文化语境，往往忽视韩国诗话与自然环境的联系。文学生态学认为："读者和作家不仅受社会和文化的影响，而且也受到自然环境的影响。"[31]从地理上看，朝鲜半岛风景秀丽，多山、多河，平原面积小，这一点从《破闲集》中能够加以印证。李仁老对自然风光的描写集中在山水、树木等方面。并且，该书亦表明高丽朝文人不断地体验、想象，广泛接触着自然，积累审美经验。

写山如，描述晋阳古帝都，凭借溪山胜致成为岭南第一景；淄州北仰岩寺，山奇水异，有幽奇之致；"智异山或名头留……花峰萼谷绵绵联联，至带方郡，蟠结数千里，环而居者十余州，历旬月可穷其际畔"；[32]"龙山……峰峦盘屈状若苍蛇，而斋正据其额。江流至其下分为二派，江外有遥岑，望之如山字。"[33]

写水如，"京城西十里许有安流漫波，澄碧澈底，遥岑远岫相与际天，实与《苏黄集》中所说西兴秀气无异。"[34]

---

29 李仁老：《破闲集》，《韩国诗话全编校注》（第一册），北京：人民文学出版社，2012年，第43页。

30 李齐贤：《栎翁稗说》，《韩国诗话全编校注》（第一册），北京：人民文学出版社，2012年，第138页。

31 司空草：《文学的生态学批评》，《外国文学评论》，1999年第4期。

32 李仁老：《破闲集》，《韩国诗话全编校注》（第一册），北京：人民文学出版社，2012年，第8页。

33 同上，第8-9页。

34 同上，第32页。

写树木如，"金兰境有寒松亭，昔四仙所游。其徒三千，各种一株，至今苍苍然拂云。"[35]"京城东天寿寺，去都门一百步，连峰起于后，平川泻于前。野桂数百株夹道成阴，自江南赴皇都者必憩于其下。轮蹄阗咽，渔歌樵笛之声不绝，而丹楼碧阁半出于松杉烟霭之间。"[36]

从以上文人的叙述中，不难看出朝鲜半岛湖光山色、水秀山明的整体特点，突出表现了"奇""蜿蜒"等山势特征；以及水"异""曲折"等自然形态。而树木则以松树为主，凸显其自然姿态与数量上的丰富，成为了可供文人群体休息、驻足、欣赏之景。因此，朝鲜半岛秀丽的自然风光使得文人心生自豪之感，并自信地与中国自然风光相对比。

> 昌华公李子涧杖节南朝，登润州甘露寺，爱湖山胜致，谓从行三老曰："尔宜审视山川楼观形势，具载胸臆间，毋失毫毛。"舟师曰："谨闻命矣。"及还朝，与三老约曰："夫天地间凡有形者无不相似。是以湘滨有九山相似，行者疑焉。河流九曲，而南海亦有九折湾。由是观之，山形水势之相赋也，如人面目，虽千殊万异，其中必有相髣髴者。况我东国去蓬莱山不远，山川清秀甲于中朝万万，则其形胜岂无与京口相近者乎？汝宜以扁舟短棹，泛泛然与凫雁相浮沉，无幽不至，无远不寻，为我相收。[37]

由上段材料可知，文人李子涧出使中国时，不自觉地将朝鲜半岛的自然风光与中国相对比，认为中国所有之风光本国亦有之，且风光强于中国万倍。[38]又如，李仁老形容西都永明寺南轩"山川气势，与中朝涤暑亭相甲乙，而秀丽过之。"[39]可见，高丽朝文人对自然风景的自豪溢于言表。

此外，《破闲集》中李仁老认为，朝鲜半岛自然环境的优美令文士辈出。"西都，古高句丽所都也。控带山河，气象秀异，自古奇人异士多出焉。"[40]"我本朝境接蓬瀛，自古号为神仙之国。其钟灵毓秀，间生五百，现美于中国

---

35 同上，第 22 页。

36 同上，第 25 页。

37 同上，第 24 页。

38 在《燕行录》中，朝鲜朝使臣目睹众多中国自然风光、大量名胜古迹，却未与其本国进行比较，只是如实地记录，并没有表露出自豪之情。这一独特之处日后当值得我们继续深入研究。

39 李仁老：《破闲集》，《韩国诗话全编校注》（第一册），北京：人民文学出版社，2012年，第 26 页。

40 同上，第 40 页。

者，崔学士孤云唱之于前，朴参政寅亮和之于后。而名儒韵释，工于题咏，声驰异域者，代有之矣。"[41]不言而喻，在高丽朝文人心中，本国生态环境的优良有效地促进了文人的文学活动，使一批文士得以扬名于世。

### （二）自然环境与文人活动

人与自然是相互依赖、不可分割的整体，而人同时又是文学活动开展的主体。[42]因此，自然环境与文人的文学活动密不可分。具体而言，在朝鲜半岛优美的自然环境下，文人墨客总是投身于自然山水之中，怡情悦性。文人于此或读书或写诗，这成为了他们的基本生活方式。

其一，读书。随着大量中国文学典籍的传入，习汉籍、作汉文，成为韩国古代文人展开文学活动的主要内容之一。如，李仁老八九岁起便随老儒学习读书。可以说，读书是当时文人获取知识、理解文本最好的行为。但读书也需要有合适的地方，需要身心合一。而朝鲜半岛自然环境的优势为文人提供了良好的读书空间。如，李仁老与李湛之尝读书十湍州北仰岩寺，每日暮凭栏纵目，渔火明灭，云沉烟澹，茅次联属，如在武陵源上；江夏黄彬然未第时，与两三友读书于湍州绀岳寺，相与登北峰，坐松下石，共饮极欢，等等。从当时文人读书的内容上看既有李绅、白居易、杜甫、苏轼、黄庭坚、魏野等唐宋文人诗，《冷斋夜话》《五柳先生集》《南徐集》等中国典籍，也有康日用、印份、金莘尹、郑知常等不少本国文人诗，《分行集》等本国典籍。

其二，吟诗作画。文人常睹物吟诗、远游或登高吟诗。吟诗既是吟诵诗歌，同时也是品诗、赏诗，乃文人风雅之事。文人从自然风光出发，通过吟诗作画达到精神方面的审美愉悦。面对龙山山势之雄伟时，李仁老朗吟而起；金侍中缘，面对大雪时，四顾茫然无所见，便初垂袖而微吟；金学士黄元、李左司仲若、郭处士玙皆奇士，年少时以文章相友，号神交。二公尝访左司第。次至于黄元……遂引满朗吟；士子卢永绥有才调，尝日暮泛一叶泝流而行，欲抵宿湖边寺。中流长啸，怳若有得云："风萧萧兮易水寒，孤舟独往。"[43]众人放声吟讽，恨未有续之者。由上可见，文人群体不仅在面对大自然壮丽风景时情不自禁或独自吟诗或放声吟颂，友人来访时亦互相品诗。此外，高丽朝上层社会、

---

41 同上，第43页。

42 宋丽丽：《文学生态学：生态批评的实在性建构》，《当代生态文明视野中的美学与文学国际学术研讨会论文集》，2005年，第197页。

43 李仁老：《破闲集》，《韩国诗话全编校注》（第一册），北京：人民文学出版社，2012年，第32页。

贵族圈皆对艺术极为热爱，绘画已经融入文人的日常生活当中，自然景物也成为绘画的重要主题之一。如，有文人将晋阳的宜人山水作画献于李相国，李相国贴诸壁以观之，引来了许多文人的围观、欣赏。

其三，写诗。文学作品是作家创作的产物。不仅是文学创造成果的标志，也是整个文学活动的重心所在。本时期，高丽朝文人的文学创作与自然相联主要有以下六种情况：

借自然之景入诗。如，郑知常借大同江水连绵不绝、奔流不息形容与友人间的深厚情谊；李仁老以"湖上莺飞""栏边黑牡丹"等自然景物为意象调侃咸淳惧内。

因自然而奉命写诗。如，"西都永明寺南轩，天下绝景，本兴上人所创……昔睿王西巡，与群臣宴饮唱酬，篇什尤多。"[44]又如，睿王诏赐城东若头山一峰……即令（郭玙）进诗云："谁剪红罗作牡丹，芳心未展怯春寒。六宫粉黛皆相道，何事宫花上道冠。"[45]

因自然而偶得灵感。如，高丽诗僧白云子，遍游名山，途中闻莺啼叫，有感写成一绝："自矜绛觜黄衣丽，宜向红墙绿树鸣。何事荒村寥落地，隔林时送两三声。"[46]又如，康日用欲赋鹭鸶，即使是雨季每天仍冒雨至天寿寺南溪上以观之，忽得一句云："飞割碧山腰。"乃谓人曰："今日始得到古人所不到处。"[47]再如，郑知常偶游天磨山八尺房，竟夕苦吟，未能属思。至都门时，乃得一联云："石头松老一片月，天末云低千点山。"[48]随即其直入院中，奋笔题于墙壁之上。

为追求自然之美而锤炼诗歌。李仁老借《破闲集》曾系统讨论琢句之法，并言："天下奇观异赏可以悦心目者甚夥，苟能才不逮意，则譬如驽蹄临燕越千里之途，鞭策虽勤，不可以致远。是以古之人虽有逸才，不敢妄下手。必加炼琢之工，然后足以垂光虹霓辉映千古。"[49]从李氏之言可知，诗歌需要加以炼琢和打磨才能将自然美景真正的意境、意蕴展现出来。故而本时期的文人常彼此切磋诗艺。如，士子徐文远与权公惇礼自小相友爱，俱儒门子弟也。才华

---

44 同上，第25-26页。
45 同上，第20页。
46 同上，第35页。
47 同上，第13页。
48 同上，第41页。
49 同上，第12页。

与年龄相去伯仲之间，二人履以篇什相赠答，借自然之景一同琢磨诗艺；金黄元、李仲若、郭玙皆奇士，尝访左司第，清谈亹亹不觉日暮。须臾月出云开，碧天如水，面对如此美景，三人相与登南楼小饮，亦因目睹自然之美而作诗互相切磋。

主动奉诗、赠诗、贺诗、谢诗；见景以诗记之。如，黄状元彬然中秋直玉堂，见长空无云，月华如昼。作诗送于吴公世文："季孟中间朔，炎凉一样天。春宵何阒寂，秋夕独喧阗。月色应同尔，人心所使然。知君能决事，此景果谁先。"[50]又如，李仁老于崔枢府第，见后庭黄花正盛，酒数酌而出，献诗曰："汉池瑞鹄翅初刷，洛妃归去尘生袜。须知仙格老不枯，肃肃金风入花骨。余妍挽得三春回，诗人喜见一枝折。泛泛金觞待后期，侯家不怕冰霜冽。"[51]

开展题诗、留诗等文学活动。如，"昨过公旧墅，草树苍然，有泉出于石缝，素所游宴处也。怅然徘徊不能去，作诗留壁上：'岩下泠泠水，沿洄若有思。谁知冰雪派，尚带凤凰池。东阁重窥处，西门欲暮时。题诗留半壁，略遣九泉知。'"[52]又如，李仁老于龙山信笔题于壁云："二水溶溶分燕尾，二山岌岌驾鳖头。他年若许陪鸠杖，共向苍波狎白鸥。"[53]再如，李仁老留诗留青鹤洞诗岩石云："头留山迥暮云低，万壑千岩似会稽。策杖欲寻青鹤洞，隔林空听白猿啼。楼台缥缈三山远，苔藓微茫四字题。试问仙源何处是，落花流水使人迷。"[54]

综上所述，以自然环境为依托我们能够发现，高丽朝文人生存状态、精神活动都与自然融为一体，又因其所生存的自然环境开展了诸多文学活动。良好的自然环境为文人群体的"避世情节"提供了栖身之所；为山水田园诗的书写提供了素材、可寓情之景与意境；为文人的想象、审美共鸣的产生提供了"诗性空间"。同时，朝鲜半岛独特的山水美景给予了高丽朝文人特殊的审美心境。一方面极大地增强了文人的民族自豪感，哪怕面对中国美景时亦不为所动；另一方面，也影响了高丽朝文学的审美理想与追求。文人因眼前的景物而触景生情，萌生诗意，将率真自然的美作为美的理想，且崇尚天然的美。[55]

---

50 同上，第 5-6 页。

51 同上，第 10 页。

52 同上，第 15 页。

53 同上，第 14 页。

54 同上，第 9 页。

55 蔡美花：《高丽文学审美意识研究》，延吉：延边大学出版社，2006 年，第 163-168 页。

### 三、高丽朝文学生态与诗学观生成之关联

文学生态学认为，分析生态环境对作家生存状态、文学活动的影响，目的是探寻文体的出现、作品产生、思潮出现的原因，以达到对文学现象的本质还原和作品意蕴的深层挖掘之目的。

综合前文的自然、社会与文化环境来看，第一，良好的生态环境可以使主体及其中的个体都有良好的发展空间，为高丽朝文学创作提供素材，也是高丽朝文学成长的沃土。而乐府亦于此时设立。

文人多有贪书之癖，从阅读与吟诵的作品上看，种类各异、浩如烟海；从汉诗创作的数量上看，每次文学活动所创作的诗作，少则近十篇，多则上千篇。如，学士金黄元碰见李载出使还朝，两人邂逅于驿站，以诗赠之，同行缙绅皆属和，共一百余首；山人观悟尝游其邸，搜遗稿得近体诗八九篇；[56]闻者皆和，几千余篇，遂成巨集。[57]汉诗数量不计其数，足见高丽朝文人拥有较强的创作能力。同时又可见共同的生态环境导致各文学创作的个体审美旨趣逐渐相近，潜移默化地达成一种共识，[58]互相和诗、补诗、赠诗、题诗、献诗等文学活动形成了"互文本性"效应。一方面有助于高丽朝文学流派、文学团体的确立；另一方面从李仁老补潘大临《寄谢临川》、品评"苏黄"用事、山谷"夺胎换骨"之法来看，其在有意或无意间接触、传播了江西诗派诗人的创作和诗法，借助"互文本性"效应为后世的朝鲜朝深入学习江西诗派诗论提供了接受的文化语境。

从汉诗创作的水平上看，李仁老及高丽朝文人使用"精敏""玩味之深有理趣""不工，仅得形似耳""以谓唐宋时人笔""用事精妙""对偶精切，固无斧凿之痕""未若前篇天趣自然""飘逸出尘"等短语，一方面说明其水平虽无法与中国文人神似，但已与唐宋文人十分接近，甚至无异；另一方面体现当时文人创作重用事、对偶与理趣等创作特点。并从侧面反映出，当时文坛主要学唐宋诗。根据《破闲集》的叙述，唐宋诗、唐宋文人是作为一个整体概念而出现，这说明高丽朝中后期的文坛还未形成明确的"学唐"和"学宋"之争。[59]

---

56 李仁老：《破闲集》，《韩国诗话全编校注》（第一册），北京：人民文学出版社，2012年，第42页。

57 同上，第24页。

58 陈玉兰：《论中国古典诗歌研究的文学生态学途径》，《文学评论》，2004年，第5期。

59 对于本时期是"学唐还是学宋"，学界有两种截然不同的看法。一些学者认为高丽朝后期已形成了宗宋诗风，李仁老"用事论""新意论"等文学主张皆出学自宋诗（如，杨会敏《高丽后期"海左七贤"宗宋诗风论析》，《齐鲁学刊》，2014年第6期；王正海《高丽汉诗对宋诗之接受研究》），《学术界》，2012年第9期。）；一些

通过《破闲集》我们看到了高丽朝文学的兴盛，前期统治者施行"崇文政策"，重视文学。中期，虽然武臣之乱造成文臣或不受重用或遭到迫害，读书人减少、文籍荡尽，但文学活动仍然频繁，也带来了民族精神的复生，找回了失传已久的自我精神。[60]只不过从写作颂歌转变为逃避现实，文学的发展却未有衰退之迹象。

值得我们关注的是受自然的影响，高丽朝延续了以自然为美的审美传统，并影响着文人的诗学观。即，对自然美的追求成为文人群体普遍的审美情趣。在朝鲜半岛三国及统一新罗时期，文人群体在创作的实际和批评实践中便表现出对自然的追求，强调人与自然的和谐共生。如，崔致远反对雕辞，强调为文应该自然而然和求真。

《破闲集》中，李仁老继承了前人的审美趣味，也主张写诗"天趣自然"不加雕饰，语言要朴素自然。而"海左七贤"等人的诗歌亦是将心中的忧愤与苦闷宣泄于自然之中。对此，蔡美花教授解释道："人们在自给自足的生活中，习惯于面对眼前天然的环境和美丽的自然景物，具有鲜明的现实意识和实践精神。人们执著于现实，没有现实之外的任何奢求。作为这种文化意识引发的审美理想的规范，人们在审美中也是只追求眼前的情景，只寻找日常的景物。"[61]更何况眼前之景不只是普通的山水而是一幅幅秀丽的画卷。所以，在诗歌创作的主题上，寄情山水、归隐出园、惜春悲秋、思念、送别等亦因自然而得以发展。

前文我们提到，朝鲜半岛自然风景的优美使文人群体心生自豪，特别是当中国文化大量传入后，韩国古代社会各方面与中国相比都没有任何优势。然而

---

学者认为宗唐之风的影响始终陪伴于文学发展的过程，并没有因宗宋之风的兴起而存在明显的衰微之迹象。宗唐之风始终保持着稳定的推崇者。（李岩，徐顺健：《朝鲜文学通史》（上），北京：社会科学文献出版社，2010年，第548-549页。）我们通过《破闲集》中李仁老的汉诗可以看到，其汉诗创作大量化用韩愈、白居易、李白、杜甫、孟郊等人的诗句、意象及典故，且摘录的唐诗也最多。他认为一些文人诗达到了杜牧的水平，若以诗编《小杜集》中，孰知其非，可以说杜牧是衡量高丽朝文人水平的标准之一。同时李仁老也认为随着"苏黄"崛起，宋诗青出于蓝，且强调诗歌的理趣，但山谷"夺胎换骨"之法又有剽窃之嫌，对是否"宗宋"态度并未明确。由此可见，李仁老就"用事"一事认为宋强于唐，但在实际创作中仍大量借用唐诗之内容，概言之其对唐宋诗的评论是就诗论诗，学习各有侧重。综上，笔者认为在当时文坛并未形成明确地"学唐"和"学宋"之争。

60 赵润济：《韩国文学史》，北京：社会科学文献出版社，1998年，第73页。

61 蔡美花：《高丽文学审美意识研究》，延吉：延边大学出版社，2006年，第167页。

通过自然风光韩国古代文人找到了可以"保持身份"的符号，来维护民族自尊，并以诗话为载体记录了下来，进而体现为诗话（文学）的民族性，变成一种潜意识影响着后世文学。

第三，具有明显的文学阶级性特征。就高丽朝前期到本时期文人活动的范围来看，大多是文人与官员间、文人与文人间、文人与僧人间相往来。与百姓、下层劳动者交流较少。从诗话记录的对象——文人群体来看，大多数是有一定文坛地位之人，可见文人的身份、地位也是诗话收录的标准之一。随着农民起义、外族入侵，国内局势动荡，李奎报等文人于此时登上文学舞台，文人群体开始正视现实问题，关注现实生活，以诗歌反映下层百姓的不幸。特别是高丽朝晚期，描绘封建剥削制度下劳动人民生活、穷苦人悲惨处境等主题；抨击丑恶现实，对官僚贵族不满等主题的诗歌开始大量创作，诗话中也开始记录文人与下层劳动者交流之事。

第四，促进诗话文体的出现与发展。李仁老在《破闲集》中有言："庶几使后世皆得知本朝得人之盛，虽唐虞莫能及也。"[62]这说明本时期文人数量、诗歌创作的能力是极强的，著名作家相继出现。有众多文学的创作者、文学作品的产生，随之而来的便是如何评判作品的高下，文人创作的水平。高丽朝时期，文人活动更为密切，由前文可知互相赠诗、和诗、品诗的活动已经成为了文人的日常生活，同时本时期文人也注重将自己的创作过程记录下来。

在诗话文体定型之前，朝鲜半岛统一新罗时期崔致远的《桂苑笔耕集》以及高丽朝初期金富轼的《三国史记》、一然的《三国遗事》中类似文体、亚诗话已经存在。即，他们在部分内容里选择把诗人或诗作作为叙述中心。但传统的叙事模式业已不能满足实际的需要，如何记录诗歌批评、学诗、写诗、文人交流等内容迫使文人脱离原有的记录方式，寻找新的文体形式。而以欧阳修的《六一诗话》为首创，以资闲谈为创作旨归，凡属评论诗人、诗歌、诗派以及记述诗人议论、行事皆可记录的新文体——诗话，恰好符合韩国古代文人的"期待视野"。加之，由于唐宋诗发达的经验和北宋理学思辨潮流的影响，最终，欧阳修及《六一诗话》的刊行，为诗话文体一锤定音。[63]

---

62 李仁老：《破闲集》，《韩国诗话全编校注》（第一册），北京：人民文学出版社，2012年，第38页。

63 马金科：《论韩国诗话的史传叙事传统观念及其特殊性》，《中国比较文学》，2017年，第3期。

　　总之，韩国诗话不只是诗学理论典籍，其中还有关于当时经济、政治、文化、风俗、建筑、服饰、艺术、使臣纪行等内容的诸多记录，这些都值得我们日后继续发掘。高丽大学林亨秀教授等国外学者已经开始关注通过文本看李仁老与同时期文人的交往（《通过文集看李仁老的交游关系》[64]），并从宗教、历史、社会学的角度来研究诗话。这些有益的尝试都为诗话的研究提供新的视角。而我们利用文学生态学的研究方法，可以还原当时的文学生态，关照、凸显和凝聚可能被创造出的文学现实，在文学再现的人类体验中，来重新审视当时文人的文学作品、文学思想。但也要说明的是文学环境与高丽朝的文学活动、诗学思想并不是作用或反作用与决定的单向关系，而是各要素循环、互相作用的回环与错综关系。

## 第二节　李齐贤的"宗宋观"

　　李齐贤，字仲思，号益斋，乃高丽朝后期著名文人。[65]他一生致力经籍，深受理学思想影响，曾北学中原、游历中国，在诗、词、诗论等领域皆有建树。其作品《栎翁稗说》是高丽朝时期四大诗话之一，共1卷，内容多为中韩诗话文谈。书中的大部分摘句为宋诗，为宋诗在高丽朝及朝鲜朝的传播做出重要贡献。从他对宋诗的评点我们可以感受到李齐贤对宋诗（主要指江西诗派）的接受与喜爱，以及对未来朝鲜朝诗学发展道路的指引。我们通过分析李齐贤对宋诗及江西诗派的认识，在洞悉高丽中后期文坛文学思想发展实际的同时，亦可知晓唐宋诗在域外的传播情况与反响。

---

64　임형수：《문집（文集）을 통해 본 이인로（李仁老）의 교유（交遊）관계（關係）》，《사총》，2014年第85辑。

65　李齐贤（1287-1367年）是朝鲜半岛历史上著名的文学家、史学家。其为高丽庆州人，少年时代登科入仕，因才华出众而被高丽忠宣王召至元大都，在万卷堂与姚燧、阎复、元明善、赵孟頫、张养浩、朱德润等元朝文人学士交游，并曾至四川、江浙降香，又赴河州谒见被流放的忠宣王。他历仕七朝，在官场几经沉浮。高丽恭愍王即位后，他被拜为都佥议政丞（首相），此后数次出任首相，丁酉年（1357年）以门下侍中致仕，封爵鸡林府院君。至正二十七年（1367年）去世，谥号文忠，后配享恭愍王庙庭。李齐贤以擅长汉诗著称于世，与崔致远、李奎报齐名为朝鲜半岛古代的三大诗人。他还填词数十阕，是朝鲜半岛文学史上几乎独一无二的优秀词人。在史学上，李齐贤也有较高造诣，他增修高丽国史《编年纲目》，并编纂忠烈、忠宣、忠肃三朝实录及《史略》。遗著有《益斋乱稿》《栎翁稗说》等，被合编为《益斋集》。

## 一、对宋诗及江西诗派认识的文化语境

随着宋代诗文典籍、诗话作品传入高丽朝，宋人诗作、诗论得以流传。"光显两朝儒生文人专习四六骈俪文，而后才渐渐崇尚汉文唐诗。丽末兼习宋文，到朝鲜朝时才专习宋文。"[66]这里的宋文自然包括诗歌。我们从《破闲集》《白云小说》《补闲集》所摘录的宋诗当中可以看到，高丽朝文人对宋诗已经形成了较为全面的认识，对宋诗人、诗作、诗法均有所涉猎。

首先，在李仁老的《破闲集》中，他共提到宋代六位文人，宋诗文集三部，宋诗五首，宋诗摘句五句，并涉及回文诗、用事、琢句、夺胎法、换骨法等宋代诗法。

通过进一步研究《破闲集》中所载宋代诗作、诗文集，我们发现李仁老对宋诗的了解、"苏黄"诗法的接受，很大程度上是通过《冷斋夜话》实现的。可以说，诗话是高丽朝文人了解宋诗的主要途径之一。

> 黄州潘大临工诗，多佳句，然甚贫，东坡、山谷尤喜之……秋来景物，件件是佳句，恨为俗气所蔽翳。昨日清卧，闻撼林风雨声，欣然起，提其壁曰："满城风雨近重阳"，忽催租人至，遂败意。[67]

> 对句法，诗人穷尽其变，不过以事、以意、以出处具备谓之妙……乃不若东坡微意特奇，如曰："见说骑鲸游汗漫，亦曾扪虱话辛酸。"[68]事琢句，妙在言其用，不言其名耳。此法唯荆公、东坡、山谷三老知之……（山谷）又曰："语言少味无阿堵，冰雪相看有此君。"又曰："眼看人情如格五，心知世事等朝三"……[69]

由上文的记载可见，《破闲集》对宋诗的摘录在《冷斋夜话》中几乎都能找寻到踪迹。李仁老对"苏黄"诗句的摘录与惠洪相比如出一辙；所补潘大临之诗也明显承接《冷斋夜话》的记录。

此外，在诗法上，李仁老对黄庭坚"夺胎换骨法"的定义与惠洪也极其相似。通过下文的对比，更是显而易见。

> 山谷云：诗意无穷，而人之才有限。以有限之才，追无穷之意，

---

66 金台俊：《朝鲜汉文学史》，北京：社会科学文献出版社，1996 年，第 39 页。

67 张伯伟：《稀见本宋人诗话四种》，南京：江苏古籍出版社，2004 年，第 40 页。

68 李仁老：《破闲集》，《韩国诗话全编校注》（第一册），北京：人民文学出版社，2012 年，第 42 页。

69 同上，第 43 页。

虽渊明、少陵不得工也。然不易其意而造其语，谓之换骨法；规模
其意形容之，谓之夺胎法。[70]

昔山谷论诗，以谓"不易古人之意而造其语，谓之换骨。规模
古人之意而形容之，谓之夺胎"[71]

在国内外学界，学者们普遍认为《破闲集》受欧阳修《六一诗话》的影响
而出现，在创作目的，诗话价值、批评方法、创作观上都具有渊源。但是通过
《破闲集》与《冷斋夜话》的对比我们发现，同为北宋诗话，《破闲集》中对
宋代诗人、诗论的评论多出自《冷斋夜话》而非《六一诗话》。《破闲集》成书
于 1210 年，此时《冷斋夜话》早已成书并流传至高丽朝。可见，韩国古代首
部诗话《破闲集》不仅仅受《六一诗话》的影响而成书，而是中国多部诗话合
力熏染的结果。

其次，在李奎报的《白云小说》中，共提及宋代文人四人，宋诗摘句两句。
这两句摘句均出自蔡绦的《西清诗话》，可知《西清诗话》是李奎报了解宋诗的
重要媒介。在《白云小说》中，李奎报借《西清诗话》中对王安石与欧阳修"辩
菊花诗"这一诗事，阐明"诗者，兴所见也"的理论；借评梅尧臣之诗表明为
诗要"外若薾弱，内含骨鲠"。足见，李奎报对宋诗的内涵是有着深入理解的，
对宋代诗话是细致研读过的。他能够以宋诗为依托，阐明自己的诗学主张。

最后，在《补闲集》中，共提及苏轼、黄庭坚、欧阳修、梅尧臣等五位宋
代诗人，一部宋代诗话，但是并没有摘录他们的诗句。崔滋对宋代诗人的议论
更多的是对他们诗作的接纳上，是模仿还是创新，是引其诗入典还是摄取古人
语。从中我们可以看出：宋诗已经大量传入高丽朝，人们对如何学习宋诗、如
何作诗产生了不同的态度，也随之形成了不同的诗学主张。

林先生椿《赠李眉叟书》云："仆与吾子虽未读东坡，往往句法
已略相似矣。岂非得于中者暗与之合？"今观眉叟诗，或有七字五
字从《东坡集》来。观文顺公诗，无四五字夺东坡语，其豪迈之气，
富赡之体，直与东坡蚐合。世以椿之文得古人体，观其文，皆攘取
古人语，或至连数十字缀之以为己辞，此非得其体，夺其语。[72]

---

70 同上，第 17 页。

71 同上，第 36 页。

72 崔滋：《补闲集》，《韩国诗话全编校注》（第一册），北京：人民文学出版社，2012
年，第 98 页。

从材料可见，当时文人仰慕东坡，连文坛大家李仁老、林椿亦不例外。但是崔滋并没有赞同这种现象，反而批评李仁老抄袭苏轼过多，林椿更如抢夺一般引用古人。这间接地反映出高丽朝文人在作诗时寻求典范、诗法的迫切心理，渴望借中国诗人的诗句表达所见所想，却往往陷入了极端。即，试图凭借引用中国诗人诗语数量的多寡，来证明汉诗水平之高下。面对高丽朝文坛的现状，崔滋深感遗憾，主张引导、改正文坛模仿之风，遂旗帜鲜明地支持李奎报的"新意论"，赞扬其不夺东坡之语，豪迈之气，富赡之体与苏轼吻合。在《补闲集》中，崔滋并未评价诗人水平的高下，而是站在"学诗者"的角度，将宋代诗人奉为楷模。他认为学诗非窃取以得风骨，不袭古人而卓然天成。

总体上看，宋代诗话的传入使高丽朝文人了解到更多的宋诗，诗话中的点评也便于高丽朝文人理解诗句的内涵。《六一诗话》《冷斋夜话》《西清诗话》《诗人玉屑》等四部诗话的传入，帮助文人群体迅速发展自身的文学理论，以此为据对诗歌进行更为科学、客观的评判。这些诗话中的典籍、摘句、逸事也为高丽朝诗话提供创作源泉。但是，这些宋代诗话常常带有作者的主观意图。如，《冷斋夜话》中论诗多引元佑诸人，以"苏黄为最""文章以气为主"等论述，自然在潜移默化中影响着高丽朝诗论家的评判意识。

## 二、李齐贤对宋诗的认识

### （一）《栎翁稗说》所载宋诗

由前文可知，苏轼在高丽朝有着巨大的影响，以苏轼为代表的宋诗逐步为高丽朝文坛所知并成为文坛模仿的主要对象，打破了唐代文学一家独大的局面，在高丽朝末期与唐诗的论争中占据了上风。我们从李齐贤的《栎翁稗说》中可以看出其论诗宗宋，推崇苏轼。[73]

通过整理《栎翁稗说》中所载宋代诗人诗作，我们发现李齐贤对宋诗的记载更加丰富，共有九位诗人，摘句三十六句，涉及《山谷集》《宋贤集》两部诗集，反映出高丽朝中后期文人喜爱、追捧宋诗的文坛现象。从数量上看，摘录王安石、苏轼的诗句最多；从诗法上看，受黄庭坚、苏轼的影响最大，对其诗句的摘录也出于诗法目的。值得注意的是，通过对原文与摘句的互证我们发现，这些诗句出现了大量的文字错误，同义词混用、错别字层出不穷，甚至出现两首诗之间诗句错位，诗人自己补写的现象，但原意并未发生改变。在古代，

---

73 任范松等：《朝鲜古典诗话研究》，延吉：延边大学出版社，1995 年，第 81 页。

诗句的流传通常要靠人为抄录、口头背诵，在此过程中难免造成一些错字与笔误，或后世依照自身的用语习惯改变了原文，然而这些错误也随之不断流传，造成了在韩国古代文学典籍中的诗句与中国原句相比略有不同。

### （二）李齐贤对宋诗的态度

高丽朝时期，最初受晚唐诗风的影响，中期转为全面学习唐诗再到后期以学"苏黄"为中心，学习宋诗的潮流才得以形成。

崔滋在《补闲集》中借俞升旦之语说明当时文坛的诗歌典范及评判标准："凡为国朝制作，引用古事，于文则六经三史，诗则《文选》、李、杜、韩、柳。"[74]李齐贤在《栎翁稗说》中更是多次借苏轼、黄庭坚之语评价诗歌。朝鲜朝初期，徐居正亦言"自欧苏梅黄一出，尽变其体。"[75]可以说，高丽朝中后期至朝鲜朝前期文坛风气与对中国诗歌的态度不断变化，到了李齐贤时已与前人有了很大的不同。

高丽朝中后期，经历过武臣之乱后，文人群体普遍陷入了彷徨与求索中。成宗朝以后所形成的歌功颂德之风、士大夫们的应制文学已经不适应人们的创作需求。随着宋、丽两国文学交流的不断深入，出版印刷业的发展，文人间的唱和往来，典籍的流传，高丽朝文人目睹了正值上升期的苏轼、黄庭坚等人的诗词魅力，苏轼豪放的诗风、丰富的想象；黄庭坚锤炼点化、用事雕琢的诗法标准，为高丽朝文坛传入一股清新之气，震撼了文人群体的创作心理，一洗"场屋习气"。同时，由于性理学传入朝鲜半岛，受性理学影响的宋诗更加受高丽朝文人的推崇。重视诗歌内容、诗人人品、吐露真情、讲究诗法的宋诗便成为文人群体学诗之新样板。《栎翁稗说》中李齐贤或引宋诗以为典范；或与高丽诗相比较；亦或专评宋诗，在品评这些诗句时呈现出不同的态度。具体而言：

其一，对宋诗表现出赞赏之态。《栎翁稗说》中共有三处赞扬宋诗，这三处皆从诗歌的创作论出发，进行评点。

> 明王手写《前汉·纪志表传》九十九篇题目，襄于柳尚书仁修
> 宅见之。万机之余，存心于典籍，而笔札之妙不减古人，嗟叹之不

---

74 崔滋：《补闲集》，《韩国诗话全编校注》（第一册），北京：人民文学出版社，2012年，第112页。

75 徐居正：《东人诗话》，《韩国诗话全编校注》（第一册），北京：人民文学出版社，2012年，第185页。

足，因记杨廷秀观德寿宫所书《前汉列传》赞诗云："小臣滥巾缝掖
行，手抄《孝经》未辍章。何曾把笔望《史》《汉》，再拜伏读汗透
裳。"可谓能言人腹中事矣。[76]

材料中的明王指的是宋孝宗。孝宗御书《西汉书》列传，而杨万里曾在柳
仁修的府邸见过该书。后杨氏受人之拖，作歌敬书于后。这首诗便真实地记录
了杨万里所书《前汉列传》赞诗的创作过程及心理活动，并被李齐贤赞为"能
言人腹中事"。这里既有对杨万里高超笔法的赞叹，也流露出李齐贤的诗文创
作观。李齐贤一贯主张写景要"逼真"。如，曾批评白居易的《长恨歌》对峨
眉山位置描述不准确，有失真之感；评苏轼《题韩干十四马》（《韩干马十四匹》）
时，赞扬苏子作诗如见画。通过此段，我们不仅可以看出李齐贤主张写景要"逼
真"，且其认为诗人对人物心理的刻画也同样要"逼真"，要将能言明他人心中
所想作为诗歌创作的标准。

陈简斋赠相师云："鼠目向来吾自了，龟肠从与世相违。醉来却
欲凭师问，黄叶漫山锡杖飞。"句法之工如此。东坡云"火色上腾虽
有数，急流勇退岂无人。"又豪宕可人。[77]

上述文字中，李齐贤从句法、诗风两个角度，赞赏了陈与义与苏轼的诗。
简斋为江西诗派诗人陈与义之号，这首诗为了送别僧超然归庐山而作。李齐贤
对此诗的评价没有从诗的内涵来考虑，而是借此诗说明其诗法主张，即讲求工
整。所谓句法实际就是具体的诗法。诗歌是由诗句组成的，每句之间都有所讲
究。黄庭坚对诗歌句法尤为重视，且有严格的要求，讲求工整。从李齐贤对陈
与义之诗的点评来看，黄庭坚句法之论亦为李齐贤所重，他把陈诗当作句法工
整的典范，其目的在于引领后世学习此法。

苏轼这首《赠善相程杰》，将"火色之盛"形容为官场得意；"急流勇退"
则表明要选择隐居。这首诗阐明了要在官场得意之时，急流勇退、明哲保身
的人生哲学。李齐贤点评该诗"豪宕可人"。"豪"亦如崔滋《补闲集》中之
言："近世尚东坡，盖爱其气韵豪迈，意深言富"[78]，"豪"指的是苏轼豪气
之诗风；"宕"的意思是不受拘束，在这里指的是苏轼非凡的想象力。故而"豪"

---

76 徐居正：《东人诗话》，《韩国诗话全编校注》（第一册），北京：人民文学出版社，
   2012 年，第 142 页。
77 同上，第 148 页。
78 崔滋：《补闲集》，《韩国诗话全编校注》（第一册），北京：人民文学出版社，2012
   年，第 112 页。

与"宕"兼容，构成了苏轼"出新意于法度之中，寄妙理于豪放之外"的创作特点。"可人"有称心如意之意。所以，苏轼的诗歌创作因符合李齐贤的审美心理，被其所接受。由此可见，李齐贤对该诗的赞美源于自身对苏轼创作特点的认同与肯定。

此外，单就诗作而言，不谈诗法，李齐贤对王安石的诗也给予了较高的评价。"荆公诗童蒙辈所习，《宋贤集》中十许首，皆妙绝。"[79]他赞扬王诗"一字一句，如明珠走盘，宛转可爱"，言外之意，欣赏王安石诗歌柔和曲折，灵气十足。"童蒙所习"，则说明高丽朝孩子们从小便接触到了王安石的诗，可见宋诗在高丽流传程度之深，人们对王安石作品的看重和喜爱。

其二，对一些诗人、诗评持批评之态。李齐贤对这些诗人、诗评的评论并未含有贬低之意，只是就诗论诗。

> 欧阳永叔自矜曰："吾之《庐山高》，今人不能作，太白能之。吾之《明妃后篇》，太白不能作，子美能之。前篇子美不能作，我则能之。"此后之好事者，见《庐山高》音节类太白，《明妃后篇》关于美，故妄为之说耳。苏老泉《上欧公书》有云"非孟子韩子之文，乃欧阳子之文也"。虽诗亦然。使李杜作欧公之诗，未必似之；欧公而作李杜之诗，如优孟抵掌谈笑，便可谓真孙叔教也耶？[80]

韩国古代诗话是受欧阳修《六一诗话》的启发而产生的。《补闲集》中崔滋引李奎报之语表达了对欧阳修作品的赞叹。即，"余初见《欧阳公集》，爱其富，再见得佳处，至于三拱手叹服。"[81]而李齐贤在《栎翁稗说》序中自言其创作目的时也表达了其写作宗旨与欧阳修的"以资闲谈"一脉相承。由此可知，高丽朝文人对欧阳修作品的羡慕和向往。

但值得关注的是，《栎翁稗说》表现出了欧阳修自负的一面。"自矜"是一个贬义词，暗示出李齐贤认为欧阳修所说过于自大。欧阳修认为其《庐山高》《明妃后篇》李白、杜甫不及也；而苏洵的《上欧公书》就本身略带奉承之意。李齐贤最后总结道，"李杜"模仿欧阳修未必相似而欧阳修模仿"李杜"却易如反掌。那么，李齐贤为什么要选取这样一则矛盾材料呢？表面上看，他赞叹

---

79 李齐贤：《栎翁稗说》，《韩国诗话全编校注》（第一册），北京：人民文学出版社，2012 年，第 146 页。

80 同上，第 145 页。

81 崔滋：《补闲集》，《韩国诗话全编校注》（第一册），北京：人民文学出版社，2012 年，第 112 页。

的是欧阳修创作水平之高，但却在开头使用了含有贬义的词语，且评价欧阳修的苏洵亦有求于欧，不具有公信力。此时的高丽朝，宋诗流入未久。时值"宋调"传播的初始阶段，模仿抄袭之风难免出现。结合时代背景我们推测可能有两个原因：一是说明每个人都有不同的模仿目标，要选择适合自己的对象进行学习；二是只有经常模仿的人才能做到相似。这里，李齐贤讽刺文坛模仿宋诗现象的严重，其这样写的目的在于警告一心想照搬宋诗的人，要注重创新、新意。此观点也印证李齐贤所倡导的"自成一家"的诗学主张。

李齐贤对宋诗的关注不只在作品的本身，对宋人的诗评也同样关注。如：

《巫山高》"白月如日明房栊"，李璧注曰："白月，言珠也。"

刘须溪批云："不必珠自佳。"璧之俗气便不可掩。[82]

《巫山高》全名为《葛蕴作巫山高爱其飘逸因亦作两篇》，乃王安石所作。李璧，南宋人，被誉为有"李白之才"，著有《王荆公诗注》50卷，是宋人注宋诗的范本；须溪为刘辰翁之号，其亦工于文学评论。李、刘二人的评论在当时具有权威性和影响力。而李齐贤选择了支持刘须溪，认为如果言珠则俗不可言。从中可以看出，李齐贤认为诗人对景物的描写要有"不传之妙"，不必一一点明。换言之，诗人要通过创作将读者引入想象的空间。

李齐贤的这种态度源于其诗歌的本质论，也就是"意在言外"的理论主张。《栎翁稗说》中李齐贤分别摘录陶渊明、陈与义、谢灵运三人的诗句，证明"古人之诗，目前写景，意在言外，言可尽而味不尽。"概言之，李齐贤认为"意在言外"才是汉诗所追求的诗歌的最高境界。

综上，我们通过把李齐贤的诗学主张与其所摘录的宋诗相结合发现，其对宋诗的态度，源于自身的文学思想，所列举之诗句、诗人、诗评皆出于证明的目的。从摘句的数量上看，他推崇王安石，欣赏王安石的诗作；诗论上看有明显的"苏黄"印记，但他对于宋诗没有极其明显的二元评判论，还是站在"学诗者"的角度来看待宋诗。

（三）李齐贤对宋诗、唐诗态度上的差异

随着宋代诗学的广泛流传，"苏黄"、王安石等人的影响力日益扩大，但是盛唐、中唐、晚唐文学的影响并没有消沉，仍继续滋养着高丽朝文学。纵观高丽一朝，宗唐之风的影响始终陪伴于文学发展的过程，并没有因宗宋之风的兴

---

82 李齐贤：《栎翁稗说》，《韩国诗话全编校注》（第一册），北京：人民文学出版社，2012年，第174页。

起而存在明显的衰微之迹象。宗唐之风一直保持着稳定的推崇者。[83]

《栎翁稗说》中，李齐贤对唐诗的记载多出于考证的目的。如，通过对比李白与白居易的诗句，考证峨眉山的确切位置。同时，他也依照自身的文学观，从"诗贵气象"出发，赞美帝王文章之气象。

> 北原兴法寺碑我太祖亲制其文，而崔光胤集唐太宗皇帝书摹刻于石。辞义雄深伟丽，如玄圭赤舄揖让廊庙，而字大小真行相间，鸾漂凤泊，气吞象外，真天子之宝也。[84]

"诗贵气象"是李齐贤文学批评论的重要组成部分。其在品评林椿与崔滋的同题诗时，便根据诗歌"气象"的不同，分辨高下。这则诗话鲜明地体现出李齐贤对唐太宗李世民、高丽太祖王建文章的赞叹。"鸾漂凤泊"指书法神奇飘逸；"气吞象外"指文风豪迈壮逸。概言之，王者之文无论内容还是形式都与众不同，意志风貌皆卓然超群。而"真天子之宝"则表明只有天子之文方能有如此之气。由此可见，李齐贤颇为看重作品中的"气象"。在他的带动下，"诗贵气象"论对朝鲜朝文学批评论也影响饶深。如，后世文人徐居正在《东人诗话》开篇就摘录了宋太祖和高丽太祖二人的诗，赞扬赵匡胤、王建诗有帝王之气，并提出"作诗当有大气象"。其对"气象"的重视及一系列论述与李齐贤的观点一脉相承、异曲同工。

另外，值得说明的是，当《栎翁稗说》中同时出现唐宋文人时，李齐贤的唐宋诗观悄悄地显露出来。

> 梦得金陵五题："山围故国周遭在，潮打空城寂寞回。淮水东边旧时月，夜深还过女墙来。""朱雀桥边野草花，乌衣巷口夕阳斜。旧时王谢堂前燕，飞入寻常百姓家。""生公说法鬼神听，身后空堂夜不扃。猊坐寂寥尘漠漠，一方明月可中庭。"三篇皆佳作也。白乐天独爱"潮打空城寂寞回"，掉头苦吟曰："吾知后之词人，不复措辞矣。"东坡尝书第三篇，人问："何不道'明月满中庭'？"坡笑而不答。古人于诗所取者如此。[85]

这里，我们先不论诗话的具体内容。以宋人评唐诗本身已说明李齐贤的宗

---

83 李岩，徐顺健：《朝鲜文学通史》（上），北京：社会科学文献出版社，2010 年，第 548-549 页。

84 李齐贤：《栎翁稗说》，《韩国诗话全编校注》（第一册），北京：人民文学出版社，2012 年，第 142 页。

85 同上，第 144-145 页。

宋倾向。"所取"即追求之境，追求的是什么？苏轼却笑而不答。我们认为应该是指对诗句争辩的风气。由于受宋代理学思想的影响，高丽朝文坛亦崇尚争辩，且李齐贤本人在性理学方面的素养也是极高的。故而李齐贤的作品中自然会渗透着理性。所以，在这则材料中，李齐贤借"明月满中庭"的争辩想告诫学诗者要不断思考、思辨，才能有所成就。除此之外，《栎翁稗说》中对宋诗的摘句比例远远超过唐诗，亦可见李齐贤的宗宋倾向。

总之，我们在《栎翁稗说》中能够清晰地感受到李齐贤对宋诗的偏爱，但是他对于唐诗之态度并不是排斥的。如，他曾写道："华萼三家五牓魁，人言皆是谪仙才。"[86]也就是说，在李齐贤的诗学思想中，李白等唐朝诗人的文坛地位并未有太大的改变，其宗宋但不贬唐。

## 三、李齐贤对江西诗派诗论的接受

文学作品与文学思想在传播过程中，接受者主体性、主动选择性与创造性贯穿于文学交流、对话过程的始终。文学在穿越不同文化模子时，必然产生变异。[87]就李齐贤而言，他对江西诗派的接受并非全部，选择继承的是江西诗派的诗法，特别是黄庭坚的诗法，而对江西诗派的具体作品关注、记载得较少，这一点不只是李齐贤，后世文人的诗话亦是如此。李齐贤作为"学诗者"立足点和出发点皆是为了本国文人如何才能有效地学习汉诗、写作汉诗，加之韩国古典诗学本身具有重实践的特性，所选择接受的内容应该是适用于文人创作的实际，且能够有效运用的、切实可行的具体诗法。此时，黄庭坚及江西诗派诗歌创作理论的传入恰好满足了李齐贤的期待心理。前文中，我们从李齐贤对宋诗的态度着手，追根溯源，找出了李齐贤是根据自身的诗学理论来品评宋诗。即，其诗学本质论——"意在言外"；创作论——"逼真写实""句法工整"；批评论——"诗贵气象"，都源于黄庭坚等江西诗派文人的文学理论，在这里我们不再做过多的展开，我们谈的是李齐贤诗歌创作论的其他几个方面。

### （一）用事论

纵观高丽、朝鲜两朝诗学，可以说对黄庭坚及江西诗派的用事论议论最多、争议最大，并掀起了旷时久的用事与新意之争。李齐贤选择接受黄庭坚为首江西诗派的用事之法，追求诗歌的法度和格律。

---

86 同上，第 159 页。
87 曹顺庆：《比较文学学》，成都：四川大学出版社，2005 年，第 270 页。

　　先君阅《山谷集》，因言昔在江都，有先达李湛者与今深岳君偶
同名，为诗词严而意新，用事险僻，与当时所尚背驰，故卒不显。
盖学涪翁而酷似之者也。由是观之，苦心之士不遇青云知己，没齿
而无闻如李先达者几何？可不惜哉！[88]

　　这则诗话表明了李齐贤对学黄而无知己的惋惜。他赞赏以黄庭坚为首的江西诗派"词严而意新""用事险僻"的诗法主张，借李湛的境遇表达山谷的敬重。但同时这则诗话也间接表明在李齐贤父辈那一代文人中，黄庭坚的诗学主张与当时文坛所尚背道而驰，不受重视。具体而言，李齐贤将黄庭坚"无一字无来处"加以发挥，讲求来历。

　　文真有《三角山文殊寺》长篇诗："语阑缺月入深扉，坐久微风
吟笋柏。"深得山中之趣。又一句云："钟梵声中一灯赤。"罗氏《路
史》载："人有不改家火，至五世，其火色正赤如血。"文真用此事
以言长明灯也。[89]

　　黄庭坚注重诗人的学问，强调以才学为诗。而用事本身就是才学的体现，只有清楚地知道典故的来源和含义方能用事。这里，他对"长明灯"的典故十分了解，非学识广博者难以知晓。李齐贤意在强调读书的重要性，同时其认为读书之范围即用事之范围，从前人文章中能够学到作诗的法度。

### （二）点化法

　　点化是黄庭坚是诗学创作论的主要方法，指学习前人诗作，在融会贯通中得到新的启发，以为己所用，构成自己的诗意。

　　月庵长老山立为诗，多点化古人语，如云："南来水谷还思母，
北到松京更忆君。七驿两江驴子小，却嫌行李不如云。"即荆公"将
母邗沟上，留家白苎阴。月明闻杜宇，南北两关心"也。"白岳山
前柳，安和寺里栽。春风多事在，袅袅又吹来。"即杨巨源"陌头
杨柳绿烟丝，立马烦君折一枝。唯有春风最相惜，殷勤更向手中吹"
也。[90]

　　这里，李齐贤对点化法没有给出褒贬的态度，而是旨在向世人介绍点化之

---

88 李齐贤：《栎翁稗说》，《韩国诗话全编校注》（第一册），北京：人民文学出版社，
　2012年，第148页。
89 同上，第152-153页。
90 同上，第152-153页。

法，并举例说明。其所化用的诗句皆是中国诗人的诗句，这表明中国典故与诗句是他所推崇的化用对象。

### （三）自成一家

黄庭坚虽然主张学习古人，诗歌创作要求法度，但是也强调创新，作品要富有个性与新意。即，要"自成一家"。李齐贤在学黄的同时也接受了这一观点，以"自成一家"理论为诗歌创作成功的主要标志，并以此来标准衡量点化、用事等创作方法应用得是否恰到好处。

> 陈正言澕《咏柳》云："凤城西畔万条金，勾引春愁作暝阴。无限光风吹不断，惹烟和雨到秋深。"情致流丽，然唐李商隐《柳》诗云："曾共春风拂舞筵，乐游晴苑断肠天。如何肯到清秋节，已带斜阳更带蝉。"陈盖拟此而作。山谷有言："随人作计终后人，自成一家乃逼真。"信哉！[91]

这段文字中，李齐贤点评陈澕模仿李商隐的《柳》，虽"情致流丽"但不能"自成一家"。"信哉"一词则说明对黄庭坚反对过度模仿、主张创新的接受。这则诗话也暗含批评陈澕步前人后尘，失去个性的意味。

另外，我们注意到李齐贤对黄庭坚创作论关注的焦点在于句法、用典上，对黄庭坚所推崇的自然平淡的诗风及其自然主义诗观则并未习得，对"无斧凿痕"这样的较高要求更是所提甚少。

以上三部分可见，李齐贤在诗歌创作论上深受黄庭坚及江西诗派的影响。也就是说，这些诗法是他认为适合高丽朝文人群体学习的，是值得被推广的。

总而言之，《栎翁稗说》是李齐贤诗学理论的集中展示。作为高丽朝中后期的文坛巨匠，且本时期处于韩国古典诗学发展承上启下的关键时期，李齐贤的宗宋倾向、诗法选择无疑为后世诗学道路开辟了新的方向。

李齐贤对唐宋诗的认识是从其自身接受的实际出发而形成的。即，对宋诗及江西诗派诗论的接受源于第二语言创作的实际需要。他在作品上偏爱王安石，诗法上选择黄庭坚。其整个诗学体系是完整的，综合了宋、丽两朝之文学思想，吸收诸家之精华，在文学的本质论、创作论、批评论三个方面都有自己的主张。但是，李齐贤在诗法上也受梅尧臣等宋代诗人的影响并非专于一家，且对高丽朝前人的诗论折衷而取之。他扬长避短、兼收并蓄，终发展出一代具有个性的诗学理论体系。

---

91 同上，第 155-156 页。

# 第二章　朝鲜朝初期文人的唐宋诗观

　　唐诗与宋诗的分别传入，使朝鲜朝文坛掀起了对唐宋诗审美特征、取法侧重的讨论。总体而言，文人群体对唐宋诗的认识与取舍并非绝对地"宗唐"或"崇宋"，往往具有唐宋兼学和交融的特质。即，唐宋诗同为最高典范，文人学诗需在唐宋之域内。但经过长时间的学习，他们对"唐音宋调"的理解不断深化，遂提出以"气"来分唐界宋，且其诗文作品亦呈现出不同的创作倾向。之后，随着"海东江西诗派"等学宋派以及南孝温、金时习、金净、李胄等学唐先驱的出现，朝鲜朝文人对唐宋诗态度的转变在十五世纪末逐渐凸显出来，其围绕应当"学唐"还是"学宋"见解各异、争执不休，为朝鲜朝中期"唐宋诗之争"的正式形成奠定基础。

## 第一节　徐居正的唐宋诗观

　　徐居正[1]，作为朝鲜朝初期的文坛领袖，是研究本时期诗学思想不可回避的主要人物之一，也一直是中韩两国学界研究的热点。国内关于徐居正的研究自上世纪 90 年代兴起，如今对徐居正的文学思想已有较为全面的认识，且已深入到其具体的诗学观念中，如，"愈老愈奇说""气象论""女性文学观""民

---

1　徐居正（1420-1488 年），字刚仲，号四佳亭，是朝鲜朝初期文学评论家、诗人。官至大提学。他对天文、地理、医学颇有研究。他在文学上的贡献主要在诗话方面。其所著的《东人诗话》是 15 世纪一部有代表性的诗歌评论集。他在这部书中评论了韩国古代的许多诗人和他们的作品，对中国诗人杜甫、苏轼和乐府诗也有所评述。概言之，他主张"诗当先气节，而后文藻"，认为好的诗文可以为国争光，反对模仿、复古和封建士大夫吟风弄月的倾向。

族意识"等。[2]而韩国学界，早在上世纪 80 年代便已产生专门研究徐居正的博士学位论文，[3]较为关注徐居正诗文与苏轼、杜甫、楚辞等中国文学以及和儒释道等文化间的关联。值得一提的是，近年来日本学界对徐居正的研究取得了一些新进展，除了分析徐居正的民族意识外，从其汉诗中观照苏轼对日韩汉诗影响的不同。[4]显而易见，三国对徐居正研究成果之丰厚。

徐居正所处的时代正是朝鲜朝诗风转换和民族观念觉醒的关键时期，中国先秦到明代的诗歌都已传入朝鲜朝。徐居正既是诗学理论家，又是"学诗者"，多重身份下对各朝文学作品、诗人有着不同的诗学见解；而外部，明代"唐宋诗之争"愈演愈烈，唐宋诗分庭抗礼，互不相让，在与明代文学的直接交流下，迫使其对唐宋诗做出取舍。然而目前，学界多认为徐居正宗宋贬唐，只强调和重视徐居正与江西诗派之关联，特别是其对黄庭坚诗论的接受，使得现有研究存在着一定的局限性。

因此，针对这种情况，本节从徐居正的诗话、汉诗、序跋等文本材料出发，全面分析其唐宋诗观及形成的理论来源，探讨在其诗学观的指导下，徐居正对唐宋诗做出的不同文学选择。

## 一、唐宋并立："文章所尚随时不同"

高丽朝后期的诗话中，文人已经认识到唐宋诗之差异，从不同的学诗需求出发取法各异。在他们的很多论诗诗中也从唐宋诗的特点或个人喜好着手，加以评论。但多随性而为、零零散散，数量上看此类诗歌不在少数，但在朝鲜朝初期有所减少。然徐居正执掌文坛二十余年，无疑能够敏锐地关注到唐宋诗的

---

2 国内相关研究如下：对徐居正"愈老愈奇说"的研究主要有马金科的《论朝鲜李朝徐居正"愈老愈奇"说的理论构成》，《中央民族大学学报（哲学社会科学版）》，2013 年第 2 期；对徐居正"气象论"的研究主要有朴贞宣的《浅谈〈东人诗话〉中的"气象论"》，《辽宁师范大学学报（社会科学版）》，2008 年第 6 期；对徐居正"女性文学观"的研究主要有马金科、朴哲希的《论朝鲜朝文学批评家徐居正的女性文学观》，《东疆学刊》，2015 年第 2 期；对徐居正"民族意识"的研究主要有王进明的《从民族文学自觉意识视角看〈破闲集〉对徐居正的影响》，《延边教育学院学报》，2015 年第 1 期等。

3 如，이종건的《徐居正詩文學研究》，东国大学博士学位论文，1985 年；한인석的《徐居正文學研究：〈東人詩話〉를中心으로》，檀国大学博士学位论文，1989 年等。

4 日本学界关于徐居正的研究集中在 2015 年，主要有：丹羽博之：《蘇軾〈澄邁驛通潮閣〉詩の日韓漢詩への影響：李氏朝鮮徐居正「三田渡途中」詩と日本漢詩》，《東アジア比較文化研究》，2015（06）；吉永寿：《〈東大詩話〉にあらわれた徐居正（ソゴジョン）の民族意識》，《コリア研究》，2015（03）。

差异，不仅继承了高丽朝唐宋并学、博采众长的诗学传统，同时，旗帜鲜明地提出文章所尚随时不同，不批评否定前代，不必专一而学，从而开启了朝鲜朝对唐宋诗议论的先河。

《东人诗话》中，徐居正将唐宋诗人、诗作予以整体性评价，主张各代都有自己独特的诗风。首先，他站在诗歌传承的角度历数唐宋诗风的变化过程且未含褒贬之倾向。即，古今诗人推李白、杜甫为首，但宋时杨大年不喜杜工部诗，谓为村夫子，时人酷爱并且效仿李长吉诗。直至欧苏梅黄一出，文坛尽变其体，变异唐人诗风，而学黄者尤多，并开创了江西诗派。在此影响之下，接着，徐居正明确说明了宋诗对高丽朝文坛的影响——文人专尚东坡，追随者极多，确立了苏轼及宋诗的地位和师承关系。即便如此，却并不意味着朝鲜朝文人只钟情于宋诗，学唐与学宋仍未有激烈的争论，"唐宋诗之争"没有形成较为稳定的参与者和中心话语。

## （一）唐宋各自成家，不分优劣

徐居正作为文坛领袖，他创作的《东人诗话》表坝出对以往诗学的总结意义和对后代诗人创作的指导意义，[5]足见他对中韩各代诗歌都有较深的了解。在论诗上始终坚持"自古诗人好尚不同"，[6]具体而言，不分唐界宋，没有门户之争亦无工拙之分。

> 高丽光宗始设科用辞赋，睿宗喜文雅，日会文士唱和，继而仁明亦尚儒雅，忠烈与词臣唱酬，有《龙楼集》。由是俗尚辞赋，务为抽对，如朴文烈寅亮、金文成缘、金文烈富轼、郑谏议知常、李大谏仁老、李文顺奎报、金内翰克己、金谏议君绥、俞文安升旦、金贞肃仁镜、陈补阙澕、林上庠椿、崔文清滋、金英宪之岱、金文贞坵，尤其杰然。高丽中叶以后，事两宋、辽、金、蒙古强国，屡以文词见称，得纾国患。夫岂辞赋而小之哉？厥后作者各自成家，不可枚数矣。[7]

他在这则材料中，一方面说明了文词在外交中的重要作用，能够以文助国，借此缓解国难；一方面则评论了高丽朝前期诗风的转变，点明了文坛的代

5　马金科：《朝鲜诗学对中国江西诗派的接受》，北京：民族出版社，2006 年，第 189-190 页。

6　徐居正：《东人诗话》，《韩国诗话全编校注》（第一册），北京：人民文学出版社，2012 年，第 224 页。

7　同上，第 198 页。

表人物，此十五人可以说代表了本时期汉诗的总体风貌；而高丽朝中叶以后，作者各自成家、各具个性，不可枚数。事实上，时代的嬗变也带来了诗风之转化。自统一新罗时期起唐诗便已传入朝鲜半岛，在留学生的助推下，大量典籍被带回，唐人诗作自然包含其中。由于留学生们主要学习的是晚唐诗风和骈俪文，晚唐诗风成为了文人学习的典范且延伸到了高丽朝。高丽朝睿宗、仁宗时文风转换，晚唐风与宋诗风，骈俪文与古文等不同风格混合对立、各极其态。在金富轼等文人的带领下，批评文坛浮华的词章和华丽的晚唐风达到高潮，宋诗风和古文运动不断展开。[8]上文所提之文人既有受唐诗影响显著者也有积极学宋诗法者，然而无论诗学倾向如何，徐居正都未评定高下。他在《太虚亭集序》中又进一步说道："唐有韩吏部、柳柳州、杜少陵、李谪仙，宋有欧、王、黄、苏，元有杨、虞、揭、范，皆禀光岳精英之气，敷为文章，雄盖一时，名垂百代。"[9]亦可知其带有唐宋等各代诗共熔一炉、共为人尊的诗学主张。

此外，徐居正虽认为文章虽有高低之分，但朝鲜朝诗人诗作与中国各朝相比无贵贱之别，朝鲜朝之文与历代之文、中国各朝之文并行于天地之间，不可泯灭无传。

> 代各有文，而文各有体。读典谟，知唐虞之文;读训诰誓命，知三代之文。秦而汉，汉而魏晋，魏晋而隋唐，隋唐而宋元。论其世，考其文，则以《文选》《文粹》《文鉴》《文类》诸篇，而亦概论后世文运之上下者矣。近世论文者，有曰宋不唐，唐不汉，汉不春秋战国，战国不三代唐虞，此诚有见之论也……我国家列圣相承，涵养百年，人物之生于其间，磅礴精粹。作为文章，动荡发越者，亦无让于古。是则我东方之文，非汉唐之文，亦非宋元之文，而乃我国之文也。宜与历代之文，并行于天地间。[10]

徐居正在《东文选序》中介绍了其诗文创作目的及编选标准。通过这段材料可知，他对诗歌的源流变化进行考察，赞同近代文人所提出的宋不同于唐、唐亦非汉也，各代文体不同，不能同一视之的论述；倡导尊重各家、各体、各代诗歌，毫无疑问再次印证了其唐宋各自成家，不分优劣的文学主张。同时，

---

8 卞钟铉：《高丽朝汉诗研究》，首尔：太学社，1994 年，第 41、74 页

9 徐居正：《太虚亭集序》，《影印标点韩国文集丛刊》（第十一册），首尔：景仁文化社，1988 年，第 309 页。

10 徐居正：《东文选序》，《影印标点韩国文集丛刊》（第十一册），首尔：景仁文化社，1988 年，第 248 页。

当朝鲜朝之诗文与中国比较时，联系他所处的时代及其作为文坛盟主所肩负的历史使命，徐居正强调朝鲜朝文学的独立性与民族性，不以国别论诗文之短长。一方面说明朝鲜朝文人的作品非唐非宋，丝毫不逊色于中国；另一方面也含有学习中国诗文不能盲从、谦卑，不必妄自菲薄之意。其十分肯定朝鲜朝文学所取得的成绩和特有的风范，这在朝鲜朝还是首次。

### （二）"学者骎骎入性理之域"

1290 年，安珦将元朝的朱子学传入高丽朝，从此高丽朝儒学乃至整个朝鲜朝儒学开启了朱子学时代。朝鲜朝初期汉诗创作数量空前增加，并在性理学思想的影响之下，朝鲜朝初期形成了以儒家诗教为核心的诗学观，更为强调"性情淳化"的作用。但值得说明的是，文人对唐诗没有贬低之意，宋诗是作为当时的"风尚"而被注视，唐诗的地位稳固，无法撼动其根本。

宋诗既强调诗歌的教化作用又重视其艺术审美价值。因此，宋诗的特点便是议论极多，举凡论政、论学、论理乃至论古人、论书画，以意取胜，它的长处是蕴含着对人生的深刻思考，[11]所以诗人大多具有极强的社会责任感。随着理学思想在宋代的不断完善，逐渐成为了支配诗人创作的价值取向，促使诗人重视诗歌的社会价值和教化作用。可以说，宋诗的兴盛离不开理学思潮。

丽末鲜初，学者骎骎入性理之域，纷纷唱明道学，性理学成为了统治思想。这些学者不仅是儒学家，亦是诗人、评论家。某种程度上看，宋诗正是依靠着成为朝鲜朝儒学思想主流性理学的传入得以被接受且占据文坛；性理学也在宋诗的中介下慢慢浸染着文人群体的价值观。苏黄诗学重视人格陶冶，以精深的学问培养高雅趣味和优美情操，[12]是朝鲜朝文人为人作诗的典范；批评家们也不断强调诗歌的讽喻教化作用，将是否有益于世用作为批评作品价值的重要标准，使君子宜有所取之。故此，在学道和学诗的双重影响之下，推崇儒家政教文艺观与当时朝鲜朝的社会环境有着解不开的关系。

《东人诗话》下卷中，徐居正首先介绍了性理学思想的由来及高丽朝忠烈王后《四书集注》始行，李齐贤、李穑、郑梦周、郑道传、权近等人使丽末鲜初的学风由以词章之学为主转向了以性理学为主，改变了诗赋秾纤富丽的气习，赞赏他们对浮靡文风的纠弊作用。

---

11 莫砺锋：《唐宋诗的差异与特点》，《岭南语文学》，1997 年第 31 辑。
12 张毅：《宋代文学思想史》，北京：中华书局，2006 年，第 264 页。

所以，在性理学的熏陶下，强调文学的社会功利和效用性，主张文以载道成为了徐居正诗论的重要组成部分。这种思想直接作用于《东人诗话》《东文选》收录诗文的原则，体现在其文体意识中。

> 臣等仰承隆委，采自三国，至于当代辞赋诗文若干体，取其词理醇正，有补治教者，分门类聚，厘为百三十卷。编成以进，赐名曰《东文选》。[13]

这里，徐居正对其编选原则和分类进行了说明。不言而喻，他以儒家的文道观为核心；词理醇正为标准，挑选朝鲜半岛各类并且风格不同的文体，力求有补于世俗和政治教化，引导朝鲜朝文人追求诗歌的理性精神和儒家的审美理想。

此外，姜希孟在《东人诗话序》中也谈到徐居正"不徒取其文词之美，隐然以维持世教为本。"[14]换言之，无论是唐诗还是宋诗；学唐或是学宋，通过汇总与选编前人诗文，对唐宋诗人的推崇、诗歌的选拔标准和评论之目的在于总结经验以及找到弊病以指导后世创作，使诗歌"归之于正"，而非出于唐宋诗本身创作水平、风格和特点的高低。

> 吾友金颐叟尝语予曰："高丽诗文词丽气富而体格生踈，近代著述辞纤气弱而义理精到，孰优？"予曰："豪将悍卒抽戈拥盾谈说仁义，腐儒俗士冠冕章甫从容礼法，先生何取？"颐叟大笑。[15]

徐居正之友金颐叟曾与他一起讨论高丽朝与朝鲜朝初期两朝诗风的不同。前文我们已经提到两朝诗人的学诗倾向，故此，两人的讨论实质便是对唐宋两种诗歌审美范型的争论。孰优，即唐诗宋诗以何为尊，争论的是"词丽气富"与"义理精到"两种诗歌范型，核心是对唐宋诗歌艺术风格和价值的批判。徐居正在理学思想的持续影响下，站在是否符合儒家诗教和审美特征的角度来评诗，高丽朝诗文在风格上强于朝鲜朝；在教化作用上却不及朝鲜朝。概言之，两朝诗歌各具特点，不可如此相比较。由此可见，徐居正对理学思想的接受并不机械，在"重道轻文"的思潮下，仍平等、客观地看待各代诗风，重视诗歌自身的美感，不贬低和倾轧前代。

---

13 徐居正：《东文选序》，《影印标点韩国文集丛刊》（第十一册），首尔：景仁文化社，1988 年，第 248 页。

14 徐居正：《东人诗话》，《韩国诗话全编校注》（第一册），北京：人民文学出版社，2012 年，第 161 页。

15 同上，第 198 页。

## 二、唐宋各异："文章者气也，时运也"

朝鲜半岛儒学具有重"气"的特征，在摄入性理学之初就有着重"气"的倾向。[16]"气"强调的是宇宙生命的有机整体性，它无所不在，不仅构成了天地万物，天体诸现象和气候季节等自然现象都是由"气"作用而阐发，同时也区分了人的智愚善恶。在韩国古典诗学中，李奎报率先关注到了"气"的重要性，提出"主意气乘论"。他所言之"气"，指的是作家的才性、气质，是与生俱来的，不可学得。而诗虽以"意"为主，但"气"主"意"从。崔滋则继承和发展了李奎报"气"的概念，提出"主气意凭论"。一是从"气"的来源上看，"气发于性"，"气"是文学发生的动力，作品的气质源于作家的天性；二是从"气"的变化上看，崔滋重视"气"的后天性，"初学之气生，然后状逸气；状逸气，然后老气豪"，[17]"气"可以在后天随着环境和年龄不断壮大，直至成熟；三是从"气"的作用上看，"气"可区分作品的好坏，"文以豪迈壮逸为气""先以气骨意格"方能使诗文成为佳作，同时"其气壮其意深其辞显"，足以感悟人心，令作品发扬微旨，终归于正。

徐居正承袭了李、崔二人"主气"之观点，提出"诗者，心之发气之充。"[18]一方面，将由"气"和"象"化合"气象"[19]，把论诗与论人结合起进行综合考虑，据此判断作品的风格、优劣和作家人品、水平的高低；另一方面将"气"与"时运"相连，强调诗人与诗作受时代的影响，每个时代都要有不同的诗风，一同推动着诗风的转变。由此可见，徐居正对"气"与"时运"的认识是其唐宋诗观形成的理论来源。

> 文章者，气也，时运也。气禀于天，有清浊粹驳之殊，故发于词者，有工拙高下之异，如李杜自李杜，韩柳自韩柳；王韦止于平淡，郊岛局于寒瘦；元白之不可为刘许，梅黄之不可为欧苏，安能因所观览而遽变其气乎？况文章，关乎时运之盛衰。如元不宋，宋不唐，唐不晋魏，晋魏不汉秦，安能因所观览，而猝变时习乎。其

---

16 李甦平：《韩国儒学史》，北京：人民出版社，2009 年，第 6 页。

17 崔滋：《补闲集》，《韩国诗话全编校注》（第一册），北京：人民文学出版社，2012年，第 117 页。

18 徐居正：《东人诗话》，《韩国诗话全编校注》（第一册），北京：人民文学出版社，2012 年，第 214 页。

19 "气象"一词在《东人诗话》中共出现 23 次，可理解为诗人的胸襟、志向、精神、人品和理想等。

> 论子长者，特壮其游，奇其气，形容文章之发越耳。非子长之文奇
> 于游，不奇于不游也。[20]

通过上文可知徐居正对文学本质的认识。即，文章由"气"和"时运"构成。"气"来自于天赋，故文章是诗人先天之气的表现。在此"气"之下，有清浊之分，遂文章有高下之异，李杜、韩柳、欧苏、梅黄等唐宋诗人发而为诗就带有各自不同的特点，也就是说"气"使得唐音宋调形成了截然不同的风格体貌。即便后天阅历增加，创作能力提升，文章之"气"也不会改变。显然这与李奎报的诗学观念是一脉相承的。随后他又举了司马迁的例子，证明他的"文气论"。因司马子长有"奇气"而使得文章名垂青史，非后天之功也。然则徐居正没有完全否认后天"观览"的作用，也承认后天的遭遇与经历能够影响诗歌的"气象"。

古代汉语中，"时运"一词通常有两个含义；一是指时光流转，节序变化，四季运行；二是气运，命运。而"时运"一词在《东人诗话》中指的是时代的气运。徐居正将诗人、诗作与时代相联系，认为秦汉、魏晋、唐、宋、元各朝受制于时代气运的兴衰，而产生独特的诗风。"时运"因时代而生，与"气"一样都是非后天人力所能改变的。也就是说，文章的运行和演变是随着"时运"的变化而转换的。在"时运"的影响之下，不同文体、诗风相继而出，汉而唐，唐而宋，百家并兴；风变骚，骚变诗，众体俱作。[21]因此，有着不同审美体系以及体格性分之殊的唐诗与宋诗才得以产生。

我们提到"气"有清浊粹驳之别，同样"时运"有盛衰之殊。不同时代的"时运"也有着本质的区别。

> 盖天地有自然之文，故圣人法天地之文。时运有盛衰之殊，故
> 文章有高下之异。六经之后，惟汉、唐、宋、元、皇朝之文。[22]

徐居正认为，在中国古代诗歌中，受朝代兴衰的影响，《六经》之后只有汉、唐、宋、元、明之诗文为上。言外之意，徐居正从"时运"出发，只承认此五朝诗文的文学价值。同时，值得关注的是不同朝代的诗文不是继承或退化

---

20 徐居正：《东观光录序》，《影音标点影印韩国文集丛刊》（第十一册），首尔：景仁文化社，1988 年，第 239-240 页。

21 徐居正：《进东文选笺》，《影印标点韩国文集丛刊》（第十一册），首尔：景仁文化社，1988 年，第 305 页。

22 徐居正：《东文选序》，《影印标点韩国文集丛刊》（第十一），首尔：景仁文化社，1988 年，第 248 页。

的关系，而是并列关系，彼此各不相袭。这一观点也反映在了徐居正的唐宋诗观上。

实际上，从中国元明两朝的"唐宋诗之争"发展来看，元朝诗人延续了崇唐之风，或论唐宋诗皆本严羽；或推盛唐诸诗。到了元末，杨维祯及其门人论诗仍主唐音，赞盛唐，尊李杜，直接影响了明初的文坛风气。明初期，文人普遍认为诗莫胜于唐。以刘崧为代表的江右诗派作诗不取宋诗，认为宋绝无诗；闽中诗派以林鸿为首，将唐诗进行分期，提出盛唐之诗才是正宗；茶陵诗派其宗唐贬宋之旨亦显而易见。宗宋者虽为少众但亦有之，孙作、宋濂、瞿佑、都穆等人不满举世尊唐，直言宋诗超过唐诗。

徐居正作为朝鲜朝远接使和馆伴与明代文人直接接触，唱和赋诗，明朝诗风的变化很快传入朝鲜半岛，两国的文学思想也因此有了直接交流的可能。受明代学唐思潮的影响，《皇华集》中金湜就有言"诗范唐人得正音。"[23]而此时朝鲜朝国内，学汉诗风尚还是以宋诗风为主流，但依旧唐宋并学。一方面是高丽朝文人学唐学宋的惯性作用以及程朱理学的持续发展；另一方面，文人对唐宋诗风的总结、探索与选择也需要时间的积累。

然而，依照前文可见，徐居正始终旗帜鲜明地以"气"和"时运"为其理论依据，辨别、认可唐宋诗和各代诗，国内因素或是国外影响不过是后天之"观览"而已。其以此论诗，坚持唐宋各自成家，作家辈出，不分优劣高下的原则。与此同时，他又根据唐宋诗的不同特点和自身需求学诗并进行不同的文学选择。

## 三、兼学唐宋：徐居正对唐宋诗的文学选择

徐居正一方面写诗道，其读李白、杜甫等唐人诗后效之，亦言曾读东坡、王安石等宋人诗后有感，对两种诗歌范型都很熟悉。具体来说，他既主张应诗学盛唐，"早学唐人诗法"，[24]学习唐人押韵、点化与改诗，同时对唐人宫殿朝谒诗、晚唐诗，晚唐人喜用之拗体也了解颇深，并指出学唐诗蹈袭、盲目自信等诗病，批评唐人有轻率之疾，有燕昵之私。[25]他也崇拜欧阳修、苏轼，特别

---

23 金湜：《再用登楼之韵为赋一律，録奉判书、侍史》，《皇华集》，南京：凤凰出版社，2013年，第174页。

24 徐居正在《春坊入直，书怀録示成谨甫》中有言："晚学唐诗那就熟，闲揩晋字辄生疎。"言外之意，要早学唐诗。出自《影印标点韩国文集丛刊》（第十册），首尔：景仁文化社，1988年，第251页。

25 徐居正：《东人诗话》，《韩国诗话全编校注》（第一册），北京：人民文学出版社，2012年，第195页。

是黄庭坚，在他看来黄诗"句法能追杜陵后，诗名或在苏老前"[26]，高呼"西江（江西）一派孰并肩"[27]，对江西诗派的看重和高扬显而易见。所以，其学山谷"无斧凿痕""翻案法""托物取况"等江西诗派诗法，并说道学诗者不可不知。此外，对宋诗用事、用字、用韵、琢炼，风格、气象、"意在言外"等也加以学习，批评学宋"微词隐语不明白痛快"[28]"不学音律，先作乐府"[29]等诗病。故此，在对唐宋诗充分了解和实践的基础上，徐居正自然对唐宋诗有不同的文学判断，并为后世学习汉诗的方向与取法重点提供指导。

### （一）"置之唐宋作者亦无愧焉"

《东人诗话》中，徐居正共三次将唐宋诗并提，延续了高丽朝后期唐宋并学的诗学传统，而中国"唐宋诗之争"对徐居正的影响却不显著。他还是以唐宋诗为标准和榜样，借以衡量本国文人诗作。

> 古人作诗，无一句无来处。李政丞混《浮碧楼》诗："永明寺中僧不见，永明寺前江自流。山空孤塔立庭际，人断小舟横渡头。长天去鸟欲何向，大野东风吹不休。往事微茫问无处，淡烟斜日使人愁。"一句二句本李白"凤凰台上凤凰游，凤去台空江自流"，四句本韦苏州"野渡无人舟自横"，五六句本陈后山"度鸟欲何向，奔云亦自闲"，七八句又本李白"揔为浮云蔽白日，长安不见使人愁"之句，句句皆有来处，妆点自妙，格律自然森严。[30]

李混，字去华、太初，号蒙庵，谥文庄，诗文卓越。其诗《浮碧楼》分别用典李白的《登金陵凤凰台》、韦应物的《滁州西涧》和陈师道的《登快哉亭》。徐居正称赞李混"句句皆有来处，妆点自妙"，继承黄庭坚所提之"无一句无来处"，主张"凡诗用事当有来处"[31]，极力推举其用事论。毫无疑问，在诗法上徐居正取法黄庭坚，而在用典来源上多化用唐诗，将唐宋诗共同应用在具体的诗歌实践中，显示出朝鲜朝文人作为"学诗者"的自主性和能动性。但是，

---

26 徐居正：《李监司赠黄山谷集》，《影印标点韩国文集丛刊》（第十一册），首尔：景仁文化社，1988年，第143页。

27 徐居正：《谢咸阳曹太守赠山谷诗集》，《影印标点韩国文集丛刊》（第十一册），首尔：景仁文化社，1988年，第122页。

28 徐居正：《东人诗话》，《韩国诗话全编校注》（第一册），北京：人民文学出版社，2012年，第171页。

29 同上，第183页。

30 同上，第167-168页。

31 同上，第196页。

当时文坛已悄然出现了学诗者例喜法二李（李奎报、李穑），不学唐宋[32]的盲目倾向。对此，徐居正进行了驳斥，并认为唐宋诗乃学诗之门径应当坚持，不可为走捷径轻易放弃。

> 太白《浔阳感秋》诗："何处闻秋声，萧萧北窗竹。"东坡《漱玉亭》诗："高岩下赤日，深谷来悲风。"能写即境语。印学士份《秋夜》诗："草堂秋七月，桐雨夜三更。欹枕客无寐，隔窗虫有声。"其清新雅绝不让二老。[33]

《东人诗话》中，所谓"东人"指的就是韩国古代文人，明确地言明这是朝鲜朝而非中国的诗话，表现出一种文化心理上的成熟。[34]在民族自主意识的指引下，其诗话创作的深层目的便在于指导本国诗学的发展乃至独立，朝鲜半岛本土诗歌要与中国诗歌分开传承给后人。[35]所以，徐居正接受唐宋诗学其本身就带有实践的属性，将唐宋诗作为衡量韩国古代文人创作水平的准绳。上文中，徐居正将印份的《秋夜》诗与李白的《浔阳感秋》、苏轼的《漱玉亭》相比较，表明了韩国古代文人不只是简单的接受唐宋文人的风格、创作方法和技巧或沉迷于模仿唐宋诗无法自拔，而是不断探索，有意图超越唐宋文人的意愿。"其清新雅绝不让二老"，　则说明印份置之唐宋作者亦无愧焉，诗学唐宋成效显著；二则可见徐居正对诗歌创作民族化与本土化的努力追求与实践，文人稍有成就便加以赞许甚至夸大，不吝惜溢美之词。

### （二）"唐宋人多有此病"

徐居正虽然推崇用事论，认为诗不蹈袭，古人所难，连李奎报尚且蹈袭唐人更何况后人，但他也反对过度模仿，导致过犹不及。诗歌摹拟大过则犹如屋上架屋，反而多此一举。他指责韦永贻的《试罢》诗过度蹈袭及金久炯送僧诗用老杜诗语。实际上，不只是唐人，唐宋人均有此诗病。

> 诗忌蹈袭。古人曰："文章当出机杼，成一家风骨，何能共人生活耶？"唐宋人多有此病，近代洪中令子藩诗"愧将林下转经手，遮却斜阳向帝京"，韩复斋宗愈诗"却将殷鼎调羹手，还把渔竿下晚沙"，阳村权文忠公诗"却将润色丝纶手，能倒山村麦酒杯"，李

---

32 同上，第 226 页。
33 同上，第 200 页。
34 马金科：《试论〈东人诗话〉在朝鲜诗话史上的意义》，《东北亚论坛》，2001 年第 2 期。
35 金圣基：《〈东人诗话〉对中国诗歌的接受》，《开新语文研究》，2011 年第 33 辑。

> 陶隐诗"如何钓竿手，策马向都京"，皆不免相袭之病。杜牧诗曰：
> "惆怅江湖钓竿手，却遮西日向长安。"后人祖其语，致此屋下架
> 屋也。[36]

迅速有效学习前人创作经验的方法之一便是模拟，而照搬、剽窃他人的模拟方式则被视为蹈袭。高丽朝时，李仁老反对过分用事；李奎报对剽窃和抄袭古人诗句的行为更是深恶痛绝，将抄袭古人诗句者称为"拙盗"；崔滋也有批评林椿和李仁老大量摄取古人语之言；李齐贤亦反对诗歌创作中模拟、点化之风，主张自成一家。不言而喻，在中韩古典诗学中，蹈袭前人，喜用古语历来是两国文人的通病。上文中，徐居正清醒地看到唐宋人及近代洪子藩、韩宗愈、权近、李崇仁等人大量蹈袭的现象，指出其病症，否定了蹈袭诗歌的价值。对于"学诗者"来说，在唐宋诗的典范之下，不蹈袭十分困难，初学者虽可以借鉴，求之于古，[37]但为了后世及本民族诗学的发展，要不断创新，青出于蓝。为此，徐居正也提出一些解决之道，如，"能反古人意，自出机轴，格高律新"[38]"意新而语奇"[39]等。

### （三）"徐四佳诗专学韩陆"

徐居正以诗学登坛，为一代之所宗，后世诗话中对其亦多有提及。申钦在《晴窗软谈》中称："我朝作者代有其人，不啻数百家……大家则徐四佳居正当为第一，而占毕金宗直、虚白成俔次之。"[40]对徐居正的文坛地位给予了极大的肯定。后代诗话对徐居正的记载多集中在其与祁顺的诗歌交流、《东文选》的编纂及对徐居正诗歌、诗话的评价上。对徐居正诗学倾向的讨论也不在少数。

> 成慵斋谓"徐四佳诗专学韩陆"，未知韩陆是何人。或疑韩是昌
> 黎、陆是龟蒙，后观四佳手抄《陆集》及其所自为《序》则极赞放
> 翁，又曰"放翁之诗出于韩子苍"，乃知韩即子苍也。慵斋与四佳为

36 徐居正：《东人诗话》，《韩国诗话全编校注》（第一册），北京：人民文学出版社，2012年，第183页。

37 徐居正：《铁成聊芳集序》，《影印标点韩国文集丛刊》（第十一册），首尔：景仁文化社，1988年，第256页。

38 徐居正：《东人诗话》，《韩国诗话全编校注》（第一册），北京：人民文学出版社，2012年，第211页。

39 同上，第196页。

40 申钦：《晴窗软谈》，《韩国诗话全编校注》（第二册），北京：人民文学出版社，2012年，第1397页。

一时，其言必不妄矣。四佳所尚如此，宜其才止于华赡而已。[41]

《芝峰类说》中李晬光记载并认可了成倪对徐居正所宗诗法渊源的考据，论证出徐四佳诗可能专学宋代韩子苍与陆游。却未言唐诗及江西诗派对徐居正的影响。南龙翼在《壶谷诗话》也有言道：

> 我朝诗，诸名家各有所尚。四佳、挹翠、容斋、占毕、湖阴、稣斋、芝川、简易、泽堂尚宋，忘轩、冲庵、企斋、思庵、李纯仁、鹅溪、荷谷、兰雪许氏、孤竹、玉峰、苏谷、芝峰尚唐，石川、霁峰、白湖、石洲、东岳、五峰、月沙、体素、五山、东溟合取唐宋，象村、白洲、观海合取唐明。[42]

由上可知，此时的朝鲜朝"唐宋诗之争"已经正式形成，诗歌理论家已经能对文人的诗学选择和派别进行明确的划分，学唐者略多于学宋，徐居正则被划为学宋派之列。然而，当我们考察《东人诗话》中所涉及的中国各朝诗歌可以发现，徐居正所品评最多的六位文人乃为杜甫、苏轼、李白、王安石、韩愈、贾岛。[43]唐人数量超过宋人。从表面上看，这与成倪、南龙翼的看法相矛盾，实则却恰恰说明了徐居正以开放的姿态对待唐宋诗。他不专一而学，不分优劣而兼容唐宋，对各种类型的诗歌都加以学习和取法，反倒又一次印证了前文所论之徐居正的唐宋诗观。

另外，在朝鲜朝初期以宗经精神为基础的文以载道文学观的影响下，徐居正从诗的效用性出发，分别选择学习了唐宋诗的不同主题。既有学唐杜甫忧国忧民、一饭不忘君之心和学诗僧灵辙足以愧万古贪功名利禄者之面目的精神；也有学宋花蕊夫人费氏不弱丈夫之豪气与文天祥慷慨悲愤之词。总之，无论对唐宋诗作何种文学选择都不含任何褒贬好恶偏向，丝毫未曾质疑唐诗或宋诗的诗学价值和地位，对诗歌的评论与接受仍然只是就诗论诗，没有形成真正意义上的"学唐"与"学宋"之争。

综上所述，高丽朝时期，韩国古代文人对唐宋诗的了解与学习主要集中在创作论上，以用事为核心，或接受或批判。到了朝鲜朝初期，随着对唐宋诗的

---

41 李晬光：《芝峰类说》，《韩国诗话全编校注》（第二册），北京：人民文学出版社，2012 年，第 1344-1345 页。

42 南龙翼：《壶谷诗话》，《韩国诗话全编校注》（第三册），北京：人民文学出版社，2012 年，第 2199-2200 页。

43 对此，韩国学者李钟建（《徐居正诗文学研究》，东国大学博士学位论文，1985 年）、朴信玉（《〈东人诗话〉中徐居正的诗论研究》，公州大学硕士学位论文，2000 年）、金圣基（《东人诗话》对中国诗歌的接受，《开新语文学》，2011 年）等都进行过统计。

认识进一步深化，徐居正能够从"气""时运"出发重新认识唐宋诗，且学习的范围进一步扩大。虽然总体上，看本时期唐宋诗风并行，在诗学观念上没有形成突破，[44]学宋依然为时代之风尚。然而透过《东人诗话》可见，在宋诗强调诗法、诗教的环境下，蹈袭等带有形式主义倾向的创作风气已经限制了文人的创作活力以及创作能力的提高，弊病和缺陷日益突显，客观上也造成了审美疲劳，这就形成了渴望改变现状的内在发展要求，迫使朝鲜朝文人重新寻找可操作的诗学理念。与此同时，在明代复古宗唐之风的不断浸染下，作为文坛领袖，徐居正自然要《东人诗话》中对唐宋诗不同的审美特征进行重新审视。故而，文坛中的"唐宋诗之争"呼之欲出。可见，中国"唐宋诗之争"在朝鲜半岛即将正式登场，并将推动韩国古典诗学思想体系走向成熟。

## 第二节　沈义的唐宋诗观

朝鲜朝文人沈义[45]将其诗学思想寄予到小说中，并通过"唐宋诗之争"演义的方式，推动全文故事情节的发展。通过剖析其塑造的不同人物形象可知，沈义诗学观最突出的表现就是对唐律的推崇，这与当时朝鲜半岛本土的诗学生态颇为相关。在文坛学宋诗之风尚的转变以及唐宋并学的诗学实践指导之下，沈义的言论无疑对唐诗的盛行起到推波助澜的作用。沈义自觉地对唐宋诗进行带有褒贬倾向的判断与选择，不仅意味着中国"唐宋诗之争"在域外发生了文体形式上的变异，其小说也作为代表韩国古代"唐宋诗之争"的典型文本，证明十六世纪初时争论已经形成，并似开朝鲜朝"诗必学唐"之端绪。

明嘉靖八年（1529 年），沈义创作的梦游小说《大观斋记梦》（以下简称《记梦》）[46]是韩国古代最早的梦游录小说之一。[47]小说通过构建一个奇幻的艺

---

44 对此，韩国学者全荧大在论述朝鲜朝前期诗学思想形成的背景时也谈到，本时期文人对唐宋诗风都给予尊重。参见全荧大等：《韩国古典诗学史》，首尔：弘盛社，1979 年，第 134 页。

45 沈义（1475-?），在文学创作上取得了较高成就，创作了大量的文学作品，包括诗歌、辞赋和小说等，有《大观斋乱稿》4 卷传世。

46 本时期，受中国文学的影响，朝鲜朝士子在接受中国梦游小说题材时，一方面通过诗文等多种方式传播着异域的奇异故事，或美妙凄婉，或温婉敦厚，或化俗匡世，一方面接受了表现这些故事的小说文体，有意识地模仿小说文体且寄寓自己的情感世界。沈义、申光汉等人梦游题材小说的创作虽然模仿中国的《枕中记》《南柯太守传》，但小说表现的社会背景是朝鲜半岛，反映了朝鲜朝士子的思想情感。

47 小说的大概情节是：作者在梦中见到新罗末期大学者崔致远做了天子。于是作者

术国度品评朝鲜半岛历代诗文。国内外的很多研究者或站在中韩文学比较的视角挖掘两国小说之间的渊源关系及探寻韩国古代小说在东亚汉文学史上的历史地位；或从梦游录的整体类型出发研究其故事本体、文体生成、文化叙事以及小说所蕴含的社会理想和审美意识，均取得了丰硕的成果。

然而，该小说的诗学价值同样重要，却尚未引发学界的关注。一是作者较为全面地整理了从新罗末期至朝鲜朝初期的代表性文人，将他们共置于理想性的诗学王国之中；二是沈义以其独特的眼光对以往的诗人、诗学观点展开创造性的批判。这是目前发现的朝鲜朝文人首次用大量的文字阐明对唐宋诗的不同态度与见解的作品，其在谋篇布局中表现出鲜明的尊唐抑宋之意并带有选择的依据和逻辑。同时这也间接表明，不晚于嘉靖八年，"唐宋诗之争"在朝鲜半岛已经形成，标志着一个时代诗歌风向、价值取向的转变。

事实上，在韩国古典文献当中，"小说"一词最早见于高丽朝文人李奎报的诗话《白云小说》。这部取名"小说"的作品集以诗评、叙述有关诗人的逸闻趣事为主，并非真正意义上的小说作品，[48]但这也恰好说明在韩国古典小说的早期阶段，诗话与"小说"之间有着千丝万缕的联系，"小说"概念的内涵并不固定。随着文体的不断发展，以及其他文学因素的输入，小说开始作为一种独立的文体，有其固定的体式约束和类型特点。

在《白云小说》《补闲集》《秋江冷话》《松窝杂说》等作品中，均可见韩国古代诗话一直有梦中作诗、梦中受诗之传统，只不过《记梦》表现得更为明显。[49]可以将这一现象理解为，其是对过去事实的虚构化，即诗话的梦游录化，是一种特殊的文学现象。小说《记梦》虽从题目上看未有诗话之名，但从其叙述内容上看却有着诗话之实，该小说如同诗话的作用一般是沈义诗学观的集中展示。故此，可暂将《记梦》视作"类诗话"。他对众文人形象的塑造以及文本的叙事，体现出十六世纪朝鲜半岛尊唐抑宋的诗学基调。

## 一、塑造尊唐抑宋的理想文人形象

"唐音宋调"，不仅在中国本土影响深远，对于同处汉文化圈的韩国古代

---

在以文人为臣下的国度里当官，享尽荣华富贵并受到天子的宠爱。作者由于对现实的权力国不满，在梦中建立文人王国。这是一部描写文人理想国的作品。
48 赵维国：《论朝鲜梦游小说的类型化及其对中国梦游小说的拓展》，《明清小说研究》，2013 年第 3 期。
49 李圭虎：《韩国古典诗学论》，首尔：新文社，1985 年，第 186 页。

文人的诗歌创作及价值取向同样影响巨大。在小说《记梦》中，作者一方面塑造出自我与他人的对立形象，另一方面也表达了对中国唐宋诗歌的好恶与取舍，传递并映射出其理想的诗学观念。

其一，对中国文人、女性的尊崇。在东亚古代特殊的宗藩制度、地缘关系以及事大主义和华夷观念等因素的影响下，朝鲜半岛与中国的文学交流具有厚重、悠久的历史，这是众所周知的事实。这使得韩国古典文学与中国文学有着无法割舍的关联，许多中国的典故、作家作品也自然成为了韩国古代文人进行创作的重要素材。所以，在沈义的《记梦》中也有这样的特点，并带有鲜明的比较意识。他在小说中极为仰视中国文人、女性，打破了时间与空间的限制，将汉、唐、宋等朝十余位中国人"穿越式"汇聚一堂，所塑造出的中国文人、女性形象十分高大，颇具仙气。

如，在文末，天子崔致远与杜甫会面时，从杜甫出场时的场面上便可见其对中国文人的尊崇。"一日天子朝罢，忽见二仙女骖鸾驾鹤，自云曹文姬、谢自然。"[50]历史上，曹文姬，工于翰墨，号为"书仙"；谢自然则得道升天，世号为"东极真人"。此二人的出现俨然一幅神仙降临的场景。从天而降、仙女开路，已然气势如虹，更何况随后而来的中国天子。因此作者的描写旨在进一步彰显了中国天子的威严及至尊地位。而相谈之后崔致远更是自叹道："（杜甫）从臣才子韩、柳、苏、黄辈，雄放峻洁。朕犹不敢当，况朕群臣，一人有如此才者乎？"[51]连地位最为崇高的一国之主都感慨不如中国的文人才子，更何况本国的臣子。显然，字里行间流露出崇拜中国文人之倾向。

此外，韩国古代梦游录小说常梦中娶妻生子、走向仕途，经历荣华富贵，而《记梦》亦是如此。"天子诏约婚，定正妻张氏。名玉兰，即张衡女。迎于中朝，纳金银彩帛。行合卺礼，入寝房，相好益密。雅容妍姿，恍然如姑射之神，不敢昵也。"[52]小说中，沈义娶东汉张衡之女，带有传奇色彩的女神仙张玉兰为妻，其如此设计，一则旨在增强其与中国的关联，从而提高自身在韩国古代文人中的显赫地位；二则也表现出其慕华的心理，渴望得到来自中国的认同。

---

50 沈义：《记梦》，《影印标点韩国文集丛刊》（第十九册），首尔：景仁文化社，1988年，第184页。
51 同上。
52 同上。

其二，国家之主皆为学唐者。《记梦》中国家之主在小说中的地位是极为崇高的，谓之"天子"。其言论自然具有最高的权威性，既代表着国家的理想诗学观念，也是作者理想诗学观念的反映。

小说中，两位天子都与唐诗有着密切的关联。一是以崔致远为国王，居首相之位者乃乙支文德，李齐贤、李奎报分列为左右相。金克己、李仁老、权近、李穑、郑梦周、李崇仁、柳方善、姜希孟、金宗直等高丽、朝鲜朝两代文人皆担任要职。

> 今天子好文章，勿问贤否贵贱，勿论个限循资，唯视文章高下，以官爵升降除授……文章非格律森严者，例授守令，一百年方一来朝回。天子取文章体制如唐律。人世位至崇品，领袖斯文。而文章卑下，则皆执侯门扫除之役，布衣守约，白首羁旅。而文章高迈，则超拜公卿侍从之列。[53]

在这一国家中，作者以新罗时期赴唐留学的崔致远为国王，为诗文等第的最高者，并通过文章，即唐律之高下来选拔官员，高迈者位极人臣；卑下者则从事杂役，不严格遵守格律者，皆任外官，一百年方能回朝。同时，该国也别无狱讼断识，所论之事，都是古今骚人文章等诗事。事实上，以崔致远为代表的新罗末期留学人员，接触的是中唐成熟期的诗歌，习得了唐诗娴熟的创作方法与技巧，使得很多汉诗都体现了唐诗风的传统。[54]

二是以杜甫为大唐天子。杜甫与李白是盛唐诗歌最重要的代表。在小说的最后，崔致远与大唐天子杜工部以及友人李白会于词坛。三人拱手阔步，飞上如云。结合上文该国对待中国文人的态度可以推断，沈义认为盛唐诗乃为诗歌最高的理想典范，且"杜天子文章，有《三百篇》遗音。"[55]在此借塑造杜甫的形象以凸显杜甫在唐诗中的地位。

其三，沈义在小说中的形象。[56]沈义自身就是梦游者，入梦前曾进行简短

---

53 同上。

54 孙德彪：《朝鲜诗家论唐诗》，北京：民族出版社，2006年，第29页。

55 沈义：《记梦》，《影印标点韩国文集丛刊》（第十九册），首尔：景仁文化社，1988年，第184页。

56 沈义大胆地建构理想的世界、品评高丽朝鲜两朝文人诗作之高下，并将其自身形象英雄化、完美化，自然遭到当时及后世文人的调侃和嘲讽。如，李荇曾写诗《戏赠沈义之义之记梦为安东伯》；后世李时恒对沈义的狂傲也颇有微辞，其在《记闻录》中写道：以金时习为贼将，而自家以单骑诣至，受降凯还。缕缕千有余言，而骄肆夸诩，压倒先辈。不翅若舆台衙官，然余昧于诗学者，虽未知沈之造诣浅

的叙述。其写道,"言世上浮荣,皆梦中一事,而终归之虚妄云。"[57]由此便进入了一个与现实世界截然不同的理想文学王国。在这一国家中,作者首先遇到的是故人朴誾,并通过朴誾很快地了解到国家的基本情况,即天子为何人以及官员等级的划分。同时,在与朴誾的对话过程中,沈义也将其自身的形象徐徐展现出来。

> 臣曰:"君今何官?"曰:"天子特拜崇禄参赞官。"谈话间,朱
> 衣宣麻,以臣授金紫光禄大夫,奎壁府学士,因赐冠服。臣百拜谢恩
> 后,三辞不允。天子令升阶许坐,赐宴以慰。羽仪辉煌,钧天既张,
> 钟鼓俱振,金盘玉杯,肴膳熏香,鼻口所纳尝,实非人间之有。[58]

在朝鲜朝官职体系中,参赞官居正三品,而天子所赐沈义之光禄大夫则不在这一体系中,乃中国明朝的官职,是文职散官的最高官阶,居从一品。天子对其的认可和重视是不言而喻的。而沈义也将自身定位成非是怀才不遇的一介普通文人。在其潜意识中,他在该国的文学地位是远高于朴誾的,其文学作品、文学思想自然也是高于朴誾的。此外,他在与陈澕、郑知常二学士[59]一同划分古今诗人的文章等级时,既赞赏了此二人的诗作,同时也表现出自身的优越感、自豪感,并通过对比确认了自己的诗才与文学评判能力,这一点从三人官职的高低上也可以看到。在评论卞季良、俞好仁、朴宜中、郑以吾、禅坦、李惠等人的诗作时,间接表明了其诗学好恶,且对上述文人的评价不高。尤其是卞季良,从沈义的描写上看其行为毫无士大夫的风范。"厅前知印一人,言必摇头动足,轻躁无双。"[60]可以说态度是极为反感和轻视的。可见,在梦中,作者把在现实世界中未能发挥的才能都充分、毫不避讳地表现出来,对自身的创作能力以及鉴赏能力有着极强的自信。而由前文可知,沈义认为盛唐诗乃为

---

深之如何,而亦未知高出卓越于所云云诸子。参见李时恒:《记闻录》,《影印标点韩国文集丛刊》五十七,首尔:景仁文化社,1991年,第494页。

57 沈义:《记梦》,《影印标点韩国文集丛刊》(第十九册),首尔:景仁文化社,1988年,第184页。

58 同上。

59 集贤殿设置领殿事(正1品)、大提学(正2品)、提学(从2品),各2人;副提学(正3品)、直提学(从3品)、直殿(正4品)、应教(从4品)、校理(正5品)、副校理(从5品)、修撰(正六品)、副修撰(从6品)、博士(正7品)、著作(正8品)、正字(正9品)。其中,提学以上是兼职的名誉官职,副提学以下为专任官职,即专任学士。

60 沈义:《记梦》,《影印标点韩国文集丛刊》(第十九册),首尔:景仁文化社,1988年,第184页。

诗歌最高的理想典范，朴訚却是朝鲜半岛"海东江西诗派"的领军人物，其积极接受黄庭坚及江西诗派的创作经验和创作风格。所以，这便不难理解为何故人朴訚只居官正三品了。同时我们注意到，朴訚是国家（文坛）逸事的传递者，并引导沈义进入官场的斗争中。他在沈义扶摇直上之时把酒言欢，最后落魄之时却不再出现。此二人虽为故人但始终未曾言明是故友，其人物形象明显低于沈义。故而可以推测，宋诗违背了沈义的审美宗趣及诗学主张，是不及唐诗的。

## 二、以学唐或学宋作为"战争"的导火索

所谓"梦游录小说"，在韩国古典汉文学史上，因其独特的结构形式和内容占据了重要的文化地位。[61]即，是指以梦幻为题材的小说。就结构而言，具有现实到梦境再到现实的循环结构，内容大多基于史实。在这一类小说中，对话描写占有很大的比重，还大量引用诗歌韵语，因而故事情节相对于其他类型的小说显得单调。[62]《记梦》便是以梦游的形式开篇，梦游者就是作者自身，并在梦中将其诗学观念进行传奇式的演义，将现实中不被认可的文学才能通过梦境来实现。同时，该小说以"演义"的方式，把学唐或学宋设定为"战争"的导火索，用诗学观念为证，从虚到实，亦增强了小说中战争结局的正义性，提升了小说的真实性和趣味性。即，理想的诗学王国并非理性和谐、井然有序的，仍然如现实社会一般存在对立和战争。作者有意地将这一情节安放在看似梦幻、和谐的国家中，既展现其诗学思想，批判现实之诗病；也是以此方式暗示韩国古代社会中存在的派系之争。

小说中，沈义颠覆现实，借战胜反叛者金时习一事表达了对当时文坛主宋调和尚晚唐者的批评和抨击。概言之，其推崇唐代诗风，反对过分追求技巧与修饰的宋代诗风。[63]在学诗者中一直具有巨大影响力的唐诗再次进入朝鲜朝文人的视野。

小说中，作者以唐律和"苏黄"并提，锁定了"唐宋诗之争"势力的两方。"学唐"与"学宋"的着眼点则在于对风格的争论。学唐者认为，学诗当对照盛唐之典范；学宋者认为，当时的唐诗无"融丽富贵"的大唐气象，故当学宋

61 李娟：《朝鲜古代汉文小说的文体生成及其文化叙事研究》，北京：中国社会科学出版社，2016 年，第 69 页。
62 金宽雄：《韩国古小说史稿》，延吉：延边大学出版社，1998 年，第 359-360 页。
63 孙惠欣：《冥梦世界中的奇幻叙事——朝鲜朝梦游录小说及其与中国文化的关联》，北京：北京大学出版社，2009 年，第 65 页。

诗和晚唐诗。小说最后金时习投降，学宋这一主张也随即失败，从而文坛复就盛唐之音，梦游者也因此加官进爵、飞黄腾达。

沈义将对唐宋诗的理性认识，借助于梦境的形式上升为诗学理想与情怀，并利用小说的叙事方式对"唐宋诗之争"重新阐发并传递其文学思想。亦可见"唐宋诗之争"在传入朝鲜半岛之后形式上的变异。

> 仍颁诏中外曰："朕闻诗有句法，平淡不流于浅俗，奇古不邻于怪僻，题咏不窘于象物，叙事不病于声律，然后可与言诗。须以《三百篇》及楚辞为主，方见古人好处，自无浮靡气习。凡我臣僚，要体认得朕此意。"适文川郡守金时习，愤不得志，谋执朝政。移檄郡国曰："今天子性质偏僻，酷耽唐律如芝兰，憔悴殊无融丽富贵气象。故扬鞭云路，尽作郊岛之寒瘦；分符百里，皆是苏黄之发越。举我锐锋，摧彼枯叶。诛当路学士，易置天子，则细琐远黜。吾侪从此弹冠，炽立朝著矣。"[64]

从上文可知，随着天子开始重诗法，句锻月炼，造成国家风气的转变。金时习抑郁不得志而谋叛，遂欲谋执朝政，认为国家诗风的衰落皆在于学唐，他强烈谴责固守唐诗、阁束宋诗的不良风气，宣扬宋诗，对学唐，特别是盛唐发起了挑战。他主张居高位者当尽作郊岛之寒瘦，掌管一县所辖之地的官员当学苏黄。换言之，国家官员从上到下学诗须各有不同，高层应学孟郊、贾岛，基层则应学苏轼、黄庭坚。在国家中学苏黄者要有广泛的基层群体，占官员中数量最多。如此文坛才能重获生机和希望。

《东人诗话》中徐居正曾有言道："高丽文士专尚东坡，每及第榜出，则人曰：'三十三东坡出矣。'"[65]且其赞赏江西诗派的用事方法。权应仁亦言，"高丽时每榜云：'三十三东坡出矣。'"[66]同时他认为今世诗学不可忽视宋诗。显而易见，学宋乃为高丽朝中后期至朝鲜朝前期之风尚，有众多追随、模仿者。然而宋诗的盛行，引起了一些文人的警觉和批评。从沈义的叙述上看，他并没有同前人一般站在学宋者的一边，即支持金时习，而是对其主张充满了敌意和

---

64 沈义：《记梦》，《影印标点韩国文集丛刊》（第十九册），首尔：景仁文化社，1988年，第185页。

65 徐居正：《东人诗话》，《韩国诗话全编校注》（第一册），北京：人民文学出版社，2012年，第185页。

66 权应仁：《松溪漫录》，《韩国诗话全编校注》（第一册），北京：人民文学出版社，2012年，第551页。

轻视，贬宋之意十分明显。所以，在《记梦》中有不少贬抑色彩的叙述。如，天子拜愿遣壁府学士沈某为大将军，"即日单骑发程，带率只尖头奴数名，倍日而行。"[67]以单骑面对敌将金时习。随后金时习闻词坛老将沈令公平叛，不战而降。可见，在这场"学唐"与"学宋"之争中，最终唐律取得了胜利。"单骑""不战而降""向风奔溃"等词则说明对方的无能和卑怯的丑态，也就是说沈令公所面对的学宋者乃乌合之众、一盘散沙。他将自身的文学才能、诗学理想、政治抱负通过梦境加以实现，对不符合其诗学观念者都持批评的态度。

另外，无论是勋旧派还是士林派，都是受程朱理学影响下的儒学者，皆遵循儒家的基本思想和伦理秩序，十分看重忠孝节义，讲求忠君爱国。

> 天子闻变，忧劳几成疾。欲悉境内之众，发武库之兵，亲往征讨。大提学李穑密启曰："愿遣壁府学士沈某，使谕逆顺，兵不血而自戢，愿毋劳玉体。"天子斋戒，筑将坛，拜臣为大将曰："于将军度，用兵几万。"臣闻命击节，忠胆郁届。[68]

小说中，金时习以反叛者的形象出现。国士崔致远并非不贤，其乃天帝特设之才士，但金时习不守安分，篡权夺位，令君子忧劳成疾，使天下不宁。他欲远黜天子，诛杀掌权大臣，显然不仅不合礼法，更违背了儒家建构的社会政治秩序和人伦道德思想。而梦游者则如同英雄般人物，"啸咏秘术，能使冬寒起雷，夏热造冰，噏弄飞走，谷吐鬼神，可以坐敌万兵。"[69]使用神术，不滥杀无辜，且在国家危难之际，解天子之忧，以一己之力为国效命，拯世救民，显示出极强的使命感和责任感。同时，在接受天子赠予的锦囊时，感激而跪，忠君之情溢于言表。最终，沈义封镇国功臣，号安东伯，赏赐累巨万。逆臣金时习并未处死，而是令其改过自新，废为岩广坐禅。相比之下，两者的形象"反贼"与"忠义"，"杀戮"与"宽容"形成对照，梦游者可堪为儒家伦理道德的典范，从而达到进一步彰显其诗学主张正确性的目的和意图，增强读者的认同感。

## 三、小说中尊唐抑宋的原因探析

《记梦》成书于 1529 年，此时正是主张道学政治的士林派与权贵功勋阶级的勋旧派之间激烈斗争的时期，不仅导致四次"士祸"的发生，士林派内部

---

67 沈义：《记梦》，《影印标点韩国文集丛刊》（第十九册），首尔：景仁文化社，1988年，第 185 页。

68 同上。

69 同上。

亦矛盾重重。众多文人受到牵连,仕途之梦化作泡影,只能归乡隐居。同时,本时期也是韩国古典诗学发展史上诗风转化的关键时期,学唐之风重新振起,为十六世纪中叶"三唐诗人"及学唐之风的进一步扩大埋下伏笔。

其一,文坛学诗风气的转变。韩国古代文人借鉴中国诗歌,其深层心理是希望以此来发展本国诗歌,但是往往无法摆脱中国诗歌的藩篱,深陷其中难以自拔又期望实现超越,只能不断的尝试与摸索,在唐音和宋调之间选择、变化。

朝鲜半岛自新罗时期开始便与唐朝交流频繁,有大量的留学生和留学僧到唐朝学习,但此时已是唐朝的晚期,其诗歌中所体现出来的自然也是晚唐之气。与此同时,这些新罗文人也了解到了盛唐、中唐等不同时期的诗歌作品,并将其一并传回国内。如,崔致远对于李白、杜甫就是熟知的,甚至可以化用一些他们的诗句。在崔致远等人的助推下,不断扩大中国著名文人及其文学作品在朝鲜半岛传播的广度与深度。

高丽朝前期,除了晚唐之风的持续浸染外,文人对于李白、杜甫等盛唐诗人也都非常熟悉和推崇的,甚至以他们的事迹为诗。而随着苏轼及其诗歌、黄庭坚及江西诗派诗歌的东传,文人则又看到了一条不同的诗歌之路,争相阅读与模仿,自觉向学宋诗靠拢。并且试图用宋代的诗歌理论来指导汉诗的创作,视宋诗为写作规范,且不断从中寻找可操作之法。这便使得文人学诗之风尚为之一变。

此后,朝鲜朝初期的汉诗风还是以学宋诗为风尚。但是从诗歌创作发展的内在要求上看,在经过一段时间的磨合之后,文人同样遇到发展瓶颈,产生了一定的审美疲劳,且逐渐发现宋诗之弊。如,宋诗的"点铁成金""夺胎换骨"等方法,学宋所致的科举制度重形式而轻内容的创作风气等等,都限制了朝鲜朝诗人们用诗歌表情达意的活力和能力,走向了另一个极端。因此,迫切需要一种能够表现出丰富情感的新诗风。[70]朝鲜朝的很多诗人看到了这样的缺陷并力图改变,带有很强的纠偏意义。再则,朝鲜朝与中国明朝的关系紧密,交流频繁,其文学和文化也受到了明朝的很多影响。据许筠《荪谷集序》记载:"往在弘、正间,忘轩李胄之始学唐诗……"[71]由此可见,早在明朝的弘治年间(1488-1529年),朝鲜朝诗人李胄就开始与明朝的前七子一样倡导学唐,并在

---

70 安炳鹤:《三唐派诗世界研究》,高丽大学博士学位论文,1988年,第15页。
71 许筠:《荪谷集序》,《影印标点韩国文集丛刊》(第六十一册),首尔:景仁文化社,1991年,第3页。

其诗歌中多有表现，如《通州》一诗："通州天下胜，楼观出云霄。市积金陵货，江通扬子潮。寒鸦秋落渚，独鹤暮归辽。鞍马身千里，登临故国遥。"此诗笔墨清淡、音韵铿锵、格调高雅，其诗风与王维的《汉江临泛》、孟浩然的《望洞庭湖赠张丞相》多有近似之处，这显然与其力促学唐的诗学实践密不可分，以致许筠在《惺叟诗话》中也称赞此诗"亦咄咄逼王、孟也耳。"[72]在李胄的倡导之下，其后的很多朝鲜朝文人开始关注明朝的前后七子及其诗歌主张。所以，转换的迹象在十五世纪末开始逐渐显现出来，以李胄、金净、朴淳等为代表的诗人其汉诗创作具有了比较明显的学唐倾向，朝鲜朝诗人宗唐的先驱已经出现，为十六世纪"诗必学唐"观念的形成奠定坚实的基础。

其二，勋旧派与士林派之争。沈义，字义之，号大观斋，生于 1475 年，一生历经五朝。曾祖父沈龟龄乃佐命功臣；其父为丰山君沈应，其兄为花川君、靖国功臣沈贞，父子二人都是"中宗反正"的功臣，同时也是"乙卯士祸"的发起人。他虽生于勋旧派家庭，但也向士林派文人学习，兼有士林派的意识。这也导致了在两派斗争的激烈时期，沈义仕途上的坎坷，在勋旧派的接连打击下受到牵连，因被诬陷贪污而罢职。其人生经历与小说最终的结局不谋而合，即梦游者最后因小人的嫉妒和排挤，遭翰苑的弹劾而还乡，惨淡收场。这也是朝鲜朝前期复杂政治斗争的真实反映。

文学与政治有着很大的联系，代表不同阶级、阶层和集团利益的文学思想都会存在差异，甚至相互摩擦和碰撞。在政治的影响下，文学必然会有不同的方向和性质。如同朝堂一样，这一时期的文坛亦主要是被勋旧派与士林派所统治。勋旧派与士林派政治上的对立，也自然导致他们文学思想上的冲突。勋旧派重视诗文在朝廷内外事务中的作用，主张文学创作讲究表现形式与写作技巧，遣词造句要典雅华丽。在韩国古典文学史上，勋旧派也被成为辞章派，以徐居正为代表。其后，辞章派在"海东江西诗派"的朴闇、李荇等文人中继续得以继承和发展。[73]士林派则提倡以"道"为根本，坚持"道本文末"，侧重于内容的表达，反对文学创作追求华丽的辞藻与注重雕琢、琢炼之倾向。在其影响下，文坛形成了以吟咏性情、强调自然天成为观念的新风尚。士林派也被称为道学派，以金宗直及其门人为代表。与沈义交往密切的徐敬德则在这一派系当中。

---

72 许筠：《惺叟诗话》，《韩国诗话全编校注》（第二册），北京：人民文学出版社，2012年，第 1485 页。

73 李岩，池水涌：《朝鲜文学通史》，北京：社会科学文献出版社，2010 年，第 680 页。

因此，无论是在政治上还是文学思想上，沈义都反对勋旧派（辞章派）。这也再次印证了小说中为何朴闇只居官三品。此外，值得注意的是，沈义在历评朝鲜半岛文章等第时却未提及朝鲜朝初期最著名的文学家，执掌文衡二十三年的徐居正。《东人诗话》是徐居正诗学思想的集中展示，从中虽可见徐居正没有想要区分唐宋诗孰优孰劣之意，但诗话的体例、内容等方面还是与江西诗派有着的密切关联。在学宋之时代风尚的影响下，徐居正积极、主动接受黄庭坚及江西诗派的创作主张，讲究诗法、重视用事、炼字炼句等创作技巧的使用。同时，徐居正在其诗歌创作实践中，亦明显流露出崇敬、喜爱黄庭坚及江西诗派的情感。其诗学思想对以往诗学的总结以及朝鲜朝后世都具有指导性意义，对朝鲜朝初期文坛产生了深远的影响。如此重要的人物居然只字未提，确是不该。但我们从小说中仍能找到蛛丝马迹。沈义曾问朴闇道："臣曰：'如徐，如……等，今何官？'答曰：'皆任外官。'"这里的徐姓文人很可能指的就是徐居正。一则小说中出现的人物虽然处在虚构的世界中，但都是历史上真实存在的，故此处的徐氏也当为真实的历史人物；二则源于党派上的矛盾，徐居正作为勋旧派的代表，乃为当时未获得士林派好评的官僚学者之一，[74]无论与政治主张还是诗学观念都于沈义相悖；三则在朝鲜朝初期的文学史上徐姓文人较少，且排除沈义之友徐敬德。因此，这里被流放于朝堂之外的徐姓官员非徐居正莫属。小说借梦游者与朴闇的对话，表达了对勋旧派的贬斥，从而消除心中的愤懑。言外之意，在沈义理想的诗学王国体系中，是没有其一席之地的。

其三，沈义对唐宋诗的选择。小说中尊唐抑宋亦离不开其自身的诗学观。沈义虽未将其诗学思想集中体现在序跋文、论诗诗、诗话等诗文作品，却散见于一些汉诗和文章中。从中可见其有意地倾向于学唐诗。

> 余少年学诗，以至老大。无诗不探，无奇不撼。其于五法四品三工二概之义，得于心而泄于性情，未知伎俩之为轻薄。自大雅以降，诗道几废，及唐而复兴……[75]

由这则材料可知，沈义认为诗得于心而泄于性情。并从诗史的角度考察诗歌与时代的变化，大雅以降，诗道几废，不断退化，至唐而再盛。从而肯定唐音，颇有复古宗唐之论调。此外，沈义在诗作中也写道，"文章推老杜，时论

---

74 李家源：《韩国汉文学史》，南京：凤凰出版社，2012 年，第 231 页。

75 沈义：《轻薄解》，《影印标点韩国文集丛刊》（第十九册），首尔：景仁文化社，1988 年，第 189 页。

在袁宏。"[76]"孟浩诗难继，昌黎兴已醺。"[77]"摩诘多情倾□□，退之何处嗅清香。"[78]"李杜程朱谁取舍，深思应有豁然时。"[79]对唐诗的喜爱和看重是不言而喻的。沈义虽未明确表示在学诗的问题上该学唐还是学宋，但从其汉诗中对唐诗的态度，可以看出他的取舍。

当然我们也注意到，沈义推崇唐诗，但对宋诗没有持坚决彻底的否定态度，没有展开激烈的批判；一些对唐宋优劣高下之论断还很初浅和模糊；也未曾言明喜爱唐诗到底是偏爱盛唐还是其他时期；没有形成如严羽般相对系统的尊唐抑宋的诗歌理论体系。究其原因，一方面是由于学宋诗风的惯性作用；一方面表明朝鲜朝文人对旧诗风的总结与对新诗风的探索是需要时间积淀的；另一方面也说明需要诗学理论和实践两方面的共同推动才能最终彻底完成，体现出在全面学唐过程中的过渡性特点。

综上所述，假借梦境虽是一种虚构的文学形式，但确是现实人生的折射，是社会政治以及当时文化、风气的体现，流露出作家的思想和寓意，蕴含着作家的批评和反省，表现出作家对理想社会、理想文化、理想人格等等的期待。沈义的小说《大观斋记梦》便是将政治斗争与学诗风气的转变一同放置在梦境中，借梦中的经历，以梦铭志。

小说中所塑造的理想文人形象皆存在尊唐抑宋之倾向。究其原因，既源于沈义自身的诗学观，亦离不开当时的社会历史文化语境。除了党派政见之争的因素外，整个时代的学诗风气不容忽视。韩国古代文人对于中国诗歌的推崇和学习，虽受中国诗风转变的影响，但也源于自身的现实需要、不断追求和超越的心理。经过学诗者长时间的总结与实践，本时期宋诗风对于朝鲜朝诗歌的进步意义已经逐渐减弱，甚至在一定程度上限制了诗人们发挥诗歌吟咏性情的功能，这已经背离了诗歌的本质，成为朝鲜朝诗歌本身进一步发展的障碍。在内外因素的多重作用下，唐诗再次出现在诗人的视野之内，并被高举为反对宋诗的旗帜。

---

76 沈义：《赠别英之文瑞》，《影印标点韩国文集丛刊》（第十九册），首尔：景仁文化社，1988 年，第 144 页。

77 沈义：《登岳阳楼》，《影印标点韩国文集丛刊》（第十九册），首尔：景仁文化社，1988 年，第 144 页。

78 沈义：《樱桃摘呈遯斋》，《影印标点韩国文集丛刊》（第十九册），首尔：景仁文化社，1988 年，第 180 页。

79 沈义：《寄宜仲》，《影印标点韩国文集丛刊》（第十九），首尔：景仁文化社，1988 年，第 163 页。

总之，通过对《大观斋记梦》众文人形象及故事情节的分析，不仅探讨了小说的思想内涵，而且进一步挖掘了小说潜藏的诗学价值。除对唐宋诗的选择之外，小说还反复描写了对李奎报的抨击和鄙薄[80]、对李穑的重视和尊重[81]等情节，换言之，他认为在文学史上李穑的地位要高于李奎报。这些都为日后继续探究韩国古代小说与作者诗学思想之间的关联，以及全面研究朝鲜半岛"唐宋诗之争"的发展过程打下基础。

## 第三节　其他文人的唐宋诗观

由前文可知，就朝鲜半岛文坛而言，高丽朝初期时，文人群体以唐诗为最高审美典范。其多学晚唐，同时亦追求盛唐诗歌的精神意蕴。其后，随着欧阳修、梅尧臣、王安石，特别是苏轼、黄庭坚等人诗学典籍的传入，高丽朝中后期时，诗风为之一变。即，宋诗蔓延开来，成为一时之风尚。由此，唐宋诗共同作用于文人的诗学思想及诗歌创作中，并一直延续到朝鲜朝初期。

然而，在朝鲜朝初期文坛风貌的研究上，学界存在着一定争议。国内方面，张伯伟将朝鲜朝的诗风分作三期，"第一期（朝鲜朝初期）学习宋诗，主要是苏轼、黄庭坚、陈师道；第二期（朝鲜朝中期）转而学唐，宗明人之说；第三期（朝鲜朝后期）为兼采唐宋，受清人之影响大。"[82]但是，还有一些研究者则认为朝鲜朝初期具有"多元整合、兼容并序的诗风。"[83]对此，韩国学者闵丙秀也认为朝鲜朝初期的文坛是多样性的，"既有"海东江西诗派"等学宋派，也有唐诗性向的抬头。"[84]由此可见，学界对于这一时期的学诗倾向至今还未达成一种普遍性的共识，且存在诸多模糊，甚至是混乱之处。因此，亟待研究者加以解决。这需要充分结合诗话、诗作、序文、选本等文本，打破现有认知上的固定思维，对本时期申叔舟、金宗直、南孝温、李荇、朴訚等文人的诗学观念进行全面剖析，进而描绘出朝鲜朝初期文坛真实的风气与境况。

---

80 小说中，李奎报嗜酒而不顾形象，最初任相国，后遭弹劾而贬职。关于李奎报，梦游者曾说："李某文章浮藻，柔脆无骨。虽捷疾如神，不足贵也。"行文毫不避讳，直抒对李奎报诗文的抨击。

81 小说中，李穑最初任大提学，后升任相国，并于梦游者有知遇之恩，曾向天子举荐平乱金时习。

82 张伯伟：《朝鲜古代汉诗总说》，《文学评论》，1996 年第 2 期。

83 杨会敏：《朝鲜朝前半期汉诗风演变研究》，中央民族大学博士学位论文，2011 年，第 22 页。

84 闵丙秀：《朝鲜前期的汉诗研究》，《韩文教育研究》，1986 年第 1 辑。

## 一、对唐宋诗价值的认识

朝鲜朝初期，诗歌众体大备，汉诗大家不断涌现。并且，文坛已具有重师承、渊源的自身传统。因此，一些文人在汲取唐宋诗歌精髓的同时，开始审视本国历代诗作，整理、归纳中国各朝诗歌的特点。

申叔舟在《宛陵梅先生诗选序》中借匪懈堂李瑢之口从诗歌发展变化的角度率先总结了中国诗体的成长过程、唐宋诗歌的审美特点及整体风貌。他写道：

> 诗之体，盛于唐而兴于宋。然其间所赋之诗，豪放美丽，清新奇怪，则或有之矣。至如简古精纯，平淡深邃，寄兴托比，自与唐人无校，则独圣俞一人而已。余之欲见是集久矣。于去年冬，始得寓目。不觉屈膝，遂掇其精英，选为一帙。有所难晓，略加批注，欲与鲤庭初学者共之。[85]

所谓诗体，最基本的含义指诗歌之体裁，兼有题材、内容、体制类型、创作模式、写作方法、篇章、作品、艺术表现手法、创作技巧及原则之义，又有风格、意境、境界、气象之义。[86]严羽在《沧浪诗话》中就诗体曾有言："风雅颂既亡，一变而为离骚，再变而为西汉五言，三变而为歌行杂体，四变而为沈宋律诗。五言起于李陵苏或云枚乘，七言起于汉武柏梁，四言起于汉楚王传韦孟，六言起于汉司农谷永，三言起于晋夏侯湛，九言起于高贵乡公……有古诗，有近体，有绝句，有杂言，有三五七言，有半五六言，有一字至七字，有三句之歌，有两句之歌，有一句之歌，有口号，有歌行，有乐府……"[87]概言之，不同的诗歌体式在不同的阶段有着各自独特的时代特征，且随着历史的发展而变化。上文中，申叔舟敏锐地注意到了诗体的嬗变历程，但总结得比较简单，仅谈到唐宋两朝。他认为唐宋为诗体的巅峰时代，充分肯定了唐宋诗歌的文学价值，将唐宋诗的价值并举。言外之意，因唐宋的一同推动，终令诗体发扬光大。从诗体的源流上看，唐宋诗为继承关系。没有唐诗的众体皆备就没有宋诗在承续唐诗的基础上变化生新、再次兴盛，二者之间有着不可割裂的联系。

---

85　申叔舟：《宛陵梅先生诗选序》，《影印标点韩国文集丛刊》（第十册），首尔：景仁文化社，1990 年，第 127 页。

86　王玫，施年花：《诗之"体"初探》，《兰州大学学报（社会科学版）》，2010 年第 5 期。

87　严羽：《沧浪诗话》，北京：中华书局，1985 年，第 10-17 页。

接着，申叔舟在《宛陵梅先生诗选序》的后半部分又表明其推崇宋人梅尧臣的诗，称赞梅诗在简古精纯、平淡深邃、寄兴托比等方面丝毫不让唐人。这样看来，他既不否认唐诗的地位，对宋诗的代表梅尧臣也极为认可，对唐宋诗都给予客观的认识与评价。即，唐宋诗自有其价值和贡献，没有轻视或不满某一朝诗的倾向。

随后，申用溉、李陆、成俔进一步追根溯源，从诗体演变的过程入手，不断延伸着对唐宋诗歌体裁、格律的争论，此三人一致认为诗至唐宋而众体全备。

> 文章体格，发挥于汉而流衍于晋，盛行于唐而大备于宋……李、杜之诗，蔚有雅颂之遗风。愚溪之文，深得春秋之内传。昌黎淮西之碑，点窜二典之字。原道、原毁，专仿孟轲之书。苏东坡读檀弓一篇，晓文法。赵忠献以论语半部，定天下。其余虞姚之博学，孔陆之研精，陈子昂、苏源明之典雅，元结之毅，李观之伟，卢同之严邃，孟郊、樊宗师之清苦、张籍之富，白居易之放，庐陵公之醇，曾南丰之浩，黄豫章之理，石徂徕之属，王临川之妙，苏颍滨之通，陈后山之浚，秦淮海之焕，张石室之俊，陆剑南之豪，上自盛晚唐，下至南北宋，高才巨手拔茅而起。[88]

成俔提出，文章（诗歌）体格萌发于汉，之后各朝之诗体随着时代的发展而不断进化。他客观地概括了两汉、魏晋对诗歌体格完善的促进作用，阐明了诗歌体格到了唐宋时达到了顶峰。就贡献来说，两朝都有着不可磨灭的功绩，后世不可企及。同时，成俔用赞美的语言历数盛唐到南宋时期众多不同诗学流派诗人的诗学风格和艺术特色。从"高才巨手"一词可见，其对唐宋诗人的大力标举是有目共睹的。值得一提的是，他对唐宋诗人的认识较旁人更为宽阔，看到了两种诗歌范型不同的审美趣味，主张尽学唐宋之长。也就是说，唐诗杰然者多，不应局限于李杜；宋诗诸贤亦别出机杼，也不止于苏黄。显而易见，成俔与李陆皆不满晚唐衰靡之习气，力倡通过广学唐宋而一扫专学晚唐之弊。

那么，唐宋虽并尊，是否仍有先后、高下之别呢？成俔在《风骚轨范序》中补充道："作者继出，历魏、晋、宋、齐、隋，唐极矣"，[89]在《文变》中他

---

88 成俔：《与橪功书》，《影印标点韩国文集丛刊》（第十四册），首尔：景仁文化社，1990年，第510页。

89 成俔：《风骚轨范序》，《影印标点韩国文集丛刊》（第十四册），首尔：景仁文化社，1990年，第463页。

又以唐人韩愈为标准来衡量宋人庐陵欧阳修倡为古文和三苏的救世之功；[90]金䜣在《翻译杜诗序》中也说道："三百以降，惟唐最盛"；[91]曹伟在《杜诗序》中亦有"诗自风骚而下，盛称李杜"[92]之说。不言而喻，唐诗独有的地位和巨大影响力一直潜藏在诗人的头脑之中，牢不可破。但是，有一些文人却认为，宋人承于唐而胜于唐。如，郑希良论诗曰："李杜死已久，作者惟苏黄"，[93]其只尊苏黄；金安老从总结次韵的角度出发有言，"次韵之作，始至中古，往复重押，愈出愈新，至欧苏黄陈而大盛。"[94]他关注到宋诗在押韵方面的长处，这也正是宋诗有别于唐诗的显著特点之一。足见，文人群体围绕应当"学唐"还是"学宋"各抒己见。其对唐宋诗的认识以重诗歌的外部特征和个人审美喜好为主。总体上看，大多数文人仍将唐宋诗一同看作最高典范。

## 二、学诗拟于唐宋之域内

在具体的诗学实践中，文人群体依旧认为，诗莫盛于唐宋，要唐宋兼学，广树学习的典范。故而整个文坛既有高呼李杜鸣唐执比肩，李白谪仙诗最好者；也有雅爱涪翁诗，平生心喜半山诗者。

朝鲜朝初期的学唐者，主要学习唐音、唐韵。在创作上，或读杜诗千篇而豁然大悟；或效李白、白乐天等人诗；或学柳宗元诗而到古人所要之妙处；或借用唐人诗中之字。尤其是本时期末，从李胄、金净等人的诗里可知，这些作品取法李唐，充满了盛唐风格与气象。

学宋者，主要学习苏轼、黄庭坚、梅尧臣、陈简斋等人的诗歌。如，申叔舟常读《王荆公集》，在创作中多次用王安石、东坡、陈简斋、陆游等宋韵。在诸多宋人中，文人群体特别喜爱黄庭坚，时人评价其"迥出诸大家数机轴"[95]

---

90 成俔：《文变》，《影印标点韩国文集丛刊》（第十四册），首尔：景仁文化社，1990年，第532页。

91 金欣：《翻译杜诗序》，《影印标点韩国文集丛刊》（第十五册），首尔：景仁文化社，1990年，第241页。

92 曹伟：《杜诗序》，《影印标点韩国文集丛刊》（第十六册），首尔：景仁文化社，1990年，第338页。

93 郑希良：《寄直卿仲说》，《影印标点韩国文集丛刊》（第十八册），首尔：景仁文化社，1990年，第21页。

94 金安老：《龙泉谈寂记》，《韩国诗话全编校注》（第一册），北京：人民文学出版社，2012年，第407页。

95 俞好仁：《黄山谷集跋》，《影印标点韩国文集丛刊》（第十五册），首尔：景仁文化社，1990年，第187页。

"一派江西导海陬"[96]。众人纷纷熟读其诗并试图加以模仿。如，权五福平素喜咏黄山谷"一日思亲十二时"之句，曾学黄山谷行台无妾护衣簏之句；洪贵达、李湜、沈义则积极学黄之《演雅》。整体来看，文人在学诗上不断积累和融合唐宋诗的创作技巧，合其所长，产生矛盾和冲突之处不多。具体来说：

其一，结合唐宋。盛唐诗歌以吟咏性情为主，喜怒哀乐尽形于诗，不遮不掩，表现出生命主体的勃勃生机。高丽朝末期时已有文人提出诗本乎性情，而本时期论述性情者的数量越来越多。如，金宗直、成俔等人皆提诗出于性情，以性情言诗俨然成为一时之风尚。文人遂由性情出发而学唐。宋诗则重炼语造句，讲究句律之工。受其影响，高丽朝文人李仁老提倡"炼琢之工"，使炼琢之法被文人所重。文人觉得只有反复推敲、千锤万炼才能写出好诗，同时还要坚持"句锻季炼"的创作态度。本时期时，徐居正等人在创作论上亦延续前人重诗法之传统，极为重视后天的琢炼。导致不少文人处处以宋诗为标准，过于强调诗歌的形式而使诗歌偏离了抒情的本质。可见，文人论诗不出唐宋，唐宋诗各有其支持者。

然而，随着诗病的显露，文人发现融合唐宋可以解决这一问题。"夫诗取达，则常失之陋；务炼琢，则意或不畅，两得者为难。余非诗者徒也，聊以抒怀抱，叙离情耳，岂曰诗哉。"[97]金安国从创作的实际出发，看到诗人既想任性率情地抒发胸臆又想不断炼琢，严守法度的矛盾心态：若只拘泥于"达意"则暴露了诗歌缺乏美感和审美趣味之病；若一味追求炼琢等外在形式，表意又有所不畅，有违诗歌情志之本。此时，他所论之唐宋诗法，不再局限于诗歌的外在层面，而是深入到对诗歌审美意蕴的探究。他反对诗歌内容与形式二者间的对立，认为虽两得者难，但还是要将取意与炼琢有机结合起来。故此，其多方取法，为唐宋两者诗歌范型的融合找到了契合点。

其二，蔽李杜，掩苏黄。"李杜去我远，苏黄世不同。"[98]韩国古代文人对唐宋诗的好尚取舍与其个人审美喜好密不可分，时常产生出一些个性化的言论。《秋江冷话》中南孝温记录了同时代文人安应世的诗学选择。

---

96 朴祥：《寄赠黄献之》，《影印标点韩国文集丛刊》（第十九册），首尔：景仁文化社，1990年，第14页。

97 金安国：《诗赠别李序班钦》，《影印标点韩国文集丛刊》（第二十册），首尔：景仁文化社，1990年，第32页。

98 李沆：《题颜乐堂诗集后》，《影印标点韩国文集丛刊》（第十五册），首尔：景仁文化社，1990年，第261页。

　　　　子挺尝不快李太白、苏东坡及前朝李相国诗。李宗准仲均戏书

　　其门曰："子挺拳欧太白，子挺与东坡昧平生，子挺与相国不相能。"

　　子挺读之，拈笔独污"与东坡昧平生"六字。余问之曰："相国东人，

　　其文章固下矣。如青莲居士，风雅以后一人而已。足下甘受仲钧拳

　　欧之笔，是以青莲居士下东坡耶？"子挺笑不答。[99]

　　安应世字子挺，以嗜好选诗，平素不喜欢李白、苏轼、李奎报的诗。李
宗准戏称其拳欧李太白，不识苏东坡。子挺读之后，拈笔独污与东坡不识之
言语。南孝温问其为何如此时，安应世却只是笑而不答。这则材料，一方面
说明韩国古代文人与中国唐宋文人相比较时，其地位是置于唐宋文人之下的；
一方面也有跳出李白、苏轼之藩篱，挑战唐宋诗权威的意味。表明了当时朝
鲜朝文人在唐宋诗的认识上有另一种声音的存在。即，在唐宋兼学的背景下，
反对学习唐宋。

## 三、唐宋诗歌以气分高下

　　"古之论诗文者，一视其气而已。"[100]朝鲜朝初期的文人无论是辞章派还
是道学派都十分重视"气"的作用。如，辞章派之代表徐居正承袭了高丽朝李
奎报、崔滋二人"主气"之观点，提出"予尝以谓天地英灵之气，钟于人而为
文章"[101]"韩、柳、李、杜、欧、王、黄、苏皆禀光岳精英之气，而雄尽一时，
名垂百代。"[102]他将"气"和"象"化合"气象"，把论诗与论人结合起进行综
合考虑，据此判断作品的风格、优劣和作家人品、能力的高低；同时，他也把
"气"与"时运"相连，强调诗人与诗作受时代的影响，每个时代都要有不同
的诗风，二者共同推动着诗风的转变。受此影响，成伣有言："文章以气为主，
气隆则从而隆，气馁则从而馁。"[103]又如，金安国、李纯亨等人也格外看重文

99　南孝温：《秋江冷话》，《韩国诗话全编校注》（第一册），北京：人民文学出版社，
　　2012 年，第 368 页。

100　沈彦光：《二乐亭先生集序》，《影印标点韩国文集丛刊》（第十七册），首尔：景仁
　　文化社，1990 年，第 33 页。

101　徐居正：《真逸遗稿序》，《影印标点韩国文集丛刊》（第十二册），首尔：景仁文化
　　社，1990 年，第 173 页。

102　徐居正：《太虚亭集序》，《影印标点韩国文集丛刊》（第十二册），首尔：景仁文化
　　社，1990 年，第 153 页。

103　成伣：《家兄安斋诗集序》，《影印标点韩国文集丛刊》（第十四册），首尔：景仁文
　　化社，1990 年，第 463 页。

章之气与时代的气运，认为以诗鸣于世者"无非一气之所推"，[104] "文章代不乏人，蔚然辈出仰仗的是气运之盛。"[105]概言之，朝鲜朝初期，文人群体对"气"与"时运"的认识是其唐宋诗观形成的理论来源之一。于是，他们从"气"出发，逐渐衍生出对唐宋诗的不同态度。

南孝温在"文"与"气"的关系上提出，"得天地之正气者人，一人身之主宰者心。人心之宣泄于外者言，一人言之最精且清者诗。心正者诗正，心邪者诗邪。"[106]即，气来源自天地，决定着诗人和诗歌的正邪，得天地正气所宣泄于外的最精且清的言语则为诗歌。而诗体则是受天地之气的影响不断变化。

> ……商周之《颂》、桑间之《风》是也。然太古之时，四岳之气完，人物之盛全。樵行而歌吟者为《标枝》《击壤》之歌，守闺而永言者为《汉广》《标梅》之诗。初不用功于诗，而诗自精全。自后人心讹漓，风气不完。《风》变而《骚》怨，《骚》变而五言支离，五言变而诗拘，东汉而魏晋唐，浸不如古矣。虽以太白、宗元为唐之诗伯，而所以为四言诗，所以为《平淮雅》者，犹未免时习，视古之稚人妇子亦且不逮远矣。是故士君子莫不诗下功焉。如杜诗"读书破万卷，下笔如有神"，欧阳子"从三上觅之"。而晚唐之士积功夫或至二三十年，始与风雅彷佛者间或有之。岂偶然哉？[107]

与徐居正的唐宋诗观不同，南孝温以复古求新变。他虽未旗帜鲜明地道出"诗必盛唐"之口号，却开辟出朝鲜朝诗学"复古"的道路。从他褒贬抑扬的言辞中不难看出，其以《诗经》为楷模，将之视为诗歌审美理想的最高标准。《诗经》往后，人心讹漓。东汉、魏晋以下的诗体并非后来居上，复兴诗道；正相反，唐宋用功于诗，反而令诗歌变得支离且拘束。即使是李白、柳宗元的诗也远不如古人；杜甫、晚唐之士、欧阳修等人更是一味积功夫、增学问、讲技巧反而凿伤了诗歌，能够达到与《风》《雅》仿佛者，寥寥无几。

---

104 李纯亨：《仁川世稿序》，《影印标点韩国文集丛刊》（第十五册），首尔：景仁文化社，1990 年，第 361 页。

105 金安国：《二乐亭先生集序》，《影印标点韩国文集丛刊》（第十七册），首尔：景仁文化社，1990 年，第 31 页。

106 南孝温：《秋江冷话》，《韩国诗话全编校注》（第一册），北京：人民文学出版社，2012 年，第 382 页。

107 同上，第 382-383 页。

事实上，南孝温对前人唐宋诗观的变异与当时的时代背景不无联系。十五世纪末，朝鲜朝政坛士林派与勋旧派矛盾激烈，"四大士祸"[108]的爆发，使众多儒生卷入其中。很多文人，如南孝温等"竹林七贤"[109]只能选择隐居乡里，研究学术。他们不仅与贵族阶层政见不和、互相指责，诗学主张和自身所持诗歌美学原则亦背道而驰。他们重视诗歌歌咏性情的功能和诗发于性情的诗学本质；在批评论上流露出复古的倾向，反对强下工夫。[110]大多人诗酒唱和，放逐自我，文章追求古法，从古诗中寻觅慰藉及支持其理论的依据，在诗歌中隐藏着对现实的厌倦与反抗。但要注意的是，并不是所有本时期的文人皆是如此。

> 文章与世道升降。古人有云："汉不如三代，唐不如汉，宋不如唐。"此言信矣。然人禀光岳清秀之气，发为文章，天之生才，岂古与今之大相远乎。三代尚矣，唐之文章，岂尽不如汉、宋之文章，岂尽不如唐，此特举其大略言之尔。非但中国为然也，吾东方历代以诗名家者，非一二数，至我朝，文运方隆，一时宏博之儒，以文章著名者，前后相望。各有集行于世，余未尝不涉猎其藩篱。常自谓，我朝文章，岂尽出中原才士之后，岂尽不及于古人欤。[111]

材料中，姜浑一方面认同南孝温的观点，承认时代之兴衰对诗人的文学创作起到很大的作用，强调文学作品越古越好，赞成因变而退的复古主张，并以此来对汉唐宋三朝诗歌予以分辨。也就是说，即便宋人生唐后，承唐而启下，在充分学唐诗的基础上开始宋诗的建设，然则因文章与世道之关联，使得诗歌不断退化。即，就汉、唐、宋三朝诗高下而言，唐虽强于宋，却不及汉也。

但另一方面，姜浑也看到此言有失偏颇、矫枉过正。他折中了复古与唐宋并学的观点，认为不可忽视先天之质对诗人文章的影响，诗人的天赋不同，发而为诗其成就自然相异。所以，唐之文章（诗歌），岂尽不如汉；宋之文章（诗

---

108 所谓朝鲜朝"四大士祸"指发生于1498年的戊午士祸、1504年的甲子士祸、1519年的己卯士祸和1545年的乙巳士祸。

109 包括南孝温、洪裕孙、秀泉（一作川）正、茂丰正总、禹善言、赵自知、韩景琦等，他们是当时以金宗直为师的士林群体中的一部分。

110 郑汝昌：《赞述》，《影印标点韩国文集丛刊》（第十五册），首尔：景仁文化社，1990年，第494页。

111 姜浑：《颜乐堂集序》，《影印标点韩国文集丛刊》（第十五册），首尔：景仁文化社，1990年，第209页。

歌），又岂尽不如唐。何况各代之诗各有所长，岂可略言而全盘否定，一概抹杀。由此可见，在姜浑的文学思想中，先天禀赋与世道变化同样重要，这也是他对唐宋诗认识的理论依据。另外，通过上文可知，朝鲜朝文人所论之唐宋诗与中国文人所争论的唐宋诗并不完全一致。虽在中国诗学的影响下也作比较并存在认识上的纷争，且在区分高下优劣，辨析两者之差异等方面具有很多同质性。但朝鲜朝文人带有其独立的品格，极力挖掘本国文学的闪光点。显然，其对唐宋诗的讨论具有"主体间性"和"变异性"等特点。他们始终保持清醒的民族自觉意识，有着不落中国文人之后的自信，亦流露出今盛昔衰，今人岂尽不及古人之意的感慨。

## 四、"唐宋诗之争"在朝鲜半岛的滥觞

韩国古代文人自高丽朝后期开始"学唐"和"学宋"，在接受唐宋诗的过程中，多数者将唐宋诗与其自身创作的汉诗作比较，逐渐清楚地看到唐宋两种不同诗歌类型的基本特征。他们通过接触与学习，对唐宋诗的取法重点和态度各异，虽也"反唐"或"反宋"，目的却在于寻找作诗的典范，带有实践的属性。然而，经过长期的思考与运用，朝鲜朝初期的文人群体已逐渐产生比较唐宋这两种不同审美范型高下优劣之意。以"学唐"和"学宋"派别的形成为标志，两种诗歌范型的对垒在朝鲜朝初期的后半段正式形成。只不过双方的态度十分温和，依然有着唐宋融合的印迹，未涉任何褒贬之语。

具体来看，本时期末，李荇、朴誾、朴祥等虽未自言其学诗倾向，但申纬第一个指出朝鲜半岛存在着"海东江西诗派"。"海东江西诗派"与"江西诗派"，正如其名称所示，他们所追求的诗学精神是一致的。可以说，"自朝鲜朝初期徐居正，至朴誾和李荇以后，江西诗派对朝鲜汉诗的影响已经成为不争之实。直至朝鲜后期申纬在《论诗绝句》中提出'海东江西诗派'的概念，才使海东江西诗派之名得付其实。"[112]

从"海东江西诗派"的诗学成就来看，后世极少有抨击者，往往给予"翠轩文章为东国第一"[113]"当以故校理朴誾为吾东第一"[114]"世推朴誾为东方

---

112 马金科：《"海东江西诗派"概念小考》，《东疆学刊》，2015 年第 1 期。

113 俞得一：《重刊挹翠轩遗稿序》，《影印标点韩国文集丛刊》（第二十一册），首尔：景仁文化社，1990 年，第 65 页。

114 正祖：《文学》（四），《影印标点韩国文集丛刊》（第二百六十七册），首尔：景仁文化社，1990 年，第 208 页。

诗圣"[115]"我国诗当以李容斋为第一"[116]"容斋诗，虽格力不及挹翠，而圆浑和雅，意致老成，足为一时对手"[117]之类极高的赞誉。

作为"海东江西诗派"的盟主，朴訚才华出众、文采斐然。从其诗学渊源上看，南龙翼在《壶谷诗话》中谈道："国初以来文体，专尚东坡。而翠轩忽学山谷，侪流皆屈伏。其诗中，春阴欲雨乌相语，老树无情风自哀；天庭于倭付穷相，泪亦与人无好颜，等句，皆似黄。"[118]申钦在《晴窗软谈》也说："挹翠轩之诗，一仿苏黄，而天才甚高，得之自然。"[119]此二人既点明了朴訚学黄，也表明朴訚在继承中形成了别具特色的个人风格。

> 挹翠轩虽学黄、陈，而天才绝高，不为所缚。故辞致清浑，格力纵逸。至其兴会所到，天真澜漫，气机洋溢，似不犯人力，此则恐非黄、陈所得囿也。余尝谓挹翠之诗，正与安平书相似。安平书，虽规摹松雪，而其笔画则二工也。挹翠诗，虽师法黄、陈，而其神情兴象，犹唐人也，此皆天才高故尔。[120]

由材料可知，朴訚是文坛学宋派的代表，深得江西诗派真传。然而他却不为黄陈诗所缚，尽力克服黄陈之局限。特别是在神情兴象方面，犹唐人也，说明其也兼学唐诗。因此，在总体风格上辞致清浑、格力纵逸、天真澜漫、气机洋溢，黄陈亦恐有不及。

李荇虽格力不及朴訚，但长期压抑的心境使得李荇在诗学爱好方面更加于陶渊明和苏轼式的豁达情怀，[121]且其"五言古诗，入杜出陈，高古简切。"[122]

115 正祖：《增订挹翠轩集四卷》，《影印标点韩国文集丛刊》（第二百六十七册），首尔：景仁文化社，1990 年，第 573 页。

116 许筠：《我国诗当以李容斋为第一》，《影印标点韩国文集丛刊》（第七十四册），首尔：景仁文化社，1990 年，第 361 页。

117 金昌协：《外篇》，《影印标点韩国文集丛刊》（第一百六十二册），首尔：景仁文化社，1990 年，第 377 页。

118 南龙翼：《壶谷诗话》，《韩国诗话全编校注》（第三册），北京：人民文学出版社，2012 年，第 2201 页。

119 申钦：《晴窗软谈》，《影印标点韩国文集丛刊》（第七十二册），首尔：景仁文化社，1990 年，第 341 页。

120 金昌协：《外篇》，《影印标点韩国文集丛刊》（第一百六十二册），首尔：景仁文化社，1990 年，第 377 页。

121 严明：《明清诗学对朝鲜汉诗时调的影响》，《孙景尧先生周年纪念文集》，第 512 页。

122 许筠：《我国诗当以李容斋为第一》，《影印标点韩国文集丛刊》（第七十四册），首尔：景仁文化社，1990 年，第 361 页。

即，在学诗门径上，李荇由杜而学陈，其诗厚重淡雅。朴祥则出于湖南，炼字琢句，其诗不下于范石湖，杨诚斋等诸子，"要之诗家之隽也。"[123]从这些后世的评价中能够看到，李朴二人同为学宋派。

与此同时，宗唐者虽未形成派别，然而这一群体的数量正悄然增加，其中不少为士林派领袖金宗直的门人。如，南孝温、申用溉作诗有盛唐之韵；忘轩李胄之始学唐诗；[124]金驲孙被称为"东国之昌黎"[125]，受韩愈影响颇深等。这一团体虽没有名称，但有着自觉的群体意识；都是遭受勋旧派打击，并因金宗直而受到迫害的不得志文人。在政治的高压下，吟咏性情的唐诗便自然成了他们的选择。

虽然，从总体上看本时期唐宋诗风并行，在诗学观念上没有形成突破，未以唐诗为尺度批判宋诗，也没有在学宋的风尚下贬斥唐诗。但客观上，文人群体不断加深着对唐音宋调的理解和反思。随着本时期后期朝鲜半岛社会文化环境的变化，一些文人对宋诗，特别是对江西诗派甚是不满，在审美上日益趋向于书写个性和吟咏性情。他们以三代（夏商周）为诗歌的理想境界，主张复归于古以实现对现实生活的改变；在选本的编纂上也斥责宋诗豪放的气格，"诗之稍涉豪放者弃而不录"[126]。此外，明代复古思潮也正在向东传播。故而在十六世纪时，经历了长时间的酝酿，"唐宋诗之争"正式开启。

曹顺庆先生认为，"作为中国比较诗学开创新格局之关键环节的影响研究，其具体开展的途径有二：一是对世界诗学体系网中的中国元素进行挖掘；二是关注理论的旅行与变异问题。"[127]而古代，中国诗学与韩国古典诗学之间的交流正是其中需要被关注的重要内容之一。以"唐宋诗之争"为例，这一诗学争论于南宋末年形成，一直是人们热衷的话题。但是，在流传到朝鲜半岛后，却未能立即对文坛风气产生质的改变。高丽朝末期到朝鲜朝初期，纵然韩国古

---

123 正祖：《题律英》，《影印标点韩国文集丛刊》（第二百六十三册），首尔：景仁文化社，1990 年，第 370 页。

124 许筠：《荪谷集序》，《影印标点韩国文集丛刊》（第六十一册），首尔：景仁文化社，1990 年，第 3 页。

125 宋时烈：《濯缨先生文集序》，《影印标点韩国文集丛刊》（第十七册），首尔：景仁文化社，1990 年，第 201 页。

126 成俔：《慵斋丛话》，《韩国诗话全编校注》（第一册），北京：人民文学出版社，2012 年，第 303 页。

127 曹顺庆，曾诣：《比较诗学如何开创新格局》，《西南民族大学学报（人文社科版）》，2016 年第 8 期。

代文人已经与明朝宗唐使臣就学诗倾向问题展开直接交流，然而文坛却没有马上掀起对唐宋诗议论的波澜，并未发生明显"尊唐贬宋"的转变。文人仍然按照学诗需要对唐宋诗进行坚持不懈地接受和追随。当然，这或许和《沧浪诗话》等诗论典籍登陆朝鲜半岛时间较晚有关。

另外，与中国诗学相比，韩国古代"唐宋诗之争"的正式形成，没有猛烈的言语抨击，没有诗派的频繁交锋，没有复杂的变化过程，也没有任何典籍全面总结两种审美范式，真正把唐音区别于宋调的特点概括出来。作为域外学诗者，或许这些诗学典籍和观念早已沉淀在文人的意识中，他们更重视的是实践。即，一切从本国文学发展与需求出发，并结合本土经验，为创造朝鲜半岛自身的诗学话语寻找经验，力图建构属于自己的文学话语体系。因此，带有自觉地过滤意识和改造意识。

综上可见，中国诗学传入朝鲜半岛后，真实的传播与接受过程是错综复杂的。所以，我们将来更应该注重阐释韩国古典诗学有别与中国的本质原因，通过中韩两国诗学展开平等地对话，挖掘背后的"间性"。如此才能真正地把握韩国古典诗学的运演状态及其变异性。

# 第三章　朝鲜朝中期文人的唐宋诗观

　　韩国古典诗学中"唐宋诗之争"的形成与发展阶段主要指的便是朝鲜朝中期。朝鲜朝中期文人在论及唐宋诗时，常借用中国明朝诗论家的诗学观并运用比较、摘句等方法，在正宗、诗法以及个人好恶等方面以唐诗为参照来讨论宋诗，宋诗不再是独立的存在。因此，唐宋诗相比，唐诗取得了绝对的胜利，他们对宋诗轻视但也非全然无视，文人群体在实际创作中依然不完全放弃宋诗。在唐诗风潮盛行之际，宋诗仍在暗暗发展，在唐诗独盛的局面下逐步获得生存空间。

## 第一节　李晬光的唐宋诗观

　　李晬光的唐宋诗观，将韩国古典诗学中的"唐宋诗之争"，进一步明确为"学盛唐"与"学宋"之争。无论是摘录、点评唐宋诗文本的数量还是其诗学观念，都比前人丰富，更成体系。可以说李晬光唐宋诗观的形成标志着韩国古典诗学中的"唐宋诗之争"进入到深入发展的阶段。他在诗话《芝峰类说》的叙述上一直以尊唐贬宋为主线，主题明确。通过精心设计，用正面叙述与转述两种方式传递其诗学意识，达成与读者间的互动。但我们也要清楚李晬光的叙述并非与朝鲜朝中期文坛的真实风气相符，他有意识地介入叙述，夸大宋诗与晚唐诗在当时的影响，其目的在于树立盛唐诗歌独一无二的地位。而这也是我们研究韩国诗话所要注意的地方。

## 一、李睟光的身份及其唐宋诗观

李睟光，字润卿，号芝峰。[1]自幼受学于家庭，年少成名，受李珥的赏识。其为官44年，曾官至右承旨、吏曹判书、兵曹参议大司成等职，三次出使明朝，是明宗、仁祖年间重要的政治家之一。同时，他也是朝鲜朝中期的诗学理论家、性理学家，当时汉文学的权威，一生著作颇丰。作为当时的文坛领袖，对中国汉文化自觉的接受者和实践者，后世对其评价甚高，直言他是指导后人学习汉文学的导师与表率，为一代大家。

就其诗学成就与贡献来说，当世及后代文人认为李睟光之诗已播于天下，安南琉球之使，亦闻公名，家传而户诵，[2]是当世第一流人。[3]在对其诗学思想的总结上，文人群体认为"必以唐诸名家为法则，故其声调谐协，色泽朗润，有金石之韵，圭璋之质焉。文亦主于雅驯，不作近代僻涩语"，[4]"其诗简古清绝，出入三唐。虽累韵迭篇，而终不失调格"，[5]"绝无蹈袭驰骋之语"。[6]在性格与人品上，认为其为人重德行、重修养，推扬义理，虽屡遭坎坷仍鞠躬尽瘁、不计名利，被时人赞许和敬重。在爱好上，李睟光自言："余平生无所嗜，所嗜唯诗，而于唐最偏嗜焉。"[7]这样的出身和身份符合朝鲜朝中期性理学影响下的士大夫阶级知识分子的典型特征，使得李睟光的诗学思想为后人所看重，成为后世所奉之的法典。

而其唐宋诗观，则是在继承前人"学唐"的基础上，高举盛唐的旗帜，在学诗范围上，将"学唐"明确为"学盛唐"。通过对唐宋两种诗歌范型的深入

---

1　李睟光（1563-1628年）的文学成就主要体现在诗歌创作和诗歌评论上。在他的为官生涯中，最值得关注的是其曾前后三次以官方使节的身份前往中国燕京。通过这三次的燕京之行，李睟光亲眼目睹了中国文化的繁荣及已传入中国的西方文明。同时，通过与其他来华的各国使节频繁交流，令他具有世界性眼光和比较文学的意识。

2　李廷龟：《芝峰集序》，《影印标点韩国文集丛刊》（第六十六册），首尔：景仁文化社，1991年，第5页。

3　张维：《芝峰集序》，《影印标点韩国文集丛刊》（第六十六册），首尔：景仁文化社，1991年，第6页。

4　同上，第7页。

5　李植：《芝峰集序》，《影印标点韩国文集丛刊》（第六十六册），首尔：景仁文化社，1991年，第9页。

6　申翊圣：《芝峰集跋》，《影印标点韩国文集丛刊》（第六十六册），首尔：景仁文化社，1991年，第12页。

7　李睟光：《唐诗汇选序》，《影印标点韩国文集丛刊》（第六十六册），首尔：景仁文化社，1991年，第198页。

研究，进一步完善了朝鲜朝"唐宋诗之争"的理论框架，使"尊盛唐而黜宋"成为了主流，盛唐诗歌具有了不可动摇的范式意义，同时也标志着韩国古典诗学中的"唐宋诗之争"进入了深入发展期。具体而言：

首先，对于唐宋诗的总体认识上，李晬光力主学唐诗，对不学唐诗者之言嗤之以鼻，指出其学诗之误。李晬光独尊唐音之意已溢于言表。

> 夫诗自魏晋以降，陵夷至徐庾而靡丽极矣。及始唐稍稍复振，以至盛唐诸人出而诗道大成，蔑以加焉。逮晚唐，则又变而杂体并兴，词气萎弱，间或剽窃陈言，令人易厌。然比之于宋，体格亦自别矣。后之人骤见其小疵，而概以唐为可薄。又徒知晚唐之为唐，而不知始盛之为唐。甚者守井管之见，肆雌黄之口，全昧声律利病，而妄议工拙是非。至谓唐不可学，或谓唐不必学，靡靡焉惟宋之趋。缱属文则曰："足矣"，不复求进，苟以悦时人之目而止。信乎言诗之难也。古人曰："刻鹄不成尚类鹜，画虎不成反类狗"，余窃以为唐譬则鹄也，宋譬则虎也。学盛唐不懈，则可以出汉魏以及乎古；学宋而益下，则恐无以复正始，而宋亦不可能矣。[8]

此则诗话中，李晬光以学唐为言，用唐诗的标准衡量宋诗，力斥学宋而不求进取之弊，高呼文坛应当坚持学盛唐诗，以正学诗的风气。他一方面从诗学发展观的角度正源清流。即，在诗歌的历史谱系上，"唐诗救诗道之衰微，至于宋而大坏，宋则又变而衰，虽可一时悦目然却宛若虎也，不易学之。"[9]另一方面从唐宋诗体格之殊的角度否定宋诗，对不同于唐诗的诗学思想、诗美形态和艺术范式大加排斥。虽然从初唐到晚唐，再到宋，诗体不断递变，晚唐诗亦有雕琢剽窃、格局狭隘等诗病，此间的诗歌带有衰飒、轻浮之气，但李晬光视之为小疵。师法对象的择取上，他认为只应学唐诗。可见，在李晬光的唐宋诗观中，晚唐诗之地位要高于宋诗，他对唐诗推崇之意无以复加，而一旦学宋则堕诗之下乘。言外之意，宋诗几乎一钱不值，不可依附。此外，李晬光之言明显区别对待唐朝各代的诗歌，其以盛唐诗为高，对初唐诗稍作肯定，对晚唐诗讥笑厌恶。

在这样的诗学思想下，李晬光所编选的《唐诗汇选》八卷也渗透着其唐宋

---

8 李晬光：《诗说》，《影印标点韩国文集丛刊》（第六十六册），首尔：景仁文化社，1991 年，第 194 页。

9 李晬光：《芝峰类说》，《韩国诗话全编校注》（第二册），北京：人民文学出版社，2012 年，第 1062 页。

诗观。他通过对不同阶段唐诗的泛览，强调盛唐。编选的目的在于纠正现实中的学诗偏误，从原则上引导世人学诗。体现出他对诗歌发展前程的忱诚关切。

> 夫诗道至唐大备，而数百年间体式屡变，气格渐下，故有始盛
> 中晚之分。所谓晚唐则众体杂出，疵病不掩，然论其品格犹不失为
> 唐。譬之于味，始盛之诗其犹八珍脍炙，而晚唐之作亦犹禁脔之余
> 味，其可嗜一也。但世或有嗜晚唐，而不识始盛唐之为可嗜，惑矣。
> 如《正音》《鼓吹》《三体》等编亦多主晚唐，或失之太简。而唯《品
> 汇》之选所取颇广，分门甚精，视诸家为胜。第编帙似伙，学者病
> 之。余尝择其中尤隽永者为八卷，命曰《唐诗汇选》。[10]

自朝鲜朝初期起，文人已经自觉采用选本的手段宣传自己的文学主张。《唐诗汇选》便集中体现了李睟光对盛唐诗歌之肯定。选本中所收录的诗文具有范本意义，凡学诗创作，皆可据为典要。《正音》《唐诗鼓吹》《三体》等唐诗典籍虽在文人中盛行，但弊病甚多，所涉庞杂，不利于学习和普及唐诗。为此，李睟光从《唐诗品汇》中精心编选了《唐诗汇选》，将学唐诗确定为学盛唐，规避了晚唐诗等旁流。其目的是让《唐诗汇选》成为学唐诗者之门径，发挥盛唐诗歌的楷模作用。事实上，不仅是《唐诗汇选》的选编，李睟光作为《芝峰类说》的叙述者，利用诗话将其唐宋诗观具体演绎到诗歌作品里，在潜移默化中指导读者的诗学选择，蕴含着李睟光对读者的谆谆告诫。

## 二、李睟光的叙述视角

李睟光不仅是中国"唐宋诗之争"的观察者，也是朝鲜半岛"唐宋诗之争"的叙述者。他在叙述的过程中并非将其叙述者的身份隐身于文本之中，不流露出写作或叙述的痕迹，而是意识到了自己的存在，用"余谓……""此言是"等信号说明自己正在叙述。而叙述者观察的角度不同，同一事件会出现不同的结构和情趣。[11]因此，我们从李睟光的叙述视角出发，能够发现其对"唐宋诗之争"的特殊视角和独特关注点（即，有异于中国诗人）。

### （一）直接叙述其唐宋诗观

关于李睟光的唐宋诗观，前文已作了总体上的概述。在其尊唐贬宋的唐宋

---

10 李睟光：《唐诗汇选序》，《影印标点韩国文集丛刊》（第六十六册），首尔：景仁文
　　化社，1991 年，第 198 页。
11 胡亚敏：《叙事学》（第 2 版），武汉：华中师范大学出版社，2004 年，第 19 页。

诗学观下，李晬光利用《芝峰类说》多次重复并深入叙述其诗学思想，且在韩国古典诗学史上首次提出"唐宋之辨"（即，"唐宋诗之争"）。从叙述的频率上看，重视和强调的意味是有目共睹的。李晬光所言之"唐宋之辨"，如，"郑谷诗：'春阴妨柳絮，月黑见梨花。'陈简斋诗曰：'暖日熏杨柳，春风醉海棠。'意味工拙，太相悬绝，此唐宋之辨也。"[12]概言之，他认为将唐宋诗句相比较便是"唐宋之辨"。由于郑谷是晚唐诗人，故可见其"唐宋之辨"不局限于盛唐诗与宋诗相比较，唐指的是唐朝的各个阶段。从争辩的具体内容上看集中在用事、气格、取法重点之不同、个人学诗等四个方面。

其一，李晬光指出用事是唐宋诗的不同点之一。"唐人作诗，专主意兴，故用事不多。宋人作诗，专尚用事，而意兴则少。至于苏黄，又多用佛语，务为新奇，未知于诗格如何。"[13]在用事上，李晬光没有以此来划分高下，他不反对用事。其知"创始难而模仿差易耳"，[14]认识到无论唐诗还是宋诗，作诗都会用事，取材于前人。但用事过度势必会出现蹈袭的现象，甚至就是照搬和剽窃；而用事不当、滥用也会成为诗病，他所批驳的正是这样的不良风气。因此，李晬光对唐宋诗给予了十分中肯的评价。一方面，认为杜甫用《汉书》中"鞭血地"之典故，但此用事似不成语，弄巧成拙，借此一例说明杜甫诗中这类强造语处甚多。[15]一方面，批评文人以为绝唱的陈师道之诗不过是出于蹈袭；[16]李白诗门："君边云拥青丝骑，妾处苔生红粉楼"亦蹈袭古人；[17]崔庆昌、李达作诗全袭唐人文字，或截取全句而用之，[18]虽看似唐诗实则远未成功。加之李晬光推崇自然的创作方法，所以，在用事上李晬光主张要"宜自出机杼，似藉于前作。"[19]其就诗言诗，对唐宋诗褒贬的叙述不是很明显。

其二，唐宋诗以气格分高下。李晬光认为气格是唐宋诗的主要区别之一，"作诗当先论才气，次观韵格。"[20]"唐以上人意趣自高，欲卑不得；宋以下人

---

12 李晬光：《芝峰类说》，《韩国诗话全编校注》（第二册），北京：人民文学出版社，2012 年，第 1081 页。
13 同上，第 1047 页。
14 李晬光：《芝峰类说》，韩国古典综合数据库，http://db.itkc.or.kr。
15 李晬光：《芝峰类说》，《韩国诗话全编校注》（第二册），北京：人民文学出版社，2012 年，第 1073 页。
16 同上，第 1127 页。
17 同上，第 1106 页。
18 同上，第 1043 页。
19 同上，第 1084 页。
20 同上，第 1350 页。

气格自卑，欲高不得。是知天禀自然不能易也。"[21]可见，唐宋诗的区别在于宋诗的气格不如唐诗。唐诗的意趣不仅指诗歌的风格、诗人的修养，也指诗意和诗情，是天然形成的，决定着诗人的品味，故而宋诗从先天上就不如唐诗。所以，李晬光在评论李白与黄庭坚诗时言道："李白的《乐府》有爱人之意，为可喜耳。山谷效之，格调随同，而用意相远如此"，[22]二人因气格的不同而可辨高下；同为描写山色，宋诗较杜甫"语似而气力欠健"；[23]王荆公诗虽"最精巧而有意味"，然气格犹在晚唐之下；[24]陈与义之《墨梅》风调韵致大不及唐。[25]由此观之，李晬光从诗之气格着眼，在诗歌批评上践行其主张，肯定唐诗而否定宋诗。

其三，从取法重点上看，韩国古代文人学诗多学诗歌创作的方法与技巧。就唐宋诗来看，李晬光对宋诗并未完全抛弃。他认为："诗好建安以至始唐盛唐，而中晚以下则唯取警句而已"，[26]言外之意，宋诗还是有可取法之处的。但同时，他又不满宋诗的作句方法、集句诗法和似村童俗语。"专主议论，其诗也文。用功虽勤，意兴不存。"[27]即使如苏轼般宋诗大家，有众多古今以为奇对之句，但其诗"句法似俗而天机亦浅，唐人则必不如是作句矣。"[28]其诗《与赵陈同过欧阳叔弼新治小斋戏作》句法甚俗。[29]这些与李晬光主张"发自情性"[30]的诗歌本质论和在诗歌创作上推崇自然的创作手法等诗学观念相违背。而在唐诗内部，对不同诗人的学习方向也各不相同。他曾有言道曰："李白之七言律、杜甫之绝句，古人言非其所长。至如孟浩然，盛唐之高手，而五言律绝外七言律不满数首，亦不甚警绝，长篇则全无所传。王昌龄之于七言绝句亦独至者。各体不能皆好矣。"[31]简言之，学诗要取各家之长处而学。在宋诗内部，则认为黄庭坚不如苏轼。[32]

---

21 同上，第 1061 页。
22 同上，第 1065 页。
23 同上，第 1069 页。
24 同上，第 1089 页。
25 同上，第 1094 页。
26 同上，第 1050 页。
27 同上，第 1351 页。
28 同上，第 1092 页
29 同上，第 1090 页。
30 同上，第 1350 页。
31 同上，第 1070 页。
32 对此，李晬光观王弇州之语后曰："诗格变自苏黄，固也。黄意不满苏，直欲凌其其四，因人之才而分学唐宋。李晬光主张学诗不能盲目而学，要根据学诗者的天赋分学唐宋，不能因指导者的好恶来决定。人之材禀不同如其面，未可以一概论也。"学者无论唐宋，惟取其性近者而学焉，则可以易能。世之教人者所见各异，互相訾嗷，喜唐者观之以唐，嗜宋者勖之以宋。不因其人之材而惟己之所好，其成就也亦难矣。"[33]由于李晬光强调才禀，因才而学，既体现出他作为韩国古代实学思想奠基者的高瞻远瞩，也体现出其作为诗论家在见地上要高于常人。他虽然尊唐贬宋，但若学宋能使人有所成就，他也没有反对。故此，李晬光对唐宋诗的不同认识还要和韩国古代汉诗发展、诗人创作联系起来，其实质在于如何提高汉诗的水平。

除此之外，在唐宋具体诗句的比较上，实为优劣之辨。如，认为王介甫取王籍诗本意而反之，曰"一鸟不鸣山更幽"，令人可笑；[34]宋唐子西诗不及王维有味，[35]山谷诗用语尤不成语，远不如王维。[36]他从实际创作出发，据此而说诗莫盛于唐，要以唐诗为楷模。不言而喻，李晬光以盛唐诗为其诗评标准，诗歌高下优劣之关键全在唐与非唐。

## （二）转述他人的唐宋诗观

在韩国诗话中，有很多叙述有着一个以上的叙述者。在叙述过程中通过转述他人的观点以证明其自身的主张，让不同人物从不同角度观察同一事件，产生相互补允或冲突的叙述，[37]令读者确信。而所转述的内容实际上也是由叙述者决定和选择的，是特殊的叙述者话语。因此，李晬光在《芝峰类说》中转述大量严羽、罗大经、王世贞、李梦阳、《诗人玉屑》《后山诗话》《诗法源流》等中国文人和诗话中的观点，让读者在了解中国文学思想的同时，悄无声息地传递出他的唐宋诗观，并进一步增强其观点的真实性和说服力，达到服务于自己的目的。

---

上，然不如苏也，何者？愈巧愈拙，愈新愈陈。"余谓此可定其优劣矣。由此观之，李晬光认为黄不如苏。参见李晬光：《芝峰类说》，《韩国诗话全编校注》（第二册），北京：人民文学出版社，2012 年，第 1091-1092 页。

33　李晬光：《芝峰类说》，韩国古典综合数据库，http://db.itkc.or.kr。

34　李晬光：《芝峰类说》，《韩国诗话全编校注》（第二册），北京：人民文学出版社，2012 年，第 1063 页。

35　同上，第 1144 页。

36　同上，第 1144 页。

37　胡亚敏：《叙事学》（第 2 版），武汉：华中师范大学出版社，2004 年，第 31 页。

　　其一，借宋人之口言尊唐贬宋。《芝峰类说》中，作为学唐者的李晬光看到了宋代诗学典籍中唐音的存在，一是以宋人典籍为用，选取诗话中有关尊唐之论述，证明其"诗必盛唐"的主张。如，"李晬光谓严羽乃晚宋人，但其并未尊唐，而是指责以苏轼为代表的宋诗人有变动唐风之罪，使得诗至此乃大厄矣。"[38]此外，他对严羽尊唐贬宋说极为赞成，转述道："大历以来，高者尚失盛唐，下者已入晚唐。晚唐下者，以有宋气也。唐与宋未论工拙，直是气象不同。诸名家亦各有一病，大醇小疵差可耳。"[39]严羽指出了唐宋诗之不同，并对学诗者不学盛唐感到不满。那么学诗者当以何为诗？李晬光又借严羽之言说到了初学者之法门："学诗者以识为主，入门须正，立志须高，以汉、魏、晋、盛唐为师，不作开元、天宝以下人物。"[40]而这也正是李晬光针对朝鲜朝中期文坛的现状想要说明及纠正的内容。即，他对于学诗者如何入门有着明确的要求，希望以此指点朝鲜朝文人学习汉诗，使其能够正确的选取典范。二是从宋诗学典籍中学唐诗法。如，通过《苕溪渔隐丛话》学唐诗中常见的"扇对格"；[41]从《梦溪笔谈》可知唐人多用正格。[42]三是借宋人之口赞唐诗、学唐诗。如，记载朱子独赞寒山子诗为好；[43]根据《后山诗话》可知苏轼始学刘禹锡，晚学李白，而《岁寒堂诗话》亦言苏轼诗学刘禹锡。[44]

　　其二，用明人之口言尊唐贬宋。李梦阳为明"前七子"的代表，对朝鲜朝中期的文坛影响巨大。李晬光转述了李梦阳复古角度的唐宋诗观，同时也意识到"宋人主理不主调，于是唐调亦亡。黄、陈诗法杜甫，号大家。其调艰涩，不见香色流动。"[45]也就是说，他认为此言当深思。换言之，宋诗不符合其理想诗歌的审美标准，缺少生色灵动的美。李梦阳以"格调"为尊唐贬宋的核心，认为盛唐诗歌富于情韵和风采而宋诗却以理为诗，这一点李晬光是赞同的。而王世贞作为明"后七子"的代表，承袭李梦阳的主张，同样标举诗必盛唐，受到了李晬光的推崇。李晬光在《芝峰类说》中引用其诗学观点四十余次，并通

---

38　李晬光：《芝峰类说》，《韩国诗话全编校注》（第二册），北京：人民文学出版社，2012 年，第 1091 页。
39　同上，第 1074-1075 页。
40　同上，第 1051-1052 页。
41　同上，第 1053 页。
42　同上，第 1054 页。
43　同上，第 1309 页。
44　同上，第 1090 页。
45　同上，第 1044 页。

过其口论述了盛唐诗的特点。即，"盛唐之于诗也，其气完，其声铿以平，其色丽以雅……其意融而无迹。"[46]他从气声色意等方面总结了盛唐诗歌的审美特点，以盛唐诗为最高审美典范，不符合此标准者将受到排斥和鄙薄。并且强调作诗绝不用"大历以后事"。另外，李晬光也从明人《逸老堂诗话》中学唐诗法"假借格"。[47]用明人的言论说明宋以后诗概以老杜为祖。[48]其从诗学渊源上表明唐宋诗观：宋人也学唐。即，唐宋仅为朝代之别，宋诗缺乏独特的审美特点。

### （三）作为学诗者的独特叙述视角

从上文李晬光的直接叙述与转述中，我们能感受到李晬光作为诗话叙述者的多重身份和立场。与中国诗话的叙述者不同，带有域外文人特有的"主体间性"和民族性。有时从创作实践出发，从唐宋诗对比分析中讨论诗法；有时直接从诗论出发，讨论诗人当如何创作实践。此类内容占《芝峰类说》的不少篇幅，从中可见朝鲜朝诗话对比式的、影响接受式的比较文学批评形态。[49]具体而言：

其一，考察唐宋诗的语音句法，解除学诗之误。作为学诗者，唐宋诗中的用韵、用词自然是其学习的对象，但朝鲜朝文人作为第二语言学习者，难免产生诸多疑惑以及学诗上的错误。所以，为消除疑惑，纠正学诗上的不正之风并以此为戒，李晬光在《芝峰类说》中指出病症，为学诗者提供了诸多参考。如，他指出"义山诗'簟冰将飘枕'，简斋诗曰：'雪月冰寒衾'，山谷诗'风力欲冰酒'，皆作去声用"，[50]为学诗者矫正字音；"唐诗曰：'辟恶茱萸酒。'杜诗曰：'更把茱萸子细看。'近世李弘宪制《重九忆两宫》使用'茱萸'，诗云：'茱萸花发昔年枝'，乃妄发，而考官置诸上等，实属可笑。"[51]可见，李晬光对诗歌错误的用词和评判给予了嘲讽，并在诗话中表述出来，从而为朝鲜朝诗人学习汉诗指明了正确的方向。又如，其考证李白诗集中《笑歌行》《悲歌行》

---

46　同上，第 1049 页。

47　同上，第 1054 页。

48　同上，第 1060 页。

49　马金科：《试论朝鲜诗话话语中的"学诗者"接受视角》，《延边大学学报》，2005 年第 2 期。

50　李晬光：《芝峰类说》，《韩国诗话全编校注》（第二册），北京：人民文学出版社，2012 年，第 1225 页。

51　同上，第 1177 页。

及《怀素草书歌》是否为李白所作,时人怀疑非太白所作。李晬光遂从诗人的生平出发认为时人言之有理,怀素后出于李白,此二人恐非一时。[52]再如,点评本国文人申企斋《竹西楼》学唐不当;[53]后山诗语意似晦,然崔笠学后山,其诗未免拘牵。[54]显而易见,李晬光对诗歌的关注点有异于中国诗人,对唐宋诗的讨论并非只限于理论更重在"学"上。

其二,辩证地看待唐宋诗。李晬光虽然主张尊唐贬宋,但他没有盲目拟古,狭隘地学习盛唐,而是客观冷静地讨论唐宋诗,既一针见血地揭示唐诗的弊病,对宋诗精彩之处亦赞赏有加,不落复古之窠臼。他认为李白之名诗《凤凰台》起结两句全袭崔颢,第二联无非是寻常怀古句,且用词似叠,毫无可取之处。[55]对杜甫的《北征》亦大胆改之。[56]对韩愈《大行王后挽》中用语的不恰当、不雅之处,[57]岑参《赠别》中连用"麾""节""兵"等词形成疵病,[58]李义山长篇最险僻难晓、且笔端窘涩、多用事[59]等弊病不因尊唐而忽视,将唐人之诗病充分暴露反倒是为了更深入和成功地学唐,引导学诗者不沉醉于片面模仿唐诗之中。对于宋诗,李晬光虽心存鄙薄,却也能做到较为客观地评价。他认为山谷《读谢安传》议论甚好,[60]其诗"人故义当亲,衣故义当补"反韩愈、李庆诗之意而尤似有味。[61]苏东坡诗集中《四时词》最好,可见其才好。[62]并且,他也赞同一些苏轼、黄庭坚对诗歌的议论之词。如,"黄山谷曰:'喜穿凿者,弃其大旨,取其意兴于所遇景物。以为皆有所托,如世间商度隐语者,则诗扫地矣。'余谓此言甚善。"[63]等等。

其三,叙述"唐宋诗之争"的思维逻辑。《芝峰类说》在叙述中常出现"恐不足学也""不足法也""学者不可不察"等短语,这正是叙述者介入到文本中的体现。通过建立起与读者的互动关系,传递其叙述意图。结合前文我们所言

---

52 同上,第 1066 页。
53 同上,第 1101 页。
54 同上,第 1102 页。
55 同上,第 1067 页。
56 同上,第 1076 页。
57 同上,第 1079 页。
58 同上,第 1179 页。
59 同上,第 1086 页。
60 同上,第 1248 页。
61 同上,第 1186 页。
62 同上,第 1091 页。
63 同上,第 1093 页。

李晬光的身份、叙述过程中的视角可知，其叙述"唐宋诗之争"的目的不仅仅是其诗学观的体现，更是为了使这些学习经验不至于泯灭无传，让《芝峰类说》成为符合韩国古代文人学诗切实可行的范本，以此来引导文人的汉诗创作，规范学诗之路。

## 三、李晬光唐宋诗观的成因及叙述的特殊意义

关于李晬光唐宋诗观的成因，中外学界分析得十分详细。有代表性的研究成果如，韩国学者钱念顺全面考察了王世贞的《艺苑卮言》与李晬光的《芝峰类说》对唐宋诗的批评。他认为朝鲜朝中期诗风之所以发生转变，其原因是为了摆脱此前宋诗的缺点，而李晬光选择学唐的目的便在于此。李晬光所生活的"穆陵盛世"，是对王世贞接受的初期阶段。李晬光从唐宋诗的字法、句法、篇法，变体，切题与否，对前人诗的学习等四个方面大量借用王世贞的观点，表达其诗必盛唐的主张。[64]中国学者杜慧月、董就雄也分析了李晬光对王世贞诗学思想的接受，且认为，李晬光对苏轼诗的评价有所保留，[65]对王世贞诗学并非盲目认同，觉得他自许太高，甚至是是毁誉参半。[66]此外，还有一些研究者探讨了朱熹、严羽、《鹤林玉露》等对李晬光诗学思想的影响。并在历史文化语境下剖析，"在经历壬辰倭乱之后，李晬光有着试图将文化和文物恢复到从前的复古心理，以此灵活应对不断变化的国际局势和时代的苦恼。"[67]可以说，国内外学界对其唐宋诗观成因的研究已很透彻，这里就不再赘述了。

而在整理《芝峰类说》时，我们能够发现李晬光的一些叙述与当时朝鲜朝中期文坛的实际并不相符，通过这些例子我们能够看到李晬光叙述的独特性。中韩两国诗话相比，中国部分诗话在叙述时虚假成份较多，需要沙里淘金、辨正真伪，而韩国诗话的叙述者通常较为客观，带有"史录""记史"的意识，具有不同于中国诗话的鲜明特色：史实性。但我们要注意的是，韩国诗话的叙

64 전염순：《〈藝苑卮言〉과〈芝峯類說〉의 唐宋詩批評일고찰》，《동아인문학》，2016 年第 36 辑。

65 杜慧月：《论朝鲜李晬光〈芝峰类说〉对王世贞诗学的接受》，《河南理工大学学报（社会科学版）》，2013 年第 1 期。

66 董就雄：《试论李晬光〈芝峰类说〉中对王世贞诗作的评价》，《西华师范大学学报（哲学社会科学版）》，2015 年第 3 期。

67 신승훈：《壬丙兩亂과 轉換期文學의 多邊化樣相——芝峯 李晬光의 文學論을중심으로》，《고전과 해석》，2007 年第 2 辑。

述并非完全真实和客观，从批评家的个人诗学思想出发且出于传播的需要，也具有一定的功利性和主观性。

> 我东诗人多尚苏黄，二百年间皆袭一套。至近世崔庆昌、白光勋始学唐，务为清苦之词，号为"崔白"，一时颇效之，殆变向来之习。然其所尚者晚唐耳，不能进于盛唐，岂才有所局耶？[68]

> 本朝诗人不脱宋元习者无几。如李胄、俞好仁、申从濩、申光汉号近唐，而似无深造之功。朴淳、崔庆昌、白光勋、李纯仁、李达皆学唐，其所为诗有可称诵者，但止于绝句或五言律，而七言律以上则不能佳，又不能进于盛唐。是其才学渊源本小而然，不知者以为学唐之咎，可笑。今世亦岂无一二用力于斯，而优入始盛唐之域者乎？具眼者能卞之。[69]

由上述两则诗话可知，李晬光认为朝鲜朝诗人多尚苏黄，即便如李胄、俞好仁、"三唐诗人"等已经开始学唐，但或未学到位或诗学晚唐，非学盛唐也，而当世学诗者也少有专主盛唐者。因此，李晬光高呼有具眼者当学盛唐，号召诗人创作具有盛唐风格的诗歌。通过李晬光的叙述，一方面说明宋诗仍在朝鲜朝文坛占重要地位；一方面则透露当时盛唐诗风尚未盛行，甚至学盛唐者极少之意。

事实上，在李晬光生活的时代，明代的诗学理论早已传入朝鲜半岛，朝鲜朝的诗风发生了明显的变化。明代中后期，虽尊唐派内部有所分歧，但前后七子"诗必盛唐"之言仍是主流，有诗人倡唐音而不专主一格；有的则更为激进标榜盛唐，排斥晚唐；有诗人以唐调为言；有的则学唐重在形式，剽窃摹拟。但无论明代文坛内部之争多么复杂，"诗必盛唐"的主张在朝鲜朝产生的巨大影响都是不容忽视的。另外，高丽朝以及朝鲜朝初期文人群体虽受宋诗风影响，然始终没有放弃唐诗，绝大部分文人是唐宋并学的。李胄、金净、朴淳等作诗逼于盛唐之习气，柳梦寅、车天辂等汉诗大家亦多受盛唐影响，盛唐诗有着相当规模的创作群体。由此可见，李晬光的叙述并不符合当时文坛的实际。

那么，李晬光为何如此叙述？综合全文便不难看出其特殊用意，一则带有强烈的纠偏意义。即，通过减弱盛唐诗歌的影响，抬高宋诗和晚唐诗的地位，把

---

68 李晬光：《芝峰类说》，《韩国诗话全编校注》（第二册），北京：人民文学出版社，2012 年，第 1051 页。
69 同上，第 1106-1107 页。

唐宋对立，以引起读者注视其叙述，进而反思宋诗的负面作用，消解宋诗的有效性，从而否定宋诗。二则从诗学发展的角度先言宋诗之影响再言唐诗，能够增强其叙述的可信性和合理性。三则李晬光也看到宋诗对朝鲜半岛诗学影响之深刻，一些宋调已成为约定俗成的使用惯例，李晬光自己在评论本国文人诗歌时甚至也使用黄庭坚"夺胎换骨"[70]一词，可想而知，要彻底消除绝非一日之功。

此外，李晬光与众多韩国古代诗论家一样，在诗话的叙述过程中也表现出了一些民族自主性。如，意识到中韩语言不同，作诗难等问题，在用事、用词上也有自己独特的见解，提倡不妄拟古人。在《芝峰类说》文本的分类上，将朝鲜半岛诗人的诗作放在唐诗、宋诗、元诗、明诗后，旁流、闺秀、妓妾等诗前，称之为东诗。这些都尤为可贵。

综观全文，李晬光建立起了一套相对系统的尊唐贬宋的诗歌理论体系，但某些叙述却与他追求真实、事实求是的实学思想相悖。李晬光作为《芝峰类说》的真实作者，也是诗话的叙述者，加之其文坛领袖的身份，故而其诗话带有极强的说服力和可信性。因此，我们试图从叙述者的视角出发，探究其背后诗话组织、布局与表达的意图，有助于我们真正理解李晬光的唐宋诗观。而我们选择叙事学研究方法的意旨也在于此。研究韩国诗话的"叙述者"往往能够看出诗话的特殊意义。然则学界尚无用叙述学的研究方法研究韩国诗话的先例，所以，本文算是一次尝试。立足于韩国古典诗学自身的实践特色和本土特色，未来会有更多研究者关注到诗话"叙述者"的研究中，不断丰富、构建新时代下韩国古典诗学的研究方法，进一步推进韩国古典诗学的研究继续走向深入。

## 第二节　小说《云英传》中的唐宋诗观

《云英传》，又名《柳泳传》《寿圣宫梦游录》，创作于十七世纪，是韩国古代汉文小说中的难得题材，是一部具有梦游录性质的悲剧性作品，带有很强的现实主义创作倾向和较高的审美价值、社会价值。其与《金华灵会》《周生传》《姜虏传》等九部小说合缀，载于《花梦集》中[71]，在韩国小说史上有着重要的文学地位，但小说作者不详。据研究者推测，作者的创作时间大致为壬辰

---

70 同上，第 1106 页。
71 《花梦集》为朝鲜金日成综合大学所藏，笔写本。该书是现存 17 世纪朝鲜半岛最早、收录作品最多的小说集。

倭乱后的宣祖末期至光海君时期。[72]小说描述的是青坡士人柳泳，在宣祖三十四年（1601年）春天游玩安平大君李瑢的旧居——长安城[73]仁旺山下的寿圣宫时，于醉梦中，遇到安平大君的宫女云英及其情人金进士，通过梦游主人公柳泳的视角，描述了他们之间的轰轰烈烈却又悲惨的爱情故事和悍奴的报应，[74]体现出悲壮的审美意蕴、较强的现实主义创作倾向和反对禁欲主义和封建等级制度等富有近代意识的思想主题，开创了传奇小说的新境地。[75]受到当时及后世的重视，可谓影响深远。

而学界也普遍将《云英传》归为爱情婚姻类题材小说，认为《云英传》反映了十七世纪壬、丙两乱后，封建礼教下宫女们人性受压抑的真实生活状态，[76]展现出当时被压迫群体所做出的抵抗的人生姿态，[77]是不作虚饰，崇尚真情的作品。[78]关注的视角多集中在小说所塑造的封建君主形象、女性人物形象、女性意识以及小说的多层叙述层次、作品赋予的情爱意义等方面。实际上，受中国唐传奇的影响和启发，朝鲜半岛古代汉文小说也存在有"以诗人小说"的创作传统，常在小说中穿插大量的汉诗、诗学观点等内容，反映出对中国诗人、诗作及诗学观念的信奉与坚守，并能从中得见作者及其所处时代的主流诗学观和审美倾向。此外，在竹圣堂的《海东诗话》中，亦将《云英传》中金进士与云英互赠之诗作收录。足见韩国古代小说文本和诗话（诗学思想）之间具有互文性联系。故此，我们通过解析《云英传》，能够从作者叙述、组织小说的内容中清晰地看到小说的美学趣味和诗学观念，更能说明唐诗在当时社会上产生影响的程度如何。也为全面认识和了解韩国古典诗学中"唐宋诗之争"的嬗变提供了新的论证依据。

## 一、诗学盛唐：小说中作者对唐宋诗的选择与取舍

《云英传》延续了此前梦游录小说的结构方式，但全文中传奇性与非现实

---

72 李岩，池水涌：《朝鲜文学通史》（中），北京：社会科学文献出版社，2010年，第812页。

73 长安城指当时朝鲜朝的国都。

74 金台俊：《朝鲜小说史》，北京：民族出版社，2008年，第51页。

75 苏仁镐：《韩国传奇文学的唐风古韵》，北京：民族出版社，2009年，第131页。

76 李丙畴等：《韩国汉文学史》，首尔：新文社，2012年，482页。

77 孙惠欣：《冥梦世界中的奇幻叙事——朝鲜朝梦游录小说及其与中国文化的关联》，北京：北京大学出版社，2009年，第98页。

78 赵润济：《韩国文学史》，北京：社会科学文献出版社，1998年，第315页。

性的偶然因素很少，故事情节基本上都符合现实生活的逻辑。将云英禁锢于宫中的安平大君亦在历史上真实存在。小说对其性格与形象的刻画十分细腻。他虽是压抑人性的封建贵族代表，但也是云英与金进士偶尔见面、爱情障碍以及最终悲剧命运的制造者，是推动小说情节发展的关键人物。在塑造其人物形象的过程中，小说作者用不小的篇幅叙述了安平大君跟云英等宫女、文人、金进士的对话，传递出小说作者以盛唐诗歌作为诗歌审美典范的潜意识，对盛唐诗歌有着极大的赞许和倾慕之情。

其一，教人学唐诗。小说中，根据云英的讲述，安平大君"以儒业自任，夜则读书，昼则或赋诗或书隶，未尝一刻放过。"[79]显而易见，安平大君李瑢深受儒家思想影响，在读书、赋诗等方面十分用功。出于对汉诗文的喜好，李瑢不仅常召集文人饮酒作诗；且不排斥女子学文，在宫女中择选貌美年轻者十人而教之，先授谚解小学，读诵而后又抄李杜唐音数百首教之，五年之内，果皆成才。[80]正因其有此喜好，一方面使云英与金进上的爱情在"沉吟诗句"中萌芽，一方面流露出作者独尊唐音的诗学意识。即，在众多诗歌中，只择取、学习李杜等唐诗，并且五年之内果皆成才，又进一步验证这种方法可以令学诗者迅速学成，是行之有效的方便法门。此外，小说又提到云英年少时，其父母作为启蒙者，曾教以三纲行实，七言唐音。说明在整个社会中，学唐已经成为社会风气，大众学诗普遍而为之。由此凸显学唐者群体的广泛和唐诗的文坛地位。

其二，以唐诗为诗歌评判的标准。小说中，李瑢在北城门外建屋十余间，命名为曰"匪懈堂"，又在"匪懈堂"的侧面筑一坛名为"盟诗"，这使得一时文章巨笔咸萃其坛，诗文则成三问为首，笔法则崔与孝为首。但在造诣上二人皆不及于大君之才。如此塑造安平大君的形象，意在增强其诗学观和论诗之言的权威性和说服力、影响力，进而借李瑢之口表达小说作者的诗学选择，奠定了全文尊唐的主调。因此，李瑢不仅教人学唐，亦将唐诗视作评价诗歌创作水平的尺度。如，大君句句称赏曰："不意今日，复见王子安（王勃）。"大君惊曰："汝等晚学诗，亦可伯仲于晚唐。而谨甫以下，不可执鞭。"[81]而这一诗学评判标准也成了整篇小说评价诗歌的准则。其他宾朋也皆用盛唐之音来衡量诗作。如，一日坐定，大君以妾（云英）等所制赋烟诗示之。满坐大惊曰："不意

---

79 崔雄权，马金科，孙德彪：《17 世纪汉文小说集〈花梦集〉校注》，首尔：曙明出版社，2009 年，第 21 页。
80 同上，第 21-22 页。
81 同上，第 22 页。

今日，复见盛唐音调，非我等所可比肩也。"[82]此外，云英在向柳泳自诉其经历时，在论及诗歌高下之处，也是以唐音为标准。如，大君入则使妾（云英）等，不离眼前，作诗斥正，第其高下，用赏罚以为劝奖之地，其卓荦之气象，纵未及大君，而音律之清雅，句法之婉孰，亦可窥盛唐诗人之藩篱也。[83]十人皆退在洞房，画烛高烧，七宝书案，置唐律一卷。论古人宫怨诗高下。[84]不问可知，小说作者对盛唐诗的推崇和喜爱，相比之下晚唐诗的地位要远低于盛唐。

其三，以李白为尊。"古之诗人，孰为宗匠？"在众多唐代诗人中何人更胜一筹呢？《云英传》采用对话的形式，由大君与金进士轮流讲述他们的诗学观，不仅给读者以真实感，同时也丰富了小说语言的表现力以及小说的文化意蕴，并且表明了作者的诗学态度。小说中金进士根据其理想中的诗歌审美标准有感而发，对比众多唐代诗人的不同风貌，除了在论及李商隐时略带贬义色彩外，其余皆表明对唐诗的推崇。

> 大君把酒问之："古之诗人，孰为宗匠？"进士曰："以小子所见言，则李白，天上神仙，长侍玉皇香案前，而来游玄圃，餐尽玉液，不胜醉兴，折得万树琪花，随风雨散落人间之气象也。至于卢王，海上仙人，日月出没，云华变化，沧波动摇，鲸鱼喷薄，岛屿苍茫，草树回郁，浪花菱叶，水鸟之歌，蛟龙之泪，悉藏于胸襟云梦之中，此诗中造化。孟浩然，音响最高，此学师广，习音律之人也。李义山，学得仙术，早役诗魔，一生篇什，无非鬼语也，自余纷纷，何足尽陈。"……大君曰："日与文士论诗，以草堂为首者多矣，此言何也？"进士曰："然。以俗儒所尚言之，犹脍炙之悦人口，真脍与炙也。"大君曰："百体具备，比兴极精，岂以草堂为轻哉？"进士谢曰："小子何敢轻之，论其长处，则如汉武帝，御未央，愤四夷之猾夏，命将荡伐百万黑熊之师，连亘数千里。言其大处，则如使相如赋长杨，马迁草封禅。求神仙，则如使东方朔侍左右，西王母献金桃。是以杜甫之文章，可谓百体之备矣。而至此于李白，则不啻天壤之不侔，江海之不同也。至此于王孟，则子美驱车先适，而王孟执鞭争道也。"大君曰："闻君之语，脑中敞豁，悦若御长风

82 同上，第23-24页。
83 同上，第22页。
84 同上，第23页。

上太清。第杜诗天下之高，文虽不足于乐府，岂与王孟争道哉？虽

然，姑舍是而愿君又费一吟，使此堂增倍一般光彩。"[85]

众所周知，李白、杜甫代表唐代诗歌成就的最高峰。材料中，就李杜优劣高下而言，金进士明显尊李白胜于杜甫。他精确地总结出李白诗歌的审美特质，认为李白乃天上神仙，大力推崇李白浪漫诗情、自由不羁的诗风与气度。而杜甫诗歌虽百体具备、比兴极精，文章稍显不足，然远高于王维和孟浩然，不可轻视之。但是其与李白相比，在审美境界上还是天壤之不侔，江海之不同。对于金进士高扬李白之倾向，李瑢表示十分赞同，觉得听其言后脑中敞豁，如御长风上太清。显然，这也是作者的诗学选择。

其四，对宋诗的态度。作者在设计安平大君与金进士论诗这一情节上，只字未提宋人与宋诗。但在文中对宋诗还是有所提及的。开篇借吟咏苏轼之诗而入梦："生独坐岩上，仍咏东坡'我上朝元春半老，满地落花无人扫'之句。辄解所配酒尽饮，醉卧岩边，以石支头。"[86]通过东坡的诗成功渲染出荒芜、悲凉的气氛，为柳泳进入梦中世界从而倾听云英的爱情悲剧做铺垫。既增加了故事的感染力，也说明作者对宋诗是很了解的。可以说，作者对唐宋诗歌的审美特征与主题意蕴都有清晰的认知。因此，在唐宋典范的对照之下，作者对唐宋诗进行了优劣高下的分析比较后，对唐诗的喜爱被突出了出来，确立了诗学盛唐的观念且态度十分坚定和明确。即，作者处处以盛唐诗歌为审美典范，在李杜王孟等盛唐名家诗中找到了最合适的蓝本，毫不吝惜地将"天上神仙""音响最高""天下之高"等词用在评价盛唐诗人和诗作上，对唐诗的气象、精神风貌、天然的情韵表现出由衷的倾慕。而宋诗显然违背了他的审美要求，故而从未提及学宋或奉宋人为学习的模范。但值得一提的是，对于宋诗，作者只是加以回避，没有全盘否定和鄙薄。这也间接说明对宋诗还是保留着温情以及作为第二语言学诗者的矛盾心态，不想陷入纷争。

## 二、唐宋兼学：小说外李瑢及其所处时代真实的诗学倾向

《云英传》是一篇比较特殊的小说，虽然还未能脱离梦游录的叙事结构形式，但讲述的却是现实生活中的故事。如同小说中酷爱诗词歌赋、有很深的文学造诣一般，历史上，安平大君李瑢虽然英年早逝，只活到三十六岁，但其在

---

85 同上，第25页。
86 同上，第19页。

朝鲜朝世宗、文宗年间与集贤殿学士等当时杰出的文士们频繁交流、切磋诗艺，在书画、佛事方面等方面也有很多贡献。在诗文选集编写上，李瑢于 1443 年奉世宗之命全权并负责《杜撰诗选》的编纂工作，又于 1446 年（世宗 26 年），与多名集贤殿文人一起挑选、编辑、整理唐宋八家的诗，即综合性诗选集《唐宋八家诗选》十卷。其意图更快地普及唐宋诗，树立学诗之楷模，使学诗者开明、补学诗之缺遗，以振诗道。

文集的编纂，由于动机不同，编纂方式不同，就会产生不同的意义。因此，在中国古代文学中，最晚在梁代时，人们已经自觉地采用选本的手段推广自己的文学主张。受中国文学选本的启示及自身学诗的切实需要，朝鲜半岛也出现了不少独立编纂的选本，而这些选本同样发挥着保存文献并光大本民族诗学遗产的作用，具有典范意义。既然有所选择，就必然会有其审美标准，体现出一定的选编宗旨。一方面能够影响诗风的运演变化，起到推波助澜的功能；一方面又能考察诗风的转变，从中窥见时代之风尚。

《唐宋八家诗选》[87]也是如此。由安平大君为主导，通过集贤殿学士的编纂而完成的《唐宋八家诗选》是朝鲜朝第一部综合性诗选集。纵览该书的收录范围、编排方式、内容侧重，不难发现李瑢的用心。从韩国古代诗学"唐宋诗之争"的角度上看，《唐宋八家诗选》能够从较多的中国唐宋诗文中甄别出优秀作家的优秀诗篇，所体现出来的诗学观念，正是朝鲜朝初期对唐宋诗认识的基调。其所选取的诗歌一方面反映了朝鲜朝初期汉文学界接受的主要是以唐宋时期的作品为中心的实际情况；另一方面也意味着当时文坛的整体发展趋势与唐宋诗风有着紧密的联系。

表 3.2.1：《唐宋八家诗选》作品收录状况[88]

| 朝　　代 | 诗人 | 五言律诗 | 七言律诗 | 七言绝句 | 总　计 |
|---|---|---|---|---|---|
| 唐（共250首） | 李白 | 27 | 5 | 34 | 66 |

---

87　《唐宋八家诗选》参照宋代周弼编纂的《三体诗》的体裁编排，取世人所知晓，便于观览之诗汇而集之并注释。首先根据体裁进行了分类：1-3卷为五言律诗，4-7卷为七言律诗，8-10卷为七言绝句，其后又在各体裁之下按照诗人之别进行细分。

88　卷七的最后一部分本是黄庭坚的七言律诗。但末尾却收录陆游的四首诗，即《寒食临川道中》《东湖新竹》《新夏感事》《晦日西窗怀故山》。对此，作者并未加以说明如此收录的原因，不排除这些诗歌在流传过程中就已经出现了作者上的错误，或编纂者自身出现了失误。为了方便研究，本文仍将之算入黄庭坚的诗作中。

| | 杜甫 | 100 | 82 | 13 | 195 |
|---|---|---|---|---|---|
| | 韦应物 | 16 | 5 | 12 | 33 |
| | 柳宗元 | 3 | 9 | 13 | 25 |
| 宋（共349首） | 欧阳修 | 9 | 16 | 14 | 39 |
| | 王安石 | 21 | 37 | 79 | 137 |
| | 苏轼 | 12 | 67 | 52 | 131 |
| | 黄庭坚 | 3 | 19 | 20 | 42 |

安平大君所指之"唐宋八家"与中国的"唐宋八大家"[89]是完全不同的，是其站在学诗者的角度，将阅读中积累的经验运用到自身的文学活动中，进而编纂出的具有独创性的诗歌选本。从上表可见，诗选集共收录唐朝文人四人，宋朝文人四人，在数量上唐宋两朝较为衡、平等，以平衡不同朝代诗风。其中选杜甫、王安石、苏轼的诗最多。《唐宋八家诗选》中称近体诗典范者为杜甫和李白。李瑢认为，李白沿袭了古代修辞文学的传统，将语言方面的艺术成果提高到最高的境界，而杜甫基于过去的传统诗法创造出了新的风格和新的形式美，并将此当作写诗的最大意义。选择韦应物与柳宗元这两位山水自然诗人为中唐时期的代表人物，其理由是编者本身喜爱山水田园诗所带有的率真、清淡的风格。诗选集中收录的宋代作家有欧阳修、王安石、苏轼、黄庭坚。其中欧阳修是通过诗歌改革克服晚唐与北宋初期诗风之弊端的人物，而王安石、苏轼、黄庭坚是基于欧阳修的诗风而建立了独立的宋诗体系，是宋代诗歌的杰出代表。此外，从与李瑢同时代文人的叙述中可知，李瑢认为"诗之休，盛于唐而兴于宋"[90]，且其"雅爱涪翁诗，每咏玩不置，遂采其短章之佳者，粹而汇之。"[91]

足见，李瑢沉醉于唐宋诗之风中，努力兼容唐宋两种诗歌审美范型。他虽喜爱黄庭坚但对于唐诗却丝毫没有褒贬和尊黜的态度，显现出其兼学唐宋的诗学观。

---

89 中国文学史上的"唐宋八大家"是指唐朝的韩愈、柳宗元，宋朝的欧阳修、苏洵、苏轼、苏辙、王安石、曾巩。而安平大君所选的唐宋八家则剔除了韩愈、苏洵、苏辙、曾巩四人，换之以杜甫、李白、韦应物、黄庭坚四人。

90 申叔舟：《宛陵梅先生诗选序》，《影印标点韩国文集丛刊》（第十册），首尔：景仁文化社，1988年，第127页。

91 崔恒：《山谷精粹序》，《影印标点韩国文集丛刊》（第九册），首尔：景仁文化社，1988年，第191页。

而崔恒、朴彭年、申叔舟、成三问等集贤殿学士在序跋文中也一致赞颂此诗选集的编选意义并赞同李瑢对唐宋诗的编纂原则,言外之意,唐宋诗都是值得学习的典范。他们或言"逮唐宋间,声律大备"[92]客观地概括了唐宋两朝对声律发展的贡献;或从"气"出发,认为"诗自风骚以后唯唐宋为盛,唐宋间之所谓八家为尤杰然"[93];或从诗歌发展的历史规律出发,总结到"至唐有《三百篇》之遗韵,而宋之称大家数者,盖亦仿佛乎唐矣。后之论诗者,不过曰唐曰宋而已"[94]将唐宋诗并举,不加优劣。这些集贤殿文人作为朝鲜朝初期文坛的中坚和精英力量,对朝鲜朝初期的学诗风气无疑具有高度引领的作用,对唐宋诗的判断与取舍也自然是当时最具代表性的诗学主张。

除了上述文人之外,本时期文人的诗学观点亦大多如此。将唐音宋调一同视为诗歌的两座高峰,没有门户之见。根据文人不同的喜好和实际需求,进而选取不同的侧面来学习与实践,增强了本时期文人创作的丰富性和多样性。可以说,朝鲜朝初期(小说故事发生的时代)具有多元整合、兼容并蓄的诗风。文人言诗论诗视域宽阔,然尚未触及"唐宋诗之争"的实质问题。

## 三、虚实之间:小说中推崇唐诗的原因探析

受中国唐传奇的影响及自身实际创作的需要,韩国古代文人在创作小说的过程中,将小说、诗歌及其文学思想相结合,展现出三者的互动关系。即借助史传的叙事框架将体现时代风气的诗歌、文论融入其中。可以说,当时的文学思潮直接影响着小说创作,同时小说创作亦是对这一时期文坛审美范型、总体面貌的文学记录。因此,一些看似只是为了彰显作者文学才华的诗学内容,实则为了表现人物形象,紧扣小说的主题思想;一些与主题、情节无关、赘余,却可调整小说的叙事节奏,也是当时文风的真实写照。

其一,出于表现个性解放的主题需要。小说中,云英等宫女被封建礼教的维护者、执行者安平大君长期禁锢在与世隔绝的寿圣宫中,但以云英为代表的反抗者,不甘于被剥夺自由和爱情,敢于冲破高墙的阻碍,大胆地表露内心的情爱,积极主动追求向往的爱情。因此,小说的主题带有崇尚个性、真情、平等、自由等近代思想因素。而与宋诗相比,唐诗情思外放、不遮不掩,以吟咏

---

92 赵季等:《明洪武至正德中朝诗歌交流系年》,北京:人民文学出版社,2014年,第137页。
93 同上,第135页。
94 同上,第136页。

性情、发自情性为主，表现出生命主体的勃勃生机。显然这与小说的主题相契合。出于创作意识的要求以及现实生活的关注，唐诗便进入到小说作者的期待视野中。

小说中，一天，安平大君让宫女各作一诗呈上。云英之诗，显有惆怅思人之意，未知所思者何人，似当问询。云英见状，即下庭伏泣而对曰："遣辞之际，偶尔而发，岂有他意乎！今见疑于主君，妾万死无惜。"[95]大君命之（云英）坐曰："诗出性情，不可掩匿，汝勿复言。"[96]后文中，宫女紫鸾亦言："诗出于性情，不可欺也。"作者反复强调并突出了诗歌的本质性情，注重个体情感的抒写，进而表现出对受压抑、禁欲的生活状态的反抗。

所以，作者偏爱唐诗，特别是李白诗，其因便是作者感受到了唐诗中个体情感和生命意识的无限丰富。李白把狂傲不羁、任性逍遥、自由浪漫的精神融合到其诗作中，让作者感受到真个性、真性情的充分展露和率意抒发，生命色彩的绚烂和激情洋溢的气象。因此，作者处处亲近唐诗，将原本主张兼学唐宋的安平大君李瑢、金进士、门客、云英等宫女都书写成尊唐、学唐之人，一些叙述与当时朝鲜朝初期文坛的实际并不相符，意在减弱宋诗的影响、消解宋诗的有效性，抬高唐诗，尤其是盛唐诗的影响，传递其树立盛唐诗歌独一无二的典范地位的叙述意图。

其二，源于十七世纪诗学盛唐的时代语境。十六世纪末"三唐诗人"出现之后，唐风成为朝鲜朝文坛的主导诗风。十七世纪初，在明朝前后七子复古思想的影响之下，学唐之风更是蔚为大观，盛况空前，较为彻底改变了学宋之风尚以及唐宋并学的思想。由前文可知，李晬光将韩国古典诗学中的"唐宋诗之争"，进一步明确为"学盛唐"与"学宋"之争，且与前人相比，理论观点更加成熟和完善。其《芝峰类说》虽论及宋诗的内容较为丰富，所占篇幅不小，然则批评之言亦多，这也是对诗人学宋诗而得其弊的感慨。在对诗歌本质的认识上，李晬光肯定和强调诗歌的性情。因性情是唐诗的精髓，故此力主学唐诗，对不学唐诗者之言嗤之以鼻，指出其学诗之误。独尊唐音之意已溢于言表，并且在诗学理论上封闭了宋诗发展的天地，拘束宋诗。许筠追求随情适性的生活方式。不仅肯定男女情欲，反抗封建礼教；也反对权威，提倡个性；认为天赋

---

95 崔雄权，马金科，孙德彪：《17世纪汉文小说集〈花梦集〉校注》，首尔：曙明出版社，2009年，第23页。

96 同上页。

人才平等，亦主张不拘身份重用人才，成为实学思潮的先驱者和启蒙者。在此思想的指引下，许筠旗帜鲜明地张扬诗歌的性情本质，对唐诗格外关注，推崇唐诗，作诗以盛唐诗为范式，论诗亦以唐为基准。

所以，第一，在李睟光、许筠等众多诗论家的推进下，文坛呈现唐诗一统的声势。其中，盛唐诗盛行且居于绝对优势，是一代诗风之主流。此时期，朝鲜半岛文坛学唐的复古论调与明代诗学关系紧密，成为普遍观点和呼声，但也存在少数肯定宋诗的声音；第二，对何为"唐宋诗之争"，学唐派与学宋派的划分愈发分明和凸显，这是对唐宋两种诗歌范型深入研究和学习的必然结果；第三，本时期理论上争论的成果能够在诗学实践中证明，理想的诗学主张与创作的实际总体上趋于一致，反映出诗风的转变较为彻底，学唐呈现出"一边倒"的态势。在这样的历史文化语境下，《云英传》的作者必然会受"诗必盛唐"观念的浸染而力倡唐音。

诗风的转变与其他诗歌运动一样必须要有诗学理论和创作实践两方面的共同推动才能最终完成。就朝鲜朝中期的文坛而言，在李睟光、许筠等人的倡导下，诗论家进一步触及到学诗门径、诗格之争等内容，形成了比较系统的学唐理论。关注的焦点由朝鲜朝初期停留在整体印象、概括性的认知转变为在诗法以及创作过程中切实有效的方法、技巧上，用词也愈加讲究。不仅能从整体上以唐诗为标准批评朝鲜朝诗歌，也能具体举出实例对唐朝或韩国古代某个诗人进行评论。同时在创作实践上，所作之汉诗也有着浓郁的唐诗韵味。而韩国古代文人创作国语歌辞时也自觉地到唐诗中寻找养料，亦能感受到作品中的盛唐气象以及与盛唐诗风的诸多相似之处，加速了汉诗的民族化与本土化进程。

故此，我们通过对《云英传》的分析可知，小说中众文人学唐之倾向并非与朝鲜朝初期文坛的真实风气相符，高举盛唐之旗帜显然是作者有意为之。即，旨在借助小说的形式来宣扬自己的诗学主张。同时亦可说明，文人对诗必盛唐的实践不只局限于汉诗和歌辞，在小说等其他文体创作中，也贯彻着当时他们对盛唐诗歌的赞许。这充分显示出当时盛唐诗风正大行其道，文人已自觉地向盛唐诗歌靠拢。

总而言之，十五至十七世纪是东亚汉文学的成熟期。东亚汉文学之抒情文学与叙事文学的创作都达到了一定的高度。[97]就这一时期中国的诗学风气来

---

97 蔡美花：《中国古典文化是东亚文明走向未来的基石》，《中国社会科学报》，2020年11月13日。

看，各诗派与宋、元相比更加繁杂、偏激，门户之见尤甚，总体而言不出前人议论之范围。即，在诗歌创作与诗歌理论沿袭着前代开辟的诗宗盛唐之路，论诗以复古宗唐为主，且居于绝对优势。概言之，明代初期，以刘崧为代表的江右诗派作诗不取宋诗，并认为宋绝无诗；闽中诗派以林鸿为首，将唐诗进行分期，提出盛唐之诗才是正宗；茶陵诗派其宗唐贬宋之旨亦显而易见。明代中后期，虽尊唐内部有所分歧，但前后七子"诗必盛唐"之言仍是主流，有诗人倡唐音而不专主一格；有的则更为激进标榜盛唐，排斥晚唐；有诗人以唐调为言；有的则学唐重在形式，剽窃摹拟。明代晚期，竟陵派有跳出"唐宋诗之争"与调和的意味，欲以幽深孤峭为作诗之宗旨。随着中国与朝鲜朝的频繁交流、文人间接触机会的增多，诗必盛唐的观念源源不断地传入朝鲜朝，不仅影响诗人的诗学观及其创作，也改变了朝鲜朝初期诗风运演的轨迹。因此，诗必盛唐的时代风潮，在以《云英传》为代表的汉文小说中有着充分的体现。

　　实际上，在韩国古典文学中，诗学理论与文学创作、诗歌与小说之间都具有互动关系，内在肌理有很多一致的地方。从韩国古代传奇小说开始，到梦游录小说、爱情小说、英雄小说等不同题材小说的不断发展，创作者们或在小说中直接引用、化用诗歌，或运用诗歌典故，一方面推动故事情节的发展，承担着事件的展开或伏笔的功能、向对方传达情志的沟通功能；另一方面也提高了作品的抒情性，表现出作家的才能和个性，逐渐成为韩国古代汉文小说的审美特质。[98]在共同的社会文化背景下，这种互动关系既有利于诗文与小说间的思想内容、审美趣味的相互渗透，又有助于不同文体之间优势互补，增添作品的抒情意味和叙事效果，创生出新的价值。而这种互动也利用小说的叙事方式对"唐宋诗之争"重新阐发，进而传递出作者的文学思想，亦可见"唐宋诗之争"传入朝鲜半岛的状况以及在传入后形式上的变异。这为韩国古典诗学或小说研究提供了新的视角，当然也有待于今后进一步挖掘与总结。

## 第三节　"唐宋诗之争"的形成

　　在东亚国家中，中国诗学史上长达数百年之久的"唐宋诗之争"，其实质乃是诗歌美学的论争。但日本、朝鲜半岛却并非如此，汉语作为第二语言，两

---

98 윤세순：《韓國漢詩의　특징　特徵　과　展開：17　세기　전기소설에　나타난　삽입시가의　존재양상과　기능——〈周生傳〉〈韋敬天傳〉〈雲英傳〉〈想思洞記〉를　중심으로》，《東方漢文學》，2010 年第 42 辑。

国更重诗歌创作的师法策略，最终融合唐宋，转益多师是大势所趋。日本关于"唐宋诗之争"的讨论大致集中在十九世纪的江户时期，争论的焦点在个人喜好和诗法宗尚上，带有日本诗学的本土特色。江户后期，亦不再以盛唐诗人为典范，广泛学习各朝诗人的作品。其历程与韩国古典诗学中的"唐宋诗之争"有很多相似之处。但韩日诗人所处的文化历史语境不同，理论形成的时间与争论的焦点自然不同。早在十六世纪，朝鲜朝诗学就已经打破僵局和徘徊，先于日本形成了"唐宋诗之争"。

## 一、"唐宋诗之争"形成的理论背景

朝鲜朝自世宗时起，设集贤殿，聚文学之士，培养数十年，使得人才辈出。同时，世宗也令集贤殿撰集《韩柳文注释》、注释《杜诗》；世祖则传礼曹，选拔文臣百七人，分授《易》《易学启蒙》《礼记》《左传》《纲目》《宋元节要》《杜诗》、李白、东坡、《庄子》《老子》《列子》，立期毕读。[99]在文人当中，也不断以诗歌、诗话、论诗诗、序言等形式借鉴、总结本国和中国各朝诗歌。在对旧诗风的论证与对新诗风的探索中，学宋作为朝鲜朝初期之风尚，其地位已然松动。由于宋诗的盛行导致了学宋的极端化，遂引发了文人群体的警觉和不满。

朝鲜朝中期，燕山君十年（1504 年）十月十一日时，传曰："《承恩赏花》为题，令昨日所选人，各制回文五言绝句及律诗、七言绝句及律诗以进。黄山谷诗固滞，大抵诗不可固也。意必通畅然后可与言诗矣。"[100]燕山君对黄庭坚正面提出了批评，不满其诗之拘束，循规蹈矩且缺乏生机。而此时的李胄、金净、朴淳等诗人已具有了比较明显的学唐倾向，逼于盛唐之习气。

此外，从当时中国文人的文学交流心理上看，"诗之道大矣，古今异世，而诗无闻也；中外异域，而诗无别也。"[101]即，就诗歌层面而言，朝鲜朝的汉诗与中国诗歌并无二致。所以，明朝使臣与朝鲜朝文人交流时，就诗学理论、文坛现状双方直接展开交流。明使唐休曾对李容斋有言曰："天下文章以李梦阳为第一。"[102]明弘治、正德年间，以李梦阳为首的"前七子"主掌文坛，推

---

99 赵季等编：《明洪武至正德中朝诗歌交流系年》，北京：人民文学出版社，2014 年，第 264 页。

100 同上，第 522 页。

101 祁顺：《北征录序》，《影印标点韩国文集丛刊》（第十册），首尔：景仁文化社，1988年，第 324 页。

102 尹根寿：《月汀漫笔》，《韩国诗话全编校注》（第一册），北京：人民文学出版社，2012 年，第 672 页。

尊盛唐力抵宋诗，带有复古主义的倾向。受明使的影响，朝鲜朝使臣在文学交流中也紧随其步伐，不断追踪唐诗，坚定着选择唐诗的正确性。文人当中，常观明朝文章之士的作品并讨论唐宋诗歌。其所作之汉诗宛有唐之风骨。东人学为诗文者，必曰唐。[103]

> 御制诗并应制诗共一帙，前辈题赞详矣，夫复何言！况奎章宸翰，照映古今，鞚轕宇宙。近之辞语亦婉顺得体，读之可喜，宜为国之所什袭也。然洪武至今，世次已久，不知朝鲜之诗果能皆如近否？《三百篇》以下，诗莫盛于唐。杨伯谦所述分三：始音犹丰腴，盛唐则沉着，而晚唐遗響则渐流丽矣。[104]

在元代，最能代表宗唐倾向的便是杨伯谦之《唐音》。杨伯谦上承严羽诗学盛唐理论，并演绎到诗选之中，可以说开"诗必盛唐"的先河。而张宁在《题权氏承恩录后》中借杨士弘之口对准确地概括了初唐、盛唐、晚唐诗歌的审美特质，将杨氏的诗学理论传入朝鲜朝。同时，张宁认为《三百篇》之后，只有唐诗才能与其媲美。言外之意，唐诗乃为诗之"正音"。

选本本身就是一种诗学批评方式。在朝鲜朝中期所覆刊的中国古典诗文选集中，唐诗的数量要多于宋诗。特别是朝鲜朝明宗时，明人高棅编辑《唐诗品汇》的刊行，为学唐者提供了门径，加速了学唐的普及。该书以批判的眼光审视唐朝各段时期的诗人诗作及艺术特色，大力标举盛唐诗人，直接导致了明代"诗必盛唐"思潮的兴起。此时，诸如此类的诗学典籍已大量传入，由此我们能够大致窥见当时诗风转化的趋向。

而在尹春年的《体意声三字注解》中，也提到其偶见《沧浪诗话》和李西崖之《麓堂诗话》。众所周知，《沧浪诗话》是中国"唐宋诗之争"开端的标志，由此中国诗学正式确立了宗盛唐诗的理论。中国后世的"唐宋诗之争"在相当长的一段时间内，在某种意义上，可以说是赞同严羽和反对严羽之争。[105]李东阳，号西崖，是明中期茶陵派的代表，他提出诗兴汉唐的复古主张（赞盛唐诗人而批评宋诗人，在音调、句法等方面都要学习唐诗）。其《麓堂诗话》是他诗学理论的集中展现。

---

103 崔岦：《新印陶隐诗集跋》，《影印标点韩国文集丛刊》（第四十九册），首尔：景仁文化社，1990 年，第 304 页。

104 赵季辑校：《足本皇华集》，南京：凤凰出版社，2013 年，第 131-132 页。

105 李金慧：《唐音宋调的融通——唐宋诗之争研究》，哈尔滨：黑龙江人民出版社，2010 年，第 58 页。

由此可见，经过朝鲜朝初期的酝酿，终于触动了朝鲜朝诗学观念的转变，唐诗再次成为学习的风尚，并被高举为反宋的旗帜。但宋诗没有完全退出诗歌舞台，如同此前的唐诗一样，在诗学实践中仍有不少文人学习和推崇。在一定时间和时机的推动下，宋诗重新整合自身又再度登上了文坛的中心。

## 二、"唐宋诗之争"的形成及主要争论点

关于韩国古典诗学中"唐宋诗之争"于何时正式形成，国内外学界尚未取得共识。但可以明确的是，其形成不是迅速的。朝鲜朝中期至朝鲜朝后期是朝鲜古代文坛诗风的第二次交替，唐风重新抬头，诗集和诗话中也以唐风为正品。[106]具体来说，朝鲜朝初期以苏轼为首的宋诗风为时代的潮流，特别是成宗年间，宋诗（主要指江西诗派）风靡一时，而宣祖时唐风又逐渐回归文坛的中心。[107]学诗具有明显的转变倾向。

根据前文可知，十六世纪初，在沈义创作的梦游小说《大观斋记梦》中，作者通过构建一个奇幻艺术国度历评各朝文章，表现出其理想的诗学观。这也是韩国古代文人首次用大量的文字阐明对唐宋诗的不同态度。同时也说明，不晚于嘉靖八年，"唐宋诗之争"在朝鲜半岛已经正式形成。其后，在李晬光、许筠等文人的引领下，诗论家们对"唐宋诗之争"的主要着眼点已经揭示得相当清楚。其实质就在于对宋诗价值的判断上。为争夺文坛话语权，或通过提出宋黄苏、两陈，皆主杜，从学脉上论证宋诗学唐，凸显唐诗的地位；或忽视并批判宋诗的诗学价值，逐渐消解江西诗派的影响。概言之，"学唐抑宋"成为了朝鲜朝中期诗歌创作和诗歌理论的主调。与此同时，本时期也是韩国古典诗学"唐宋诗之争"最重要、最激烈的一个阶段。

### （一）诗学唐诗为正宗

朝鲜朝中期，文人对诗学"正宗""正音""正路"等观念进行广泛地讨论，寻绎诗统，以树立典范为创作之参照，指示后学。那么，何为"正宗"？

受南宋真秀德《文章正宗》的影响，尹春年在《体意声三字注解》中说道："所谓正宗者，不过今人之所谓句法而已。"[108]"杨仲弘所传杜诗诸格真律，

---

106 李丽秋：《韩国古代诗坛的唐风与宋风（二）——第二次交替：朝鲜中期至朝鲜后期》，《韩国文学中的中国形象及对华认识学术研讨会》，2018年。

107 李钟默：《韩国汉诗的传统和文艺美》，首尔：太学社，2002年，第433页。

108 尹春年：《体意声三字注解》，《韩国诗话全编校注》（第一册），北京：人民文学出版社，2012年，第518页。

诗之正宗也。"[109]其所言之"正宗"涵盖体、意、声三个方面。何为"正路"，宋寅认为："摛词敷藻，自中绳墨，句法甚精，音调甚清，又遇具眼人，有所斤正，今世之识诗家正路者。"[110]主张正宗之诗当具备上述诗法与声韵音调。申钦则以自然、无意为诗学正宗，唯崔、白二人以正音鸣。[111]由此可见，"正宗""正音""正路"等观念既有强调声调音节之意，也有嫡传、主流和正统之意。对此观念理解的不同，便造成了对唐宋诗选择上的差异。

朝鲜朝初期，南孝温、姜浑等文人均认为《诗经》为诗歌发展变化的根源，以古衡今，追求返本归源，强调《诗经》的"正宗"地位，持诗学发展"退化论"。朝鲜朝中期，文人继续以《诗经》为最高标准，认为诗自魏晋以后，体格日变，因之而有放旷、轻佻、靡丽、怨诽之习；[112]唐宋流于浅近。至于今愈下而愈卑；[113]无怪唐不及汉，宋不及唐。同时，以是否有《三百篇》之遗音为评判诗人、诗作的标准。如，苏世让赞扬郑士龙有盛唐之遗音，[114]栗谷李珥称《精言妙选》有《三百篇》之遗意[115]等。此外，文人也常以此为标准来分唐界宋，明确地表明尊唐黜宋的立场。

然而客观上，却也造成了对唐诗的盲目坚守，剽窃杜撰，脱离现实，难免出现弊端。如，在唐诗的笼罩下，文人黄孝献（字叔贡），学问其笃，为诗文必以西汉盛唐为准，一时以为强效古文。[116]可见，其背离了诗歌学习的规律与实际，只徒取形似，强行模拟。

> 《三百篇》之后，诗莫盛于唐。学之而不类焉，则反归于浅近
> 衰飒，终不若从事苏黄两陈之为愈，此说之行久矣。宜学唐者之鲜，

---

109 同上，第 519 页。

110 宋寅：《颐庵令前》，《影印标点韩国文集丛刊》（第三十六册），首尔：景仁文化社，1989 年，第 217 页。

111 申钦：《玉峰诗集序》，《影印标点韩国文集丛刊》（第四十七册），首尔：景仁文化社，1989 年，第 95 页。

112 郑惟吉：《壬午年皇华集序》，《影印标点韩国文集丛刊》（第三十五册），首尔：景仁文化社，1989 年，第 486 页。

113 金正国：《文范序》，《影印标点韩国文集丛刊》（第二十三册），首尔：景仁文化社，1988 年，第 43 页。

114 苏世让：《湖阴集序》，《影印标点韩国文集丛刊》（二十三册），首尔：景仁文化社，1988 年，第 502 页。

115 李珥：《精言妙选总叙》，《影印标点韩国文集丛刊》（第四十五册），首尔：景仁文化社，1989 年，第 534 页。

116 鱼叔权：《稗官杂记》，《韩国诗话全编校注》（第一册），北京：人民文学出版社，2012 年，第 800 页。

> 而学之而仿佛焉者，为尤鲜也……李杜诗万丈光焰也耶，后之人欲
> 学唐者，以李杜为轨，则亦未免落于苏黄格律也耶。[117]

从诗歌史上看，《三百篇》之后，只有唐诗上承《诗经》之风雅性情，可堪为正宗。但在实际学习中，学之得力者少，往往模仿得差强人意，并将原因归结为唐诗风格浅近衰飒，不如学宋。这既是朝鲜朝中期唐宋诗风转化的痕迹，说明唐诗正统的地位尚未牢固仍有不少质疑的声音；也间接反映出朝鲜朝文人"学唐"与"学宋"是从其创作实践出发，始终在寻找切实有效易学之诗法，对宋诗的诸多优点并不排斥。对此，柳根认为，要学唐诗人之蓬勃的青春气息和感知生命的活力，但对唐诗亦不可专一模仿。就当时文人学诗情况来看，很多文人专攻李杜，认为"李白之诗乃公子王孙弄仙娥于楼台之上；杜子之诗忠臣孝子救君父于水火之中，必欲学李杜"，[118]从而造成了于诗只取李杜的现象。所以，柳根提出，若只学李杜，未免落后于苏黄等宋人。言外之意，要吸收唐诸家之特点，熔作一炉，而宋代诗作亦有值得肯定之处，宋诗还有其一席之地的。

### （二）宋诗动变唐风之罪

朝鲜朝中期文人十分重视性情的作用，或从本质论上言诗者，性情也；[119]或从创作论上言凡有感于情性者，每发于诗。[120]可见，诗发于性情，三百以降，惟唐最盛。[121]文人群体从诗本于性情出发，确立了唐诗的地位。

> 删后诗得吟咏性情之正，惟盛唐诸家。譬则镜中之象，水中之月，无迹可求，意趣渊永，合于古者也。苏东坡乃谓杜诗为集大成，黄山谷又谓杜诗灵丹一粒。盖工部之诗，派出厥祖审言公，主于忠君爱国，系一代治乱，诗之史也。得之天资学力概见。事迹诗之经也，起承转合浑然，精神气脉自出一家，兹非合于古为独盛者乎？然累牍

---

117 柳根：《玉峰诗集序》，《影印标点韩国文集丛刊》（第四十七册），首尔：景仁文化社，1989年，第90页。

118 河受一：《李杜韩柳诗文评》，《影印标点韩国文集丛刊》（第六十一册），首尔：景仁文化社，1991年，第103页。

119 金净：《颜乐堂诗集跋》，《影印标点韩国文集丛刊》（第二十三册），首尔：景仁文化社，1988年，第183页。

120 李滉：《陶山十二曲跋》，《影印标点韩国文集丛刊》（第三十册），首尔：景仁文化社，1989年，第468页。

121 金䜣：《翻译杜诗序》，《影印标点韩国文集丛刊》（第十五册），首尔：景仁文化社，1988年，第241页。

连编，诵皆可爱。有模仿体格之难，近在元和亦既失真已，滥觞晚唐
之俗习，况数百年之后乎？……夫以东坡、山谷号称风骚冠冕，极爱
杜诗。而动变唐风者，二公不能无罪。岂亦未见此要法耶？[122]

宋人严羽，把唐诗分为唐初体、盛唐体、大历体、元和体、晚唐体。明人
高棅，提出初、盛、中、晚之说。[123]朝鲜朝中期文人基本上也按照高棅的观点
划分唐代诗歌，并且以赞美的语言突出盛唐诗人的伟大成就。如，许兰雪轩所
言："近者崔白辈，攻诗轨盛唐。"[124]也就是说，苏黄等亦因学唐而有所成就。
但对宋诗而言，"自宋黄巢以来，始并与其所变性情者而遗之。一归之于寸学文
字以为之，得一字以为巧，使一事以为能，直欲蹒跦古人。学之者尤乖僻凡鄙，
此变中之变，而东方又变变之变。学者率不求之于性情之本，而反寻之于文字
之上。不涵咏于自得之妙，而反掇拾于糟粕之余。不以萧散静妙为趣，而以凭
陵掩袭自衒，为力益费而为道益远。"[125]与正相对，宋诗作为变体，以文字为师，
多务使事，讲用字之来历是能代表宋诗的一般作法，与以性情为标志的唐诗渐
行渐远，可以说是因变而退。这种背离唐诗审美理想的诗法，受到尊唐诗人的
极力贬低，大有诗风坏于宋诗之意。因此，文人从正变的角度来对比唐宋诗之
别。上文中所言动变唐风者，二公不能无罪，其不满苏黄的原因就在于对唐人
之风的变异。从而全面否定了宋诗的变革价值及有别于唐音的美学追求。

### （二）出于自身审美趣味的偏向

从个人喜好上，一些文人标举"诗必盛唐"，在学诗过程中，唐宋分歧越
来越大，对宋诗不屑一顾，只摹拟唐人，以唐诗为楷模，宋诗只有少部分肯定
的声音。

公独窃慕盛唐，属和阳春，无寒瘦辛艰之态，而非效颦学步之
比。其风流气象，可以想见，而始可与言诗已。若及苏门，其得黄
九不穷之誉审矣。[126]

---

122 尹春年：《体意声三字注解》，《韩国诗话全编校注》（第一册），北京：人民文学出
版社，2012 年，第 527-528 页。

123 罗宗强：《唐诗小史》，西安：陕西人民出版社，1987 年，第 4 页。

124 许兰雪轩：《拟古》，《影印标点韩国文集丛刊》（第十五册），首尔：景仁文化社，
1988 年，第 241 页。

125 金净：《颜乐堂诗集跋》，《影印标点韩国文集丛刊》（第二十三册），首尔：景仁文
化社，1988 年，第 183 页。

126 黄俊良：《书和唐诗鼓吹后》，《影印标点韩国文集丛刊》（第三十七册），首尔：景
仁文化社，1989 年，第 179 页。

由材料可知，黄俊良因偏爱唐诗，模仿起来得心应手，于是论起唐诗便要言不烦，但对唐诗所具有的不可模仿性等弊病却视而不见，所以文人的个人好恶是形成"唐宋诗之争"的一个不可忽视的问题。对于宋诗，黄俊良则引用黄九不穷之典故，意在说明能得苏门黄庭坚精雕细琢之成就者甚少，后学难以长进。换言之，他虽肯定了苏黄的诗学成就但认为学苏黄绝非正路。

自朝鲜朝中期开始，对宋诗尤其是对江西诗派的批评由涓涓细流汇成了巨浪。在批评宋诗的流弊及瓦解宋诗的地位时，唐诗之地位已达巅峰。批评宋诗者往往将唐音与宋调相对照，以此来印证宋诗的缺点和弊端，对苏黄的扬弃更加彻底。"李杜谁轩轾，骚坛两圣人。庭坚偷气力，无已学精神。"[127]李海寿认为黄庭坚作诗好用典故，"点铁成金""夺胎换骨"之法犹如偷他人力气，违背诗歌创作的本意。同时，柳希春也从诗人性格上加以批评。他说道："大抵江西人，皆能文章，才气秀拔。而性倨傲执拗，其土风然也。"[128]唐宋诗孰优孰劣由此一目了然。

### （四）诗法上宋诗甚卑

本时期，具思孟等文人对宋诗的特点进行了总结：士之攻文者，举皆本源经术，以理趣为主；[129]宋人尽主明理，故其辞繁。[130]他们意识到宋诗强化了诗歌的理性精神，具有"主理"的基本特征。朝鲜朝文人虽遨游于程朱理学的精神领域，经历了四次大论辩，即"四七论辩""人物性同异""礼学论辩""心说论辩"，其核心问题就是如何做人，如何做一个圣人。但对于诗歌议论化、理性化的倾向却没有认同。

如，柳梦寅，其"文章极高大"[131]，好学唐诗。在用典、韵律、格调等方面都与唐代诗学有着密切的关联。他认为唐诗之妙处就在于自然真情的流露，

127 李海寿：《嘲崔立之学后山失真》，《影印标点韩国文集丛刊》（第四十六册），首尔：景仁文化社，1989 年，第 66 页。

128 柳希春：《经筵日记辛未》，《影印标点韩国文集丛刊》（第三十四册），首尔：景仁文化社，1989 年，第 452 页。

129 具思孟：《八谷先生集序》，《影印标点韩国文集丛刊》（第四十册），首尔：景仁文化社，1989 年，第 445 页。

130 权瑎：《云川先生集序》，《影印标点韩国文集丛刊》（第六十三册），首尔：景仁文化社，1991 年，第 3 页。

131 柳琴：《新刊〈於于堂遗集〉跋》，《影印标点韩国文集丛刊》（第六十三册），首尔：景仁文化社，1991 年，第 452 页。

通过主体性情自然外化使诗歌产生天然之美。因此，他根据自身创作实践选择了李白浪漫主义的文风。

> 蔡祯元，儒士也，好古文，虽不自工其文，论文有佳处，尝曰："司马长卿《长门赋》记一日之事，登兰台下兰台，朝修薄具，夜梦君王，画阴夜明，极其愁思，毕昴既出，廷廷亭亭复明，皆一日之事，以'究年岁不能忘'结之，此其妙处也。"又论《舞鹤赋》"极道其清冽，言冰塞长河雪满群山，星翻汉回晓月将落，寒极于冬清极于晓，古人措意迥出，后世文字可想。"或问李杜优劣，答曰："李诗曰'柳色黄金嫩，梨花白雪香'，杜曰'红入桃花嫩，青归柳叶新'，赋花柳一也，而李自然、杜雕琢，优劣可立辨。"又论简斋诗："'洞庭之东江水西的'，下宜其楼台之胜，而以'帘旌不动夕阳迟'接之，语意似不续，既曰'登临'又曰'徒倚'又曰'望远、凭危'，语势相迭，此文章之甚卑者也。"[132]

从上文中可知，柳梦寅根据其理想诗歌的审美标准有感而发，他尊李白胜于杜甫，标举唐诗自然而然的创作风格而不喜雕琢，反对人为之工。他虽也主张诗学盛唐但未把杜甫当做作诗的楷模。对于宋诗，尤其是陈师道的《登岳阳楼二首其一》表现出极为鲜明的批判态度，认为该诗字、词使用不当，节奏重复且语意不连贯，心存鄙薄之情。言外之意，此诗毫不可取，价值远不如唐诗，自然无法与李白之诗相提并论。然而，一些文人对宋诗的优点还是肯定。如，"后山诗律平生癖，传染关西幕府间。静几呻吟知得否，纷纭丹墨恐无闲。"[133]与盛唐诗的韵畅律谐、格调高雅相比，宋诗"主理不主调"，表现出格律拗峭、生涩怪奇的特点，而陈师道其诗正是如此。金正国虽没有对后山诗歌加以评价，但肯定了陈诗影响日本之功。即，陈诗是因在域外产生了影响而得到重视。

## 三、朝鲜朝文坛多样化的现实

在朝鲜朝中期文人讨论、取舍唐宋诗的实际过程中，无论是学唐者还是学宋者对诗歌学习的主要实践还是在次韵或仿效上，从中可见唐诗盛行的倾向和当时的审美偏好。

---

132 柳梦寅：《於于野谈》，《韩国诗话全编校注》（第二册），北京：人民文学出版社，2012年，第1023-1024页。

133 金正国：《寄关西都事李仲豫》，《影印标点韩国文集丛刊》（第二十三册），首尔：景仁文化社，1988年，第12页。

当时文人学唐主要用、和杜甫、白居易、李白、柳宗元、韩愈、王维、韦应物、高适、《唐诗鼓吹》、唐人九日登台、秋夜韵等；效李商隐、谪仙体、西昆体等。学宋则主要用、和东坡、山谷、简斋、王安石；效东坡体、演雅体、简斋体等。文人群体对诗歌范型的选择还是较为多元，根据创作实际选择唐音或宋调。总的来看，学唐的作品还是多于宋，并带有诗风转变的过渡痕迹。

具体来看，不同诗派倾向不同。在大部分没有诗学宗派的文人中间，对两种诗学范型的学习上，仍是兼容唐宋。以柳成龙为例，与朝鲜朝初期文人相比，其次、和唐诗的数量明显增多，集中在李杜苏三人上。这表明本时期文人专注于学唐又不完全放弃宋诗。

又如，朝鲜朝中期"海东江西诗派"的代表人物郑士龙、卢守慎、黄廷彧（三人合称"馆阁三杰"）。此三人中，除黄廷彧喜用本国诗人韵外，郑、卢二人也用唐韵且学老杜。

卢守慎所追求的诗风正和黄庭坚及其江西诗派趋于一致。[134]《国朝诗删》对卢守慎《送卢子平赴东莱》的评语"换杜之胎"和"自出机杼"都是对黄庭坚诗接受的表现。[135]具体来说，在拗体、奇字、句法、典故、意境等方面均受江西诗派汉诗做法的影响。与此同时，他也深得老杜格力，其五言律酷类杜法，一字一语皆从杜出。从次、和唐宋韵来看，唐宋比重相差不大。可见，卢守慎虽学江西诗派但眼界并不局限于此，学诗不避讳唐诗，仍以唐诗为标准，表露出对唐诗的崇拜。

而在学唐派的代表——"三唐文人"中，他们在用韵上对唐宋诗的接受均不明显。以李达为例，他学诗"由宋入唐"，然只有《苏谷诗集》中的一些诗体，直接从李白诗集中选取乐府诗体进行创作。如，卷二中的《关山月》、卷六中的《襄阳曲》等，这些诗均模仿唐诗特定的诗体。整体上看，他单纯学唐，几乎没有言及宋诗。

从当时文坛风气上看，除了学盛唐外，也有推崇晚唐者。如，郑碏，其诗深得晚唐体。[136]也有文人认为宋诗强于晚唐诗者，且从具体诗句出发证明宋诗应有的诗学地位。

---

134 马金科：《黄庭坚与朝鲜古代汉诗的发展》，北京：人民出版社，2018年，第245页。

135 李钟默：《海东江西诗派研究》，首尔：太学社，1995年，第28页。

136 权应仁：《松溪漫录》，《韩国诗话全编校注》（第一册），北京：人民文学出版社，2012年，第541页。

今世诗学，专尚晚唐，阁束苏诗。湖阴闻之笑曰："非卑也，不能也。"退溪亦曰："苏诗果不逮晚唐耶？"愚亦以为："如坡诗所谓'岂意青州六从事，化为乌有一先生''冻合玉楼寒起粟，光摇银海眩生花''风花误入长春苑，云月长临不夜城'，不知晚唐诗中，有敌此奇绝者乎？高丽时每榜云：'三十三东坡出矣。'丽代文章优于我朝，而举世师宗，则坡诗不可谓之卑也。若薄其为人，则晚唐诗人贤于苏者几何人耶？唯退溪相公好读坡诗，常诵'云散月明谁点缀，天容海色本澄清'之句，其所著诗使坡语者多矣。"[137]

这里，权应仁追根溯源，在历史、理论与实际三方面为宋诗地位的稳固寻求有力的证据。宋诗还是有其稳定的追随者。

但是，朝鲜朝诗论家以"他者"的眼光，在批评唐宋诗中，既有很多肯定的方面，也有否定的方面。[138]如，"东坡山谷不足惊，子厚退之犹可厌。"[139]可见，文坛也存在着不学唐宋的声音。他们认为学诗的精要在于积累后而有所得非着力而得，没有深厚的文化积淀，即便竭尽全力也难以产生深博雄丽的诗歌。并认为唐诗萎弱，不必学也；宋诗卑陋，不足学也。

文章虽曰小技，亦业之精者也。虽巫医乐师之工，及其成功，劳筋苦骨，孳孳汲汲，积累而后有得，况为文章者乎。非着力有得，不可易言。乃欲不读而能之，不勤而得之，惑矣。如此而谬为大言曰：唐则萎弱，不必学也；宋则卑陋，不足学也，专尚浮靡藻华之饰，其可乎哉？[140]

针对上述观点，韩忠高呼为谬言也，持否定的态度。也就是说，文坛实际并非如此，如此认识唐宋诗未免有失偏颇，带有以偏概全之嫌，没有客观评价唐宋诗的文学价值。

从文人群体所推崇的唐宋诗人来看，朴守庵深得杜甫与陈子昂之体；[141]

---

137 同上，第551页。

138 孙德彪：《朝鲜诗家论唐诗》，北京：民族出版社，2006年，第49页。

139 周世鹏：《诸贤唱酬诗篇》，《影印标点韩国文集丛刊》（第二十四册），首尔：景仁文化社，1988年，第39页。

140 韩忠：《语类拾遗》，《影印标点韩国文集丛刊》（第二十三册），首尔：景仁文化社，1988年，第544页。

141 金构：《诗话》，《影印标点韩国文集丛刊》（第三十四册），首尔：景仁文化社，1988年，第136页。

有直言我爱杜工部者，[142]有奉唐之诗人孟浩然、杜牧为第一流；[143]也有因陆放翁诗豪放平易，无险涩怪奇之病而爱之者；[144]还有怀念山谷者曰："令人却忆黄山谷，解道文章帝杼机。"[145]显而易见，但是文坛学诗是多元的，文人取法各异。且同一文人在成长的不同阶段诗学典范也不同。

> 余少时，士子学习古诗者皆读韩诗东坡，其来古矣。近年士子以韩苏为格卑，弃而不读，乃取李杜诗读之，未知李杜诗其可容易而学得耶？非独学诗，凡俗尚莫不厌旧而喜新，徇名而蔑实，人心之不于常，真可笑也。[146]

不言而喻，当时文坛风气变化迅速，这反映出在诗风转化时期，文人有喜新厌旧和急于求成之病，但另一方面也可见其寻找可操作之诗法的急切与不安。

总之，韩国古典诗学虽具有民族性，但想要弃绝唐宋，另辟蹊径，绝非易事，只能从唐诗或宋诗中选择模仿的对象。本时期，文人群体的唐宋诗观（实为"学唐"与"学宋"的论争），以其对宋诗变唐认同与否为核心。虽然他们在理论上了明确了唐诗胜于宋诗，不乏一针见血直指宋诗之弊的观点，认识到了宋诗过度追求诗法，导致诗歌艰涩生硬的弊病。但他们对尊唐理论体系的建构还很模糊和薄弱，不少诗人没有具体表明到底是学盛唐还是学其他时期。故而整个文坛出现了尊唐仍不废宋等矛盾现象。

---

142 杨士彦：《谢惠草堂杜诗》，《影印标点韩国文集丛刊》（第三十六册），首尔：景仁文化社，1989 年，第 424 页。

143 林憬：《林白湖集跋》，《影印标点韩国文集丛刊》（第五十八册），首尔：景仁文化社，1989 年，第 324 页。

144 沈守庆：《遣闲杂录》，《韩国诗话全编校注》（第一册），北京：人民文学出版社，2012 年，第 584 页。

145 柳根：《李君自木川持五峰一律五山四律，访余求和，赠之》，《影印标点韩国文集丛刊》（第五十七册），首尔：景仁文化社，1990 年，第 461 页。

146 沈守庆：《遣闲杂录》，《韩国诗话全编校注》（第一册），北京：人民文学出版社，2012 年，第 586 页。

# 第四章　朝鲜朝后期文人的唐宋诗观

　　随着朝鲜朝中期文坛唐诗风的大行其道，宋诗风转而处于潜隐的状态。但是经过了一百多年的发展，学唐诗所取得的成就与其弊端一样鲜明。这使得朝鲜朝后期文人群体对唐宋诗的态度又产生新的转变。虽有继续高扬诗必学唐者，但一些文人对宋诗的认识却发生了变化。其或对宋诗给予局部肯定，或直接肯定宋诗。如，金泽荣曾言道："后世之诗，不可专以正宗责之。"[1]也就是说，在文坛兼学唐宋的风潮下，文人群体对宋诗及江西诗派重新予以接纳，使其重新被看作学诗的榜样。总体上看，文坛对宋诗关注的焦点从审美特征、取法侧重的讨论转为其文坛地位的恢复与否上，以期扭转朝鲜朝中期时对宋诗矫枉过正的局面。

## 第一节　明清诗学东传与文人诗学观的转变

　　代表两种不同审美范型的唐宋诗歌，不仅在中国影响深远，对于同处汉文化圈的朝鲜半岛同样影响巨大。唐音与宋调左右着高丽与朝鲜两朝文人的诗歌创作风格及审美价值取向，甚至决定着韩国古典汉诗风的运演方向。结合韩国汉诗风的整体演变之路来看，"晚唐风—宋诗风—盛唐风—唐宋融合"，其中充满了艰辛和曲折。可以说，韩国汉诗的风格主要就是在唐音和宋调之间不断变化。从中可见，韩国古典汉诗风每一次转变的背后都有中国诗风转变的影子。文人群体一方面对中国唐宋诗风持接受与追随之态，一方面始终探求汉诗

---

1　金泽荣：《韶濩堂杂言》，《韩国诗话全编校注》（第十一册），北京：人民文学出版社，2012年，第8780页。

的民族化与本土性，最终形成了韩国汉诗独特的面貌。纵观整个韩国古典诗学发展史，明清时期文学思潮的东传与其联系尤为突出。一方面中韩之间形成了稳定的宗藩关系，人员交流频繁；一方面本时期大量的文学和文化典籍传入到了朝鲜半岛，朝鲜朝的文人又加以重刊、再编及谚解。故而随着朝鲜朝文人群体不断向明清时期文坛流行的风潮靠拢，其在"学唐"或"学宋"的反复思考与总结中，令韩国汉诗发展的轨迹产生了新的变化。

## 一、明代复古思潮与朝鲜朝中期文坛风气的转变

明代中叶，"前后七子"倡导"文必秦汉，诗必盛唐"的复古运动。不仅在明代文坛上引起了巨大反响，也波及到了与之交往密切的朝鲜半岛。前文中曾提到许筠在《苏谷集序》中记载："往在弘、正间，忘轩李胄之始学唐诗……"[2]由此可见，早在明代的弘治年间，诗人李胄就已经开始同明代的前七子一样倡导"学唐"，并在其诗歌中多有表现。如，其《通州》一诗所写："通州天下胜，楼观出云霄。市积金陵货，江通扬子潮。寒鸦秋落渚，独鹤暮归辽。鞍马身千里，登临故国遥。"[3]此诗不仅笔墨清淡、音韵铿锵、格调高雅，诗风与王维的《汉江临泛》、孟浩然的《望洞庭湖赠张丞相》多有近似之处。显而易见，这与其力促学唐的实践密不可分，以致于许筠在《惺叟诗话》中称赞此诗"亦咄咄逼王、孟也耳。"[4]

在李胄的倡导之下，其后的很多朝鲜朝文人开始关注明代的"前后七子"及其诗歌主张。随着"三唐诗人"李达、白光勋、崔庆昌的跟进，一些文人甚至自觉地将"前后七子"与朝鲜朝诗人进行对比。如，许筠曾写道："明人以诗鸣者，何大复景明、李崆峒梦阳，人比之李杜。一时称能者，边华泉贡、徐博士祯卿、孙太白一元、王检讨九思。何李之长篇七律，俱善近古，李于麟、王元美亦称二大家，而吴国伦、徐中行、张佳胤、王世懋、李世芳、谢臻、黎民表、张九一等皆并驱争先。我国金季愠、金悦卿、朴仲说、李择之、金元冲、郑云卿、卢寡悔等制作虽不及何、李、王、李，而岂有愧于吴、徐以下人邪？

---

2　许筠：《苏谷集序》，《影印标点韩国文集丛刊》（第六十一册），首尔：景仁文化社，1991年，第3页。

3　李胄：《通州》，《影印标点韩国文集丛刊》（第十七册），首尔：景仁文化社，1988年，第491-492页。

4　许筠：《惺叟诗话》，《影印标点韩国文集丛刊》（第七十四册），首尔：景仁文化社，1991年，第361页。

然不能与'七子'周旋中原，是可恨也。"[5]许筠认为朝鲜朝的一些诗人虽无法与何景明、李梦阳、李攀龙、王世贞四人相比，但是却可以与其他的诗人相提并论。这里，许筠虽然没有明说其唐宋诗观，但却可以明显地感觉到他对于"前后七子"宗唐诗风的推崇。此外，许筠在诗话《鹤山樵谈》第二十六则中亦记载了尹根寿、李达及许篈一起讨论明代诗人作品的轶事。他写道："明人诗，苏谷以何仲默为首，仲兄以李献吉居最，尹月汀以李于麟度越前二子，论莫之定。凤洲之言曰：'律之献吉而高，仲默而畅，于麟而大。亦不以某为首尔某次之也。'益之尝出一律而示之，曰：'仲默之逸诗。'初步绝真赝，则曰：'此诗清绝，选律者不当遗之，必君之拟作。'益之不觉卢胡。诗曰：'客衾秋气夜迢迢，深屋疏萤度寂寥。明月满庭凉露湿，碧天如水绛河遥。离人梦断千重岭，梦漏声残十二桥。咫尺更怀东阁老，贵云行马隔云霄。'间架语句，酷似大复，具眼者亦未易辨也。诗乃上月汀相公之作也。"[6]这则轶事说明，朝鲜朝中期的诗人对明代"前后七子"有着很深的了解，甚至效仿其诗歌作品。同时这也表明，明代"前后七子"的诗歌及其诗学观念对于朝鲜朝诗人有着较大影响，不断触动文人群体诗学观念的转变，推动朝鲜半岛唐宋诗风转变的进程。在其引导之下，当时文坛的诗风为之一变，唐诗出现在文人群体的学诗视野之内，特别是盛唐诗风在朝鲜朝中期文坛大行其道，而宋诗风则受到猛烈地批判。

## 二、明末清初唐宋融合之风与朝鲜朝后期文坛风气的转变

经过了一百多年的发展，韩国古代文人群体发现：一是李白、杜甫等盛唐诗人的惊世才华很难被直接效仿；二是由于文人群体过分看重唐音，使得文坛充斥着形式主义之风。大部分文人只学唐诗皮毛而未得精髓，导致"剽窃杜撰"现象严重。唐音对于韩国汉诗的进步意义已经逐渐减弱。

与此同时，明末清初，中国的诗风又发生了改变。"公安三袁"及钱谦益等人推崇宋诗风，主要以苏轼和陆游为师法对象。袁宏道在其《雪涛阁集序》中评价宋诗道："于物无所不收，于法无所不有，于情无所不畅，于境无所不取，滔滔莽莽，有若江河。"[7]袁中道也给予了宋诗类似的评价。不言而喻，"公

---

5　许筠：《鹤山樵谈》，《韩国诗话全编校注》（第二册），北京：人民文学出版社，2012年，1458-1459页。

6　同上，第1444-1445页。

7　袁宏道：《袁宏道集笺校》，《雪涛阁集序》，上海：上海古籍出版社，1981年，第710页。

安三袁"对于宋诗的推崇是对明代中期"前后七子"的"宋无诗"提法的予以纠正，并试图以此来对抗"前后七子"的模拟之风。正如文人贺裳在《载酒园诗话》中所描绘的文坛现实："天启、崇祯中，忽崇尚宋诗，迄今未已。究末知宋人三百年间本末也，仅见陆务观一人耳。"[8]可见，明末诸人承袭宋诗，不再独尊唐诗。故而明末清初之际渐有唐宋融合之趋向，并随着典籍的东传及两国文人间的直接交流互动，再次影响到朝鲜朝文人群体的学诗选择。具体而言，金万重在《西浦漫笔》中写道："权汝章以布衣之雄，起而矫之，采掇唐、宋，融冶雅俗，磨砻冶治，号称尽美。东岳和之，加以富有；泽唐（李植）嗣兴，理致尤密，遂使残膏剩馥，沾丐至今，可谓盛矣。"[9]在这里，金万重认为，权韠首先改变了朝鲜朝过分崇唐之弊，并尽量将唐宋诗风融合到一起。在此基础之上，李子敏又进一步丰富和发展了唐宋诗风融合之路。随后，李植又将唐宋诗风融合之路推向高潮。其充分肯定了三人的文学成就，言外之意，主张唐宋同为学诗典范，应当兼而学之。显而易见，宋诗风确实又重新在朝鲜朝文坛取得了很高的地位。而金氏之言也获得了金昌协、李宜显、徐完泰、李栽、李夏坤、申靖夏、丁范祖等文人的积极响应。

## 三、清代文坛多元样态与朝鲜朝后期文坛的面貌

朝鲜朝后期的文人最初对清朝诗学的关心并不强烈，其对中国诗学思潮的讨论仍表现在明"前后七子"、公安派、钟谭二人、李贽、钱谦益等人身上。然而，伴随着时代的发展，在北学派的推动下，文人开始积极主动地和广大清代文士进行接触与交流，对中韩两国文坛都产生了积极、深远的影响，具有十分重要的意义。在北学派文人的中介下，王士禛、袁枚、毛奇龄、查慎行、施润章、宋琬、李锴、李光地、王世禄、季文兰、沈德潜、翁方纲、李调元、潘庭筠等大量清人的诗作在朝鲜朝推广开来，他们的唐宋诗观亦引发了文人的广泛关注与思考。他们为朝鲜朝文人群体摆脱"唐宋诗之争"做出了巨大贡献。而诗风也在这一过程中悄然变化着。

以王士禛为例，其作品在传入朝鲜朝后，便立即得到李德懋、朴齐家、李学逵等人的肯定，承认王士禛文坛领袖的地位和转益多师的创作方法，纷纷追慕、模拟、次韵其诗。王士禛强调诗歌的妙趣与天成，不以形式为主，反对刻

---

8 郭绍虞：《清诗话续编》，《载酒园诗话》，上海：上海古籍出版社，1983 年，第 453 页。

9 车溶柱：《诗话类选》，首尔：亚洲文化社，2014 年，第 233 页。

意追求音律和艳丽诗风；要以唐为主，兼取宋元明各家之长。其言论无疑对朝鲜朝后期学唐宋诗不得要领的错误倾向起到了纠正效果。文人开始试图融合唐宋两者的长处，并进一步嫁接到本土文学之中。

此外，桐城派和宋诗派是清代两个著名的文学流派，朝鲜朝后期文人与这两个流派的文人都有着直接的交往。如，桐城派与宋诗派代表性的文人朱琦、孔宪彝、冯志沂、叶名澧、祁寯藻、王拯、王轩、吴昆田等跟朝鲜朝后期著名诗人李尚迪在文学思想、文学创作上都有深入的沟通，并建立了深厚的友谊。李尚迪通过桐城派和宋诗派诸人，与两派最具有代表性的作家梅曾亮、何绍基有着间接的联系，这些都说明李尚迪与桐城派和宋诗派的深层关联。李尚迪在同桐城派和宋诗派文人的交往中，其诗歌创作也深受其影响，呈现出宋诗派的诗歌特征。作为传播主体，李尚迪积极地将桐城派和宋诗派介绍给朝鲜朝文坛。但从本时期的诗话与诗文作品来看，桐城派和宋诗派对朝鲜朝文坛的影响不大；加之李尚迪在韩国汉诗史上的地位不高；且桐城派亦主张诗学唐宋，只不过是以宋为主。在唐宋兼学、自成一家的大势下，未能使学宋思潮如清朝道咸同年间般上扬，没有形成学宋热潮且引发大规模的讨论，专学宋诗者是很少的。概言之，本时期文人虽基本延续了唐宋融合，博采众长的观念，但不专系于时代所学，有明显跳出"唐宋诗之争"的意图。直至朝鲜朝末期时，文坛在申纬、金正喜等人的代表下，真正平等地唐宋兼学，且在理论上高喊自成一家，更为强调创新性和独创性，带有近代诗学转型的倾向。

综上可知，与中国诗学对唐音宋调的讨论不同，朝鲜朝中期的很多文人接受明"七子"的主张而学唐人，批评宋人，可以说由明入唐；朝鲜朝后期则又受钱谦益、王士祯、翁方纲等清人的影响，由清而论唐宋。因此，较中国的"唐宋诗之争"又多了一层关系，即夹杂着明清文人的中介而开启门户之争。同时，在明清诗学东传的背景下，朝鲜朝文人群体在对唐音宋调的反复与琢磨中，令带有朝鲜朝本土特色的诗学理论、创作方法、诗歌的审美风格得以形成、发展和成熟。所以，明清诗学东传朝鲜朝对其诗风的转换、汉诗运演影响极大。并且带给我们一些重要启示：中国文学和文化传入境外之后，体现出容易被理解和创作模仿的特性；而域外文人对其接受不是简单地亦步亦趋，亦有着自身的发展规律。对这一问题的研究对当今中国文学与文化的境外传播、中外文学与文化的交流互鉴亦具有借鉴意义，有助于增进中国与朝鲜半岛的沟通与理解。

## 第二节　李德懋的唐宋诗观

　　韩国十八世纪中叶—十九世纪前期，以洪大容、朴趾源、李德懋、朴齐家等为代表的北学派主张"利用厚生"；向北方的中国学习。北学派成员多次入清，细心观察清朝物质文化生活，有意识地选择交往对象，并积极与中国文人笔谈交流。两国文人从情感上的交流上升到文学、绘画、书法、哲学等方面的交流，流露出"天涯知己"之情。

　　目前，中韩两国对李德懋[10]的研究集中在其文学思想的来源、文学思想的本身、作品及与清代文人的文学交流上。虽然在哲学上洪大容、朴趾源是北学派思想的核心，但就诗学成就而言，李德懋在文坛中具有重要地位，是北学派诗歌领域的盟主，[11]对其研究理当更为深入和具体。他对唐宋诗的文学选择，主张诗歌创作的独立性等观点既是其文学思想中不容忽视的一部分，同时也奠定了北学派乃至朝鲜朝后期诗歌理论的基础。因此，有必要详加梳理与总结。

### 一、接触：对唐宋诗的认识及与中国诗学之关联

　　李德懋是朝鲜朝后期文坛的代表[12]。此时，文坛的唐宋诗观已由学唐转向了唐宋并学，但当时文坛中间仍普遍流行一种"诗必盛唐，文必秦汉"的倾向。[13]然而，在本时期的朝鲜朝北学派文人中，对学宋诗已并不排斥。洪大容、金元行在与严诚等笔谈时均认为汉魏古诗、唐律诗为第一流诗歌；明诗为第二流。但对于宋诗的评价上，严诚认为毫无可取之处，而洪大容、金元行则认为

---

10 李德懋的诗学观主要体现在《清脾录》上，该书内容杂论中、韩、日三国诗歌。归纳起来，李德懋除了直接评论中国各朝诗歌外，在品评韩、日诗歌时也往往与中国诗歌相结合，而所涉及的中国诗歌仍以唐宋诗为主流。由此可见，他对唐宋诗学习与认识上的差异是其诗学观形成不可缺少的要素之一。但他对唐宋诗并非完全接受，虽倾唐却又强调不以一家为师，要有"自家之音"。因此，通过整理"唐宋诗之争"对李德懋诗学的影响，不仅可知朝鲜朝后期北学派文人的诗学选择，亦可见朝鲜朝后期诗坛学诗的多元化倾向和诗歌创作、诗学批评的实态。

11 金柄珉：《李德懋文学研究·序言》，哈尔滨：黑龙江朝鲜民族出版社，2003 年，第 1 页。

12 李德懋和柳得恭、朴齐家、李书九四人都是实学派的代表诗人，人称"四大家"。他们四人合刊的诗选《四家诗》收入三百九十余首诗歌，是朝鲜朝末期一部影响较大的汉诗选集。他的诗大多描写自然景色和抒发胸臆，也写了一些反映农民的贫困和暴露权贵的贪婪、腐败的作品。著有《青庄馆全书》。

13 金柄珉：《朝鲜中世纪北学派文学研究》，延吉：延边大学出版社，2013 年，第 21 页。

在矫正语音、体裁格调等方面宋诗还是值得学习的，对宋诗的认识更为随意、开放和包容。

## （一）对"唐宋诗之争"的直接接触

在对待"唐宋诗之争"的态度上，就北学派而言，洪大容与朴趾源都具有学唐倾向，李德懋自然不会与之相背离。洪大容出身两班，幼年师承金元行，热衷自然科学研究，倡导实心实学。其一生致力于社会改革、经世济民，自言不善诗文。但从他与严诚、潘庭筠、陆飞等"钱塘学者"的笔谈以及《湛轩书》中的作品来看，洪大容对唐宋诗还是有着较为清晰的认识，即学诗上以唐为主。

受实学思想、李贽"童心说"、公安派"性灵论"的影响以及当时文坛中"天机论"的盛行，在洪大容的诗学理论体系里，重在表现人的性灵。在本质论上主张依乎自然、发乎天机，贵冲远、必本之温厚；在批评论上主张反拟古、倡创新，破文饰、露真情，言言解颐、节节有趣；在创作论上主张舍主情、求真实，愉悦于人、兼顾教化等等。[14]但他还是提倡使用《文选》学诗，喜好汉魏五言古体诗与唐律诗。

> 吾友洪君大容德保，有志好古者也。前岁随其家仲父赴燕，访问中国高士。得陆子飞、严子诚、潘子庭筠而与之语甚欢……遂相与裒聚国中诸家诗各体，编而为数卷以归之。顾急于践言，未遑博搜，尤略于世代远者而我东诗道之始终正变，亦概具焉。非敢曰僻壤俚调，可拟于大国汉唐之遗轨也。庶几其不甚卑鄙，许之以中华余音，则小邦之光也。若复因诗而得其意，因意而得其人焉，则又可见鲁国之犹秉周礼，郯子之犹守帝典也。呜呼，诗可以观者，奚特声律云乎哉。[15]

从好友闵百顺的记载来看，湛轩[16]与中国文人往来密切且应其所求将朝鲜朝文人创作的汉诗汇编成册以赠之。目的在于使中国文人知晓朝鲜朝的诗文作品，并渴望获得赞许。因此收录的标准为"可拟于大国汉唐之遗轨"，言外

---

14 韩卫星：《洪大容文学研究——兼与中国文化之关联》，延边大学博士学位论文，2006 年，第 37-51 页。

15 闵百顺：《会友录序》，《影印标点韩国文集丛刊》（第二百四十八册），首尔：景仁文化社，1990 年，第 101 页。

16 洪大容，字德保，号湛轩。

之意，视汉唐诗文为标准，以正"小中华"之名。对此，李德懋表示了认同，评价金君喜作诗，其诗"于汉魏盛唐诸家手摸心追，风格遒健"[17]，爱之甚焉。

由此可见，通过笔谈的形式，两国文人能够就文学理论进行直接交流，清代文坛的"唐宋诗之争"亦引发了朝鲜朝文人群体的关注和思考。

### （二）通过清代文人的中介而间接接触

北学派文人的文学观与清代文人有着紧密的联系。朴趾源古文词才思溢发，横绝古今，[18]虽以小说而扬名，但作为诗人，他诗品入妙，比河清不得多见。[19]故此，其诗学思想不容小视[20]。通过考察《杨梅诗话》我们发现，其中所提及的中国诗句大多出自王士祯[21]的《感旧集》。而此时的朝鲜朝文坛，"世人之誉人文章者，文必拟两汉，诗则盛唐"[22]之风大行其道。不言而喻，时代的文学倾向与渔洋之学唐思想必然会影响到朴趾源以及北学派的诗学观。朴趾源作为北学派的中坚人物，在洪大容将王士祯的诗话集《感旧集》带回朝鲜半岛后，使得王士祯的诗作在朝鲜朝推广开来。所以，受其影响，李德懋、朴齐家、柳得恭、李书九等"海东四家"皆学王渔洋，以是否为渔洋嫡派作为接受中国文人之标准，具有鲜明的学唐倾向。

而在对待宋诗的态度上，王士祯、袁枚等其人、其诗对北学派及朝鲜朝中后期的文坛影响也是极大的。前文提到王渔洋虽然宗唐，但其论诗不喜门户之见，反对复古主义，在诗歌理论和创作上表现出唐宋融合的趋势。

> 王渔洋《论诗绝句》："铁厓乐府气淋漓，渊颖歌行格尽奇。耳食纷纷说开宝，几人眼见宋元诗。"余尝爱此诗之公平博雅。暮秋获稻南郡，归路雨中入白云山中谒本庵，龙村在坐。本庵曰："败菊寒雨，草堂孤烛，绰有清致。子有秋诗，使我听之。"余于袖中出诗卷，一一读之，两长老有时颔可。读到"痴人谈古诗，喜斥元明代。何如是元明，茫然失所对。"本庵微哂曰："政道吾辈也。"顾谓龙村曰：

---

17 李德懋：《清脾录》，《韩国诗话全编校注》（第五册），北京：人民文学出版社，2012年，第3983页。

18 同上，第4009页。

19 同上。

20 其诗学思想集中体现在《杨梅诗话》与《燕岩集》里。

21 王士祯（1634-1711年），字贻上，别号渔洋山人，早年学唐，中年转宋，晚年再学唐，纵然目睹学唐者之弊端，总体上看仍宗主唐诗。

22 朴趾源：《赠左苏山人》，《影印标点韩国文集丛刊》（第二百五十二册），首尔：景仁文化社，1990年，第89页。

"何如是元明？"龙邨即对曰："格律非唐配。"本庵曰："何如非唐配？"龙邨呵呵而笑曰："茫然失所对。"诗偶与渔洋相符，而两长老雅谑，足使余诗发光一时。[23]

材料中，王士祯借推崇杨维桢的乐府诗和吴莱的歌行体来充分肯定金、元诗的价值，且针对当时鄙薄宋元的风气，发出"几人眼见宋元诗"的责问，言外之意承认宋、金、元诗的价值。李德懋赞赏其公平、博雅的评判标准，并进一步深化与补充了渔洋的诗学观，批判和讽刺了当时朝鲜朝文坛盲目学唐而否定后代诗歌的倾向，认为元、明代诗歌亦值得学习。不言而喻，李德懋接受了王士祯的观点，从诗学发展观的角度，纠正学诗之弊端，强调要正确和公正地认识唐以后各朝之诗歌。即，"取南北宋、元、明诸家诗，而选练矜慎，仍墨守唐人之声格。"[24]

### （三）李德懋自身对唐宋诗的接触与认识

从实际创作来看，李德懋在诗作中多次提到唐诗："诵唐诗数百首，始为诗。"[25]当义人初不解诗时，他认为可通过诵读唐诗的方式而通悟。即，"夜读唐人诗"[26]"坐看唐诗，卧看唐诗"，[27]"翛然时复阅唐诗"[28]后有感，学唐倾向十分明显。在对宋诗的态度上，李德懋写道："小诗缘境得，随意宋明音。"[29]他常将宋元、宋金元、宋明并提，所言不多，但就诗论诗，给予了积极、正面的评价。

> 宋周密《浩然斋雅谈》曰："严中和号月涧，间多佳句。既无行卷，因摘一二于此。'山中道人不裹巾，一片石床生绿鳞。昨夜瓦瓶冰冻破，梅花无水自精神。''梅天雨气入帘栊，衣润频添栢花烘。

23 李德懋：《清脾录》，《韩国诗话全编校注》（第五册），北京：人民文学出版社，2012年，第3946页。

24 同上，第4006页。

25 同上，第3939页。

26 李德懋：《夜读唐人诗，闻东邻鹤唳》，《影印标点韩国文集丛刊》（第二百五十七册），首尔：景仁文化社，1990年，第32页。

27 李德懋：《四时调歌》，《影印标点韩国文集丛刊》（第二百五十七册），首尔：景仁文化社，1990年，第38页。

28 李德懋：《主人看金刚山记及唐诗》，《影印标点韩国文集丛刊》（第二百五十七册），首尔：景仁文化社，1990年，第52页。

29 李德懋：《素玩亭春集》，《影印标点韩国文集丛刊》（第二百五十七册），首尔：景仁文化社，1990年，第174页。

四月江南无矮树，人家都在绿阴中。'‘一声杜宇三更后，向晓绿阴连碧苔。郄恨楼高春数尺，柳绵飞不上囱来。'‘画扇题诗鸾背湿，铜彝煎脑鸭心香。'皆佳句也。”周说止此。苦心刻意之品，自古能诗而湮没者何限？余故尤拳拳于阐发幽光。[30]

周密，南宋文人，字公谨，其作品既崇尚自然又典雅浓丽、格律严谨、讲究炼字用典。严中和，南宋诗人，事迹多载于《浩然斋杂谈》之中。这里记载了李德懋品评周密摘录严中和的四句诗，赞同周密对严中和的评价，并且进一步补充道，苦心刻意之作品，必然不会湮没无闻，流露出有朝一日一定会被人所赏识的感叹。由此可知，李德懋不因"不唐"而贬宋；亦不以唐诗为标准轻视宋诗，对宋诗的评价从实际出发，十分客观和真诚。

## 二、学诗：对唐宋诗的接受与批评

从李德懋的诗学观上看，受唐诗之影响体现在作品论、创作论、批评论等方面；受宋诗之影响则以创作论和批评论为主。

### （一）学唐诗之主题与题目

作品的主题是诗人人生观的体现，是诗人的生活积累，也是诗人艺术功力的体现。而主题的形成既需要在生活中感悟并形成主题，还需要运用一定的艺术手段在作品中表现主题。唐诗文字精炼、风格多样、文字精炼自然受到朝鲜朝文人的推崇，读后常引发感悟与深思。《清脾录》的主题与题目，便是从唐诗中获得感触而得之。

“乾坤有清气，散入诗人脾。千人万人中，一人两人知。”此唐僧贯休诗也。余性不工诗，而顾喜谈艺。闲居尝手录耳目所到古今诗句，有辨订，有疏解，有评品，有记事。漫无第次，藏之枕中，人所罕见，只有怡心，名曰《清脾录》。[31]

贯休是唐末诗僧，人格高尚，不畏权贵。该诗名为《古意》，意为诗人心中有天地间清明纯粹之气，然而众人中能够知清气者却寥寥无几。读之使人感受到贯休强烈的孤独感与其重视心性的修炼。在李德懋所收录的不同种类、内

---

30 李德懋：《清脾录》，《韩国诗话全编校注》（第五册），北京：人民文学出版社，2012年，第3962-3963页。

31 李德懋：《清脾录》，《韩国诗话全编校注》（第五册），北京：人民文学出版社，2012年，第3924页。

容、风格古今的诗句中，原则只有"怡心"，这也是雅亭³²思想体系中淡泊心志、重视自我修养精神的体现。二人皆有独善其身，强调自我修炼、自我改造之内涵。因此，贯休之诗符合了李德懋的审美期待，遂以此作为其作品的主题，并从中选取"清""脾"二字作为题目。

### （二）论唐宋诗之诗法

其一，学唐诗之诗法。"手钞全唐字比蝇，诗家妙语悟良能。"³³李德懋提倡学唐诗家之妙语，以助学诗。一是学用字，李德懋善于炼字以增强诗歌的感染力，故而《清脾录》中记载了李德懋从杜甫、韩愈、白居易、司空图等诗中学惯用字；³⁴从孟郊、岑参、白居易等人的诗中学"黑"字的妙用；³⁵学白居易《七年元日对酒五首之二》中的"裹"字。³⁶二是学险句，险句指词艰涩和句法奇特的诗句，李德懋通过顾云《池阳醉歌赠匡庐处士姚岩杰》中的"经疾史恙万片恨，墨灸笔针如有神"与高丽朝李穑《戏赠郑签书年兄用前韵》中的"饥火馋涎成既济，悭风啬雨是休征"³⁷来学习奇异之诗句，并评价二诗皆至险。三是学妙境，通过学元稹诗"好鸟多息阴，新篁已成响。帘开斜照人，树袅游丝上。单衣颇宽绰，虚室复清敞。置酒奉亲宾，树萱自颐养。"又"初阳好明净，嫩树怜低痹……新莺语娇小，浅水光流利。"以及吕温诗《姚家浴复题赠主人》中的"新浴振轻衣，满堂寒月色。主人有美酒，况是曾相识。"³⁸他认为，诗歌创作处于妙境，则性情自正，音响自谐。

另外，在创作论上，李德懋也提及朝鲜朝文人学唐之诗风。如，李晬光诗学唐中晚；赵云江琼诗学晚唐等等。但是，当他评李献吉极力学杜甫时，却有言"终出古人脚底"³⁹，不赞同过度学诗。

其二，论宋诗之诗法。唐人不言诗法，诗法多出于宋。因此与唐诗相比，李德懋在诗法上论宋诗较多，集中在炼字、用事与化用上。学炼字如：

---

32 李德懋，字明叔、懋官，号雅亭、炯庵、青庄馆、鹤上村夫、敬斋等。

33 李德懋：《挽金又门》，《影印标点韩国文集丛刊》（第二百五十七册），首尔：景仁文化社，1990年，第209页。

34 李德懋：《清脾录》，《韩国诗话全编校注》（第五册），北京：人民文学出版社，2012年，第3976页。

35 同上，第3989-3990页。

36 同上，第4038页。

37 同上，第3999页。

38 同上，第4005页。

39 同上，第3969页。

唐江为诗:"竹影横斜水清浅,桂香浮动月黄昏。"宋林处士逋
《咏梅》易江诗"竹""桂"二字为"疎""暗",遂为千古名句。[40]

显而易见,李德懋赞赏宋诗的炼字。又如,学宋陈尧佐之炼字,认为其诗
《吴江》"平波渺渺烟苍苍,菰蒲才熟杨柳黄。扁舟系岸不忍去,西风斜日鲈
鱼香。"[41]"鲈""鱼""香"三字甚奇,且批评他人盲目改之。

论用事如,品评宋景文猎诗:"冻崖初辨马,昏谷自量牛。"[42]其中的典故
一出《庄子》;一出《史记》,意在赞扬宋祁用事精切。

化用宋诗如,"李凝斋喜之,字士复,流利韶雅,绰有风致……其《无题》:
'桃花雨过碎红飞,半逐溪流半染泥。何处飞来双燕子,一时衔在画梁西'……
皆名句也。"[43]这里,李德懋没有贬低李喜之化用宋诗之意,相反赞许他化用
刘次庄《敷浅原见桃花》中的诗句而成名句。

另外,李德懋也提到黄庭坚"演雅体",但未加以评价;写"梅花诗",
认为其诗用此法宜哉,遂作《酬曾若梅花诗韵》六首及《答曾若乞梅花诗韵》
等。

值得注意的是,李德懋虽然学宋之诗法,但是对宋诗法并非全部接受,在
诗用助语辞方面对宋诗进行了批判。

宋人诗:"且然聊尔耳,得也自知之。"余尝挽金章行士文有曰:
"命也斯而已,悲夫奈若何。"此法偶然一为之,不可再举,诗家之
大忌也。[44]

上文中所言之宋人诗实则出自黄庭坚的《德孺五丈和之字诗韵难而愈工
辄复和成可发一笑》,此联使用逐句对仗法,上下句以虚字对仗。李德懋对诗
歌辞采美的追求,最集中地体现便是在诗句的对仗上。他认为句与句的对仗归
根结底还是要落实到词与词的对照上。[45]故此,李德懋借助此法创作,将虚词
相对,但同时他又认为,此法为诗家创作的大忌,不宜多次使用。又如,《琐
雅》中,李德懋论苏黄诗,"用古事仍成变化者,后世有钱受之能及焉,而但

---

40 同上,第 3950 页。
41 同上,第 4026 页。
42 同上,第 4018 页。
43 同上,第 3993 页。
44 同上,第 3996 页。
45 徐东日:《李德懋文学研究》,哈尔滨:黑龙江朝鲜民族出版社,2003 年,第 168
页。

局小耳。"[46]所言苏黄以用事而闻名，后世能从中有所收获，但是始终"局小"，言外之意，不赞同完全学之。

### （三）对唐宋诗的批评

其一，对唐诗的批评。具体表现在以下三点：第一，以唐诗为评价标准，认为李纶庵诗，生动刻画了田家小景，可入王维农作图中。第二，就唐诗具体作品而言，予以赞扬。如，陈咏"隔岸水牛浮鼻渡，傍溪沙鸟点头行"与刘梦得"阶蚁相逢如偶语，园蜂速去恐违程"皆工于体物；[47]杨凝诗"真交无所隐，深语有余欢"[48]充满了至理，读之让人感动；李楚望诗"云阴故国山川暮，潮落空江网罟收"[49]，令人茫然自失，颓然而卧，仰视屋梁，浩叹弥襟。第三，评价唐诗人。如，尤喜子美五言律；[50]郊瘦岛寒，虽同工而异曲；[51]绝句最难工，唐人别具性。钱起江行诗，摩诘辋川咏[52]等等。

其二，对宋诗的批评。一方面，李德懋重视诗人的内心修养，强调诗品与人品的统一。主张以历史上或现实中品行高尚、人格崇高的人物为榜样，不断提升诗人的品格。因此，《清脾录》中，李德懋以忠义为标准，摘录了宇文虚中仕金国后所写的《己酉岁书怀》。"去国匆匆遂来年，公私无益两茫然。当时议论不能固，今日穷愁何足怜。生死已从前世定，是非留与后人传。孤臣不为沅湘恨，怅望三韩别有天。"[53]他以此诗称赞宇文虚中对国家的忠贞之情，对自身使命的义无反顾和献身精神。将之收录，号召以其为帅，从而感染周围更多的人。另一方面，李德懋从其诗学观出发，以诗歌是否创新为标准。邵雍以因"非汉魏六朝唐宋语"而被他所称颂，其诗被评价为"理胜醇粹之语，为首

46　李德懋：《琐雅》，《影印标点韩国文集丛刊》（第二百五十七册），首尔：景仁文化社，1990年，第100页。

47　李德懋：《清脾录》，《韩国诗话全编校注》（第五册），北京：人民文学出版社，2012年，第4033页。

48　同上，第3925页。

49　同上，第3940页。

50　李德懋：《看书痴传》，《影印标点韩国文集丛刊》（第二百五十七册），首尔：景仁文化社，1990年，第83页。

51　李德懋：《雪夜文会诗序》，《影印标点韩国文集丛刊》（第二百五十七册），首尔：景仁文化社，1990年，第57页。

52　李德懋：《绝句之二十一》，《影印标点韩国文集丛刊》（第二百五十七册），首尔：景仁文化社，1990年，第193页。

53　李德懋：《清脾录》，《韩国诗话全编校注》（第五册），北京：人民文学出版社，2012年，第3951页。

尾吟鼻祖，语厐气广。"[54]

另外，在对宋诗人的态度上，李德懋多知人论世而评诗，"先品次论才"，[55]因爱其人品而对其诗或喜或恶。如，爱欧阳修之为人而喜读欧阳文；[56]逆贼刘豫诗虽诗出性情，甚清和，但不相信该诗为他本人所作，刘诗可比"枭臛狐腋"。[57]

## 三、个性：对"唐宋诗之争"的独特态度与诗学选择

"朝鲜亦自好，中原岂尽善。纵有都鄙别，须俱平等见。"[58]朝鲜朝后期的文坛，受东亚时局的动荡和中国明末清初诗风转变、乾嘉诗风，性灵派、神韵派等文人等影响，论述中出现一些重视自我和彰显个性的言论观点，[59]且唐宋兼宗并学。此外，在北学派实学思想的指引下，反对模仿，文体革新，有本土、民族之风的意识更加突出。但新文体尚未形成，朝鲜朝文人学诗亦十分不易，[60]北学派文人对于中国唐宋诗歌也未做出十分明确的选择。

其一，"代各有诗，人各有诗。"[61]因此，不能专学一朝诗，要纵观百家、吸取精华。积极主张接受对象的多元性是北学派接受观念的重要内容之一。[62]北学派文人以开放性文学意识为主导，不反对学宋诗，也不抨击学宋的诗人，如，柳得恭冷斋诗，博观诗家，自《毛诗》《离骚》、古歌谣，汉魏六朝、唐、宋、金、元、明、清，以及三国、高丽、本朝，傍及日本，皆主张选抄而学之，广泛接受不同时代、不同国家、不同风格的作品。

---

54 李德懋：《次丘琼山首尾吟并序》，《影印标点韩国文集丛刊》（第二百五十七册），首尔：景仁文化社，1990 年，第 20 页。

55 李德懋：《赠李存仲兼示李洛瑞》，《影印标点韩国文集丛刊》（第二百五十七册），首尔：景仁文化社，1990 年，第 159 页。

56 李德懋：《送李仲五读书北汉序》，《影印标点韩国文集丛刊（第二百五十七册）》，首尔：景仁文化社，1990 年，第 60 页。

57 李德懋：《清脾录》，《韩国诗话全编校注》（第五册），北京：人民文学出版社，2012 年，第 3943-3944 页。

58 李德懋：《奉赠朴憨寮，李庄庵之燕之十》，《影印标点韩国文集丛刊（第二百五十七册）》，首尔：景仁文化社，1990 年，第 214 页。

59 严明：《东亚汉诗研究》，北京：中国书籍出版社，2015 年，第 41 页。

60 对于韩国古代文人学诗之不易，李德懋有言："年年学不得，何况古文词。"语出《奉赠朴憨寮，李庄庵之燕之十一》；"非生于中国者，能文尤难。"语出《耳目口心书》；在《杜诗谚解》中提到杜诗为邃奥之诗，两国名物音韵，抵牾不相入。由此可见，能理解中国文人诗已为难事，更何况要诗出新意，不断创新。

61 李德懋：《贞蕤阁集序》，《影印标点韩国文集丛刊》（第二百六十一册），首尔：景仁文化社，1990 年，第 439 页。

62 金柄珉：《朝鲜中世纪北学派文学研究》，延吉：延边大学出版社，2013 年，第 77 页。

李德懋在《挽徐士华》《观读日记》等作品中将"唐宋"并提；《题古文选后》言"韩柳欧苏"为"名儒硕士"[63]。从李调元、潘庭筠对《韩客巾衍集》中李德懋诗歌的点评来看，其诗似白香山，又酷似山谷；似杨万里，又有昌黎之风。除了上文所提对宋诗的认识外，李德懋还由唐窥宋，赞美本国学宋之诗人。

> 挹翠轩朴誾诗，世推为东方杜甫，而钱谦益《列朝诗辑》、朱彝尊《明诗综》、蓝芳威《朝鲜诗选》皆见漏，真李广、雍齿，幸不幸也。[64]

挹翠轩朴誾是朝鲜朝"海东江西诗派"的代表人物，也是朝鲜朝学宋的典型人物。其主张诗学黄庭坚，深受中国江西诗派的影响，诗学风格上也与黄庭坚并无二致。上文中，李德懋高度评价了朴誾的诗学地位，并为作品没有入选中国《明诗综》《朝鲜诗选》而感到遗憾。虽然杜甫一向被视为唐诗世界中的两座并峙高峰之一，然而将其评价为"东方杜甫"，却仍显露出以唐诗人为标准的诗学倾向，但能够给予学宋诗人如此之高的评价，也说明本时期"唐宋诗之争"已趋于和缓，文人群体可以对学宋诗人进行公正的评价，恢复了宋诗应有的地位。从李德懋《清脾录》中所收录各朝诗来看，记录唐朝诗人 29 人[65]；宋诗人 21 人[66]，宋略少于唐。其他朝代如下：

表 4.2.1：《清脾录》中所涉金元明清诗人及其诗学倾向一览表[67]

| 诗学倾向 | 金　朝 | 元　朝 | 明　朝 | 清　朝 |
|---|---|---|---|---|
| 学唐 | 元好问 | 张养浩、杨铁崖、程雪楼、张翥、阎 | 李攀龙、王世贞、钱谦益、黄周星、黎遂球、杨基、徐文长、倪谦、汪道 | 朱尊彝、王士祯、宗元鼎、陆飞、严诚、潘庭筠、徐釚、毛奇龄、彭孙遹、 |

---

63 李德懋：《题古文选后》，《影印标点韩国文集丛刊》（第二百五十七册），首尔：景仁文化社，1990 年，第 79 页。

64 李德懋：《清脾录》，《韩国诗话全编校注》（第五册），北京：人民文学出版社，2012 年，第 3926 页。

65 所提及唐诗人有张继、崔护、鲍溶、李商隐、温庭筠、殷尧藩、杨凝、贯休、江为、杜甫、韩愈、孟郊、岑参、顾云、元结、元稹、吕温、郑谷、李白、李楚望、李白、皇甫湜、白居易、司空图、卢仝、王维、陈咏、柳宗元。

66 所提及宋诗人有楼宣献公、张澄、刘豫、苏轼、林逋、陆游、宇文虚中、沈括、周密、王暐、刘克庄、黄庭坚、宋祁、邵雍、欧阳修、黄庚、严中和、花蕊夫人、陈尧佐、杨万里、范成大。

67 表格中的内容源于《清脾录》，一些诗人的学诗倾向较为复杂和模糊且不显着，故均将其放入"不明显"之中，如有疏漏，还望各位专家、读者批评指正。

| | | 复、姚燧、赵孟頫、李治 | 昆、邵子湘、祝枝山、刘翊、杨升庵、唐汝询、金圣叹、杨慎、徐石麒 | 沈德潜、王士禄、舒瞻、王苹、乾隆 |
|---|---|---|---|---|
| 学宋 | | | | 袁宏道、吕留良 |
| 出入唐宋 | | | | 李调元、袁枚 |
| 不明显 | 吕子羽、魏道明 | 吴草庐、宋无、何中 | 蓝芳威、魏际瑞、陈继儒 | 李锴、李光地、郭执桓、柴静仪、庞畹 |

从上表可知，李德懋对金元明清诗都有涉猎，其中论明清诗最多，而这些文人当中，大多学唐，学宋者凤毛麟角。概言之，李德懋不专学一朝一人诗，但暗含偏唐、近唐的倾向。

其二，学诗在于创新。"凡诗文，个个有一脉精神流动，方是活文。若蹈袭腐陈，便是死文。"[68]朝鲜朝后期，拟古之风盛行，学唐与学宋之弊病日益显著。为此，朴齐家认为"唐宋元明"之诗皆陈旧、落后，遂提出"诗味论""声字一致论""际论"等方法论，李德懋也同当时许多北学派文人一样，在反拟古的文学斗争中确立自己诗学观的。[69]他从实学出发，既否定仿古之诗病，也不盲目学诗，认为蹈袭古人文字犹如人面疮，[70]从而积极肯定当代诗作的价值；又从唐宋诗之争带来的诗病出发，提出解决之道。

> 余内弟朴宗山稺川谈艺精到，颇具慧眼。尝评余论诗绝句"各梦无干共一床，人非甫白代非唐。吾诗自信如吾面，依样衣冠笑郭郎"曰："兄自论虽如此，而读兄全集，何尝一字非古。盖悟得今犹古古犹今之妙，解杜子美论诗云'不薄今人爱古人'，活活脱脱，诗家之要诀，艺苑之公案。兄诗庶几得此。"余曰："不惟诗然也。如圣学经义一切泥滞，则不为子美之所笑几希。"[71]

"人非甫白代非唐"便生动体现了李德懋主张创新的诗学观。即，时代之不同，个人之不同，所作之诗自然不同，学唐而未必似唐，不必厚古薄今。诗

---

68 李德懋：《题内弟稿》，《影印标点韩国文集丛刊》（第二百五十七册），首尔：景仁文化社，1990 年，第 80 页。

69 徐东日：《李德懋文学研究》，哈尔滨：黑龙江朝鲜民族出版社，2003 年，第 72 页。

70 李德懋：《耳目口心书》，《影印标点韩国文集丛刊》（第二百五十七册），首尔：景仁文化社，1990 年，第 394 页。

71 李德懋：《清脾录》，《韩国诗话全编校注》（第五册），北京：人民文学出版社，2012 年，第 3941-3942 页。

法前人，诗歌则失去了个性和价值，创作能力也不会得到提升，反被人所耻笑。此外，朴宗山为李德懋的内弟，对于其诗朴齐家在《戏仿王渔洋岁暮怀人六十首并小序》中曾评价道："非宋非唐独了然，自家谈艺妙谁传"[72]，高度肯定了穉川[73]不为虚名的文风，因他坚持走自己的路，超越功利，不盲目学诗，在北学派文人中备受好评。显而易见，朴宗山的诗学观脱离不了李德懋的影响，李德懋的这一文学见解在当时得到不少文人的支持。

　　实际上，朝鲜朝中后期文人群体间关于学唐还是学宋的争论，既带来了汉诗的繁荣，为朝鲜朝汉诗创作提供了切实可操作之法，但诗人取法必以唐或宋为准，过于死板，使诗歌"境事雷同"又千篇一律。

　　　　我国自罗丽以来，局于闻见，虽有逸才，只蹈袭一套。其自谓
　　　　文章绝不可见……诗之为道，不可无法，不可为法所拘也……使事
　　　　之要有来历，蹩蹩圈套之中，不敢傍走一……余于青丘之诗，所病
　　　　其拘于法者，如此云。[74]

　　从新罗开始，韩国古代文人学中国汉诗已近千年，所积累的诗病、矛盾、弊端也日益加剧。学诗不可无法，但不能为法所拘，如只学唐宋，如影随行，亦步亦趋，则毫无可取之处。那么，夫诗何为者也？李德懋认为要源于性灵，以创出新论；要自创为格，意渊语杰。如此方可扭转这一顽疾。

　　其二，学诗在于继承。"欲将学海浔文锋，李杜指挥似转蓬。物色虽饶今世用，辞华其奈古人同。"[75]李德懋主张学诗创新，立足当下，但诗出新意，超越古人亦十分困难。正如他所说："中国文词如善玩，古人心事庶可承。"[76]然而，后世诗歌一定会强于前人吗？李德懋借金圣叹之语感慨道：

　　　　金圣叹诗语曰："郑谷'石城昔为莫愁乡，莫愁魂散石城荒。江
　　　　人依旧棹舴艋，江岸还是飞鸳鸯'之诗，千古人只知李青莲欲学黄
　　　　鹤楼，何曾知郑鹧鸪曾学黄鹤楼耶？人生世间，前浪自灭，后浪自

72 朴齐家：《戏仿王渔洋岁暮怀人六十首并小序》，《影印标点韩国文集丛刊》（第二百六十一册），首尔：景仁文化社，1990年，第471页。
73 《影印标点韩国文集丛刊》中写作"稚川"。
74 李德懋：《耳目口心书》，《影印标点韩国文集丛刊》（第二百五十八册），首尔：景仁文化社，1990年，第429-430页。
75 李德懋：《无题》，《影印标点韩国文集丛刊》（第二百五十七册），首尔：景仁文化社，1990年，第14页。
76 李德懋：《信笔有感》，《影印标点韩国文集丛刊》（第二百五十七册），首尔：景仁文化社，1990年，第173页。

起，有何古人？纯是今人。只如酢艋鹞，明是一场扯澹，而升牛山，犹有挥泪之老翁。此亦甚为不远时务也。"圣叹慧眼，不独知诗，洞观阎浮，令人每每洒落快绝。[77]

郑谷，唐朝末期著名诗人，人称郑鹧鸪。后人只知李白欲学黄鹤楼，郑谷学时却不为人所知。"有何古人？纯是今人"，可见，在李德懋的思想中"古""今"的概念是相对的，并非万事万物的过去皆不可取，没有过去如何言"今"。其在《柳惠甫》一文中进一步说道：

读足下诗及素玩薛书二士诗，以为古人诗。古人已死，眼中不见一古人，何尝今日作诗示我，以为今人也。盈天下皆今人也，焉有今人吐出者（这）个好诗。古今二字，交战胸中，无法可解。[78]

上文为李德懋关于古今诗歌的辩证思考。他虽反对复古，但不学古人之诗如何才能言创新。变化是万物生长的一个颠不可破的规律，没有变化就没有发展，重视当下固然重要，过往亦值得继承，这里强调"古意"主张继承，实际上也是对他主张创新观点的完善，与其崇经溯古的治学倾向也密不可分。继承与创新是辩证统一的，一方面是李德懋诗学观的表现，另一方面也是他实学思想的重要显现。

以此为据，便不难理解李德懋对唐宋诗的文学选择。即，始终有选择、批判地学习唐宋，唐宋并学，兼取各朝、个人之长，实质是为了形成自己的风格与个性，也就是说形成带有"朝鲜"风的作品，带有"自家之音"，突显朝鲜朝文人的主体性。因此，李德懋对自己民族文学的成就相当自负，评价较高。[79]此外，《清脾录》中李德懋记载、点评日本文人诗；记载柳得恭等人所编写《蜻蛉国诗选》等文学活动，其实质是为了获得中国文人的赞许，渴望被中国文人肯定，同时也是为了彰显朝鲜朝文人的才华和价值。

阐明韩国古典文学与中国文学的相互影响关系，是中韩文学研究中不可忽视的重要课题。无论明清何种文学派别、文学思潮传入，对朝鲜朝文人来说其焦点都在于学唐还是学宋上，并非只是讨论唐诗好还是宋诗好。这也与中国"唐宋诗之争"略有不同。对李德懋而言，虽然如今难以考证出最初引发其对

---

77 李德懋：《清脾录》，《韩国诗话全编校注》（第五册），北京：人民文学出版社，2012年，第4010页。

78 李德懋：《柳惠甫》，《影印标点韩国文集丛刊》（第二百五十七册），首尔：景仁文化社，1990年，第253页。

79 徐东日：《李德懋文学研究》，哈尔滨：黑龙江朝鲜民族出版社，2003年，第107页。

"唐宋诗之争"思考的是何人，在何时，是哪部作品，但"唐宋诗之争"对李德懋诗学的影响却是十分巨大的。

任何文学批评都带有一定的倾向性，朝鲜朝文人对于唐宋诗歌往往也做出不同的选择。"余尝分排历代所长曰：周之礼，秦之法，汉之文，唐之诗，宋之学，元之歌词，明之题跋，君以为何如？"[80]尽管李德懋认为对于宋在于"学"而非诗上，但对宋诗仍给予关注，并且加以学之。总的来看，唐宋诗的交锋不如前人般激烈，甚至没有形成争论的焦点。他对唐诗与宋诗的学习集中在创作论与批评论上，多学唐宋诗的诗法，但并非全部接受而是有选择的学习；同时依照自身的文学批评观对唐宋诗人、诗歌进行摘句和评点。无论是学唐还是学宋，对于李德懋而言，接受的目的都在于以古为师，继承之后不断创新。学唐与学宋的实质在于改变复古主义、形式主义之风盛行的文坛现状，体现了北学派文人主体意识的觉醒，同时也是李德懋作为"学诗者"主体意识的觉醒。对唐宋诗的文学选择既与北学派研究实用之学，治理改革，及近代文明意识相关，也是李德懋作为文学批评家、诗人的职责所在。一方面显示出其对传统文学的创新精神，是北学派实学思想的重要组成部分；另一方面也是对朝鲜朝诗学理论发展的重要补充，引领着朝鲜朝后期汉诗创作与发展的方向。

金柄珉教授在《东亚的跨文化研究刍议》一文中谈到了东业跨文化研究的三个转向，其中之一便是从"结果"到"过程"的转向。他认为："在影响的过程中引发的正确或错误的认识、接受或抗拒的心路历程等等，其实更值得我们去深究。"[81]同样，在各类期刊论文、学术专著中，对韩国古典诗学中的"唐宋诗之争"都有了明确的结论。即，从新罗后期至高丽初期学唐；高丽朝中后期起学宋；朝鲜朝中期尊唐；朝鲜朝后期唐宋兼宗，这一学诗主线已然十分清晰。但是我们从结果转向过程发现，不同时期学诗的实际与结论往往并不一致。在大的结论之下，一些诗人与之相悖的观点层出不穷，更值得分析与研究。这些零散的观点亦是韩国古典诗学发展不可或缺的一部分。以李德懋为例，他虽然唐宋并学，事实上却倾向于唐，且最终之目的反而是"不学唐宋"。因此，

---

80 李德懋：《观读日记》，《影印标点韩国文集丛刊》（第二百五十七册），首尔：景仁文化社，1990 年，第 115 页。

81 金柄珉：《东亚文学的跨文化研究刍议》，《中国比较文学学会第 11 届年会论文集》，2014 年。

从学诗的过程出发来研究朝鲜朝文人的文学选择，不仅能够还原不同时期诗歌创作、诗学批评的实际面貌；也可以真实地总结中国唐宋诗歌在朝鲜半岛传播的历史轨迹，以探究中国古代文学理论在域外传播的切实影响。

# 第五章　韩国古典诗学中"唐宋诗之争"的焦点

　　韩国古典诗学的"唐宋诗之争"从萌芽到尾声，贯穿着高丽、朝鲜两朝诗学史数百年，对韩国古典诗学理论体系、理论范畴建设有着深刻的影响，亦是韩国古代文人唐宋诗观成熟的表现。其中，性情论及江西诗派的诗学价值是韩国古代文人"尊唐"或"主宋"的主要争论点。就性情而言，韩国古代文人不仅偏尚性情，并且通过性情自觉地纠正以往"学唐"或"学宋"过程中出现的偏差和疏漏，无形中推动着"唐宋诗之争"的发展。朝鲜朝中期的性情说针对的是文坛肤廓空疏之风以及剽窃蹈袭之弊，文人以此为武器开始尊唐贬宋；朝鲜朝后期的性情说则使文人不专以一家为师，要有自家之音，文人由此力倡兼学唐宋；近代之后，为凸显创作主体之个性又迎来性情论的短暂复兴，学唐之风也随之抬头。而朝鲜朝中后期文人群体对江西诗派的接受是伴随着文坛诗风转换而形成的。朝鲜朝中期时，诗必学唐的风潮乃为文坛主流。文人遂主要从"格"、"正"与"变"关系、诗歌的语言特点三方面出发，批评江西诗派，进而尊唐贬宋，极力排斥宋诗。此时，江西诗派成为了文坛"学唐"与"学宋"之争的焦点。朝鲜朝后期，在明朝后期崇宋诗风的不断传入以及文人针对学唐之弊的自觉反思下，江西诗派的地位逐渐回升。最终恢复了应有之典范地位，而唐宋诗亦不再对立，走向了融合之路。

# 第一节　性情论与"唐宋诗之争"

性情是中国古典诗学中重要的理论概念之一。将"吟咏性情"引入诗学领域是从汉代的《毛诗序》开始的。其后，刘勰、钟嵘、范仲淹、严羽等人又不断丰富着"吟咏性情"的诗学含义。[1]在中韩古代文学交流与互鉴的历史文化语境下，中国古典诗学中的性情论，也传到了朝鲜半岛。韩国古代文人认为，性情即人缘于其本性的情感，[2]而诗的本质正源于人的性情。他们结合朝鲜半岛文坛的实际，以性情为尺度，对中韩两国诗歌作品展开批评，使性情成为韩国古典诗学理论的核心论题之一。特别是朝鲜朝中期，文人群体积极倡扬诗写性情，使诗歌回归性情本质。如，柳梦寅看到当时文人过于重视用事、雕琢等诗病已严重限制了诗歌情感的表达，故而其有感而发，提出"诗者出乎性情，无心而发，终亦有征"[3]；李睟光则强调"诗出于性情尚矣"[4]，并借叶梦得之口说到"诗本触物寓兴，吟咏性情"[5]；李植更是直接张扬诗歌的性情本质，用距性情之远近来评价西汉杨雄、司马相如，陶渊明等汉魏名家以及李杜二人。足见，以性情论诗是本时期诗论的一个显著特点。文人看重对真个性、真情感的充分展露和率意抒发，并使之与当时文坛"学唐"与"学宋"之争发生关联，把性情当作其尊唐抑宋的主要理论依据。在性情论的指引下，整个文坛迎来一片宗唐之风。

然而，国内外学界对韩国古典诗学中"唐宋诗之争"的关注集中在揭示"唐宋诗之争"与汉诗风转换的关联，不同时段争论的概貌以及徐居正、李睟光、许筠以及李德懋等诗论家的唐宋诗观上，多为罗列文坛中存在的各种现象。尚未专门探讨"唐宋诗之争"中涉及的本质论、风格论、批评论等理论命题，及其与"唐宋诗之争"发展的逻辑关系。不仅是研究上的缺憾，而且使韩国古代"唐宋诗之争"中的一些理论纷争不能追根求源，难以了然。因此，通过深入

---

1　关于性情的具体含义及其在不同时期内涵的变化，可参见查洪德先生的《元代诗学通论》（北京大学出版社，2014 年，第 132-134 页）以及韩国学者崔信浩的《诗歌中的性情问题研究》（载韩国《语文研究》，1975 年总第 6 辑）。对此，本文就不再赘述了。

2　孙德彪：《朝鲜诗家论唐诗》，北京：民族出版社，2006 年，第 57 页。

3　柳梦寅：《於于野谈》，《韩国诗话全编校注》（第二册），北京：人民文学出版社，2012 年，第 1017 页。

4　李睟光：《芝峰类说》，《韩国诗话全编校注》（第二册），北京：人民文学出版社，2012 年，第 1344 页。

5　同上，第 1045 页。

挖掘性情与韩国古代"唐宋诗之争"之间的联系，能够帮我们更好地理解"唐宋诗之争"的形成及其演进的内在肌理，感受文坛"学唐"与"学宋"三次巨大转变背后所蕴含的特点。

## 一、性情与朝鲜朝中期唐诗正宗地位的确立

严羽的《沧浪诗话》揭开了中国诗学"唐宋诗之争"的帷幕，将"唐宋诗之争"引向两种诗歌审美范型的比较。他认为诗歌创作是表达情性、抒情达意的，情意的抒发需要通过物象的感兴而起。而情意与物象融合的最佳审美境界是"言有尽而意无穷"，就是"兴趣"。只有这样的诗才余意无穷，令人回味，因此诗人的创作应当竭力追求这种审美感受。唐宋诗歌相比之下，盛唐之诗能吟咏情性，具有浑融无迹的意味，而宋诗则用事过多、摹拟前人，且以文字为诗，以才学为诗，以议论为诗，大大减少了诗歌含蓄蕴藉、无意而为之的韵味以及浑然一体、不落痕迹的自然天成之美，丧失了诗歌的"兴趣"。故诗歌创作当以盛唐为法，盛唐诗当被视为最高的典范。严羽所论性情及唐宋诗的几段文字，常常被"唐宋诗之争"的参与者、讨论者所使用。严羽也因此被看作尊唐抑宋的代表，后世依其所言批判江西诗派，贬低宋诗。在这场旷日持久的唐宋诗优劣高下的论战当中，性情成为争论的焦点。无独有偶，韩国古典诗学中的"唐宋诗之争"也是如此。

自高丽朝末期起，就有一些文人吟咏性情，主张以性情为诗，表现出以性情为美的审美旨趣。[6]随着高棅"得性情之正"的选诗标准以及明人有关性情之论的传入，朝鲜半岛文人也纷纷重视性情的作用。他们或从本质论上言"诗者，性情也"[7]；或从创作论上言"凡有感于情性者，每发于诗。"[8]在诗学批评上，性情成为了品评朝鲜半岛诗歌和中国诗歌的标准之一。与此同时，由于朝鲜朝中期"唐宋诗之争"的正式形成且愈演愈烈，于是有文人将性情与"宗唐"或"主宋"联系了起来，提出"诗发于性情，《三百》以降，惟唐最盛。"[9]从

---

6　崔信浩：《朝鲜初期文学思想中性格与性情的美学构造》，《东洋学》，1980 年总第10 辑。

7　金净：《颜乐堂诗集跋》，《影印标点韩国文集丛刊》（第二十三册），首尔：景仁文化社，1988 年，第 183 页。

8　李滉：《陶山十二曲跋》，《影印标点韩国文集丛刊》（第三十册），首尔：景仁文化社，1989 年，第 468 页。

9　金䜣：《翻译杜诗序》，《影印标点韩国文集丛刊》（第十五册），首尔：景仁文化社，1988 年，第 241 页。

诗本于性情出发，将其作为"唐宋诗之争"的评判标准。不仅以性情论诗，去宋归唐，也确立了唐诗的正宗地位，而宋诗因有变唐之罪非为正宗。

> 删后诗得吟咏性情之正，惟盛唐诸家。譬则镜中之象，水中之月，无迹可求，意趣渊永，合于古者也。苏东坡乃谓杜诗为集大成，黄山谷又谓杜诗灵丹一粒。盖工部之诗，派出厥祖审言公，主于忠君爱国，系一代治乱，诗之史也。得之天资学力，概见事迹，诗之经也。起承转合浑然，精神气脉自出一家，兹非合于古为独盛者乎？然累牍连编，诵皆可爱。有模仿体格之难，近在元和亦既失真已，滥觞晚唐之俗习，况数百年之后乎？……夫以东坡、山谷号称风骚冠冕，极爱杜诗。而动变唐风者，二公不能无罪。岂亦未见此要法耶？[10]

上文中，尹春年的论述与严羽的诗学观异曲同工，显然受《沧浪诗话》的启发，有很多类似之处。首先，他开宗明义，借用《沧浪诗话》中镜中之象、水中之月、无迹可求等词表达其对诗歌的审美要求，并从性情出发极赞盛唐诗不涉理路，不落言筌。接着，从宋代诗歌成就的代表——苏轼、黄庭坚二人着手，总结出宋人亦赞叹以杜甫为代表的唐诗之价值以及尊杜的实质在于其集众美而达成，进而突出唐诗的成就。最后，他提出唐诗得吟咏性情之正，从正变的角度来对比唐宋诗之别。文中所言动变唐风者，二公不能无罪，表明其不满苏黄的原因就在于宋人对唐人之风的变异，批判宋诗重学问，重诗法，刻意为诗。从而明确取舍之旨。即，全面否定了宋诗的变革价值及有别于唐音的追求。也就是说，唐宋诗可取与否，视其是否合于性情。宋诗因距性情远，不是正宗，故不可取之。

显然，从性情出发，朝鲜朝文人在盛唐诗中找到了最适合的蓝本。对宋诗而言，在性情的对照下，因其与晚唐诗无性情可言，便是违背了文人的审美要求。正如金净所说："自宋黄巢以来，始并与其所变性情者而遗之。一归之于寸学文字以为之，得一字以为巧，使一事以为能，直欲躐跞古人。学之者尤乖僻凡鄙，此变中之变，而东方又变变之变。学者率不求之于性情之本，而反寻之于文字之上。不涵咏于自得之妙，而反掇拾于糟粕之余。不以萧散静妙为趣，而以凭陵掩袭自炫，为力益费而为道益远。"[11]与"正"相对，宋诗作为变体，

---

10 尹春年：《体意声三字注解》，《韩国诗话全编校注》（第一册），北京：人民文学出版社，2012年，第527-528页。

11 金净：《颜乐堂集跋》，《影印标点韩国文集丛刊》（第二十三册），首尔：景仁文化社，1988年，第183页。

其一般以文字为师，多务使事，与以性情为标志的唐诗渐行渐远，可以说是因变而退。这种背离唐诗审美理想的诗法，开始受到朝鲜朝中期尊唐诗人的极力贬低，大有诗风、诗道坏于宋诗之意。不言而喻，在本时期，性情成为对唐宋诗进行价值判断的重要标准之一。

　　那么，为何会出现这一现象？还要结合朝鲜朝中期的文坛实际和中国文学的影响来看。在朝鲜朝中期诗风转变之前的很长一段时间里，文坛以"学宋"为潮流，创作群体主要由辞章派和道学派所构成。然而无论是辞章派，还是道学派，虽然有关注民生、描绘民俗之作，也有抒发壮志难酬、忧国忧民之作，但是更多的还是道德说教、应酬唱和之作，以致背离了诗歌的抒情本质。在形式上又过于强调宋诗的"点铁成金""以文为诗""炼字琢句"等方法。同时，性理学对人情感禁锢的弊病非常明显，加之科举诗及江西诗派余弊的影响，文人的诗歌创作渐渐性情大失。而本时期，在明代的文坛上引起巨大反响的复古运动，也浸染到朝鲜半岛，文坛开始关注明代的"前后七子"及其诗歌主张。如，许筠在《鹤山樵谈》中就以何景明、李梦阳、李攀龙、王世贞四人为典范，字里行间能够感觉到他对于四人诗作的了解与推崇。故这四位文人的诗学主张必然会触动朝鲜朝文人诗学观念的转变，推动了韩国古代"唐宋诗之争"的发展。

　　因此，在国内外双重因素的作用下，诗论家李睟光、许筠等力主"诗必盛唐"，在诗歌本质论上都认为，诗主性情，排斥说理载道的写作规范，力倡人的天禀之性（性情）胜于圣人之教。如，李睟光在《孟浩然王维诗赞》中曾言："维王及孟，诗道之正。发自情性，斯为最盛。"[12]其之所以肯定诗主性情，是因为性情是唐诗的精髓。[13]换言之，从性情的角度看，唐诗最能呈现《三百篇》之遗韵。与李睟光相比，[14]许筠的性情论更为成熟。在学唐的道路中，许筠以性情为中心，建立起一种性情诗学。[15]其所谈之"性情"，主要指的是创作主体

12 李睟光：《芝峰杂著》，《韩国诗话全编校注》（第二册），北京：人民文学出版社，2012 年，第 1350 页。

13 任范松等：《朝鲜古典诗话研究》，延吉：延边大学出版社，1995 年，第 166 页。

14 关于李睟光如何因性情而"主唐"，国内外已有很多研究，具体可参见，韩国学者金周汉的《李睟光论唐诗提要》（载《唐代文学研究》，1996 年），王克平的《尊唐：李睟光〈芝峰类说〉诗论的核心》（载《延边大学学报（社会科学版）》，2004 年第 1 期》），邹志远的《李睟光文学批评研究》（延边大学博士学位论文，2007 年），袁棠华的《朝鲜诗家李睟光宗唐论研究》（载韩国《冽上古典文学研究》，2020 年总第 70 辑）等等，本文就不再加以赘述。

15 蔡美花，袁棠华：《明七子影响下许筠诗学观的建构》，《外国语言与文化》，2020 年第 3 期。

自我情感的抒发，乃是诗歌的本质之道，是诗歌不变的根本。他极为反感"理"在诗歌中的外显，并以此来批评宋诗。

> 诗至于宋，可谓亡矣。所谓亡者，非其言之亡也，其理之亡也。诗之理，不在于详尽婉曲，而在于辞绝意续，指近趣远，不涉理路，不落言筌，为最上乘。唐人之诗，往往近之矣。宋代作者，不为不少，俱好尽意而务引事，且以险韵窘押，自伤其格。殊不知千篇万首都是牌坊臭腐语，其去诗道，数万由旬，岂不可悲也！[16]

盛唐诗歌以吟咏性情为主，喜怒哀乐尽形于诗，不遮不掩，表现出生命主体的勃勃生机。这也是与宋诗的主要差异之一。从上文可知，许筠用大量的篇幅阐述其不满宋诗以筋骨思理见性和对唐诗风的推崇。在他看来，宋诗之所以不如唐诗，其因就在于宋诗"涉理路"而"去性情"。

这则诗话亦多有对严羽《沧浪诗话》的借鉴，与中国传统诗论一脉相承。他将诗歌创作的内在规律称为"诗之理"。诗之理不应详尽婉曲，而要辞绝意续，不说透书写的对象，从而为读者留下余韵。根据他所总结的何为上乘诗歌之要求，唐诗正符合这一标准。即，唐诗能够直抒性情，不涉及理性思维，不落入语言窠臼。所以许筠充分肯定了唐诗的成就，并且在《唐诗选序》《题四体盛唐序》等序文中高度赞扬唐诗，形成互文性地印证，表达了其对盛唐诗歌的无限敬仰之情。为了让后世学诗者学唐，他又摘录《唐音》《唐诗品汇》《唐诗删》等唐诗选集，共编纂了《唐诗选》《唐绝选删》《四体盛唐》《四家宫体》四部诗选，以备朝鲜朝文坛和文士们学习和借鉴之需，对唐诗的喜爱溢于言表。其编纂过程中流露出的宗唐思想也是清晰可见的。与此同时，他又以唐诗性情为批评标准，论及洪侃、郑梦周、李崇仁、李穑、李双梅、李胄、罗湜、李鹅溪、白光勋、崔庆昌、林子顺等人时用"似唐人作""可肩盛唐""酷似唐人""逼盛唐""法唐""不失李唐跬迳"等词，将诗学理论应用到实践中。由此可见，许筠从性情论中寻找到盛唐诗风当行的根据，其对各代评诗的原则只在于是否与性情相似或相通。

对于宋诗，许筠的态度与言辞是蔑视和斥责的。其可谓发出了韩国古典诗学史上"尊唐抑宋"的最强音。他认为宋诗不具性情，自伤其格，直指其弊，且在论述过程中带有力图矫正宋诗用事过度、以文为诗和用险韵之意。他根据

---

16 许筠：《宋五家诗钞序》，《影印标点韩国文集丛刊》（第七十四册），首尔：景仁文化社，1991 年，第 175 页。

诗歌吟咏性情的诗歌本质，对宋诗、宋诗人偏重诗歌创作技巧的形式主义诗风进行批评性的讨论。他认为虽宋有不少诗文大家，然非诗道，也会犯下错误，可悲甚也。对此，其在《诗辨》中继续说道："最下者乃称苏、陈，咸自谓可夺其位也。"[17]直言苏陈不如唐人，是蹈袭剽盗所带来的必然结果，用典堆砌的诗歌不是真正的诗歌。另外，他编选《宋五家诗抄》的目的和动机与唐诗选本相比亦截然不同，也就是说通过选本使学诗者有正确的学诗路径，不至于脱离正路愈远。要"知诗"后学诗。概言之，学诗的关键在于首先需了解诗歌，既不能盲目学唐，也要认识到宋诗的流弊。只有吸取他人的经验和教训后才能正确地创作诗歌，这正是编纂诗歌选本的意义和价值所在。所以，宋诗不可不提。那么，既然宋诗有可取之处，是否意味着可以兼宗唐宋呢？许筠补充道："《三百篇》自谓《三百篇》，汉自汉，魏晋六朝，自魏晋六朝，唐自为唐，苏与陈亦自为苏与陈。"[18]换句话说，唐宋诗不仅是朝代之别，也代表着不同的审美特点，需要不同的创作方法，两者始终是对立的，不可兼学。其观点意味着"学唐"与"学宋"的门户之见日益加深。

## 二、性情与朝鲜朝后期唐宋诗风的融合

朝鲜朝后期的文坛，思辨的色彩日益浓郁且论诗的内容更加充实。文人群体开始反思学唐与复古，使得宋诗的地位得到回升，唐宋诗风渐融。一是，中国明末清初诗风的变革波及到朝鲜半岛，崇宋之风熏陶着朝鲜朝文人及其创作。二是，本时期受"公安派"等明代文学思潮的强烈影响。由于公安三袁、竟陵派、许学夷、钱谦益等文人强调作诗要直率地抒发真性情，或标举独抒性灵反对复古，或努力调和唐宋。其诗学思想传入朝鲜朝后，使朝鲜朝文人重新思考唐宋诗的价值，以寻求文坛发展的正确方向。三是，和中国诗风交替过程中体现出来的规律一样，在唐诗的地位达到无以复加的巅峰之时，朝鲜朝文人也不断反思明代复古宗唐之热潮，以及本国摹拟唐诗、复古退化观念所带来的弊病与后患。因此，在朝鲜朝后期，"诗必盛唐"的诗学观得到了改变，诗风的运演轨迹发生了新的变化，宋诗又得到文人的肯定，并朝着唐宋诗歌融合的道路前进。但我们也要注意，本时期中韩文人虽皆主张抒发性情，以追寻真性

---

17 许筠：《诗辨》，《影印标点韩国文集丛刊》（第七十四册），首尔：景仁文化社，1991年，第241页。

18 许筠：《诗辨》，《影印标点韩国文集丛刊》（第七十四册），首尔：景仁文化社，1991年，第241页。

情为目标，却是分别基于两国几代诗学思想的沉淀积累以及各自文学发展的要求和创作实际提出的。韩国古代文人并非单纯照搬、抄袭明清文人，故而不能简单以中国或韩国的单一视角来理解本时期性情与"唐宋诗之争"的关联。

其实，朝鲜朝中期的文坛，在崇尚性情之正的道路上，已有一些文人敏锐地意识到一味模仿，会降低诗品，使得诗歌缺乏真性情。如洪万宗曾指出，仅就狭隘的就所模仿的对象来概括诗歌之貌是不可行的，不能人为地将唐音宋调对立，带有引导时人跳出"唐宋诗之争"的意图。

> ……大抵丽朝规模大而近宋，我朝格调清而近唐，今以两公之诗见之，唐乎？宋乎？观者若定其唐、宋，则丽朝、我朝优劣自判矣。[19]

他认为，虽然高丽朝以崇尚宋诗为主，朝鲜朝以"宗唐"为主，但仅以"宗唐""宗宋"来判断两朝诗歌优劣，是不能反映其真实的诗歌发展状况的。一代又一代的精神风貌，一代有一代的创作特点。文人不可因从形式上模仿唐或效法宋，而忽视了彰显诗歌性情之真。显然，过分"尊唐"引起了文人的警觉。为了避免这一问题，洪万宗便试图用性情规避"唐宋诗之争"，具有很强地纠偏之意。其后，朝鲜朝后期金昌协、李宜显等文人一方面继承前人主张，高扬性情；一方面也用性情矫正学唐复古带来的生硬摹拟、剽窃蹈袭之弊。同时，他们又积极吸收公安派"独抒性灵"的观点，强调"诗者，性情之发""夫诗之作，贵在抒写性情"[20]。

金昌协在《农岩杂识》中有言："诗者，性情之发而天机之动也。唐人诗有得于此，故无论初盛中晚，大抵皆近自然。今不知此，而专欲模象声色，黾勉气格，以追踵古人，则其声音面貌虽或仿佛，而神情兴会都不相似。此明人之失也。"[21]他指出，诗歌是在性情生发、天机催动下产生的。唐诗因具有性情之发、天机之动的特点，所以诗歌近于自然，唐诗也因此受到后世文人的追捧与摹拟。但是现在很多文人创作诗歌时陷入专注摹其声色的误区，在气格方面虽努力追随古人，能模仿出古诗的"声音面貌"，却格规调矩、照抄唐人，难

---

19 洪万宗：《小华诗评》，《韩国诗话全编校注》（第三册），北京：人民文学出版社，2012年，第2324页。

20 金昌协：《外篇》，《影印标点韩国文集丛刊》（第一百六十二册），首尔：景仁文化社，1996年，第376页。

21 金昌协：《农岩杂识》，《韩国诗话全编校注》（第四册），北京：人民文学出版社，2012年，第2838页。

以真正展现出唐诗内在的精神风貌，缺少自然真情的流露。相比之下，"宋人虽主故实议论，然其问学之所蓄积，志意之所蕴结，感激触发，喷薄输写，不为格调所拘，不为涂辙所窘，故其气象豪荡淋漓时，近于天机之发，而读之犹可见其性情之真也。明人……效颦学步，无复天真。此其所以反出宋人下也软。"[22]概言之，宋诗虽擅于以议论为诗，但是凭借知识的积累、情志的蕴结，在外物的感发下情感也能随之喷薄而出。宋人作诗如不受格调的束缚，又不重蹈前人作诗之辙，其诗也可"气象豪荡淋漓时，有近于天机之发"，亦可将真性情展露于诗中。又如，他在评价朝鲜朝初期学宋之典范朴誾时所说：

> 挹翠轩（朴誾）虽学黄陈，而天才绝高，不为所缚，故辞致清浑，格力纵逸。至其兴会所到，天真烂漫，气机洋溢，似不犯人力，此则恐非黄陈所得囿也……挹翠诗虽师法黄陈，而其神情兴象，犹唐人也。此皆天才高故尔。[23]

材料中，金昌协把朴誾诗评价为"气机洋溢"，即其诗将性情之真、天机之妙恰好寓于其间，与唐诗神情兴象相似。众所周知，朴誾是朝鲜朝"海东江西诗派"的领袖，是学宋者的代表。但在当时文坛唐风盛行之下，金昌协还是充分肯定了其诗学成就。他肯定朴誾的原因便在于金昌协认为诗才不应为师法对象所囿。朴誾虽学黄庭坚与陈师道，然其能兼学唐宋，在神情兴象上有唐诗的印迹。故而被誉为"天才绝高"。金昌协的这一观点为朝鲜朝后期唐宋诗之间的融通定下基调。此外，李宜显在诗话《陶谷杂著》中亦谈及性情，并从性情出发为唐宋两种诗歌范型的融合找到了契合点。足以说明，宋无诗可取的态度显然已经开始松动。

> 诗以道性情……譬之，则《三百篇》、楚辞、汉魏以至盛唐李、杜诸公，其才虽有等差，而皆是玉也，玉亦有品之高下故也。宋则珉也，明则水晶琉璃之属也。[24]

在肯定性情是诗歌的本质属性下，李宜显认为每个时代的诗歌都发自于性情，本质并无不同。只是不同时代诗歌的性情有高下而已，其以此为依据阐述中国历代诗歌的发展。从先秦《诗经》、楚辞到汉魏诗歌，再到盛唐李白、杜甫诸公的诗歌，他们的诗歌虽有差距，但是都称得上是玉，只不过是玉的品

---

22 同上，第2838页。

23 同上，第2842页。

24 李宜显：《陶谷杂著》，《韩国诗话全编校注》（第四册），北京：人民文学出版社，2012年，第2930-2931页。

级高下不同罢了。而宋诗虽"自出机轴"[25]，创造出不同于唐诗风格的诗歌，却也不失其性情，因而可以称为珉[26]。虽不是玉，却也是有价值且值得肯定的。"尊唐贬宋"的言辞较前人已有所缓和。而明诗因为浮慕《诗经》、汉魏及唐诗，终是"效颦学步，无复天真"[27]，拘于绳墨，僵化摹仿，只能属于水晶琉璃一类了。换言之，明诗相对于唐宋诗歌来说，其性情最缺失，远不及二者。随后，他又借清人吴之振、杨大鹤之口补充道：

> （吴之振）其序曰："……故今之黜宋者皆未见宋诗者也，虽见之而不能辨其源流。此病不在黜宋，而在尊唐……"又杨大鹤者，亦康熙时人，序陆放翁《诗抄》而曰："诗者性情之物，源源本本神明变化。不可以时代求，不可从他人贷者也。必拘拘焉规模体格，较量分寸，以是为推高一代、擅名一家之具，何其隘而自小也？自李沧溟不读唐以下，王弇州题其说，后遂无敢谈宋诗者。南渡以后又勿论"云云。吴序显斥王李之论不遗余力，杨序语虽婉，亦斥王李者也，其所论尽有见矣。[28]

针对文坛沉溺于专学唐诗而导致的拘于门户、摹拟剽窃的现状，李宜显又一次强调了一代诗歌有一代之性情，诗歌性情也要随时代变化展现其时代特点。不应当再以唐宋元明等时代来区分，要各具风神。一味追求摹拟，恪守声调格律，自以为推高了某一时代、专擅某一名家之诗，实际则是限制了诗歌的创作，阻碍其诗性情的抒发，眼光十分狭隘。此外，李宜显也不满不读宋诗就批评宋诗的荒谬行径及李攀龙、王世贞"尊唐抑宋"的极端主张。他认为此二人不读唐以后诗，不敢谈宋诗，特别是南渡以后的宋诗之观念是错误的。最终只会导致诗歌性情相类似、千家轨辙同，不过是掇拾古人字句求得形似，违反了诗抒真情的本质。李宜显通过这则诗话旨在对明复古派的唐宋诗观给予回击。言外之意，宋人具有情采的诗也是要读的，不可片面学唐。继金、李二人之后，正祖李祘承袭了唐宋兼学的诗学观，并通过编写选本的方式，践行融合唐宋的思想。其在《弘斋日得录》中言：

---

25 同上，第 2931 页。

26 东汉时期，许慎在《说文解字》中说："珉，石之美者。"即，珉为洁白如玉的石头，似玉却非玉。

27 金昌协：《农岩杂识》，《韩国诗话全编校注》（第四册），北京：人民文学出版社，2012 年，第 2838 页。

28 李宜显：《陶谷杂著》，《韩国诗话全编校注》（第四册），北京：人民文学出版社，2012 年，第 2936 页。

予既编杜、陆《分韵》，复取二家近体诗，依本集序次而全录之，分上下格……亲撰引曰：《风》、《雅》变而楚人之《骚》作，词赋降而柏梁之诗兴。魏晋以还，五言浸盛。有唐之世近体出……于唐得杜甫，于宋得陆游……诗当以《三百篇》为宗。而《三百篇》取其诗中一二字以名篇，故古人有言曰："有诗而后有题者，其诗本乎情；有题而后有诗者，其诗徇乎物。"若所谓杜、陆者，真有诗而后始有题者也。予之所取，在于此而不在于声病工拙之间。[29]

上文中，正祖旗帜鲜明地阐明了其编选杜陆律诗的原因。他认为对于近体诗而言，唐诗以杜甫为代表，宋诗以陆游为代表，二人都本于性情，取得了极高的成就，正如古人所言"先有诗后有题"。可见，这一时期，陆游从众多宋诗人中脱颖而出，并被抬高到与杜甫同为典范的至高地位。而在选本辑录具体中国诗人时，正祖对唐宋明三代诗都有所取。但其原则却不以唐宋明朝代为准，而是在于性情纯正与否。排斥的是那些性情不正，与诗道相悖的诗歌。故此，"唐宋诗之争"发展到朝鲜朝后期已难壁垒森严，互为对立了。"学唐"与"学宋"两种势力表现出相对平和的态势。兼取唐宋文人之长，融会贯通成为文人群体的普遍选择。

## 三、性情与近代时期"唐风"的短暂兴起

进入朝鲜朝后期，随着民族意识的觉醒以及实学思想的指引，文坛反对模仿，倡导文体革新，主张作诗要有"朝鲜"之风的倾向更加突出。文人群体追求的是抒写余意无穷，有性情之美的诗歌。所以，在对唐宋诗的认识上，北学派文人唐宋并学，兼取各朝，提出学诗当展露性情，重在形成自身的风格与个性。他们以开放性文学意识为主导，不反对学宋诗，也不抨击学宋的诗人。[30]且文坛十分看重博通众长的文学素养，意在学唐宋而超越唐宋。正如朴齐家所论：时人"兼学唐宋元明者，诗之上品……学唐者，诗之次上。"[31]他认为此言是极有道理的，学诗理应如此。朝鲜朝后期的文人通过对性情论的理解、学诗的实

---

29 正祖：《弘斋日得录》，《韩国诗话全编校注》（第六册），北京：人民文学出版社，2012 年，第 4774-4775 页。

30 朴哲希，马金科：《余音未消：论"唐宋之争"对李德懋诗学的影响》，《华夏文化论坛》，2018 年第 2 期。

31 朴汉永：《石林随笔》，《韩国诗话全编校注》（第十一册），北京：人民文学出版社，2012 年，第 9590 页。

际以及在对唐宋诗的批评中总结经验，跳出了争论已久的"唐宋诗之争"，认为学诗无需分唐界宋。不再像朝鲜朝中期的诗论家那样执著于对一个时代作整体肯定或否定的评价，提倡诗歌只有发性情之真，写感动之切，不为规模所拘，才能人人骨髓，打动人心。同时，十八世纪之后，文人主张不应以时代论诗之优劣，诗歌贵在独创。文坛争论的焦点也开始集中在写今人之诗、写"朝鲜"之诗上，对诗歌"学古"与"学今"的选择慢慢超越了"学唐"与"学宋"的纷争。在新的诗学议题下，他们不再以唐宋论诗之高下，争论的核心转变为要仿古还是创新上。唐宋诗作为古代诗歌的重要组成部分自然也被纳入讨论之中。

步入近代时期，朝鲜半岛文坛学唐之风并没有走向寥落。出人意料的是，在"兼学唐宋，自成一家"的诗风过后，反而上升了起来。在韩国古代文人心目中一直具有巨大影响力的唐诗又一次进入其学诗视野。文人重拾性情之真，强调情感自然流露的重要性。然而毕竟传统诗歌的发展危机四伏，已到尾声，随着越来越多的文人在诗歌体式上选择写作国文诗歌，学唐者的影响力、号召力以及诗学成就都是很有限的。

在诗学转型的过程中，由于固有的汉诗范式影响高度成熟，想要超越中国诗歌的规范，施行新的规则，创造出只属于韩国汉诗的独创性规则几乎是不可能的。文人学诗、作诗依然无法绕过唐诗和宋诗。为了反对循规蹈矩般的创作，挣脱以往内容与形式的种种束缚，文人便开始重新褒扬诗歌的情感，看重诗歌创作中真情至性的流露，以恢复诗歌创作的本性。在诗学本质上，对性情的认同再度兴起，因性情而推崇学唐诗。但我们也要注意，本时期文人很少争论唐宋诗到底孰优孰劣，评判的标准亦不在"唐"与"非唐"，对宋诗的态度并不排斥也未加以贬低。因此，不再如朝鲜朝中期一般举世宗唐，规模亦远远小于前者。

**表 5.1.1：近代文人的诗学观**

| 文　人 | 出　处 | 内　容[32] |
|---|---|---|
| 姜玮（1820-1884 年年） | 玄皎亭镒先生诗集序 | 诗不徒作，言必有物。故曰："在心为志，发言为诗。" |
| 金永寿（1829-1899 年） | 题仓山集后 | 诗文著作，惟气耳情耳。 |
| 金永寿（1829-1899 年） | 松庵集序 | 以气而发以为文，以情而发以为诗。 |

---

32 表格中所引原文均出自《影印标点韩国文集丛刊》。

| 许薰（1836-1907 年） | 金箕瑞南游诗草序 | 古所谓诗出性情，岂不信哉。 |
|---|---|---|
| 金允植（1836-1922 年） | 古今诗钞序 | 夫诗出乎性情，非假借摸仿而能工者也。 |
| 金允植（1836-1923 年） | 兰居诗钞序 | 诗者所以感发人之性情者也。 |
| 李种杞（1837-1902 年） | 李桂村诗集序 | 古人之诗，本于性情，动于天机，有自然之音响节族。故或短或长，或多或寡，而其格自高，其旨自远。 |
| 郭钟锡（1846-1919 年） | 寒碧堂集跋乙巳 | 诗文者，心之声音也。 |
| 郭钟锡（1846-1919 年） | 俭岩诗集序壬子 | 天之机也，物之情也，知此然后可以语诗矣。 |
| 申箕善（1851-1909 年） | 逸贤社序 | 诗本性情，所以动天机而宣壹欎，写衷襟而寓感讽。 |

从上表可见，朝鲜朝文人群体不断强化、突出性情是诗歌的本质这一观念，观照的是人类最自然、最真实的情感，注重的是个体情感的抒写。文人对性情弘扬之意图是显而易见的，主张把现实和自我之间的内在情感，自然、有机地融合在一起，在平凡的景物描写中引出深刻的思考。他们认为通过性情的抒发，自抒胸臆而非放浪性情，不仅有助于反映现实，摆脱儒家传统诗教与拟古模仿的束缚，而且能够把对诗歌本质的认识重新拉回到"言志"与"缘情"的选择上。这种回归不是简单的重复前人的言论，而是基于近代诗学环境下的极其现实的主张以及渴望诗学思想解放的迫切要求，带有新时代的气息。在此影响下，作为最能恰如其分地表现"情"的唐诗，[33]顺理成章地又重新出现在了文人的学诗视野中，于是诗歌宗尚，乃取性情。

此外，近代文人亦提出，《三百篇》直写性情，最得性情之正。由前文可知，朝鲜朝文人一直认为《诗经》是诗歌发展的本源和正宗，《诗经》泽被后世，文人论诗，莫不上溯《诗经》，追踪风雅传统。故而郭钟锡继续以《诗经》为诗歌的最高典范，并以之为衡量诗歌之准则，肯定和推崇具有性情的唐诗。他说道："余于诗蒙者也，然窃谓诗如《三百篇》，尚矣不可论已。得如唐人斯哿矣，尝闻之曰：'唐人以诗为诗，主于达事情，故于《三百篇》为近；宋人以文为诗，主于立议论，故于《三百篇》为远。'"[34]可见，他因《诗经》而推尊唐诗，反对重学问，好用典，尚议论的宋诗。同时期文人许薰则从继承风雅

---

33 孙德彪：《朝鲜诗家论唐诗》，北京：民族出版社，2006 年，第 55 页。

34 郭钟锡：《俭岩诗集序壬子》，《影印标点韩国文集丛刊》（第三百四十三册），首尔：景仁文化社，2005 年，第 507 页。

传统出发，倡导唐音，为宗唐不断寻找合理的依据。他提出："于乎，风雅以后，正声寝微，齐梁之间，嗣响寥寥。逮乎唐而大盛，是以谈诗者，必以唐为首。抄辑纷然，《品汇鼓吹》《广选正音》等篇，皆是也。"[35]这段文字说明，其因唐人得风雅之正而主张学唐，对唐诗的评价最高，学唐倾向十分突出。

在具体的创作实践上，柳麟锡作为十九世纪末至二十世纪初叶反日义兵斗争的具有代表性的领导人之一，[36]其在诗歌创作实践中主情重义，并以唐诗为典范，与文坛尊唐的声音相呼应。在用韵上，他全部使用唐韵，特别是杜甫诗韵。可以说其独学唐诗的特点是在近代唐诗风逐渐兴起的情况下形成的。在他的影响下，自然也推动了唐诗风在朝鲜朝文坛的扩散。

但是，近代以来，东亚局势动荡，朝鲜朝文学面临着重大历史转型与价值重建。1866 年 8 月，美国派遣武装海盗船"舍门"号侵入大同江，标志着朝鲜半岛近代史的开始。其社会思想则也随之发生了明显转变。1876 年，朝鲜半岛开港，宗藩体制逐渐松懈、崩溃。受社会环境等因素的影响，汉语虽依然具有权威性，但其地位却日渐呈现出下降之趋势。加之韩国诗歌体式上有了新的改变，国语诗歌、新诗的创作渐渐成为文坛主流，向现代转型，汉诗创作实则已接近尾声。韩国古典诗学中持续七百余年之久且声势浩大的"唐宋诗之争"亦消退在时代的洪流里。但"唐宋诗之争"并没有结束，其中所衍生出的思辨意识、审美意识、开放意识以及独立意识始终未曾终止，悄然成为韩国现当代文学思想的重要来源；而唐音宋调也没有真正消失，其成了韩国古典文学的研究者、学习者、爱好者继续研究讨论的话题，通过文学史及诗学批评史等形式继续留存于世。虽异乎昔日的"学唐"与"学宋"之争，却又有新的价值。

总而言之，东亚诗学都在不同阶段崇尚唐宋诗风。自宋诗体成熟后，诗歌便形成了唐宋两条明晰的创作理念。文人或宗唐，或崇宋，或兼宗唐宋，争论不休，于是引发了"唐宋诗之争"。争论不仅持续元明清三代，也波及朝鲜半岛、日本等域外国家。[37]但东亚内部的"唐宋诗之争"却发展各异，各有特点，其因在于各国文人对"唐宋诗之争"关注点的差异。就韩国古代的"唐宋诗之争"而言，涉及到很多诗学理论问题。其中，性情可谓是推动"唐宋诗之争"

---

35 许薰：《唐诗类选序》，《影印标点韩国文集丛刊》（第三百二十八册），首尔：景仁文化社，2004 年，第 54 页。

36 何镇华：《朝鲜现代文学史》，北京：中央编译出版社，2008 年，第 23 页。

37 马金科：《从诗话批评样式看东亚文人的共同情怀》，《中国社科报》2020 年 11 月13 日。

发展的关键所在。在韩国古典诗学中，诗论家认为性情乃为诗之发生的根本动因，是诗歌发生的根本驱动力。[38]故此，文人群体以性情为参照对象分唐介宋，以此来介入"唐宋诗之争"；且在思辨与反思中又不断强化对性情论的认识，有助于韩国古典诗学理论体系、理论范畴的成熟。但韩国古典诗学中的性情论不是对中国诗学中性情的简单重复，在第二语言学诗的背景下，更重学诗过程中对诗弊的规避与补救，并无意纠缠于诗学理论的探索。所以，性情在韩国古典诗学中的含义不如中国诗学丰富和多样，然则其植根于朝鲜半岛文学的土壤，自有其内在的生成肌理和发展规律，有其新的诗学价值。而未来，我们可以把中韩诗学中共同的理论，放置在同一平台或东亚诗学的整体视域内进行考察。既为中国诗学研究提供了域外视角和新的资料，也提升了域外汉文学的关注度。实际上，东亚诗学也正是在长期的文学交流与互鉴中不断成长，彼此的互动和互补令东亚诗学具有更加充实、厚重的内涵。

## 第二节　江西诗派与"唐宋诗之争"

在中国古典诗学史上，南宋初期时，吕本中在《江西诗派图序》中将黄庭坚及其门徒亲党二十五人命名为江西诗派（后人也有"江西宗派""江西派"或"西江派"等提法），并确立了以杜甫为一祖，黄庭坚、陈师道、陈与义为三宗之说，树"江西诗派"之旗帜。作为宋诗成就的代表以及中国诗学中重要的诗歌流派之一，随着中外文学间的交流互鉴、互通互识，黄庭坚等江西诗派诸文人的诗歌作品大致于高丽朝中后期时传入了朝鲜半岛，并对韩国古典诗学产生极大影响。[39]但韩国古代文人群体对江西诗派的最初认识却不是因为江

---

38 蔡美花：《朝鲜古代诗学范畴的体系化特征》，《东疆学刊》2016 年第 4 期。

39 在国内外学界中，关于中国江西诗派与朝鲜半岛诗学间的关联研究已取得了很大的进展。国内学界，以延边大学马金科教授为代表，其在专著《朝鲜诗学对中国江西诗派的接受——以高丽朝后期至李朝前期朝鲜诗话为中心》（2006）以及《黄庭坚与朝鲜古代汉诗的发展》（2018）中，就朝鲜半岛文坛介绍江西诗派的接受屏幕和期待视野，接受的文化语境、路径、中介，接受的内容、特点与意义等问题有着详细的论述，可以说对江西诗派在域外的传播和影响有较为宏观的阐述。此外，在这一领域，曲阜师范大学曹春茹教授也有《朝鲜诗人对陈与义诗歌的接受》（2014）、《朝鲜诗人对黄庭坚诗歌的接受研究》（2018）等专题性研究论著，并在核心刊物刊发。国外学界，则以韩国学者李钟默教授为代表。其在《海东江西诗派研究》（1995）一书中重点论述了朝鲜朝文坛对江西诗派作诗方法的受容以及江西诗派传入朝鲜半岛后的变异现象，即海东江西诗派的形成上。在总结前人的研

西诗派本身的诗学主张与诗学成就,而是借助杜甫、苏轼的影响力而逐渐兴起的。具体而言,一是韩国古代文人认为"自《雅》缺《风》亡,诗人皆推杜子美为独步,"[40]视杜甫为至高典范。于是,文人因江西诗派崇尚杜诗且学自杜甫,便将黄庭坚列为杜门弟子,故而从宗祖门派出发接受江西诗派。二是苏轼及其相关的诗文作品首先在高丽朝盛行,"苏黄"这一提法自然为高丽朝文人所了解。在学苏的热潮下,黄庭坚的声威虽不及苏轼,却也成为学诗的榜样,不断被研读和模仿,同样享有盛名。在"苏黄"同提之下,文人注意到黄庭坚强调诗歌创作要有法可依,这十分契合他们创作的实际需要。所以文人群体便自觉向黄诗靠拢,愈发讲究"点铁成金",追求"用事",注重诗教、诗法。由此,江西诗派遂得到重视,并为韩国古代诗歌创作风格与价值取向提供了新的选择,成就了其在韩国古典诗学中的突出地位。

到朝鲜朝初期时,文人群体延续了江西诗派为文坛至高典范的认识,并在诗话、序文等文体中正式使用江西诗派这一诗学名词。崔恒在《山谷精粹序》中有言:"涪翁诗尤自出机杼,环奇绝妙,度越诸子,遂号为江西诗祖……江西之诗,自山谷一变,诗甚精绝。知他是用多少工夫,今人卒乍如何及得。"[41]徐居正在《东人诗话》也说道:"文章所尚随时不同。古今诗人推李杜为首,然宋初杨大年以杜为村夫子,酷爱李长吉诗,时人效之。自欧苏梅黄一出,尽变其体。然学黄者尤多,江西宗派是已。"[42]崔、徐二人一方面指出文坛学诗典范的变化及欧苏梅黄之间的联系,一方面强调江西诗派一出而风靡一时,引得众多文人追随,一方面则明言黄庭坚的诗歌改变了宋初诗人沿袭晚唐诗风的习惯,肯定了其在唐宋诗风的转变过程中发挥的重要作用。

---

究成果中可以发现,目前学界主要的成果集中在高丽朝中后期至朝鲜朝前期文坛对江西诗派的接受上,对朝鲜朝中期起文坛形成的"唐宋诗之争"以及诗风转换等诗学现象与江西诗派关系的研究还十分鲜见。因此,有必要在继承前人的基础上,立足于朝鲜半岛自身诗学的发展规律,阐明域外文人对中国唐宋诗之争的接受及其本土特色,以期进一步理清江西诗派与朝鲜半岛诗学发展的深层联系,探寻中韩诗学互相补充的文学价值,并深入思考江西诗派在东亚乃至东方诗学中的独特意义和地位。

40 李仁老:《破闲集》,《韩国诗话全编校注》(第一册),北京:人民文学出版社,2012年,第 17 页。

41 崔恒:《山谷精粹序》,《影印标点韩国文集丛刊》(第九册),首尔:景仁文化社,1988 年,第 191 页。

42 徐居正:《东人诗话》,《韩国诗话全编校注》(第一册),北京:人民文学出版社,2012 年,第 185 页。

事实上，对于长期处于唐风影响之下的韩国古代文人群体来说，江西诗派的诗歌及其理论具有可操作性、便于初学者学习等优点，使他们看到诗歌风格转变的可能性与可行路径。因而黄庭坚及江西诗派不仅成为文坛学诗之主流，黄庭坚的威望与评价也随之达到了顶点，盛极一时。[43]恰如曹伟在诗中所言："黔南山水着涪翁，一派江西笔力雄。"[44]其兄曹伸也在诗话《謏闻琐录》中极赞黄庭坚于江西诗派的开创之功，既明言黄庭坚在江西诗派中的领袖地位，也充分肯定了江西诗派取得的诗学成就。此兄弟二人之观点代表了朝鲜朝初期大多数文人对黄庭坚及其江西诗派的认知。同时期，文人俞好仁对此亦说道："右宋黄太史庭坚诗，雄奇遒健，横骛别驾，迥出诸大家数机轴，时号江西体。"[45]其认为黄诗因富有独特的艺术风格而自成一家，故能在众多大家之后别树一帜，成为宋代影响最大的诗学流派的开创者。高度赞许之下，亦带有主张时人师法黄庭坚及江西诗派的潜在意图。在此风潮下，江西诗派的许多诗学理论和批评话语被朝鲜朝文人直接运用到对本国文人的诗歌评论及自身的创作实践中，备受他们的欢迎与追捧。但是，在明代文学思潮东传以及朝鲜半岛诗学自身发展需求的转变下，文人群体渐渐改变了对江西诗派的认识，并于朝鲜朝中期时发生了巨大改变。这一变化不仅使文人开始思考、判断唐宋诗之间到底孰优孰劣，也深深影响到韩国古典诗学运演的轨迹与方向。

## 一、文坛对江西诗派的批判与唐诗风的盛行

在高丽朝中后期至朝鲜朝初期的文坛中，学黄及学江西诗派虽为一时之潮流，但围绕江西诗派所主张的"用事"，也存在着不同的声音，[46]并且一直持续不断，甚至掀起了"二李"之争。[47]特别是在十五世纪末，一方面，文人群体过于强调宋诗"点铁成金""夺胎换骨"等方法，导致重形式轻内容、剽窃

43 马金科，安桂颖：《论李奎报"反江西诗派"主张及其本土化倾向》，《延边大学学报（社会科学版）》，2021 年第 1 期。

44 曹伟：《寄许献之》，《影印标点韩国文集丛刊》（第十六册），首尔：景仁文化社，1988 年，第 296 页。

45 俞好仁：《黄山谷集跋》，《影印标点韩国文集丛刊》（第十五册），首尔：景仁文化社，1988 年，第 187 页。

46 马金科，杨雅琪：《韩国古代汉诗"学黄"境况探微》，《延边大学学报（社会科学版）》，2018 年第 2 期。

47 "二李"之争，为高丽朝中后期诗论家崔滋首提。他在诗话《补闲集》中将主张江西诗法的李仁老和反对者李奎报二人对立的诗学观置于一处进行比较。韩国古典诗学中首个本土诗学争论——"二李"之争遂由此而产生。

蹈袭等不良创作风气的盛行；一方面文人借用江西诗派的理论为其作诗法度来发展文学，但是当学习到一定程度时，不仅遇到了瓶颈，也具有了一定的审美疲劳；一方面明代复古运动的东传，使朝鲜朝文人开始关注"前后七子"及其诗歌主张，不断触动其诗学观念的转变。十六世纪初，李海涛有诗写道："庭坚偷气力，无已学精神。"[48]以其为例，文坛反对江西诗派"用事论"的态度更加鲜明。且声势愈发壮大，逐渐形成了一股反对江西诗派的诗学力量。显然，江西诗派已不能适应文坛的需要，限制了朝鲜朝汉诗创作水平的进一步提高，被批判成为了一种必然。

因此，在唐宋两种诗歌审美范型中间，朝鲜朝文人在全面反思此前学江西诗派之弊后，又一次选择了唐诗，希冀再度推动其本国诗学的发展。文人群体遂从尊崇诗歌的"缘情"本质出发而"尚唐"，大力倡导"宗唐"之说，脱宋元习气。故而宋诗特别是江西诗派成了这一时期广遭批判和否定的学诗对象。本时期的尊唐贬宋之风潮带有强烈的纠偏意义。

## （一）从"格"出发，批评江西诗派

文人以"格"论诗，贯穿着汉以后的整个中国诗学史。所谓之"格"，既指诗歌的体式规范，也指诗歌所传达出的一种审美特质。但在韩国古典诗学中，诗论家所谓诗之"格"，不像中国诗学那样既有广度又深度。"格"作为单音词形式出现时，跟诗歌声律句法方面的体制体格有关，为一种具有实指性的诗学范畴。

就朝鲜朝中期的文坛实际来说，在宗唐的热潮下，出于寻找正确的学诗之路及纠正前人学江西诗派之弊等目的，文人群体开始对江西诗派的种种"非唐"元素给予了深度挖掘，为其宗唐找到理论支撑。故而在唐宋诗比照之下，艺术风貌、体式格律等直观感受的不同，自然率先引起文人群体的关注。其对江西诗派评价不高的原因便在于，格法不及唐诗且拗拙可厌。故产生出"格堕西江""格卑"等以"格"为中心的贬宋话语，进而明辨唐宋诗有着优劣高下之分的原因。即，"凡为诗者，贵乎自得，而格有高下，才有分限……"[49]于是以"格"论诗，成为了文人之质疑及反对"江西诗派"诗学的核心主张之一。

---

48 李海涛：《嘲崔立之学后山失真》，《影印标点韩国文集丛刊》（第四十六册），首尔：景仁文化社，1989年，第66页。

49 李睟光：《芝峰类说》，《韩国诗话全编校注》（第二册），北京：人民文学出版社，2012年，第1061页。

诗至于宋，可谓亡矣。所谓亡者，非其言之亡也，其理之亡也。
诗之理，不在于详尽婉曲，而在于辞绝意续。指近趣远，不涉理路，
不落言筌，为最上乘。唐人之诗，往往近之矣。宋代作者，不为不
少，俱好尽意而务引事。且以险韵窘押，自伤其格，殊不知千篇万
首都是牌坊臭腐语。其去诗道，数万由旬，岂不可悲也。[50]

根据许筠所列的"宋五家"[51]可知，这里的宋诗，其实指的就是江西诗派。
从这则诗话的内容上看，他在评论唐宋诗时，继承了严羽的诗学观，同样以"不
涉理路，不落言筌"为最高标准来区分二者高下。显然，唐诗能吟咏性情，率
然而成，令其看到了言尽旨远的"兴趣"和韵味，最近于其审美理想。而江西
诗派于唐后自成一格，然则创作上喜好用事、以理入诗，音律上使用险韵，可
以说严重背离诗歌应有的形态、体式和法度。所以，许筠极为反对江西诗派的
诗学主张，认为宋诗地位低下，纵有千篇万首，却都是牌坊臭腐语，完全失去
了诗歌的"兴趣"。而这种以"格"来分唐界宋的诗学观也成为了朝鲜朝中后
期文人评价唐宋诗的理论依据之一。又如，南龙翼以"格"论诗，在韩国古典
诗学史上亦颇具代表性。他在《壶谷诗话》中在谈及宋诗时曾说道："及至黄
庭坚、陈师道，诗格一变……若比于唐，则有同璧斌，学者当取其义，而勿学
调格可也。"[52]可见，"格"是其批判江西诗派重要的学理基础。他从诗歌的形
式规范出发，不满宋诗不守格律、词语艰涩。同样，直指江西诗派的弊端，表
现出轻视江西诗派的态度。

十八世纪时，文人也依旧以此为标准，辨析诗歌的优劣高下，对江西诗
派的贬低姿态和偏见一时难以完全改变。如，吴光运针对"格"有言道："大
抵诗有六物，格也调也情也声也色也趣也。六者缺其一，非诗也……格欲如
明堂制度也。"[53]也就是说，他认为格是创造与生成诗歌样态的基础条件之一，
是指诗歌的格法和范式。因此，他在《诗指》中说："西昆体飣饾合扇，故江
西派矫以偏枯生拗。毁格伤雅，其失尤甚。"[54]其用"毁格伤雅"一词评诗，

---

50 许筠：《宋五家诗钞序》，《影印标点韩国文集丛刊》（第七十四册），首尔：景仁文
　化社，1991年，第174页。

51 "宋五家"指，王安石、苏轼、黄庭坚、陈师道、陈与义。

52 南龙翼：《壶谷诗话》，《韩国诗话全编校注》（第三册），北京：人民文学出版社，
　2012年，第2195页。

53 吴光运：《诗指》，《影印标点韩国文集丛刊》（第二百一十册），首尔：景仁文化社，
　1998年，第517页。

54 同上。

旨在说明江西诗派通过造拗句、押险韵、作硬语等形式虽能矫正西昆体之弊，但过于变化出奇，反而使诗风生新瘦硬、偏枯生拗，令诗歌缺乏诗味，缺少韵致，严重限制了诗歌情感的自由抒发，终而流于浅俗。所以江西诗派对文坛的危害要远远大于玩弄典故、有堆砌辞藻之病的西昆体。可见，其《诗指》中所言蕴含着他对江西诗格极为排斥的情绪和观念。故，他不取江西诗派之长而论，丝毫未肯定江西诗派的纠偏之意、矫正之功、革新之效，而是全力批评江西诗派死守句律法度的错误观念，延续着前人对江西诗派的批评态度和刻板印象。

### （二）从"正"与"变"出发，批评江西诗派

在中国诗学史上，汉代文人在评价《诗经》时，已萌生出正变观念。不仅将诗歌的流变与世道联系在一起，也以此衡量诗歌是否吟咏性情。之后，随着文坛"唐宋诗之争"的愈演愈烈，文人群体便开始借助正变观念来分唐界宋。元代时，元人认为，唐诗承《诗经》之风雅性情，故对唐诗情有独钟。于是，其从"正"与"变"观念出发尊唐黜宋。如，杨士弘从诗格着眼，将近于正格者均选入《正音》。他觉得凡入《正音》者皆有盛唐气象，是全书的重点。所以在其诗学思想中，盛唐诗乃为"正音""正格"，其余都是"变格"。明代时，高棅在《唐诗品汇》中也将盛唐之诗定为正宗，极力标举盛唐，并在《唐诗品汇》的基础上，以盛唐诗为重心，精选九百二十九首诗歌，题名《唐诗正声》，以说明何为正宗。[55]

受中国诗学的影响，"正"与"变"观念深植于韩国古代文人的诗学思想中。他们意识到诗是有正变异体之分的，"《三百篇》以后，以至苏、黄、二陈，其变无穷。"[56]所以，朝鲜朝中后期文人以"正音""正声"为正宗的代名词，意在通过寻找"正宗"——诗歌创作的最高典范，来指导后学明辨源流，崇正抑变。其中，判定正宗、区分正变的过程也正为文人群体消除江西诗派影响，全面推尊唐诗提供了重要的理论支撑。

> 江西诗非正声，击瓮叩缶相喧争。玉食铏羹不知味，金盘错陈
> 五侯鲭。高者粗雄次纤巧，遂凌曹徐掩韦柳。黄陈一唱和者千，数

---

55 李金慧：《唐音宋调的融通——唐宋诗之争研究》，哈尔滨：黑龙江人民出版社，2010 年，第 75 页。

56 宋时烈：《竹阴集序》，《影印标点韩国文集丛刊》（第八十三册），首尔：景仁文化社，1992 年，第 79 页。

百年来争袒右。[57]

由材料可见，李植以正宗作为诗歌批评的标准来讨论江西诗派，尊正宗而贬变体。他认为众多人追捧黄陈等人之诗歌，其变唐而衰，粗雄、纤巧，不足以为文坛典范。因而力诋江西诗派，彻底否定其诗学价值。此外，其他文人对此也有很多精深的见解。如，尹春年在《诗法源流后序》中说道："夫以东坡、山谷号称风骚冠冕，极爱杜诗。而动变唐风者，二公不能无罪。"[58] 李晬光在《芝峰类说》中，借严羽之口说，诗自苏轼、黄庭坚自出己意为之，为唐诗之一大变，二人"专主议论，其诗也文。用功虽勤，意兴不存。"[59]"诗至此亦大厄矣"。[60]金昌协在《农岩杂识》中也有言："苏、黄以前如欧阳荆公诸人，虽不纯乎唐，而其律绝诸体，犹未大变唐调。但欧公太流畅，荆公太精切，又有议论故实之累耳。自东坡出而始一变，至山谷、后山出，则又一大变矣。"[61]他们皆借正宗之名力倡唐诗风。即，以唐风为正，以之为诗学正脉、正统，而江西诗派则动变唐风，乃为"罪"也，属旁流之作，其地位与价值自然是下乘的。

与此同时，受止变观念的影响，文人群体愈发追求学诗的门径与门路，反复强调入门需正。因此，或嫌江西诗派门路太偏而弃之，或主张非是正宗之诗，不必学也，甚至有"于诗则独取李杜及盛唐诸名家，为之标准，死不道黄陈以下语"[62]之类过激的言辞。这使得门户观念日益加深，江西诗派被排除在学诗典范的选择之列。

### （三）从音律层面出发，批评江西诗派

在唐宋诗分别传入朝鲜半岛之后，关于唐宋诗创作特点之比较，成为文

57 李植：《江西行》，《影印标点韩国文集丛刊》（第八十八册），首尔：景仁文化社，1992年，第32页。

58 尹春年：《体意声三字注解》，《韩国诗话全编校注》（第一册），北京：人民文学出版社，2012年，第527页。

59 李晬光：《芝峰杂著》，《韩国诗话全编校注》（第二册），北京：人民文学出版社，2012年，第1351页。

60 李晬光：《芝峰类说》，《韩国诗话全编校注》（第二册），北京：人民文学出版社，2012年，第1091页。

61 金昌协：《农岩杂识》，《韩国诗话全编校注》（第四册），北京：人民文学出版社，2012年，第2839页。

62 崔锡鼎：《东溟集序》，《影印标点韩国文集丛刊》（第一百五十三册），首尔：景仁文化社，1995年，第578页。

人热衷讨论的诗学话题。且伴随着讨论的深入，最终产生出褒贬、抑扬等不同选择。朝鲜朝中期时，文人梁遇庆在诗话中直接以"唐宋诗之下"论诗，如，"世之论诗者曰唐体，曰宋体……唐宋之下，在于格律、音响间，惟知者知之。"[63]申钦也将唐宋诗之差异用禅语作比，形象地说道："唐诗如南宗，一顿即本来面目。宋诗如北宗，由渐而进，尚持声闻辟支尔。此唐宋之别也。"[64]一是把唐音与宋调的特点概括出来，方便读者了解二者之不同；二是为了在对比中凸显尊唐贬宋之目的。因此，文人群体不断将唐宋诗同置一处进行对照，进而根据差异有针对性的批评宋诗。作为宋诗重要的组成部分，江西诗派自然首当其冲，最受韩国古代文人群体的关注，且其对江西诗派的评判不是只停留在表面，而是落实在具体的音律层面。即，作为域外学诗者，语音与中国不同，其属于用第二语言进行学习与创作。熟悉汉语音律的毕竟只是极少数诗人。生僻的音律，使其在接受上存在障碍。在音律等方面需要花费的时间和精力要比中国诗人多得多。所以，文人讲求实用性，对诗歌的形貌（音律）十分敏感，尤重对诗歌语言的赏析与批评。

从江西诗派的语言特点上看，以黄庭坚为例，其使诗歌散文化，借助散文语言来抒情达意；同时，重视诗歌语言的"笔力"与"气骨"，专求古人未使之一二奇字，旨在用拗峭的音律、瘦硬的语言外化诗人的气骨和人格，以表达自身高洁不俗、奇崛傲岸的精神风貌。因此，与唐诗韵畅律谐相比，黄庭坚等人的诗表现出音律拗峭，生涩怪奇的特点，构成了江西诗派独一无二的审美特征，显示出与唐音不同的宋调。[65]但朝鲜朝文人在学诗过程却发现很多难题，如，李睟光在《芝峰类说》中记录道："山谷诗'根须辰日斸，笋要上番成。'番，平音。而王建《宫词》'上番声种始得归'，杜诗'会须上番看成竹'，乃作仄声用。未知孰是。"[66]显然，他对山谷诗中的音律有很多疑惑之处。作为一代文坛领袖的李睟光面对黄诗之音律都不能精通，其他文人学习的难度可想而知。因此，李睟光借明人李梦阳之言说道："李梦阳曰：'……黄、陈诗法杜

---

63 梁庆遇：《霁湖诗话》，《韩国诗话全编校注》（第二册），北京：人民文学出版社，2012年，第1409页。

64 申钦：《晴窗软谈》，《韩国诗话全编校注》（第二册），北京：人民文学出版社，2012年，第1365页。

65 张毅：《宋代文学思想史》，北京：中华书局，2006年，第96页。

66 李睟光：《芝峰类说》，《韩国诗话全编校注》（第二册），北京：人民文学出版社，2012年，第1173页。

甫，号大家。其调艰涩，不见香色流动。如入神庙，坐土木骸，即冠服与人等，谓之人可乎？"[67]他认为李梦阳此言应当深省。想要通过李梦阳的诗学权威性，直斥江西诗派的音律特点，言外之意，其更为推崇音律谐畅、妙造自然的唐诗，要树立的是宗唐一派的理想诗歌范型。

故而受李晬光之影响，有文人说道："江西诸子之求险，以为奇工则工矣，吾不欲学也。"[68]"山谷只知奇语之为诗，而不知常语亦诗也。"[69]也就是说，黄诗之奇语不便于理解、学习、掌握和运用，对朝鲜朝文人而言很难欣赏、仿效其用词的特点和规则。这便引来了朝鲜朝文坛对江西诗派的强烈不满与鞭挞，推动文坛唐宋诗风格的转换。此后，文人亦从诗歌的音律出发品评、总结唐宋诗人作品的优缺点，以引导文坛的学诗方向和宗尚选择。

> 宋诗如山谷、后山，最为一时所宗尚。然黄之横拗生硬，陈之瘦劲严苦，既乖温厚之旨，又乏逸宕之致。于唐固远，而于杜亦不善学，空同所讥不色香流动者，诚确论也。简斋虽气稍诎，而得少陵之音节；放翁虽格稍卑，而极诗人之风致。与其学山谷、后山，无宁取简斋、放翁，以其去诗道犹近尔。[70]

金昌协是朝鲜朝后期文坛的代表人物之一，从其言语中可见，朝鲜朝后期时文人对黄庭坚等宋人的诗歌语言仍颇有微词，并以此为靶，批评江西诗派以及其他宋人的诗歌词语艰涩，弊端鲜明。就江西诗派而言，他认为虽以杜甫为祖，但学之不善，使诗歌音律瘦硬艰深，枯槁无生机。在唐诗的对照下，有悖于诗歌温厚之旨，逸宕之致，是无法与之相媲美的。与其他江西诸子相比，他对陈与义给予了局部肯定。其因在于看到了宋诗里蕴含的唐诗之元素。即，陈诗有杜甫诗用语之遗风，故而得到的评价稍高。

实际上，朝鲜朝文人抨击以黄庭坚为代表的江西诗派诗歌语言的过程，也是按照本民族的审美价值观进行有益选择与改进、内化的过程。其始终在探寻学诗上的典范，并试图嫁接到本国的文学土壤中，使本国文人在写作汉诗时能

---

67 同上，第 1044 页。

68 洪奭周:《题诗薮后》,《影印标点韩国文集丛刊》(第二百九十三册)，首尔：景仁文化社，2002 年，第 454 页。

69 佚名:《诗文清话》,《韩国诗话全编校注》(第三册)，北京：人民文学出版社，2012 年，第 2041 页。

70 金昌协:《农岩杂识》,《韩国诗话全编校注》(第四册)，北京：人民文学出版社，2012 年，第 2839 页。

学有所获，最终实现超越前人和中国诗歌的意愿。但是，中韩毕竟语言不同，很多韩国古代文人不懂汉语的读音却强行用汉语进行创作。所以，韩国汉文学犹如无根之木，看似繁盛，却没有根基。文人无论是学唐诗还是学宋诗，一旦遇到阻碍，便容易向其他范型转向，影响其对典范的选择。

## 二、兼学唐宋风潮下对江西诗派的重新接受

根据前文可知，随着朝鲜朝中期文坛中唐诗风大行其道，宋诗风转而处于潜隐之中。但是经过了一百多年的发展，在文坛兼学唐宋的风潮下对江西诗派重新予以接纳，使其重新被看着学诗的榜样。文坛对江西诗派关注的焦点从审美特征、取法侧重的讨论转为其文坛地位的恢复与否上，以扭转对朝鲜朝中期时对江西诗派矫枉过正的局面。

### （一）重新接受江西诗派的文化语境

从朝鲜朝后期文学发展的实际情况来看，文人群体继续参与到"学唐"与"学宋"的讨论中，但变得更为理性和客观。朝鲜朝中期的唐宋诗风之争，激活了一直以来潜藏在诗人头脑之中的唐诗因子，推动了朝鲜朝中期汉诗的繁荣。然而，过分强调对唐诗的摹拟也带来了许多隐患。如，经常出现盲目照搬、徒取形貌、默守陈规等诗病。对此，金昌协曾指出："今不知此，而专欲摸象声色，黾勉气格，以追踵古人，则其声音面貌虽或仿佛，而神情兴会都不相似。"[71]"强而欲似之，则亦木偶泥塑之象人而已。"[72]对文坛不善学唐但专学唐诗的现象予以斥责，带有纠偏救弊的性质。基于文坛出现的种种问题，朝鲜朝后期文人群体为了改变这一现状，便开始主动反思，并抬高宋诗之地位。从对宋诗不再排斥，逐渐改变为宋诗正名——学宋亦可得正宗。其以宽泛的审美视角重新审视唐宋诗，逐渐融汇唐音和宋调。

与此同时，受明清诗学东传的影响，使得朝鲜朝后期文人在感受他者的同时重新审视了自我，意识到此前学诗之路的偏差。针对明朝中期"前后七子"的复古尊唐之说与宋无诗之论，"公安三袁"（袁宗道、袁宏道、袁中道）反复古理论，讥讽盲目崇唐的行为，并向兼容唐宋的方向努力。钱谦益也斥责过分宗唐对明代带来的消极影响，且其不认同以时代论诗之优劣，进而肯定宋元之

---

71 金昌协：《农岩杂识》，《韩国诗话全编校注》（第四册），北京：人民文学出版社，2012 年，第 2838 页。

72 同上。

诗，要求诗人博学。清人王士禛亦打破门户之见，试图融通唐宋两种诗歌审美范型。袁枚则破唐宋门界，旨在摆脱唐宋诗之束缚，开始做着艺术独创的探索。上述中国文人备受朝鲜朝后期文人追捧，其言论无疑具有极强的影响力和说服力。恰如正祖李祘所言："今之所谓柢蜡其辞者，于诗效袁宏道，于文仿钱谦益，扣历代则蔑如也，问六经则昧如也。"[73]故而在他们的引导下，朝鲜朝诗风运演的轨迹又一次发生变化。即，宋诗风在朝鲜朝文坛的地位逐渐恢复，且诗学朝着唐宋诗风融合之路发展。在此背景下，"北学派"[74]之领袖李德懋遂提出要转益多师，博采众长，兼取南北宋、元、明诸家之诗。也就是说主张文人在学诗时要"博观诗家，自《毛诗》《离骚》、古歌谣，汉魏六朝唐宋金元明清，以至三国、高丽、本朝，傍及日本。"[75]

故而在内外因素的双重交织之下，朝鲜朝后期文人对江西诗派的评价表现出更为通脱和圆融的态度，既继承了朝鲜朝中期宗唐者的观点，又从文坛现实出发，辩证对待唐宋诗，不专主某时某代的诗歌。与此同时，本时期实学派思潮的兴起，经世致用的实用之学盛行一时，使得文坛当中也开始出现另外一种新动向。即，以北学派及丁若镛为代表的文人认为朝鲜朝的汉诗不应该盲目地仿古或追随中国，而是应该重视"今"的概念。他们强调汉诗创作应写今人之诗，作"朝鲜诗"，旨在跳出古人藩篱，创出新意。故江西诗派的诗歌作为古人之诗，成为文人古今之争的组成部分而受到扬弃。朝鲜朝末期至近代初期时，文人群体从性情出发而作诗，不以时代优劣而论唐宋，这时唐诗又迎来了短暂的复兴。但是，对待江西诗派态度较为温和，不再给予严厉的批判。但是我们也要注意，由于诗风的转换不是一蹴而就的，一些文人仍受"七子"余风的浸染，坚持唐风，与前人同调，继续尊唐贬宋。如，"宋人滞于理……宋人

---

73 李祘：《朱子大全》，《影印标点韩国文集丛刊》（第二百六十六册），首尔：景仁文化社，2001年，第91页。

74 所谓"北学派"指，朝鲜朝后期出现的实学派中的一个文学流派。它是以开放性的文化意识为主导，主体性的审美趋向为途径，冲破中世纪桎梏为目标的具有近代文化因素的文学流派。其代表人物主要有李德懋、洪大容、朴趾源、朴齐家等。具体关于北学派文学思想的研究可参见，金柄珉教授的《朝鲜中世纪北学派文学研究——兼论与清代文学之关联》（延吉：延边大学出版社，2013年）以及徐东日教授的《李德懋文学研究》（哈尔滨：黑龙江朝鲜民族出版社，2003年）等著作，这里本文就不再赘述了。

75 李德懋：《清脾录》，《影印标点韩国文集丛刊》（第二百五十八册），首尔：景仁文化社，2000年，第53页。

之诗,委巷腐儒擎跽曲拳也"[76]"论诗且休千言万语,惟知宋之猖狂"[77]等。可见,其依旧认为诗固当学唐,不应以宋诗为楷模。坚守唐宋对立的思想,对唐诗的捍卫可谓坚决,对宋诗依然视而不见。

纵观朝鲜朝后期文人论江西诗派的文本材料可见,文人群体出于不同的目的对江西诗派的态度不断变化,与前代文人的唐宋诗观迥然不同。即,十七世纪末开始逐渐改变对江西诗派的负面评价,进而部分肯定江西诗派中的文人,认同江西诗派中的可取之处;十八世纪中后期时最终恢复了江西诗派应有之诗学地位,文坛没有再次出现大规模批判江西诗派的现象。

### (二)文坛反思学唐,为江西诗派正名

从对江西诗派态度的流变上看,十七世纪末,金昌协在全面反思文坛宗唐的基础上,不再如前人一般选择以唐诗,通过重新审视唐宋诗各自的审美特点、创作风格,既指出学唐宋诗时的弊端,同时也表达了对明人固守唐诗,专意摹仿求古做法的不满。这一变化为接下来文人兼容唐宋奠定了基础。

> 宋人之诗以故实议论为主,此诗家大病也。明人攻之是矣。然其自为也未必胜之,而或反不及焉。何也?宋人虽主故实议论,然其问学之所蓄积,志意之所蕴结,感激触发,喷薄输写,不为格调所拘,不为涂辙所窘,故其气象豪荡淋漓时,有近于天机之发,而读之犹可见其性情之真也。明人太拘绳墨,动涉摸拟,效颦学步,无复天真。此其所以反出宋人下也欤?[78]

材料中,金昌协论诗不直接说唐优宋劣,而是从纠正诗病的角度出发,辩证地看待宋诗。所提到的宋人之诗的特点是以故实议论为主,显然这里的宋人主要指的便是江西诗派。金昌协继承了朝鲜朝中期文坛的性情论,也提出诗主性情,并以此来判定宋不及唐。即,诗歌的好坏不在于时代,而在是否抒发作者的情感,是否能够感人。所以,他并非坚决否定宋诗。对于江西诗派等宋诗,他认为宋人虽主故实议论,然亦有发自真情,出于天机之作。相比之下,明诗缺少性情且无天机之动,专欲模象声色,故不如宋诗。足见,本时期文人对江

---

76 任璟:《玄湖琐谈》,《韩国诗话全编校注》(第四册),北京:人民文学出版社,2012年,第2902页。

77 金春泽:《论诗文》《韩国诗话全编校注》(第四册),北京:人民文学出版社,2012年,第2941页。

78 金昌协:《农岩杂识》,《韩国诗话全编校注》(第四册),北京:人民文学出版社,2012年,第2838页。

西诗派等宋诗的态度较朝鲜朝中期时发生了明显的转变。对江西诗派诗歌中的气象、情志能加以理性、客观地肯定。而同时期文人南龙翼也认为，明人王弇州"宋无诗"之说，"此言诚过矣。"[79]"山谷之'落木千山天远大，澄江一道月分明'，后山之'人事自生今日意，寒花只作去年香'，简斋之'客子光阴诗卷里，杏花消息雨声中'……可谓清新警拔，居然自是宋诗。"[80]这说明在学唐者心中，潜滋暗长着对宋诗的矛盾心态。其从反思学唐出发，无法完全漠视宋诗的存在和价值，无法全部否定宋诗中的好诗句、好诗作。于是开始引导学诗者如何从宋诗的优点出发进行学习。

> 宋各家中，王半山精而刻，梅都官妙而枯，苏东坡大而饫，黄山谷奇而狭，陈后山炼而苦，张宛丘未妍而弱，韩子苍致尧致而艰，杨诚斋廷秀理而质，陆放翁游豪而俳，最优者陈简斋与义乎？[81]

由上文可见，南龙翼就审美特点及效果对诸宋人之诗进行点评和考察，既点明优点也指出缺陷，是对宋无诗说的回应。在一众宋诗大家中，他认为江西诗派文人陈与义的诗似乎当为最优。言外之意，宋人中亦有杰出者，陈诗正是适合朝鲜朝文人学诗的理想范型。对此，李宜显也认为："宋诗门户甚繁，而黄陈专学老杜，以苍健为主。其中简斋语深而意平，不比鲁直之峻嶒、无己之枯涩，可以学之无弊。"[82]换言之，陈与义既无山谷之诗病，又诗出杜甫。其诗语深而意平，是值得肯定的。所以不言而喻，此二人的观点打破了朝鲜朝中期以来诗必学唐的论调，拨开唐诗的笼罩，承认学江西诗派义人亦可学之无弊。

此外，李宜显在《陶谷杂著》中进一步表露出其欲为宋诗正名的意愿，并借清人吴之振之口以增强说服力和权威性。

> 明人卑斥宋诗，漫不事搜录。近来稍厌明人浮慕汉唐之习，乃表彰宋诗……王李波流顿无存者，矫枉过直之甚。诗文俱绵靡少骨，殊无鼓发人意处矣。康熙辛亥年间，有吴之振者就宋人诗集广取之，几录其全集，其序曰："自嘉隆以还，言诗家尊唐而黜宋，宋人集覆瓿糊壁，弃之若不克尽。宋人之诗变化于唐，而出其所自得，皮毛

---

79　南龙翼：《韩国诗话全编校注》（第三册），北京：人民文学出版社，2012 年，第 2195 页。

80　同上，第 2196 页。

81　同上，第 2195 页。

82　李宜显：《陶谷杂著》，《韩国诗话全编校注》（第四册），北京：人民文学出版社，2012 年，第 2931 页。

落尽精神独存，不知者或以为腐。后人无识，倦于讲求，喜其说之省事，而地位高也。群奉'腐'之一字，以发全宋之诗。故今之黜宋者皆未见宋诗者也，虽见之而不能辨其源流。此病不在黜宋，而在尊唐。盖所尊者嘉隆后之所谓唐，而非唐宋人之唐也。唐非其唐，则宋非其宋，以为腐也固宜。宋之去唐也近，而宋人之用力于唐尤精以专。今欲以鲁莽剽窃之说，凌古人而上之，是犹逐父而祢祖，固不直宋人之轩渠，亦唐之所吐而不飨非类者也。今之尊唐者目未及唐诗之全，守嘉隆间固陋之本，皆宋人已陈之刍狗，践其首脊，苏而爨之久矣。顾复取而篚衍文绣之，陈陈相因，千喙一唱，乃所谓腐也。腐者以不腐为腐，此何异狂国之狂其不狂者欤？"……吴序显斥王李之论不遗余力。[83]

这则诗话中，李宜显首先便亮明自己的诗学观点，指出明人选诗有失偏颇，不顾宋诗以及文坛已不满对明人浮慕汉唐而一味卑斥宋诗的现象，认为李攀龙、王世贞矫枉过正，以致诗文专事摹拟，绵靡少骨，丝毫没有意兴浑成的精神之气。接着，他大段引用吴之振的话，肯定宋诗承唐而变，既对宋诗独特的审美范型予以认可，也驳斥人们认为宋诗"腐"的观念，向当时文坛说宋无诗者发起挑战。

吴之振是清代康雍之际宋诗运动的实际操作者，其对宋诗的推举可谓大张旗鼓和竭尽全力。上文中所提其"就宋人诗集广取之，几录其全集"，所编之集便是《宋诗抄》。该书是吴之振与吕留良合辑，在清前期的文坛中影响极大。他们编选之宗旨就是为文人学宋提供范本，其于宋诗中不选"近附于唐"者，而皆是能"尽宋人之长"者。当然，由于《宋诗抄》中包含《山谷诗钞》《后山诗钞》《简斋诗钞》等江西诗派诗人诗选，这里的宋诗自然指的是包括江西诗派文人诗作在内的宋代诗歌。

从这段李宜显摘录的《宋诗抄序》可知，吴之振认为，自明嘉靖、隆庆以来，七子主张尊唐黜宋，极端到几乎将宋诗弃之殆尽。而后人又无识，不辨其源流，不懂宋诗变化于唐，虽皮毛落尽而精神独存的道理。早已分辨不出他们所学的唐诗已非唐人之诗，而是嘉隆后明人所谓的唐诗，其诗学价值完全不能与时间上更近于唐的宋诗相比。事实上，宋离唐近，"宋人之用力于唐尤精以专"，而宗唐之明人因离唐远，故而其学唐诗完全是对唐诗的鲁莽剽窃，是打

---

83 同上，第2935-2936页。

着宗唐复古旗号招摇撞骗的行为，目的在于以"腐"他人耳目。可是，被腐者却不辨是非，不知被腐，学着明人所谓的唐诗，陈陈相因，千喙一唱，却最终陷人到单纯模拟、抄袭之境。所以，"此病不在黜宋，而在尊唐"。由此可见，李宜显十分赞同吴之振之语，对无辨识、盲目的尊唐黜宋，感到无比痛心与无奈。于是，他通过吴之振之言不仅指出"尊唐"之弊，希望以此警醒朝鲜朝文人，净化文坛不良之风，也希望朝鲜朝文人能纵观诗歌流变史，从诗歌发展变化的角度出发正确看待唐宋诗，正确看待宋诗的精神，不能再以时代的先后论诗之高下。

### （三）文坛融合唐宋，再次被视为典范

十八世纪中后期时，正祖李祘，颇具诗才，在文学史上的贡献与功绩是不可磨灭的。他直接提倡宋诗，对学宋毫不避讳，这标志着宋诗得到了朝鲜朝官方层面的认可。他在《诗观》中依次对江西诗派的"三宗"进行品评，总结三人各自不同的风格姿态、体貌特征。

> 黄庭坚会萃百家句律之长，究极历代体制之变，自成一家，为江西诗派之宗祖，但本领为禅学，不能脱苏门习气，是为沈肓之病。
> 陈师道法严而力劲，学赡而用变，非冥搜旁引，莫窥其用心处……
> 陈与义体物寓兴，清逶纤徐，高举横厉，上下陶谢韦柳之间。[84]

从正祖的言论中不难看出，他对三人多有褒扬。黄庭坚诗中虽有苏门习气，但能集众家之长，独创一家；二陈之诗则没有弊端，可谓是学诗的典范。显然，江西诗派已恢复了其应有的诗学地位，其优点被重新发现和光大。在他的带动下，朝鲜朝后期文人又开始重读江西诗派的诗作，并把对黄庭坚等人的仰慕之情写入诗中。如，金祖淳有诗云：

> 我姓惟金公姓黄，问黄是底金之光。
> 黄与金无可离义，虽谓姓同固何伤。
> 公识东坡百世士，师友不直尊文章。
> 我亦平生慕仰甚，即谓心同未是谎。
> 公降人间碧鸡纪，于今七八百年强。
> 达观穷宙祇一瞬，复谓生同也非狂。
> 嗟公名节真君子，磊落青史留芬芳。

---

84 李祘：《诗观五百六十卷》，《影印标点韩国文集丛刊》（第二百六十七册），首尔：景仁文化社，2001 年，第 512 页。

> 读公之诗每三复，隽永奥奇超凡常。
>
> 虽有三同不可见，掩卷搔头太息长。[85]

该诗极力为黄庭坚张目，其中"我亦平生慕仰甚，即谓心同未是谎"一句，诠释了作者真心喜爱黄山谷；"公降人间碧鸡纪，于今七八百年强"一句，点明了黄庭坚不让他人，在中国诗学史上是有一席之地的；而"读公之诗每三复，隽永奥奇超凡常"一句，则表现出作者熟读黄诗，视黄诗为其作诗范本。又如，洪奭周的《读宋诗》一诗："光岳气分不复完，文质相矫各一端。明堂不辟鞭弭交，就中桓文白与韩。唐后无诗岂其然，前者宛陵后吉安。虽非弘璧天球宝，要是砆碌与琅玕。大儿眉山苏子瞻，小儿龟堂陆务观。历块龙文犹君取，撼树蚍蜉良可叹。江西数公夸才力，横空硬语时能盘。九曲櫂歌沿武夷，三月和风人杏坛。莫道孔门不用诗，殷颂周雅是谁删。文山老人乘北斗，玉作咳唾铁作肝。为君一歌指南诗，不忍终曲涕泛澜。我独伤心谢皋羽，何人更识汪黄冠。元季靡靡那足问，江南宕子歌桑间。西湖弱柳虽易折，不如去采谷中兰。"[86]该诗也表明了作者意图突破"诗必学唐"的观念，反对唐后无诗之说。作者着力夸赞宋代诗人，全面肯定宋诗的艺术价值和诗学成就，从而为以才华为诗，以横空硬语入诗的江西诗派及梅尧臣、苏轼、陆游等宋人之诗正名。同时这也说明，数百年之后，以江西诗派为代表的宋诗再度与唐诗一同并峙于人们的审美视野中。

此后，虽有一些文人坚守学唐或学宋，但势必会遭到他人的反对。如，十九世纪中后期时，姜玮便委婉地指责金颐奎坚持唐以下无诗之论，并作诗以赠之。

> 嶔崎历落是吾徒，妙入禅机墨守儒。
>
> 五十三参知识善，终须归去叩文殊。
>
> 界宋分唐是也非，寻常笑骂总天机。
>
> 欲从沧海横流地，独溯江西一派归。[87]

---

85 金祖淳：《读山谷诗集》，《影印标点韩国文集丛刊》（第二百八十九册），首尔：景仁文化社，2002 年，第 10 页。

86 洪奭周：《读宋诗》，《影印标点韩国文集丛刊》（第二百九十三册），首尔：景仁文化社，2002 年，第 29 页。

87 姜玮：《示金蕙史》，《影印标点韩国文集丛刊》（第三百一十八册），首尔：景仁文化社，2003 年，第 407 页。

"欲从沧海横流地"一句，语出金人元好问的《论诗三十首》（其二十二）。原句为"奇外无奇更出奇，一波才动万波随。只知诗到苏黄尽，沧海横流却是谁？"该句意在批驳当时文人只知苏黄，不识他人，进而表露出元好问对唐诗情有独钟。但是，在姜玮的这首论诗诗中，他虽化用元好问原文，也采用论诗诗的形式表达其对唐宋诗的态度，但其意却与元诗正相反。他认为诗歌发展是一脉相承的，没有必要分唐界宋；宋诗中因有江西诗派的存在，因而唐之后岂能无诗。可见，姜玮一则通过赞扬江西诗派，意在破除金氏尊唐之论；二则也表明其唐宋诗观，即唐宋当融作一炉，同为典范。然而步入近代之后，由于韩国国语诗歌渐成为文坛主流，文人对诗歌体式的选择又有了新的标准。因此，对江西诗派持续数百年的讨论最终消退在时代的洪流里。

## 三、接受江西诗派的过程中显现的诗学价值

江西诗派作为最突出、最集中地显示宋诗特色的诗歌流派之一，主要特色在于，一是长于谋篇布局，多议论；二是善于用事，有"点铁成金、夺胎换骨"说及"言用不言名"说等创作技巧；三是注重句法；四是在诗中说理，以筋骨思理见胜。虽自江西诗派诞生起，便引来文坛的不满与矛盾，但正是因江西诗派重诗法与法度，且有儒家诗学的属性，恰好符合了韩国古代文人学诗的实际需求，可以帮助其解决诗歌创作中的具体问题。即，如何用字、用词、用典、用韵、炼意、炼格等等。故而自高丽朝后期开始至朝鲜朝前期，文人群体从江西诗派中找到了切实有效的方法论，全面接受了江西诗派的理论主张与创作技巧，以期能够通过学习江西诗派来提高汉诗创作能力与水平。而江西诗派也确实对韩国古典诗学的建立与发展、韩国汉诗的繁荣有积极的推动作用和重要的历史意义。

但是，江西诗派虽为一时主流，然而自传入之后，文坛也一直存在着反对的声音。如，高丽朝中后期，李仁老与李奎报之间产生的"二李"之争，其实质便是"用事"与"新意"之争，核心在于对江西诗派用事论的认识。朝鲜朝中期时，文人发现学江西诗派导致了诗歌贫弱干枯、寡情乏味，形式主义的倾向严重。所以，他们从性情论出发，极力批判江西诗派，并且在斥责的过程中逐渐完善自身的诗学体系。

### （一）建立以情为本的性情诗学论

前文中我们提到，无论是文人群体在朝鲜朝中期时从"格"出发、从"正"

与"变"关系出发，批评江西诗派，还是朝鲜朝后期对江西诗派的再次关注和正名，都离不开性情。与此同时，在性情的参照作用下，文人在对唐诗与江西诗派诗歌的反复比较与琢磨中，借反对江西诗派，完成了对诗歌本质论的探讨。

在对韩国古典诗歌本质论的认识上，历代文人一直不断进行着探索。高丽朝时，李仁老提出"诗源乎心"[88]。有学者推断，"心"同"情"，"源"同"缘"，所谓"诗源乎心"就是"诗缘情"说的另一种表达方式。而李奎报虽与其在用事论上有巨大分歧，却也认为诗歌"缘情而发"[89]，只要把喜怒哀乐之情用语言表达出来，便是诗歌。其后，文人崔滋在此二人诗学思想的基础上，更进一步，有"诗文以气为主，气发于性，意凭于气，言出于情，情即意也"[90]以及"情才兼得，而后其诗有可观"[91]之说，将意理解为情，性气意情四者，相生而发，诗文最终得以产生的内核就在于情。朝鲜朝初期时，在文坛崇宋之风以及儒家诗学观的浸染下，由于文人群体在对诗学本质的认识上，偏为重"道"，追求文与道的统一，强调诗歌的社会功用和伦理教化作用，将诗歌看成是载道、贯道之器。于是，便衍生出很多道德说教、议论色彩浓重、学问沉重之作，应科之文，背离了诗歌的抒情本质，严重限制了诗歌情感的自由表达。故为改变这些缺陷，朝鲜朝中期的文人力主学唐，其实并不是单单只是受明"七子"的影响而复古，其根本目的在于使本国的诗歌创作在表情达意上更富活力和能力。于是文人再度尊崇、标举诗缘情的传统，并将情明确地指向为性情。从性情的含义上看，既含有个人之情，也含有关乎国家社会的政治之情，如忧国愤世、忠心爱国等情感。

所以，对于江西诗派诸人而言，其诗作"涉于理路"，且为了追求"奇"而好用险字、僻字，善于用典，精于雕琢，容易产生形式主义的弊病。因此，朝鲜朝中期时，文人通过反对江西诗派，实则张扬性情诗学，具有很强的现实意义。他们在不断品评、批判的过程中，也进一步加深了对诗歌本质问题的理解。如，李晬光认为只有发性情之真，写感动之切，不为规模所拘，才能创作出入人骨髓之深的好诗。故而他在《芝峰类说》中通过摘录唐宋两种审美范型的代表性诗句进而展露自身的唐宋诗观。

---

88 李仁老：《破闲集》，《韩国诗话全编校注》（第一册），北京：人民文学出版社，2012年，第 35 页。

89 李奎报：《与朴侍御犀书》，《影印标点韩国文集丛刊》（第一册），首尔：景仁文化社，1990 年，第 577 页。

90 崔滋：《韩国诗话全编校注》（第一册），北京：人民文学出版社，2012 年，第 111 页。

91 同上。

郑谷诗："春阴妨柳絮，月黑见梨花。"陈简斋诗曰："暖日薰杨
柳，春风醉海棠。"意味工拙，太相悬绝，此唐宋之辨也。[92]

他分别选取唐人郑谷的诗《旅寓落南村舍》与江西诗派文人陈与义的诗
《放慵》加以比较，并认为这就是所谓的"唐宋诗之争"。可见，其在对唐宋
诗的对照与批评中不断总结经验，始终以情为本，立场鲜明地扬唐亦宋。推崇
的是抒写余意无穷，有性情之美的郑诗；对背离性情，远离旨意，只靠巧思的
陈诗，则给予批判。又如，李晬光在比较李白与黄庭坚诗时写道："李白《乐
府》曰：'独漉水中泥，水深不见月。不见月尚可，水深行人没。'此词句法出
于戏语，而自爱人之意，为可喜耳。山谷效之曰：'石吾甚爱之，勿使牛砺角。
牛砺角尚可，牛斗伤我竹。'人以为佳。然所爱者，石与竹耳。诗格虽同，而
用意相远如此。此可辨其高下矣。"[93]此中的"意"是指从肺腑中流出的真性
情。黄庭坚虽效法李白，其诗与李诗诗格相同，然则缺少真性情。所以二人高
下立见，在对比中表明作者反对徒得形似，难取精神的黄诗。显然，李晬光仍
在"性情"为本的原则之下，反复强调诗歌内在本质的重要性。

朝鲜朝后期时，文人群体延续前人的性情论，对性情论的理解和论述也更
加深入。或借助性情解释唐以后诗歌得失的原因，阐明唐宋明各朝诗歌的特
点；或借助性情直指文坛出现的不良风气。不仅把性情的理论应用到指导诗歌
创作中，也为破除唐宋诗门户之见，融通唐宋提供了理论支撑，使得韩国汉诗
的诗风再次发生转变。概言之，此时的文坛继续高扬诗出性情的诗歌本质论，
要求作家提高自身修养，摆脱古人的影响，抒发自身的真挚情感；还要秉持创
新意识，在语言上追求新奇自然，实现与情感的相得益彰。

诗者性情之物，源源本本神明变化。不可以时代求，不可从他
人贷者也。必拘拘焉规模体格，较量分寸，以是为推高一代、擅名
一家之具，何其隘而自小也？自李沧溟不读唐以下，王弇州赵其说，
后遂无敢谈宋诗者。南渡以后又勿论。[94]

材料中，李宜显在诗学本质的探索中，把性情与时代联系在一起，将性情
论的应用范畴进一步扩大，视野亦更加开阔。他强调一代诗歌有一代之性情，

92 李晬光：《芝峰类说》，《韩国诗话全编校注》（第二册），北京：人民文学出版社，
   2012 年，第 1081 页。
93 同上，第 1065 页。
94 李宜显：《陶谷杂著》，《韩国诗话全编校注》（第四册），北京：人民文学出版社，
   2012 年，第 2936 页。

诗歌性情也要随时代变化展现其时代特色。诗歌创作不可以被模拟所拘束，一味追求模拟，自以为是推高了某一时代、某些名家之诗，而实际则是限制了诗歌的创作，阻碍其诗性情的抒发，眼光狭隘。接着，李宜显又列举李攀龙、王世贞二人所主张的不读唐以后诗的错误论调，批评很多人步李王二人的后尘，认为不敢谈宋（江西）诗的观念是极为荒唐的。如此模拟只会导致诗作性情相类，千家轨辙同。此言一则针对当时文坛过于仿唐而发，意识到复古学唐带来了很多消极因素，失去了诗歌的本质精神，二则通过强调性情为诗歌之本，找到了融通唐宋的突破口。即唐诗也好，宋诗也罢，只要能吟咏性情，便都是好诗。

因此，由上可见，朝鲜朝后期的性情论，同样离不开对唐宋诗审美特质的把握。它不是对前人观点的老调重谈或是简单重复，有着极其现实的理论意义，纠正的是朝鲜朝中期以来尊唐抑宋所引发的偏差，意在进行及时的补救和调和，以使诗歌创作归向正途，使诗道复归于正。同时，这也说明文人在对江西诗派的接受与批判中，其对性情之美、性情之善、性情之真的理论认识愈发成熟，使韩国古典诗学本质论的建构愈加完善。

## （二）寻求独立的诗歌创作路径

在韩国古典诗学的发展史上，文人一直以中国的唐宋诗为学习和参酌的轨范，故而朝鲜半岛汉诗风基本是在唐、宋诗风之间不断转换与徘徊，其中充满了艰辛和曲折。但在此过程中，促使诗学批评逐渐转向对诗歌本身的思考。诗学的自觉意识、民族意识由此逐渐萌发。根据前文可知，挣脱唐诗及江西诗派的愿望与日俱增。因此，便借学宋（江西诗派）与学唐之争论，以高扬民族诗学的旗帜，追寻本土化的诗歌创作路径。

从中国"唐宋诗之争"的流变史上看，清中后期时，"唐宋诗之争"步入深化的阶段。这时如袁枚、郑燮、赵翼等文人反感分唐界宋，明确提出了清诗的概念，开始做着艺术独创的探索。而韩国古典诗学的"唐宋诗之争"也是如此。朝鲜朝中后期之后，文人对唐诗、宋诗及二者的争论也已经产生了审美疲劳，故而作"朝鲜诗""有自家之音"等提法也相继产生。说明这是东亚唐宋诗之争发展的共同规律。但是，对韩国古代文人而言还有另一层隐含的意思。即，从民族意识出发，尝试另辟蹊径。

萌生这样的想法及其做法则是基于其本国文学发展的实际而生的。其因在于，韩国古代文人也从来没有放弃过自我意识。无论是宗唐还是宗宋，对江西诗派的接受，还是反"江西诗派"的发展，其本质都是韩国古代文人建立本民族诗学的有益尝试。他们希望借助于唐宋诗歌创作的经验，并以此为阶梯，最终不学唐宋，且超越唐宋。如，徐居正就曾说过："我东方之文非宋元之文，亦非汉唐之文，而乃我国之文也，宜与历代之文并行于天地间，胡可泯焉而无传世也哉。"[95]从这段话中，可以明显感觉到徐居正对于本国文化和文学的重视，他强调朝鲜朝本国的诗文作品应与中国并行发展。但是，一直以来韩国古代文人群体始终无法完全摆脱中国文学的深刻影响。只能对于中国很多朝代的诗歌及诗人辩证地接受，既有所称赞，又有所批评；一方面不断地学习和借鉴中国诗歌文学，一方面又不断地批评其缺弊。同时亦证明了朝鲜半岛本土诗人对于中国文学并不完全适应。很多文人只是盲目追随中国诗人、诗学风潮，没有真正学到中国诗歌的精髓，且无法将所学与其本国文学传统和国情相结合，其最终的结果就只能是"剽窃杜撰"。

所以，朝鲜朝后期，随着北学派文人登上历史舞台，"朝鲜亦自好，中原岂尽善，纵有都鄙别，须俱平等见。"[96]"代各有诗，人各有诗。"[97]等呼声日益高涨。朴趾源在李德懋的《婴初稿》序文中也进一步提出了"朝鲜风"的问题，其追求的实质均是文化和文学的民族化和本土化的问题。文人群体论诗不仅打破唐宋门户之见，更是跳出唐宋优劣的纷争，或师古，博取众家之长后而言诗，或不仿古而侣今人。概言之，其根本目的在于强调唐宋诗各具形态，各有其韵，作诗不能以一家为师，同时要带有"自家之音"。所以，他在诗话中通过总结新罗、高丽、朝鲜三代之诗学，意在说明模仿学习不是最终目的，蹈袭无益于促进自身发展进步，结局只会落入东施效颦、邯郸学步的困境。

> 我国自罗丽以来，局于闻见，虽有逸才，只蹈袭一套。其自谓文章绝不可见……诗之为道，不可无法，不可为法所拘也……使事之要有来历，蹙蹙圈套之中，不敢傍走一……余于青丘之诗，所病其拘于法者，如此云。[98]

---

95　徐居正：《东文选序》，《影印标点韩国文集丛刊》（第十一册），首尔：景仁文化社，1988 年，第 248 页。

96　李德懋：《奉赠朴憨寮，李庄庵之燕之十》，《影印标点韩国文集丛刊》（第二百五十七册），首尔：景仁文化社，1990 年，第 214 页。

97　李德懋：《贞蕤阁集序》，《影印标点韩国文集丛刊》（第二百六十一册），首尔：景仁文化社，1990 年，第 439 页。

98　李德懋：《耳目口心书》，《影印标点韩国文集丛刊》（第二百五十八册），首尔：景仁文化社，2000 年，第 429-430 页。

上文中，青丘指的便是朝鲜半岛。李德懋论诗将中国各代诗歌视为整体，认为韩国汉诗之诗病就在于文人拘泥于学习中国的诗法，依然如江西诗派般重视用典的来历，不敢进行创新。所以他提出"凡诗文，个个有一脉精神流动，方是活文。若蹈袭腐陈，便是死文。"[99]在他及北学派的影响下，韩国古代文人有了摒弃唐宋，用"活法"作诗，将作诗法度提升到"活"的境界，并试图建立起本民族诗学的愿望和实践。在具体实施路径方面，他们进行了诸多尝试，如主张用俗语、俚语入诗，运用本国语言创作诗歌等。这也为后来朝鲜朝末期诗学的革命性改变以及向现代诗转型奠定基础。故而，在新的诗学环境下，文人对江西诗派的批评远不如前人激烈，对江西诗派关注的视角也与前人不同。

此外，根据前文可知，朝鲜朝中后期文人群体在对江西诗派的批判与接受当中，通过与唐诗比较，对江西诗派的体格风貌也有一些讨论。虽出于扬唐之目的，弘扬唐诗的内在精神与外在形式，借批江西而总结唐诗气象雄浑、格调高远、意蕴悠长等一系列风格，这些归纳的范畴与批评的话语，正是促进韩国古典诗学风格论形成的基础。不过其只是为了凸显唐诗的风格，对江西诗派的审美风格、审美趣味多有贬斥少有精确的论述，显得有些偏颇狭隘。相比之下，对江西诗派风格论、创作方法论的介绍，在高丽朝中后期至朝鲜朝初期文人那里有较为集中、全面的阐释。所以本文也就不再多言。

综上所述，纵览整个朝鲜朝中后期文坛对江西诗派的评价，其认知是在中国文学与文化的异域流传和朝鲜半岛本土诗学发展双重影响下而形成的，反映出韩国古代文人对外来文化的批判、接受、反思以及转变的过程。故而有其自身的独特性和地域性。即，与中国诗学相比，虽同为尊唐贬宋之后，走向融通唐宋之路。但，清后期的"唐宋诗之争"是在宋诗占有优势的情况下画上句号的，为诗者竟尚宋诗；[100]而朝鲜朝后期，江西诗派等宋诗只是恢复了文坛的应有地位，并未占优势，反倒是朝鲜朝末期时，一是唐风再度迎来短暂的兴起，二是追求"我是朝鲜人，当写朝鲜诗……梨橘各殊味，嗜好唯其宜。"[101]虽然，

99 李德懋：《题内弟稿》，《影印标点韩国文集丛刊》（第二百五十七册），首尔：景仁文化社，2000 年，第 80 页。

100 对此，齐治平的《唐宋诗之争概述》（长沙：岳麓书社，1984 年，第 128 页）以及李金慧的《唐音宋调的融通——唐宋诗之争研究》（哈尔滨：黑龙江人民出版社，2010 年，第 194 页）都有相关论述，这里本文就不再赘述了。

101 丁若镛：《松坡酬酢其五》，《影印标点韩国文集丛刊》（第二百八十一册），首尔：景仁文化社，2002 年，第 124 页。

清末文人也产生了创新求变的意识，然则韩国古代文人作为域外学诗者、第二语言学诗者，唐宋诗毕竟不属于朝鲜半岛本土文学的范畴，故其民族独立意识表现得更为突出。与日本诗学相比，江户时期的文坛唐诗派和宋诗派虽好尚各异，但同韩国古典诗学一样，也表现出明显的"主情"特征，[102]并逐渐凸显自身文化的独特性。然而其发展轨迹却与中国和朝鲜半岛不同。概言之，江户文坛对江西诗派有着明显的拒斥态度，对黄庭坚及江西诗派一直采取了漠视的态度，更加偏好中晚唐诗风以及具有中晚唐诗风的宋诗人。故未能为江西诗派正名，恢复并正视其诗学地位。

由此可见，江西诗派在传入域外国家之后，在各国的发展各有不同。一方面可见江西诗派的影响之大，是文人群体热衷讨论的对象；另一方面也说明，汉文化圈内，各国文学生成的土壤各具特色。未来，我们可以把东亚诗学中的江西诗派作为一个整体来研究，打通东亚各区域古代诗学理论，凸显江西诗派在东亚文明互鉴与文明交流中的意义。不仅能够更加全面地审视江西诗派在东亚诗学中的地位及其对建构东亚诗学体系的作用，也可以更好地认识和把握东亚诗学的特质，拓宽东亚诗学研究的学术空间。对增强东方民族的文化自信，加快文化复兴的脚步，亦有着重要的现实意义。

---

102 何振:《论江户诗坛对江西诗派的接受——兼谈此期唐宋诗之争的本质》,《文艺理论研究》, 2018 年第 4 期。

# 第六章 涉及韩国古代文人唐宋诗观的代表性文献

（文献来源：《韩国历代文集丛刊》《韩国诗话全编校注》）

## 第一节 高丽朝时期

李仁老，1152-1220年

### 《破闲集》

琢句之法，唯少陵独尽其妙。如"日月笼中鸟，乾坤水上萍"，"十暑岷山葛，三霜楚户砧"之类是已。且人之才如器皿，方圆不可以该备。而天下奇观异赏可以悦心目者甚伙，苟能才不逮意，则譬如驾蹄临燕越千里之途，鞭策虽勤，不可以致远。是以古之人虽有逸才，不敢妄下手。必加炼琢之工，然后足以垂光虹霓辉映千古。至若句锻季炼，朝吟夜讽，捻须难安于一字，弥年只赋于三篇，手作敲推直犯京伊，吟成大瘦行过饭山，意尽西峰钟撞半夜，如此不可以缕举。及至苏黄，则使事亦精，逸气横出，琢句之妙可以与少陵并驾。

诗家作诗多使事，谓之"点鬼簿"。李商隐用事险僻，号"西昆体"。此皆文章一病。近者苏黄崛起，虽追尚其法，而造语益工，了无斧凿之痕，可谓青于蓝矣。如东坡"见说骑鲸游汗漫，忆曾扪虱话悲辛"，"永夜思家在何处，残年知尔远来情"，句法如造化生成，读之者莫知用何事。山谷云"语言少味无阿堵，冰雪相看只此君"，"眼看人情如格五，心知世事等朝三"，类多如此。吾友耆之亦得其妙，如"岁月屡惊羊胛熟，风骚重会鹤天寒"，"腹中早识精神满，胸次都无鄙吝生"，皆播在人口，真不愧于古人。

李奎报，1169-1241 年

《答全履之论文书》

月日，某顿首，履之足下，间阔未觌，方深渴仰。忽蒙辱损手教累幅，奉玩在手，尚未释去，不惟文彩之晔然，其论文利病，可谓精简激切。直触时病，扶文之将堕者已。甚善甚善，但书中誉仆过当，至况以李杜，仆安敢受之。足下以为世之纷纷效东坡而未至者，已不足导也。虽诗鸣如某某辈数四君者，皆未免效东坡，非特盗其语，兼攘取其意，以自为工。独吾子不袭蹈古人，其造语皆出新意，足以惊人耳目，非今世人比。以此见褒抗仆于九霄之上，兹非过当之誉耶。独其中所谓之创造语意者，信然矣。然此非欲自异于古人而为之者也，势有不得已而然耳，何则。凡效古人之体者，必先习读其诗，然后效而能至也。否则剽掠犹难，譬之盗者。先窥谍富人之家，习熟其门户墙篱，然后善入其室，夺人所有，为己之有。而使人不知也，不尔。未及探囊胠箧，必见捕捉矣，财可夺乎。仆自少放浪无检，读书不甚精。虽六经子史之文，涉猎而已，不至穷源，况诸家章句之文哉。既不熟其文，其可效其体盗其语乎，是新语所不得已而作也。且世之学者，初习场屋科举之文，不暇事风月。及得科第，然后方学为诗。则尤嗜读东坡诗，故每岁榜出之后，人人以为今年又三十东坡出矣，足下所谓世之纷纷者是已。其若数四君者，效而能至者也，然则是亦东坡也。如见东坡而敬之可也，何必非哉。东坡，近世以来，富赡豪迈，诗之雄者也。其文如富者之家金玉钱贝，盈帑溢藏，无有纪极。虽为寇盗者所尝攘取而有之，终不至于贫也，盗之何伤耶。且孟子不及孔子，荀杨不及孟子，然孔子之后，无大类孔子者，而独孟子效之而庶几矣。孟子之后，无类孟子者，而荀杨近之，故后世或称孔孟，或称轲雄荀孟者，以效之而庶几故也。向之数四辈，虽不得大类东坡，亦效之而庶几者也，焉知后世不与东坡同称，而吾子何拒之甚耶。然吾子之言，亦岂无所蓄而轻及哉。姑藉誉仆，将有激于今之人耳。昔李翱曰："六经之词，创意造言，皆不相师。故其读春秋也，如未尝有诗。其读诗也，如未尝有易。其读易也，如未尝有书。若山有恒华，渎有淮济。夫六经者，非欲夸炫词华。要其归率皆谈王霸论道德与夫政教风俗兴亡理乱之源者也，其辞意宜若有相袭，而其不同如此。"所谓今人之诗，虽源出于毛诗，渐复有声病俪偶依韵次韵双韵之制，务为雕刻穿凿，令人局束不得肆意，故作之愈难矣。就此绳检中，莫不欲创新意臻妙极，而若攘取古人已导之语，则有许底功夫耶。请以声律以来近古诗人言之，有若唐之陈子昂、李白、杜甫、李翰、李邕、杨、王、卢、骆之辈，莫不汪洋闳肆，倾河淮倒瀛海，骋其豪猛者也。未闻有一人效前辈某人之体，刲剥其骨髓者。其后又有韩愈、皇甫湜、李翱、李观、吕温、卢同、张籍、孟郊、刘、柳、元、白之辈，联镰立辔，驰骤一时，高视千古，亦未闻效陈子昂若李杜杨王而屠割其肤肉者。至宋又有王安石、司马光、欧阳脩、苏子美、梅圣俞、黄鲁直、苏子赡兄弟之辈，亦无不撑雷裂月，震耀一代，其效韩氏皇甫氏乎，效刘柳元白乎。吾未见其刲剥屠割之迹也，然各成一家。梨橘异味，无有不可于口者。夫编集之渐增，盖欲有补于后学，若皆相袭，是沓本也，徒耗费楮墨为耳，吾子所以贵新意者盖此也。然古之诗人，虽造意特新也。其语未不圆熟者，盖力读经史百家古圣贤之说。未尝不熏练于心，熟习于口。及赋咏之际，参会商酌。左抽右取，以相资用。故诗与文虽不同，其属辞使字，一也。语岂不至圆熟耶，仆则异于是。既不熟于古圣贤之说，又耻效古诗人之体。如有不得已及仓卒临赋咏之际，顾干涸无可以费用，则必特造新语，故语多生涩可笑。古之诗人，造意不造语，仆则兼造语意无愧矣。由是，世之诗人，横目而排之者众矣。何吾子独过美若是之勤勤耶，呜呼。今世之人，眩惑滋甚。虽盗者之物，有叨以悦目，则弟资坑耳，孰认而诘其所由来哉。至百世之下，若有人如足下者，判别其真赝。则虽善盗者，必被擒捕。而仆之生涩之语，反见褒美，类足下今日之誉，亦所未知也。吾子之言，久当验焉。不宣，某再拜。

## 李齐贤，1287-1367 年

### 《栎翁稗说》

欧阳永叔自矜曰："吾之《庐山高》，今人不能作，太白能之。吾之《明妃后篇》，太白不能作，子美能之。前篇子美不能作，我则能之。"此后之好事者，见《庐山高》音节类太白，《明妃后篇》类子美，故妄为之说耳。苏老泉《上欧公书》有云："非孟子韩子之文，乃欧阳子之文也"。虽诗亦然。使李杜作欧公之诗，未必似之；欧公而作李杜之诗，如优孟抵掌谈笑，便可谓真孙敖也耶？

## 李穑，1328-1396 年

### 《即事》

青山扪虱坐，黄鸟枕书眠。

脍炙荆公句，规模杜老联。

肇明编不及，天启诵来传。

白发吟长苦，鸾胶续断弦。

省事忘形势，题诗养性灵。

纸牕吟更白，毡席坐来青。

井冷凝琼液，山晴列锦屏。

病余无兴味，竟日倚空亭。

**《懒残子携崔拙翁选东人诗，质问所疑，穑喜其志学也不衰，吟成一首》**

教海禅林万卷书，旁通李杜与韩苏。

更从鸡国文章始，欲究狃山纪纂余。

用事纾情多典雅，模形练句少荒虚。

浮屠善幻真闲暇，每把遗编顾草庐。

**《次金同年前后所寄诗韵》**

梅花自早菊花迟，一种清香各得时。

宇宙有君天所命，行藏且莫苦寻思。

风骚荡尽寂无声，沈宋浮华鲍谢清。

今古诗家谁健步，且教李杜独齐名。

**《述古》**

赓歌一去亦悠哉，世变风移今几廻。

舍命吟诗无好句，逢场作戏是通才。

调高李杜奇仍法，材大曾苏斐不裁。

月露风花俱扫尽，思无邪处独登台。

**《及菴诗集序》**

六义既废，声律对偶又作。诗变极矣，古诗之变。纤弱于齐、梁。律诗之变，破碎于晚唐。独杜工部兼众体而时出之，高风绝尘，横盖古今，其间超然妙悟。不陷流俗如陶渊明、孟浩然辈，代岂乏人哉。然编集罕传，可惜也。今陶、孟二集，仅存若干篇，令人有不满之叹。然因是以知其人于千载之下，不使老杜专美天壤间，是则编集之传，其功可小哉。又况唐之韩子，宋之曾、苏，天下之名能文辞者也，而于诗道有慊，识者恨之。则诗之为诗，又岂可以巧拙多寡论哉，予之诵此言久矣。及读及菴先生之诗，益信先生诗似淡而非浅。似丽而非靡，措意良远，愈读愈有味，其亦超然妙悟之流软，其传也必矣。先生之外孙齐闵、齐颜，皆以文行名于时。去岁仓卒之行，能不失坠，又来求序，其志可尚已。予故题其卷首如此。

# 第二节　朝鲜朝前期

**权采，1399-1438 年**

## 《圃隐先生诗卷序》

文以载道，故诗书礼乐。威仪文辞，皆至道之所寓也。三代以上，文与道为一。三代以下，文与道为二。盖诗三百，蔽以思无邪之一言。夫子之文章，无非天理之流行。所谓有德者必有言，而文与道初无二致也。汉魏以降，以文鸣于世者若王、徐、阮、刘、曹、鲍、沈、谢，下逮唐宋刘、柳、苏、黄之辈，代各有人。然不过风云月露，模写物状，併俪沿袭之工耳。其于道也，概乎其未有闻也。故其文章虽或可取，夷考其行，皆无足论，所谓有言者不必有德，而文与道始歧而为二矣。吾东方礼乐文物，侔拟中华。文学之儒无代无之，然其才德俱优，名实相孚者有几人欤……正统三年四月日，通政大夫，承政院右承旨，经筵参赞官，宝义阁直提学，知制教兼判军资监事，知户曹事臣权采。奉教序。

**郑道传，？-1398 年**

## 《惕若斋学吟集序》

……诗道之难言久矣。白雅颂废，骚人之怨悲兴。昭明之选行，而其弊失于纤弱。至唐律声作，诗体遂大变，李太白、杜子美尤所谓卓然者也。宋兴，真儒辈出，其经学道德，追复三代。至于声诗，唐得是袭，则不可以近体而忽之也。然世之言诗者，或得其声而遗其味，有其意而无其辞，果能发丄性情，兴物比类，不戾诗人之志者几希。在中国且然，况在边远乎。敬之外祖及菴闵公善词学，尤长于唐律，与益斋、愚谷诸公相唱和。敬之朝夕侍侧，目濡耳染。观感开发，而自得为尤多。道传尝见敬之作诗，其思之也漠然若无所营，其得之也充然若自乐，其下笔也翩翩然如云行鸟逝，其为诗也清新雅丽，殊类其为人。敬之之于诗道，可谓成矣。客曰然，卒书以为序。洪武丙寅秋八月既望。

三峰郑道传。序。

**权近，1352-1409 年**

## 《恩门牧隐先生文集序》

有天地自然之理，即有天地自然之文。日月星辰得之以照临，风雨霜露得之以变化。山河得之以流峙，草木得之以敷荣，鱼鸢得之以飞跃。凡万物之有声而盈两仪者，莫不各有自然之文焉。其在人也，大而礼乐刑政之懿，小而威仪文辞之着，何莫非此理之发现也。物得其偏而人得其全，然因气禀之所拘，学问之所造，能保其全而不偏者鲜矣，圣人犹天地也。六籍所载，其理之备。其文之雅，蔑以加矣。秦汉已前，其气浑然。曹魏以降，光岳气分。规模荡尽，文与理固蓁塞也。唐兴，文教大振，作者继起，初各以奇偏，仅能自名，逮至李、杜、韩、柳，然后浑涵汪洋，千汇万状，有所总萃。宋之欧、苏亦能奋起，追轶前光，呜呼盛哉。吾东方牧隐先生，质粹而气清，学博而理明，所存妙契于至精，所养能配于至大，故其发而措诸文辞者，优游而有余，浑厚而无涯。其明昭乎日月，其变骤乎风雨。岿然而萃乎山岳，霈然而浩乎江河。贲若草木之华，动若鸢鱼之活。富若万物各得其自然之妙，与夫礼乐刑政之大。仁义道德之正，亦皆粹然会归于其极。苟非禀天地之精英，穷圣贤之蕴奥。骋欧、苏之轨辙，升韩、柳之室堂，曷能臻于此哉。自吾东方文学以来未有盛于先生者也，呜呼至哉。永乐二年秋七月，门人。

## 崔恒，1409-1474 年

### 《山谷精粹序》

人得天地精秀之气以生，有心则有声。诗者，心之形而言之华也。人心世道，升降不一变。诗故不得不与之偕焉，六义废而声律对偶之作，无怪也。古诗之变，至齐、梁纤靡，律诗之变，至晚唐破碎。于其间，独李、杜集众体而圣之，韦、柳诸公，从而和之也。寥寥五季间，至宋奎聚，诗道一大中兴。于是欧、王、苏、黄辈铿戛相与鸣，称为大家。而涪翁诗尤自出机杼，环奇绝妙，度越诸子，遂号为江西诗祖。匪懈堂学该识高，雅爱涪翁诗。每咏玩不置，遂采其短章之佳者，粹而汇之，就加评论，名曰《山谷精粹》，俾恒序之。恒也不知诗，然既承雅命，辞不敢牢。尝闻朱文公云，江西之诗，自山谷一变，诗甚精绝，知他是用多少工夫。今人卒乍，如何及得。东坡亦以为读鲁直诗，如见鲁仲连，不敢复论鄙事。愚之诵此言久矣，恨未得目其全集。今观是选，亦足反隅。果清新奇怪，成一家格辙。吟讽之余，殆忘寝食。始知所谓珠玉在傍，觉我形秽者。不吾欺矣，于虖。黄诗之行几世，乃竢今日而表章，其知遇岂非自有期乎。后之学诗者，苟能即此一帙。熟读而深体之，则古人悟人之法，当自此得之。祛浅易鄙陋之气，换清新奇巧之髓，枯弦弊轸，不患其不满人耳。而师旷、钟期俄为之改容忘味，大雅君子妙览精辍。惓惓焉发辉前英，启迪后进之美意，于是乎少酬矣。

朴彭年，1417-1456 年

《八家诗选序》

夫天地之间，一气而已。人得是气，发而为言辞。诗者，又言之精华也。是故，观人诗歌，可以审天地气运之盛衰，余持此论久矣。匪懈堂与诸儒士，选李杜韦柳欧王苏黄八家之诗凡几首，厘为几卷。仆窃得而观之，以为诗自风骚以后，唯唐宋为盛。唐宋间之所谓八家，为尤杰然，宜匪懈堂之勤之也。然天地之气，难盛而易衰。文章世道，亦与之升降。宋不唐，唐不汉魏，汉魏不风骚雅颂。如老者不复少，唯豪杰之士。乃能出类拔萃，不为时气所变化。齐梁之末，诗道几弊。得唐李杜氏而复振，韦柳从而和之。至五代又弊，得宋欧王氏复兴，苏黄又从而继之。今读其诗，想其人。千载之下，使人起敬，吁其盛哉。然诗家独推李杜为称首，韦柳以下，评论纷纷，是亦不可以不知也噫观是选者。苟能磨励洗濯，以变习俗之气。沂黄苏之流，登李杜之坛。以入于雅颂之堂，则庶不负今日编集之意矣。尚勉旃。

徐居正，1420-1488 年

《东人诗话》

金员外克已《醉时歌》："钓必连海上之六鳌，射必落日中之九乌。六鳌动兮鱼龙震荡，九乌出兮草木焦枯。男儿要自立奇节，弱羽纤鳞安足诛。"语甚豪壮挺杰。其意本少陵"射人先射马，擒贼先擒王"，其词本涪翁"酌君以蒲城桑落之酒，泛君以湘纍秋菊之英。酒洗胷中之磊块，菊制短世之颓龄"。虽用二家词意，浑然无斧凿痕，真窃狐白裘手。

古人作诗，无一句无来处。李政丞混《浮碧楼》诗："永明寺中僧不见，永明寺前江自流。山空孤塔立庭际，人断小舟横渡头。长天去鸟欲何向，大野东风吹不休。往事微茫问无处，淡烟斜日使人愁。"一句二句本李白"凤凰台上凤凰游，凤去台空江自流"，四句本韦苏州"野渡无人舟自横"，五六句本陈后山"度鸟欲何向，奔云亦自闲"，七八句又本李白"揔为浮云蔽白日，长安不见使人愁"之句，句句皆有来处，妆点自妙，格律自然森严。

东坡平生功名出处自比白香山，牧隐亦尝以东坡自比。熙宁中王安石以新法误天下，东坡有《山村五绝》，有"迩来三月食无盐，过眼青钱转手空"等句，坐讥时事谪南荒，谓其诗曰"乌台诗案"。牧隐谪长湍，《寄省郎十首》有"黜僧还恐似王轮，满庭青紫绝无人"等句，为台官所弹，祸且不测。其视乌台诗案亦无几矣。

杜工部诗"身轻一鸟"下脱一字，陈舍人从易与数人各占一字，或云"疾"，或云"落"，或云"起"，或云"下"，莫能定。后得一本，乃"过"字也。东坡尝作《病鹤》诗，有"三尺长胫阁瘦躯"之句。一日"瘦"上阙一字，令任德章辈下字，终不得稳字。徐出其藁，乃"阁"字也。诗中一字岂不难乎？郑司谏《大同江》诗："雨歇长堤草色多，送君南浦动悲歌。大同江水何时尽，别泪年年添作波。"燕南洪载尝写此诗曰"涨绿波"，益斋先生曰："作、涨二字皆未圆，当是添绿波耳。"以予謏见，此老好用拗体，又少陵《奉寄高常侍》有"天涯春色催迟暮，别泪遥添锦水波"，"添作波"之语，大有本家风韵，又有来处，恨不见本稿耳。

诗忌蹈袭。古人曰："文章当出机杼，成一家风骨，何能共人生活耶？"唐宋人多有此病，近代洪中令子藩诗"愧将林下转经手，遮却斜阳向帝京"，韩复斋宗愈诗"却将殷鼎调羹手，还把渔竿下晚沙"，阳村权文忠公诗"却将润色丝纶手，能倒山村麦酒杯"，李陶隐诗"如何钓竿手，策马向都京"，皆不免相袭之病。杜牧诗曰："惆怅江湖钓竿手，却遮西日向长安。"后人祖其语，致此屋下架屋也。

文章所尚随时不同。古今诗人推李杜为首，然宋初杨大年以杜为村夫子，酷爱李长吉诗，时人效之。自欧苏梅黄一出，尽变其体。然学黄者尤多，江西宗派是已。高丽文士专尚东坡，每及第榜出，则人曰："三十三东坡出矣。"高元间，宋使求诗，学士权适赠诗曰："苏子文章海外闻，宋朝天子火其文。文章可使为灰烬，千古芳名不可焚。"宋使叹服。其尚东坡可知已。

诗碎细事，然古人作诗必期传后，故少陵有"老去新诗谁与传"，又"清诗句句尽堪传"，"将诗不必万人传"之句。韩子苍亦云："诗文当得文人印可，乃自不疑。"所以前辈汲汲于求知也。自魏晋唐宋以来，及我高丽文士尚然。近世文士有志者少，不留意于诗，况敢期于传后哉！间或有志者以诗文求见正于先生长者，群聚而诽笑之。文章气习日就卑陋，何足怪哉！

太白《浔阳感秋》诗："何处闻秋声，萧萧北卤竹。"东坡《漱玉亭》诗："高嵓下赤日，深谷来悲风。"能写即境语。印学士份《秋夜》诗："草堂秋七月，桐雨夜三更。欹枕客无寐，隔窗虫有声。"其清新雅绝不让二老。

予尝读李相国长篇，豪健峻壮，凌厉振踔，如以赤手搏虖豹挐龙蛇，可怪可愕，然有麁猛处。牧隐长篇变化阖辟，纵横古今，如江汉滔滔，波澜自阔，奇怪毕呈，然喜用俗语。学诗者，学牧隐不得，其失也流于鄙野；学相国不得，其失也如捕风系影无着落处。近世学诗者例喜法二李，不学唐宋。古人云："作法于凉，其弊犹贪；作法于贪，弊将何救！"

## 申叔舟，1417-1475 年

### 《宛陵梅先生诗选序》

宛陵梅先生生盛宋，与欧、王、苏、黄并驱一时，诗声最著。而欧阳诸子诸集，盛行于东方，独先生遗稿不传，世之有志于诗者常恨之。一日，匪懈堂手简抵予曰："诗之体，盛于唐而兴于宋，然其间所赋之诗，豪放美丽，清新奇怪，则或有之矣。至如简古精纯，平淡深邃，寄兴托比，自与唐人无校，则独圣俞一人而已。"余之欲见是集久矣。于去年冬，始得寓目，不觉屈膝，遂掇其精英，选为一帙，有所难晓。略加注解，欲与鲤庭初学者共之，子为我序之。叔舟尝观古之评宛陵诗者，或曰工于平淡，或曰句句精练，或曰如朱弦疏越，一唱三叹。大抵诗之豪放美丽，清新奇怪者，则固有以动人耳目，夫人得而悦之。若简古精纯，平淡深邃者，则知之者鲜矣，而好之者尤鲜矣。至于好而乐，则非深得夫天几于牝牡骊黄之外者，未易以到也。今观匪懈堂所论之切，所选之精，真可谓知而好，好而乐矣，惟其知之也深。故其论之也切，其好之也笃，故其选之也精。欧阳公云："梅穷独我知，古货今难卖。"为宛陵知己于千百载间者，岂特欧阳而已哉。吁盛矣，丙寅仲春乙丑，行集贤殿修撰高阳申叔舟，序。

## 成侃，1427-1456 年

### 《慵斋丛话》

我国文章，始发挥于崔致远。致远入唐登第，文名大振，至今配享文庙。今以所着观之，虽能诗句而意不精，虽工四六而语不整。有如金富轼能赡而不华，郑知常能晔而不扬，李奎报能押阖而不敛，李仁老能锻鍊而不敷，林椿能缜密而不关，稼亭能的实而不慧，益斋能老健而不藻，陶隐能酝藉而不长，圃隐能纯粹而不要，三峰能张大而不检。世称牧隐能集大成，诗文俱优，然多有鄙疏之态，准乎元人之律且不及，其可拟于唐宋之域乎？阳村、春亭虽秉文柄，不能及牧隐，而春亭尤卑弱。世宗始设集贤殿，延文学之士，有如申高灵、崔宁城、李延城与朴仁叟、成谨甫、柳太初、李伯高、河仲章，皆擅名一时。谨甫文澜豪纵而短于诗；仲章长于对策疏章不知诗；太初天才凤成，而其览不博；伯高清颖英发，诗亦精绝。然侪辈皆推朴仁叟为集大成，谓其经术文章笔法俱善也。然皆被诛，其所着不显于世。宁城精于四六，延城能为科举之文，而惟高灵文章道德一代尊仰。继躅者徐达城、金永山、姜晋山、李阳城、金福昌及我伯氏而已。达城文章华美，而其为诗专倣韩陆之體，随手辄艳丽无双，久掌文衡。永山读书必诵，故能得文之體。其文雄放豪健，人无与争其锋。然性无检束，故诗之押韵多错，不中窾臼。晋山诗文典雅，天机自熟，于诸子最为精绝。阳城诗文俱美，如巧匠雕镂，自无斧凿痕。伯氏之诗得晚唐體，如行云流水之无碍。福昌天资早成，以班固为准，为文老健。尝编《世祖实录》，大抵叙事多出其手。此数子皆善鸣，而一代文学彬彬矣。

## 崔淑精，1432-1480 年

### 《逍遥斋集》

> 万事伤心首更搔，却嫌身世每徒劳。
> 春秋人物功名薄，唐宋文章格律高。
> 静里商量孤客恨，眼中纷扰九牛毛。
> 何时讨得江湖趣，阔占烟波信所遭。

## 李陆，1438-1498 年

### 《风月亭诗集序》

……故太师之教，必先之诗。列国之会，以赋诗为礼。诗道之有关于家国如是，曰自三百篇以来，诗法相为升降。易水之词，大风之咏。河梁之别，柏梁之赋。非三百篇之遗音，而有雄深雅正之气。其建安正始之制，颇有近古之体。而盛唐之作，又其杰然者也。宋兴，诸贤别出机杼，各成一家。于是齐梁浮薄之风，晚唐衰靡之习，一扫而无余，呜呼盛矣。自是以后，中原不守，胡马饮洛。时虽有豪杰之士，唱为雅韵，而鲜不为气习之所移，吁可叹也。天眷有德，斯文复振。高文大手，比肩辈出。以贲饰一代之盛，而月山，复以宗室之尊。动遵诗礼之教，立心儒雅。手不释卷，其鞭笞物象。吞吐风云，随兴辄书，自然成律。酬答之辞，无让乎赓载。和乐之咏，有司于常棣。自非圣上治教之隆，超出三代。大君纯粹之资，独步于一时，讵若是欤。臣然后益信诗道之有关于家国，人心之邪正，世道之隆替。有不掩焉者，而是集也，亦永传于万世。则其圣上笃念天属，不掩人善之盛德，有不可以言语形容者矣。

成倪，1439-1504 年

### 《题成仲淹氏诗卷后》

天之赋于物，率不全其能。是故，与之角者，弱其齿。傅之翼者，两其足。马之走者，劣于步。儒能文者，短于诗。如有角而又齿，翼而又足，走又能步，诗又能文者，则是人物中之特异者，而吾又未之见，试于成氏子得之。辛亥秋，余忝祭酒于国子。既上官三日，用国典，合斯文诸老，课试儒生。命题以笺文，仲淹氏之作。衰然为举首，工四六者也。后于馆中月课，累作赋。飘飘然皆有凌云之气，雄词赋者也。作仲尼，颜了所乐何事论，其第出人加一等，能作文者也，余固奇其才之全也。一日，吾豚犬曰：彦邦袖携杂咏诗一卷来。示余曰：是某之作也。乃悬灯细读，愈读愈味。夜久乃讫，何其多且能也。于是又知仲淹氏又长于诗也，呜呼。文章才子，莫盛于唐宋。而李杜以诗名，韩、柳以文称。司马光自谓不能为四六，曾子固时称不能诗，世果有全才，则宜数君子当之，而其长止如此，才难不其然手。若仲淹氏者，虽谓之角而齿。翼而足，走而又步，可也。虽然，吾观之，士之游于艺，如白工之各其技能。今有业单鞲者曰：我无他拔，只此能耳。试其品，尽可观。有人曰：我则异于是，能靴能屦，又能鞍与鞯。吾一身，即象工人也。试其品，例凡贱耳。彼诸向所云者，曾不能髣髴焉，何者。彼专而此泛故也。然成氏子年富而气粹，志大而远。但力为之，虽百其艺，亦何所不臻其极哉。仲淹氏勖哉，知天之赋于物，独厚于君。故吾所云如上耳。

金䜣，1448-1492 年

### 《翻译杜诗序》

惟上之十二年月日。召侍臣若曰：诗发于性情，关于风教。其善与恶，皆足以劝惩人。大哉。诗之教也，三百以降，惟唐最盛，而杜子美之作为首。上薄风雅，下该沈宋，集诸家之所长而大成焉。诗至于子美，可谓至矣。而词严义密，世之学者患不能通，夫不能通其辞，而能通其诀者，未之有也。其译以谚语，开发蕴奥，使人得而知之。于是，臣某等受命，分门类聚，一依旧本。杂采先儒之语，逐句略疏，间亦附以己意。又以谚字译其辞，俚语解其义。向之疑者释，窒者通。子美之诗，至是无余蕴矣。凡阅几月，第一卷先成。缮写投进，以禀睿裁。上赐览曰：可令卒事。仍命臣序之。臣于子美之诗，卤莽矣，灭裂矣，何能措一辞于其间哉。然待罪词林，不敢以不能为解，则谨拜手稽首，飏言曰：臣窃观子美博极群书，驰骋古今，以偲傥之才。怀匡济之志，而值干戈乱离之际，漂泊秦陇夔峡之间，羁旅艰难，忠愤激烈，山川之流峙，草木之荣悴，禽鸟之飞跃，千汇万状，可喜可愕。凡接于耳而寓于目者，杂然有动于心，一于诗焉发之。上自朝廷治乱之迹，下至闾巷细碎之故，咸包括而无遗。观丽人行，则知宠嬖之盛。而明皇之侈心蛊惑于内，读兵车行，则知防戍之久。而明皇之骄兵穷黩于外，北征书。一代之事业，而与雅颂相表里。八哀纪，诸贤之出处，而与传表相上下，谓之诗史，不亦可乎。而其爱君忧国之诚，充积于中。而发见于咏叹之余者，自不容掩。使后之人，有以感发而兴起焉。此所以羽翼乎三百篇，而为万代之宗师也。然一语而破无尽之书，一字而含无涯之味。虽老师宿儒，有不能得其门而入，况室家之好耶。观于八阵图一诗，待子瞻之梦而后定，则其他盖可知也。恭惟主上殿下潜心圣学，日御经筵，六经诸史，靡不毕究，又能留意于诗道有关世教。而特命词臣，首译子美之集，而千载不传之祕。一朝了然如指诸掌，使人人皆得造其堂而哜其胾也。噫！子美之诗晦而不明者，历千有余年而后大显于今，岂非是诗之显晦。与世道升降，而殿下所以夐掩前古。卓冠百王，振起诗道，挽回世教之几，亦可因是以仰窥万一也。学者于是乎章句以纲之，注解以纪之。讽咏以挹其膏馥，涵濡以探其阃奥。而必以稷契许其身，而以一饭不忘君为其心，则子美庶几可学。而辞语之妙，声律之工，特其绪余尔，将见赓载之歌。大雅之作，黼黻王道，贲饰大平，而大鸣国家之盛者，于于焉辈出矣，何其盛也。若夫驰骛于风云月露之状，而求工于片言只字之间而已。则其学子美亦浅矣，岂圣上所以开示学者之意耶。

### 南孝温，1454-1492 年

#### 《冷话》

子挺尝不快李太白、苏东坡及前朝李相国诗。李宗准仲均戏书其门曰："子挺拳欧太白，子挺与东坡昧平生，子挺与相国不相能。"子挺读之，拈笔独污"与东坡昧平生"六字。余问之曰："相国东人，其文章固下矣。如青莲居士，风雅以后一人而已。足下甘受仲钧拳欧之笔，是以青莲居士下东坡耶？"子挺笑不答。

得天地之正气者人，一人身之主宰者心。人心之宣泄于外者言，一人言之最精且清者诗。心正者诗正，心邪者诗邪。商周之《颂》、桑间之《风》是也。然太古之时，四岳之气完，人物之盛全。樵行而歌吟者为《标枝》、《击壤》之歌，守闺而永言者为《汉广》、《标梅》之诗。初不用功于诗，而诗自精全。自后人心讹漓，风气不完。《风》变而《骚》怨，《骚》变而五言支离，五言变而诗拘，东汉而魏晋唐，浸不如古矣。虽以太白、宗元为唐之诗伯，而所以为四言诗，所以为《平淮雅》者，犹未免时习，视古之稚人妇子亦且不逮远矣。是故士君子莫不诗下功焉。如杜诗"读书破万卷，下笔如有神"，欧阳子"从三上觅之"。而晚唐之士积功夫或至二三十年，始与风雅彷佛者间或有之。岂偶然哉？

## 曹伟，1454-1503 年

### 《杜诗序》

诗自风骚而卜，盛称李杜。然其元气浑茫，辞语艰涩，故笺注虽多，而人愈病其难晓。成化辛丑秋，上命弘文馆典翰臣柳允谦等，若曰：杜诗，诸家之注详矣。然会笺，繁而失之谬。须溪，简而失之略。众说纷纭，互相牴牾，不可不研覈而一，尔其纂之。于是，广摭诸注，芟繁厘枉，地里人物字义之难解者，逐节略疏，以便考阅。又以谚语译其意旨，向之所谓艰涩者，一览了然。书成，缮写以进。命臣序。臣窃惟，诗道之关于世教也大矣，上而郊庙之作，歌咏盛德，下而民俗之谣。美刺时政者，皆足以感发惩创人之善恶。此孔子所以删定三百篇，有无邪之训也。诗至六朝，极为浮靡，三百篇之音坠地。子美生于盛唐，能抉剔障塞。振起颓风，沈郁顿挫，力去淫艳华靡之习。至于乱离奔窜之际，伤时爱君之言。出于至诚，忠愤激烈。足以耸动百世，其所以感发惩创人者。实与三百篇相为表里，而指事陈实，号称诗史。则岂后世嘲风咏月，刻削性情者之所可拟议耶。然则圣上之留意是诗者，亦孔子删定三百篇之意。其嘉惠来学，挽回诗道也至矣。噫。三百篇，一删于孔子，而大明于朱氏之辑注，今是诗也。又因圣上而发挥焉，学诗者，苟能模范乎此。臻无邪之域，以抵三百篇之藩垣。则岂徒制作之妙，高出百代而已耶。我圣上温柔敦厚之教，亦将陶冶一世。其有补于风化也，为如何哉。成化十七年十二月上澣，承训郎弘文馆修撰、知制教兼经筵检讨官、春秋馆记事官、承文院校检臣曹伟，谨序。

## 申用溉，1463-1519 年

### 《三滩集序》

古之人论诗文得失，备而详，其大要，不过以识高而意远。气健而理胜，不卑鄙，不巧险，出于天然自真者为得。诗自赓歌、雅、颂之后，至李、杜、苏、黄而众体该备。文自殷盘、周诰之后，至班、马、韩、欧而古文复兴。其他雄浑雅洁，简古深厚，各得其得而自成一家者，亦世不多得。作诗文而不落乎卑鄙巧险干苦寒乞之窟，而登于大家数，斯亦难矣。余自少闻三滩大老气格温醇简素，不独名望崇重朝着，大以文章鸣国家之盛。每以生后不得承咳唾接绪论于案下为恨，或见其诗于题咏间，知其所得高远。常服其精深雅健，而又以不得见所作之全为叹。一日，公之胤子熙，出宰荣川郡。将之任，袖公诗文全稿来。属余为序曰：先人平昔，常以文章自任，为一时搢绅山斗。与四佳、乖崖、私淑三大手齐驱，不拟后一步。三大手诗文，皆官印行世。独先人之作，弃不收。私情闷郁，欲锓诸梓。如以为可传于后，幸序以张之。余每叹不得见全稿以探其所蕴之奥，今幸得见，托名卷右，岂不幸哉。第坐慵懒，兼官务役役。读不能终卷，未成序者几三两载。今承更叩，愧汗自流。噫。观公之诗文，玉韫山辉，春晴云蔼，外淡而中腴，辞今而意古。坦坦然如履平地，卒遇绝险。跬步不失规矩，风恬波静。激石而涛浪拍天，可与啖蔗得深味者看，不可与刺口剧菱芰者论。公之作，真识高意远，出于天然自得而登于大家数者也，岂后四佳诸大手哉。其行于世而传于后也无疑，岂徒行世而传后，其为学诗文者所规范，而播扬一代文治之盛于无穷者，其不在斯作欤。胤子今守杆城，必将持以入木。求永其传，吾知自今关东纸价高也。正德苍龙癸酉腊月上澣，高灵申用溉。谨序。

## 姜浑，1464-1519 年

### 《颜乐堂集序》

文章与世道升降。古人有云，汉不如三代，唐不如汉，宋不如唐，此言信矣。然人禀光岳清秀之气，发为文章。天之生才，岂古与今之大相远乎，三代尚矣。唐之文章，岂尽不如汉。宋之文章，岂尽不如唐，此特举其大略言之尔，非但中国为然也。吾东方历代以诗名家者，非一二数。至我朝，文运方隆，一时宏博之儒。以文章著名者，前后相望。各有集行于世，余未尝不涉猎其藩篱。常自谓，我朝文章，岂尽出中原才士之后，岂尽不及于古人欤。及观颜乐堂集一帙，益信吾言之不诬矣。其为诗文，大抵雄健峻洁，直欲俯视余子。至其妙处，可以追配古作者。惟其源之澄澄，是以其流之混混也。其中如大唐中兴诗，扶桑纪行录等作，尤其杰然者。而变体效梅圣俞一篇，吾常讽诵之不置。每吟哦，恍然坐我空明浩渺之间，望扶桑而挹灏气，不自知身之在尘土中也，此岂可以后人之诗而易之哉。尝闻先生之学，出于占毕斋，盖其渊源所渐，有自来矣。若使先生，得如宋之欧阳、苏、黄诸公，为之师友，游其门墙，赘其所业，以定其高下，亦未必不为之相长也。观其应制诗二十八篇，皆精纯缜密，华而不艳，讽而不迫，因此可以见公之贤。简在上心，成庙之明。有以知公之贤，意其廊庙登庸。已有所属，天若寿之。其传于后者，岂但文章而已哉。虽然，文章传世之久近，在于其人所得之浅深，苟其所得，不至于深渺，而欲其传之久，得乎。今圣朝，方锐意诗书之治，若使采诗之官，裒集众作，编一代雅颂之音，以弦歌之。则公诗之深于天机者，如玉润珠辉，岂不为具眼者之宝耶。余以是知公之文章，可期其传之久也。其传者久而不朽，则其不传者，又何足恨乎。且公之胤子修撰兄弟，方以文行。绍先公之绪，见重于世，其传也又岂但止于此而已耶。修撰。一日奉遗稿来，嘱余序，了非评人之文章者，况敢评公之作而为之序乎。姑书此，以竢后之君子。苍龙癸酉秋七月日，晋川姜浑序。

## 郑希良，1469-1502 年

### 《寄直卿仲说》

李杜死已久，作者惟苏黄。驰聘元丰间，诸老谁敢当。嘘吸吐虹霓，粲烂成文章。天悭与地祕，披露呈毫芒。日月畏陵暴，河海困簸扬。比如岐山凤，哕哕呼高冈。一鸣三十秋，后世名愈长。尔来寂无闻，百鸟徒尔狂。二子和其声，清响含宫商。洪崖气磊落，壁立摩苍苍。有时肆怒嘻，万窍喧崩砯。夔魖亦破胆，众怪皆摧藏。醉墨杂风雨，雷电何炜煌。仲说引孤吭，咀嚼筠桂香。叩腹出奇音，初疑帝乐长。徐徐间笙镛，节奏声锵锵。挥毫洒百纸，锦绣裹珪璋。忆昔在京帅，侧翅同翱翔。人翁厌喧聒，囚我魑魅乡。卷舌使悯默，愁愤撑饥肠。不得相伴吟，啾啾空自伤。愿子勿惊怪，此言诚慨慷。

## 沈义，1475-? 年

### 《记梦》

记梦历评我朝文章等第。言世上浮荣，皆梦中一事，而终归之虚妄云。

牛马走近患瞀疾，居常梦或成魔。十二月既望之夜，曲肱假寐，奄至大都。城郭周回，观阙云起，金玉眩晃。扁曰天圣殿，阍禁甚严。走战悸伏地曰，贱臣丰山沈某敢达，居无何。天香来袭，佩声渐近。蛾眉十余指敬恭扶起曰：天子诏沈某入。臣骇汗沾背，鞠躬奔趋，步步地皆金盏，非人世境落也。九门既开，天子坐白玉牀。天颜清癯如仙鹤，所着裳冕，但觉五云盘绕，莫识其制度也。公卿环侍，峨冠摺笏。彩仗雉扇，照耀左右。箫管啁嘈，玉女对舞。绮纨綷縩，环佩铿锵。臣伏玉墀下，良久待命。故人把翠朴闇，来握余手曰：不意明廷，邂逅旧要。臣曰："今天子何许人？"朴密语臣曰："伽倻处士崔致远。

今为天子,彼模样丰肥,文采可惊。居首相之位者,乙支文德也。益斋李齐贤、相国李奎报,为左右相。居士金克己、银台李仁老、阳村权近、牧隐李穑、圃隐郑梦周、陶隐李崇仁、泰斋柳方善、私淑姜希孟、占毕金宗直,皆腰犀顶玉,分司剧地,职带馆阁。而李穑拜大提学,方典文衡。"臣曰:"君今何官?"曰:"天子特拜崇禄参赞官。"谈话间,朱衣宣麻。以臣授金紫光禄大夫、奎壁府学士、因赐冠服。臣百拜谢恩后,三辞不允。天子令陛阶许坐,赐宴以慰。羽仪辉煌,钧天既张,钟鼓俱振,金盘玉杯,肴膳薰香,鼻口所纳尝,实非人间之有。内侍侑宣酝一爵,臣量弱不能尽倾。坐见李右相奎报嗜饮,饮至一斗不醉,衣上多有酒痕。乐阕,天子入大内,敕赐臣甲第一区,臧获以万计。臣步出国门,乘骑按辔。错贝玲珑,驺从喧喝。引入阙东八九里许一宅,层构隆崛,赭垩耀日,门列棨戟,供帐帘栊,络以金银,比房数十,蛾眉笋珥。齐纨曳地,竞谒解衣,衾枕凝香,肥腻润脂,纱窗才晓。女官忽报参赞官朴令公到门,臣颠倒盥洗。足及门外,相揖而入。坐于内荣。相视喜剧,哀泪随生。参赞曰:"公落拓已久,一朝富贵多贺,但不无积薪居上之叹,臣促膝细问国家云云。"答曰:"天子字孤云,上帝特设天子位,慰悦才士,世俗妄传为仙去。今天子好文章,勿问贤否贵贱。勿论箇限循资,唯视文章高下,以官爵陛降除授。"臣曰:"如徐、如鱼、曰成、曰洪等,今何官?"答曰:"皆任外官。州府郡县,百千有奇,分治方内,文章非格律森严者,例授守令。一百年,方一来朝回。天子取文章体制如唐律,人世位至崇品。领袖斯文,而文章卑下,则皆执侯门扫除之役。布衣守约,白首羁旅,而文章高迈,则超拜公卿侍从之列。若非吾公之才之美,安能一朝致位卿相。但恐中外先进,猜忌谗害,慎保伎俩。"言未了,厨人供酒馔。甘膬腥醲,越女齐姬,长歌遏云,相与目成。口号酬酢,忘形痛饮,径醉趋出。臣顾视东园,珠玕成林,翡翠胁翼。家臣持示家累会计,顾而审视之。鱼无赤也,遂命披阅。库藏鲛绡、珊瑚、金银、璚珍,不可枚数。臣怒曰:"陛下以石崇待臣耶。"即散诸姬妾,所食方丈,亦令减省。天子诏约婚,定正妻张氏。名玉兰,即张衡女。迎于中朝,纳金银彩帛,行合卺礼,入寝房。相好益密,雅容妍姿,恍然如姑射之神,不敢昵也。俄而进奏吏来请坐衙,青童担轿,带剑拥卫。入至大厅,曰奎壁府,雕阁连霞,金铺铄人,珠箔卷钩,兽炉生烟。臣着玉带立北壁,僚员有二,陈澕着乌犀立东壁,郑知常着钑金立西壁,相与公礼毕,各坐金交倚。郎员十人,猊山崔瀣、中顺罗兴儒、瓦注安景恭、稼亭李谷、樵隐李仁复、霁亭李达衷、思菴柳淑、义谷李邦直、芸斋偰长寿、八溪郑偕，齐进交谒，各执簿书关决。别无狱讼断谳，皆古今骚人文章等第事也。府左，别设下局。日宝文间，牙签缥帙。充牣上下，雪谷郑誧、西河林椿、三峰郑道传、兰溪咸傅霖、栎翁崔滋、濯缨金驲孙、秋江南孝温，总掌文书，日以雌黄翰墨为事。臣顾谓陈学士曰："臣读令公潇湘八景诗，浑是有声之画。"又谓郑学士曰："臣诵令公明月卷帘三四人句，令人不知肉味，臣敢让一头地。"陈郑两令公齐声答曰："臣等见令公婆娑海底月句，所谓雪上梅香，不敢当，不敢当。"厅前知印一人，言必摇头动足，轻躁无双。问之，乃卞斯文季良也。胥史一人，长身古貌，如佛家所谓尊者像。问之，乃俞斯文好仁也。臣曰，"卞斯文，有暗黄浮地柳郊春；俞斯文，有鬓毛秋共叶萧萧，有此等警句反为贱流耶。"陈郑两学士曰："此句等有寒乞相，意外无味，宜受其耻，又有衣缝掖冠章甫，列立中庭，奔趋呵禁者甚多。贞斋朴宜仲、郊隐郑以吾、僧禅坦、短豁李惠，亦与焉，余悉难数。"臣尽抽祕藏书史，僚友强止之曰："玉笈金科，六丁保卫，不宜轻泄。"俄见中使奉朱勑以至，臣等下庭迓入，拆视，则天子作律诗，有风敲夜子送潮沙。送字未稳，宵旰经营。未得下字，令学士等改议。陈学士改过，郑学士改集，臣改落以启。天子以落为可，即令召入大内，问诗难易。臣对曰："臣作诗最苦，悲吟累日，仅能成篇。明日取读，瑕疵百出。辄复旬锻月练，以声律为窍。物像为骨，然后庶可一蹴诗域。"天子曰："卿之论诗，正合朕心。日三宠待，赐与无节。仍颁诏中外曰，朕闻诗有句法，平澹不流于浅俗，奇古不隣于怪僻。题咏不窘于象物，叙事不病于声律。然后可与言诗。须以三百篇及楚辞为主，方见古人好处。自无浮靡气习，凡我臣僚，要体认得朕此意。"

适文川郡守金时习，愤不得志，谋煽朝政。移檄郡国曰："今天子性质偏僻，酷耽唐律如芝兰，憔悴殊无融丽富贵气象。故扬鞭云路，尽作郊岛之寒瘦。分符百里，皆是苏黄之发越。举我锐锋，摧彼枯叶。诛当路学士，易置天子。则细琐远黜，吾侪从此弹冠，炽立朝着矣。天子闻变，忧劳几成疾。欲悉境内之众，发武库之兵，亲往征讨。"大提学李穑密启曰："愿遣壁府学士沈某，使谕逆顺，兵不血而自戢，愿毋劳玉体。"天子斋戒，筑将坛。拜臣为大将曰："于将军度，用兵几万，臣闻命击节，忠胆郁屈。"不觉大言曰："臣闻佳兵者，不祥之器，臣愿不用。但有啸咏祕术，能使冬寒起雷，夏热造冰，嗋弄飞走，吞吐鬼神，可以坐敌万兵。"天子率公卿幸北郊，祖帐饯别，袖出锦囊一袭使佩之。臣感激跪曰："兵贵神速。当使乱贼，革面向化而已，何烦战鬭。"即日单骑发程，带率只尖头奴数名，倍日而行。未一旬而驰诣贼垒，干戈耀日，围重三匝，臣鼓气张唇，啸一发贼胆沮丧，啸再发。万骑北走，啸声激远。彩云掩霭，鸾凤交翔。海岳变色，天地振荡。凡叛有数，向风奔溃。敌将金时习，面缚投降曰：不意词坛老将沈令公至矣。臣以露布奏捷凯旋。天子大喜褒奖，顾谓左右曰："古有长啸却胡骑，今于卿见之。"命赐培植斯文、经纶一时、镇国功臣号，封安东伯。赏赐累巨万，废金时习为邑广坐禅。自此威名日著，眷顾益隆。每晨出夜人，尽瘁报国。筮仕廿年，生男育孙。门阀焕爀，受禄万钟。家赀充溢，公卿有或授刺请谒者。辄曰："人臣义无私受，揖而谢之。"在朝百执事，吟弄风露。奢靡成习，如臣清俭。秖被群讥，臣常短右相李奎报。诣阙抗疏曰："李某文章浮藻，柔脆无骨。虽捷疾如神，不足贵也。"余不记，天子可其奏，赐臣五车书，加特进领经筵。壁府中庭，有玉榻堀起。削成剞劂，高百层，揭额词坛。臣指曰：此坛崇高如太山，无岩石，无树木，虽猿猱之捷，莫能攀缘，况人力所及乎。吏云：坛上有玉楼，中朝才士，时相往来，共会譙游。

一日天子朝罢，忽见二仙女骖鸾驾鹤，自云曹文姬、谢自然。直至帝所曰："大唐天子杜工部，拉友人李白，会于词坛，遥闻笙箫来自塔上。我天子出自九重，从容诣坛，拱手阔步，飞上如云。"三公及臣数人，缳至中层。股栗慑伏，无一人侍从。俯见一吏以文词，作徘优戏语。褰裳强蹑，未及初层。堕地折脚，观者拊抃。就问之，乃李斯文叔珹也。天子留数日极欢，降玉趾曰："朕见李贺，使诵玉楼记，倩王羲之手笔，悬于壁间。"因嘘噫太息曰："杜天子文章，有三百篇遗音，从臣才子韩、柳、苏、黄辈，雄放峻洁，朕犹不敢当，况朕群臣，一人有如此才者乎。"

居数日，昼讲毕。愀然不悦，使见一笥，乃翰苑先生等数臣疏也。云："沈某尘骨未蜕。滥荷鸿私，余不记。"天子曰："一时浮议，何用介怀，仍赐号大观先生，命还故乡。"手执卮酒以赐曰，毋浪侵草木、山河，造物有忌公者。卿妻玉兰，仍主中馈，勑待公还任旧职。臣叩头陛辞，涕泪沾衣。眷恋家室，有不忍相离者。斯须，李相国穑，抚背诱致夹室，浴臣兰汤，以金刀剖破臣脏腑，用磨墨汁数斗注之曰："当待四十余年，复来于此。共享富贵，毋忧也。"腹心岑岑如刺，蘧然而觉。则腹涨如鼓，残灯欲翳。病妻卧侧，呻吟而已。噫！人生于世，穷达有数。岂有觉梦兼之者，咄怪而志梦。时嘉靖八年季冬上澣也。

### 《轻薄解》

自古诗人，例多轻薄。以杜子之诗圣，有三百篇之遗音，而未免轻薄之名。况批风抹月，雌黄艺苑者，无怪乎有此名也。余少年学诗，以至老大。无诗不探，无奇不摭，其于五法四品三工二概之义，得于心而泄于性情，未知伎俩之为轻薄。自大雅以降，诗道几废，及唐而复兴。大历以下，才士竞以工拙相倾。枚举古今诗人，目为轻薄，不亦甚哉。到今年来，更事既多。潜窥圣贤用心地，期不坠孔圣无闻之诫。精劖学术，游心道阃，而吟咏技痒，自不能止。思欲蔽李杜，掩黄苏，痛断病根乃已。及见先儒朱程辈，有怀即占。发诸诗句，光风霁月。脍炙人口，然后知所以称轻薄者。当观其人品之如何，不可以学诗者，一一指为轻薄也。余平日，该博经史。尚友前修，蠓蠓乎薄俗。泥涂其轩冕，不与世俗推移。施措吾事业，非学之轻薄为崇也。秽行怀德，挫廉逃名。缘督为经，与物无竞。不以礼法检持，为士林之领袖，非心之轻薄所使也。尝读机右铭曰，小学锢吾道尘，莽卓炽，汉业薪。机左铭曰，精卫怨兮海难期，操蛇遡兮天亦疑。芒倚伏兮互参差，招詹尹兮问玄龟。心学之非为轻薄，发于言语如是。其与诗三白篇一言以蔽之曰思无邪，互相发也。余之用功，至于思无邪。曾于雅颂尽之，况于轻薄，何有。谨以思无邪三字，解吾轻薄之名。

### 洪彦弼，1476-1549 年

#### 《次华使赠湖阴韵 二首》

诗缘情性正非奇，乱派余波更尚词。

千古杜陵剀剭在，江西由此亦能诗。

薇田句法我东传，如水初看学海然。

学海到头能至海，终看珠贝烂千篇。

### 金安老，1481-1537 年

#### 《古人于诗投赠酬答》

古人于诗，投赠酬答，但和其意而已。次韵之作，始自中古。往复重押，愈出愈新，至欧、苏、黄、陈而大盛。然于词赋用韵，未之闻焉。我国，凡皇朝使臣采风观谣之作，例皆赓和之。虽词赋大述，亦必步韵……

### 金净，1486-1521 年

#### 《颜乐堂诗集跋 癸酉》

诗者，性情也。性情发而为声，乌取华采藻绘之足言也。自道德丧而性情离，文辞胜而正声微。靡然趋降，淫泆繁乱，愈奇愈新而大朴残矣。呜呼，斯可以观世矣。上世人服教化，心德不爽。其诗初不为诗，发之咨嗟咏叹之余者，有自然之至音，悠长简远，一唱三叹。可以被之金石，登荐郊庙，感动幽明。故诗之道可以兴人，可以讽人，可以刺人，可以颂人。夫功出于内者，不精而精，不深而深，不暇为力鸟者也。及至上失其教，人失本性。学务为人，内治功庆。见乎外者不得不随之浮华，世言诗人类多轻薄。直古今诗有异，非诗能为轻薄，性情之变然耳。故删后诗亡，骚人变于怨哀，魏晋变于清虚，齐梁陈隋，变于纤艳绮靡。李唐诗道大盛，李杜得比兴之体，然要其归。诸人所变，特在于风花雪月之间，复古则未闻也。然而随其所变，皆流出性情，往往殆亦精深悠远之可言，而犹有三百篇之遗音遗意焉。自宋黄巢以来，始竝与其所变性情者而遗之。一归之于寸学文字以为之，得一字以为巧，使一事以为能，直欲躏踏古人。学之者尤乖僻凡鄙，此变中之变。而东方又变变之变，学者率不求之于性情之本。而反寻之于文字之上，不涵咏于自得之妙。而反掇拾于糟粕之余，不以箫散静妙为趣。而以凭陵掩袭自衒，为力益费而为道益远。间有英豪超拔之才，奋迅踔厉，终未至古人。患未学尚外而其于论世益愧矣，有能志于精深。虽学有未至，是吾师也，矧学之至者乎。近世有陶隐以平淡鸣，世未之尚也。逮占毕斋以精深之学振起，伟然为一家，学者始有知慕之者。颜乐公早升堂于占毕，得其渊源。今观其诗，简正古雅，削其世俗华艳，一主于精深。如冠冕佩玉，声容节度，可敬而仪也。余谓公之诗，非东方之诗也。观其所用力，真欲写出性情之蕴。远追古人意趣，所谓夐越常情，卓然有见者也。公之平生道德行事，余固不赘。后之欲知公者，即公之诗而以简正古雅者。求公之性情风标，斯不远耳，而又必有得于吾言之外者。正德癸酉七月既望。

## 韩忠，1486-1521 年

### 《语类拾遗》

文章虽曰小技，亦业之精者也。虽巫医乐师之工，及其成功。劳筋苦骨，孳孳泪泪，积累而后有得。况为文章者乎，非着力有得，不可易言。乃欲不读而能之，不勤而得之，惑矣。如此而谬为大言曰：唐则萎弱，不必学也；宋则卑陋；不足学也；专尚浮靡藻华之饰；其可乎哉。

## 宋麒秀，1506-1581 年

### 《古今诗家》

问：诗自三百篇之后，历代名家者无虑千百。其发于性情忠爱而不失其宗者，于晋得陶渊明，于唐得杜子美，其出处心事似异。而同谓之忠爱，何欤。论者云，诗家视陶潜，犹孔门之视伯夷，然则其集大成者，谁欤。论杜诗者曰，诗史也，诗中六经也。而置严武于八哀之中，出于私情，其说得乎。论唐诗之弊者曰，尚文选太过。至有家不蓄者，而杜不唯主之，亦教其子弟，至宋黄、苏、两陈，皆主于杜。而独欧阳公主韩而不主杜曰，有俗气，何所见而云尔欤，其有取舍是非之可言欤。士生千载之下，尚友千载之上，敢问诸生之所友而主者，何人耶，愿闻其说。

对：愚闻。心之所之谓之志，言之成章谓之诗。心有所感，因言而宣。则古今言诗者，岂在是心之外哉。盖自大雅之不作，诗之性情，不讲于世久矣。今执事先生特举诗学，以古今名家者为问，而欲闻取舍是非之说，是诚作新诗教之盛心乎。愚虽不敏，请陈其略。窃谓诗者，人声之成文而见于外者也。盖自天之降命，而有好恶是非之理。人之禀性，而有喜怒哀乐之情。触物而动，各有所思。思之所蕴，必有自然之声音节奏。生于日用言语之间，故其中之所存者既有中正和平之实。则发言亦有忠厚恳恻之意，而讽诵咏玩之际。可以兴起善端，感动心气。而在父子则尽其恩，在君臣则尽其义。而施之于风教，可以兴化励俗。而事父事君。远迩无不宜矣，然而诗言志也。人惟性情之正，故其言也正。其言也正，故其处己行事。无一不出于正，然则欲观古人之性情者。当观其诗之若何，而欲知其诗之美恶者，当论其所存之邪正得失矣。是故，孔子曰，诗三百一言以蔽之，曰思无邪。则后之论诗者，岂越于性情乎，呜呼。诗有古今之殊，而心无彼此之分。则忠厚温雅之作，岂难于后世乎。彼辞华取舍之不一，非论诗之本。则乌足为执事道也，而执事教以无隐。则不可不致其详焉，愚请条陈之。盖自周诗见删于圣人，风雅之体，转而为歌吟之属。争奇竞巧，各自成家。词人才子，名溢于缥囊。飞文染翰则卷盈乎箱籍，而求其仿佛三百之遗意者，则盖无几矣。而独晋之陶潜，冲淡为诗。萧然有出尘之趣，而其心中微旨。则又有孤竹首阳之操，唐之杜甫，谨密为工，凛乎有师律之严。而忧伤感慨之辞，皆出于忠君爱国之诚，则其遭时殊势，互有隐显之迹。而一生向上之心，未始少弛，则其发于言者，无非性情之正。而忠爱之实，信乎俱有发于三百篇之宗旨矣。然而渊明之诗，譬犹大羹玄酒。高则高矣，而词乏谨严。气尚虚静，则其亦诗之清，而未至于圣人之全者欤，嗟夫。秋水芙蓉之句，自然则自然。而或伤于放逸，空林谈玄之诗。幽推则幽雅，而未闻风雅之度。岂足以为诗家之宗匠乎，然则其惟杜子美乎。譬之人事，则其惟周公制作，百体俱备者乎。词源到海，句律精严。其诗中之大成者乎，苍皇北征之际，不忘爱君之念，咏物遣怀之作。俱含讽刺之意，其诗与唐史互见。而其迹则非特为诗中之史也，实为诗中之六经也。至如八哀之作，伤时思贤。而刻迫之严武，亦参其间。论者以甫游蜀，谓有私情。然不以人废功，君子取人之量。武之在蜀，实有捍御之功。杜子之于此，必有见矣。至如唐之文士，承六朝浮靡之后。技辞害正，浮言惑人。杨王之轻薄，见贱于人。温李之淫艳，不合于正。所尚之失，至使人轻鄙而不收，则所尚不可不慎也。而子美不惟身自主之，而又使儿子课诵文选，则似亦不免当时之习。然而先儒之论杜者，皆曰，取材六朝。而以雅颂为之肺腑，则彼之浮靡。自不得害吾之性情，而无当时浮艳之失矣。惟其如是，故有宋黄、苏、两陈，皆以杜为之主，黄有灵丹点铁之喻。苏有集大成之说，无己之三昧。去非之简古，皆于杜依归。惟欧阳公力主平夷，以矫时弊。故论议之间，无非贬退之说。而心之服仰，则固见于一字之艰难矣。不然，北征忧君，岂退之南山徒务富丽之比。句律清新，岂以文为诗之比欤，呜呼。诗之为道，难矣哉。不惟作者之难，而尚论之为尤难。故古人曰，评诗难于作诗，然愚闻天下有可废之人。无可废之言，愚请言之。所贵乎诗者，以其有关于世教也。诗而不足关世教，则是为空言而已。三百篇之中，无非当时公卿大夫褒美赞颂之辞，而俚巷讴谣之辞，反列于雅颂之间者，岂非彼虽辞华之美。而于性情之真，有不若委巷之言，出于自然。而可以感发人之善心，惩创人之逸志乎。是故，渊明之诗所以见称于人者，以其有忠君爱国之念。而清风北窗，长在晋家之日月。而性情之发于诗词者，又皆有雍容和平之态而已，不然则虽曰绛云在霄，卷舒自然，而徒为浮辞矣。子美之诗所以见称于人者，以有其忧时伤世之念。而间关道路，长悬魏阙之情。而文章之见于诗辞者，又皆有恳恻不已之言而已。不然则虽曰诗坛大成，而徒为谨密之辞矣。与夫尚浮辞而欠性情者，奚择哉。惟其忠爱之诚，自有感发人之心志者。故后之主之者，咏歌不足而形于赞美。千载之下，犹可以树名教励风俗。虽有所尚之不同，而终不敢显斥也，呜呼至矣。执事之问，愚既略陈于前矣，于篇终又有献焉。人之处于世也，有感必有言。有言必有所尚，既有所尚。则固当尚友千百载之上，以为之主，使吾言语之发，皆合乎古人之道，然后始可与言诗也已矣。然则愚当何主，渊明处君臣之变。自鸣其不平。则士之所处，不可以自比。而子美值时运之仓卒，羁旅困穷之余，发为诗歌。则虽性情之正，辞华之雄，而亦不足尚者也。愚闻，皋陶赓载之歌，为三百篇之始祖。吉甫清风之颂，为成周之盛乐，是皆遇君臣亨嘉之会。得其性情之正，以发其和平之音，士君子自拟其身，当以数子自许，要以鸣国家之盛，岂与夫韦布困穷之士，争片言之巧，以为工哉。谨对。

## 黄俊良，1517-1563 年

### 《书和唐诗鼓吹后　愚溪黄上舍汉忠公所和》

诗之作不易，诗之和为尤难。其作也，适于寓兴。其和也，滞于强押。故作者能尽其情，而和者难极其妙。昔苏东坡创赓陶诗，王半山和苏雪诗，是昏胸万卷书，欲以因难见奇，而犹病其不及。或有搅残椒桂之愁，况其下者哉。愚溪公以豪才伟器，早闻趋庭之学。多识前言，贯穿诸子。从事铅椠，专心游艺。虽捕衮华国，施无可不，而一举司马，不试争名之场，乃退居村墅适意林泉。溪名柳州，诗谣陇西。平生忧喜，有感于怀。此焉陶写，闲中和媚。醉里放浪，岜珲荆璞，遇鹊辄抵，可谓有德有言之君子。惜其不屑囊收，散漫无传，唯和皱吹二帙，贮在箱箧，手泽宛存。是亦出于消遣之偶尔，非有心于牢薄待后者也。而其男进士彬氏，能业其业，谋寿梓不朽，以寓羹墙之慕，强余跋之。岂以忝在门木，知公之详者，莫余若也，乃拜阅而主复之。宫商间奏，奎壁联辉，平韵则纡余而流丽，险步则圆转而妥熟。比之作者，亦无多让。其致功之勤，用心之苦，吁亦至矣。彼其排比声调，组绘格律，号为名家，犹未免推敲之索。公独窃綦盛唐，属和阳春，尤寒瘦辛艰之态，而非效颦学步之比。其风流气象，可以想见，而始可与言诗已。若及苏门，其得黄九不穷之誉审矣，呜呼。公之孝友，可以表俗。而其在人者，非其尽力者也，乃其末也。公之文章，足以惊世。而其所传者，非其极言者也，乃其难也。后之观者，执其末而讯其本。因其难而想其易，则庶可以得其实，此未足以尽公之美也。嘉靖戊申春季，某，谨跋。

## 李珥，1536-1584 年

### 《精言妙选总叙　出精言妙选缺本》

元字集曰："此集所选，主于冲澹萧散，不事绘饰。自然之中，深有妙趣。古调古意，知者鲜矣。唐、宋以下，诸作品格。或不逮古，间有近体，而皆无雕琢之巧。自中声律，故竝选焉。读此集则味其淡泊，乐其希音。而三百之遗意，端不外此矣。"

李海寿，1536-1599 年

《嘲崔立之学后山失真》

> 李杜谁轩轾，骚坛两圣人。
> 庭坚偷气力，无已学精神。
> 终然归一段，谁是得宗真。
> 传道颜曾在，堂堂难与仁。

崔岦，1539-1612 年

《新印陶隐诗集跋》

隐之文，陶隐之诗，吾东第一家数也。东人学为诗文者，必曰唐。汉以上则可否，而降于宋、元。犹必求中原选集读之，而舍二家焉，惑也。抑二家集，刊行不广。虽有欲观者，患不可得。其仅有之者，皆小字本。又东人不好事之过也，余为是用新刻活字。印出陶诗若干帙，与同趣者共之，而早晚并与牧文更图广之，此志不忘也。盖自活刻之事，颇有承藉于方伯，而字取通判家藏纲目坏简者也。时牧晋州。

《十家近体诗跋 李、杜、韩、柳、孟、韦、小杜、黄、两陈》

余素不事诗律，晚乃喜古人所为，则衰退甚矣。不能多记集若选，泊来守剧地，尤不暇焉。因试新刻活字，将十家近体，印出若干帙，以自便披吟，且与同衰同喜者共焉。五七言不必兼焉者，特鱼熊掌之取舍也。于所取则以全焉者，非有瓦砾之可后也。唯李杜必兼且全焉者，加尊重之意也。十家之外，似可恨少者。李商隐、苏东坡二家，余亦未尝不喜。然或不善学焉，则其流得无失之艰与伤于易者乎。此余过为虑，未必通论也。后山有云："晚觉书画真有益，却恨岁月来无多。"余之于诗律，毋亦类此乎，念之。是令人嗟惋。

柳根，1549-1627 年

《玉峰诗集序》

玉峰白公为诗，善学唐，一时词客，咸以为莫能及。余自少时，已知有玉峰。一再从之游，悼其早世。岁丙午，余忝摈相朱、梁二诏使。公之胤上舍振南，能继家声。余请于朝，偕往来西路每语及其先人诗。灰烬之余，收拾无多，余甚惜之。今年秋，乃将印本一卷来示余，要余为一言。诗凡若干首。噫，玉峰诗，真能学唐而有得焉者也。盖闻凡为诗，以气为主。东方人，生于偏壤，其气弱，若欲效唐诗音调。其诗薾然不可观。三百篇之后，诗莫盛于唐，学之而不类焉，则反归于浅近衰飒，终不若从事苏、黄、两陈之为愈，此说之行久矣。宜学唐者之鲜，而学之而彷髴焉者，为尤鲜也。玉峰乃能奋于百载之下，追踪乎古人。振响于绝代，一字一句。有不称于意，不欲出以示人。平生咳唾流落人间者，人重之如琼琚。公于声韵，殆天得也。公既以诗鸣，笔法遒劲。逼于钟、王，世称为二绝。为人清苦，不屑举子业。壬申，韩、陈诏使之来。馆伴稣斋卢先生，请于朝。以白衣为制述官，公之诗名，重于世如此。世之论诗者，以公为学唐。而得其正派，盛矣哉，仍窃思之。余偶阅牧隐先生诗，有曰唐诗气颇短，稍平惟苏州。苏州诗学陶诗，非不冲澹高古。牧隐犹谓之稍平，岂牧老所愿学者。李、杜诗万丈光焰也耶，后之人欲学唐者，以李、杜为轨，则亦未免落于苏、黄格律也耶。余未及以此说，质之玉峰。九原难作，为之三叹。遂并书所感于怀者，为之序。万历己酉至月晦，忠勤贞亮效节协策扈圣功臣，辅国崇禄大夫，晋原府院君兼知经筵事西坰柳根，书。

## 赵纬韩，1567-1649 年

### 《清溪集跋》

晚与孤竹白湖苏谷松溪，为诗社而大思量。于文章，专尚老杜，旁及苏长公。晚李以下，鄙夷而不取，故其元气混混，神变不测。至于雄深宏壮处，如天工般若两峰相峙，撑拄半空。吐纳云烟。其富丽典雅处，如神兴洞里，春日喧暖，百花烂熳，水石粼粼。其刚劲峻决处，如青鹤高峰，霜落叶脱，大瀑垂空，万壑雷鸣。盖知一吟一咏，皆出于头流八万四千之峰，而气象雍容，法度森严。观公之诗，则亦可知方丈之形胜。以此益验公之禀气专出于兹山者，若是其章明较着矣。向所谓一时侪流推以为骚坛老将而当执牛耳云者，非溢美也。公之子长城庆遇及正字亨遇，俱以诗学业其家，而擅科第伏一世。吾友石洲常曰：伯之清高，仲之艳美，公或有让，岂无所见乎。余与长城伯仲骧甚，爱公之文章而尝窥一斑，于其集之梓也。僭为之跋。皇明万历戊午孟秋，汉阳后人玄谷赵纬韩，书。

### 《哭任宽甫》

我爱鸣皋子，赋命一何奇。

小少学文章，传神汉魏诗。

高评少陵疵，况论苏黄卑。

世无贺季真，谁贵谪仙姿。

闭门南郭外，飒然双鬓衰。

功名日以疏，贫病转支离。

卒岁无完褐，终朝或不炊。

怡然不改乐，我道至于斯。

彼顽贵而富，寿亦到期颐。

今子贤且才，年位胡不赀。

报施竟参差，此理难可知。

自古皆如此，吾何为子悲。

## 权瑎 1639-1704 年

### 《云川先生集序》

夫文以记言，诗以道志，论著可以明其意，歌咏可以纾其情则足矣。而世之谈觚管者，必曰汉唐汉唐。谓宋以下，为今文而忽之，不佞以为过矣。宋人盖主明理，故其辞繁。其辞繁，故其文靡靡乎少力。其诗长于意致而短于声格，故大抵少秀拔而多宛转，往往褛褛之以鄙俚。然明人之厌宋而高鹜者，又失之自大，而反有拙于宋者矣。吾东自胜国时，虽瑰杰之才，未免厌于大邦，惟宋之的。国朝岭南为伊洛之乡，士之所诵习。皆宋儒先之言，故其文辞组缀，尤不能舍其轨范。然其间含德吐华之君子蔚然相望，反覆辨难。阐明斯道，如日月丽天，其文之炳炳烺烺。有非翰墨之士夸奇鬭工者比，又暇论其步骤之古不古哉，迺者金薇垣天与。以其高王文云川公遗稿，属不佞为弁首之语。不佞辞不获，谨受而卒业焉。其诗盖苍老饶情趣，文亦平淡纤余。少彫篆之迹，其有得乎奎运之精华者乎。夫文非一体，诗亦非一格也。姚姒之浑浑，固不下盘诰之聱牙。訏谟定命，远猷长告，亦奚逊于杨柳雨雪之诗哉。要之各就其体而求其趣耳，何必使仁者见之而责其仁，知者见之而责其知耶。公以鹤峰先生之犹子，少读书修行，以才学著名。儒科发轫，蜚英于玉署金华之席。及西厓相公中箑菲归，一时良善皆斥去。公亦不容于其时，栖迟州郡者久之。宣庙升遐，时事又大变，遂弃官里居而终。赵学士正立，平生简亢尠许可。而尝语人曰秉心清直，独见郑秉任、金道源两人而已，具见重于人。与愚伏公齐名，则其人之挺特，又非直其文而已。恒言有之，人以文鸣。未若文以人鸣之大且远者，今于是乎征之。不佞敢粪佛头乎哉，聊以备糠粃之引云尔。

上之二十年仲春下浣，嘉善大夫司宪府大司宪兼同知经筵春秋馆事，艺文馆提学权瑎谨叙。

## 申钦，1566-1628 年

### 《林塘诗集序》

诗者，天下之至声。而声人人殊，何也。绵千百载之久，历千百人之多。雪月风花，人情物状。前辈操觚者，道之已尽。而加又风气局之，世代移之。则无怪于唐不及汉，宋不及唐，声人人殊也。晚出而欲追古作者，即高驰远驾。上者建安盛李，下者亦不出钱刘韦柳间。彬彬者固伙，而失之则或堕于寿陵之匍匐。巧者肤立，拙者茅靡。曷若平其调，易其辞。无罣于摹拟，无失于性情。自名　家言也，臻此道者，故相国林塘郑公其人哉。清而丽也，华而赡也。长于情而不吝于格也，永于味而不乖于韵也。无刿心鈢贤之劳，无牛鬼蛇神之异。自然步骤于元和、长庆之际，噫，其治世之音欤。公之生，适当我国鸿厖亨泰之日。少擢魁科，舒翘扬英。朝夕于白虎、石渠，提衡文柄。俍接皇华，卒乃入陞鼎轴。为世之清镛大敦，享用五福，终始令望。若公者其膺国家文运而昌者非邪，诗特公余事尔。自昔以诗名者，多草野羁穷，而鲜得于黄扉三事之上。故房、杜无音，甫、白擅声，其俪至竝称者仅燕、许二人。若公者，岂非其匹耶。然泗滨之磬，孤竹之管，空桑之琴，云和之瑟，音非不美，而苟无赏音者，则与折杨混然。则有公之诗而得公之时者，亦系于祖宗朝用人之盛，猗欤伟哉。公之诗若文盖累秩，而亡于壬辰兵火。今之存者摭拾于闻见，才百之一。崑山片玉，愈少而愈宝，奚多乎哉。公之宅相知枢金公尚容氏及其弟承旨尚宪氏，缮写为卷。要不佞文弁其首，不佞非任也。顾念君实之诵于口久矣，且与金公有兄弟之义，不敢辞而序云。

## 张维，1587-1638 年

### 《象村先生集序》

维少从载籍中，历观古之名人巨公。处宰辅之地，功名着于春秋。若唐之房杜姚宋，宋之韩富吕范，讵不卓荦闳伟哉。乃其词华文采，厪足以自见于一时而已，唯张曲江陆敬舆欧阳司马诸公。身都廊庙，佩天下苍生之望。而文章之美，煇赫艺苑。盖历百伐而厪有若而人，何其寥寥也。天之降材实难，或命以经济，或畀以文词。其能兼有而尽美者，盖益难矣。我东文学，不如中夏固也。然其能者，往往多出于显位。若丽之李文顺益斋牧隐及我朝之高灵德水商岭五六公，皆斡鼎轴赞辨章。而兼主词坛之盟，残膏賸馥，沾丐至今。虽其偏全雅俗，各有可议，要之皆庶几不朽哉。作人之效，莫盛于宣庙，而故相象村申公出焉。公生禀绝异之才，甫成童，博综坟典。弱冠释褐，历敭华膴。为荐绅领袖，中遭否运。厄于缧绁，困于田里。瘁于江潭，而文章益成。德誉益尊，晚际中兴。首膺宠擢，握文衡掌统均。以至大拜，继而有甲子丁卯之变。公弥纶尽瘁，上赞睿谟，下收群策。卒能夷凶弭难，再奠国步，则公虽不自尸其功。而谭相业者，指故无得先公屈也。公于文词，盖得之天授。其在朝时，著述甚富而颇放失。自癸丑来，居困处约者踰十稔。遂专精覃思，上下千古，蔚然成一家言。其为诗，不主一格，大抵出于唐人而杂取中晚，以及盛宋诸子，举皆割荣而攘瀚焉。唯古乐府，自隆古汉魏以至隋唐，无不拟议，往往有酷肖者已，论罗丽所未有，即前代名家多所未遑。而公为之绰然有余地，古文词遒逸俊发，光芒绚烂，时或步骤皇明诸大家，殆欲与之角壮而争驱。内外篇，或谭道妙，或析世务，多精诣独到之见。至先天窥管一编，盖入邵氏之门而窥其宨奥，非可以文字论也，夫功言之不能兼树也，诗文之不能两至也。自古昔以然，而公身生衰季，种学居业，卓然有立。名理为士林之标准，位望系国家之安危。而诗声文轨，各擅词场。邃识微言，直探理窟。往喆之所未全，公则备焉。诸家之所偏造，公则兼焉，若公非所谓全才大雅高视百代者耶。公没既葬，胤子东阳公合公诸稿六十三卷而锓行之，命维为之序。维少而颛蒙，公以先人之故，辱进而教之，得于熏染者多矣。公之在谪，维尝为公记旅庵。及公既耆，维又为文以寿公。其于公之生平，自谓粗得梗概。今而序公之集，不敢以不文辞。九原可作，无亦有以当公意否，噫。

　　崇祯己巳闰四月，奋忠赞谟立纪靖社功臣、资宪大夫、行司宪府大司宪兼弘文馆大提学、艺文馆大提学、知成均馆事、同知经筵春秋馆事、世子右副宾客、新丰君张维谨序。

## 许筠，1569-1618 年

### 《唐诗选序》

　　有唐三百年，作者千余家。诗道之盛，前后无两。其合而选之者，亦数十家。而就其中略而精核者，曰杨士弘所抄唐音。其详而敷缛者，曰高棅唐诗品汇。其匠心独智，不袭故不涉套。以自运为高者，曰李攀龙唐诗删。此三书者出，而天下之选唐诗者，皆废而不行。吁其盛哉！余尝取三氏所选而读之，可异焉。杨氏虽务精，而正音遗响之分。无甚蹊迳，其声俊古鲁之音。亦或不采，使知者有遗珠之嘅焉。廷礼所裒，虽极其富。而以代累人，以人累篇。俾妍蚩竝进，韶濮毕御。识者以鱼目混玑诮之，似或近焉。至于于鳞氏所拣，只择劲悍奇杰者。合于己度则登之，否则尺璧经寸之珠。弃掷之不惜，英雄欺人，不可尽信也。其遗篇逸韵，埋于众作之间。历千古不见赏者，于鳞氏能拔置上列，是固言外独解，有非俗见所可测度也。余讽而研求，阅有年纪，怳然如有所悟，遂取高氏所汇。先芟其芜，存十之五。而参之以杨氏，继之以李氏。所渐拔者合为一书，分以各体。而代以隶人，苟妙则虽晚亦详。而或额或俗，则亦不盛唐存之。凡为卷六十，而篇凡二千六百有奇，唐诗尽于是矣。

### 《宋五家诗钞序》

诗至于宋，可谓亡矣。所谓亡者，非其言之亡也，其理之亡也。诗之理，不在于详尽婉曲，而在于辟绝意续。指近趣远，不涉理路，不落言筌，为最上乘。唐人之诗，往往近之矣。宋代作者，不为不少。俱好尽意而务引事，且以险韵窘押，自伤其格，殊不知千篇万首都是牌坊臭腐语。其去诗道，数万由旬，岂不可悲也。夫以苏长公绝特仙才，亦未免广大教化之消，他尚何说乎。余尝取宋人诸家阅之，哀其用功之勤而去道之远。亦不敢以己见，废古人刿心役智者。卑而恕之，岁月既久，并自家所作，亦渐流于西江，不自觉其舍古就近，信乎卑污之染人也，如是其捷矣。姑以酬应之便敏，为当于意，聊不决弃。倾城姝学时世妆，出倚市门，岂不羞满面也欤。暇日取王文公及长公、黄太史暨二陈诗，列而味之。拔其小篇及近体诗稍丽者，载诸牍，或诘曰许。子既能古诗，古诗自足名世诏后，奚宋为耶。余曰："否否，难言也。"古诗揩琼彝玉瓒，只可施诸廊庙。而用之于里社宴集，则不如土簋瓷尊之为便利。吾不遗宋诗，亦揩是矣。吾以酬世务而已，何诗道之足伤也。况介甫之精核，子瞻之凌踔，鲁直之渊倔，无己之沈简，去非之婉亮。寘之唐人之列，亦可名家，又岂以宋人而尽废之耶。诘者曰："然。"因以其语，弁之首焉。

### 《题四体盛唐序》

是编成。客问于余曰："何谓四体？"余曰："七言歌行及五七言律。至盛唐大备，故余所取止是。"曰："何只取盛唐？"曰："诗学之盛，莫唐若也。而尤盛于景龙、开元之际，大历以下，固不足论已。"曰："奚不取五言古诗为？"曰："譬如谈禅。汉魏为最上乘，潘、陆已落第二义，鲍、谢、曹、洞下也，而唐则直声闻耳。"曰："有唐三百年，绝句最多名家，胡不取？"曰："否否，余所取只盛唐，而绝句则毋论季叶。人人皆当行，不可以盛晚为断，矧余别有选矣。"曰："李杜亦可遗否？"曰："兹二家如覩大壑稽天，宁可以斗斛耶。况梅氏钞，亦足以尽之矣。"客唯而退，余箚以弁之。

### 《题唐绝选删序》

尝谓诗道大备于三百篇。而其优游敦厚足以感发惩创者。国风为最盛。雅颂则涉于理路。去性情为稍远矣。汉魏以下为诗者。非不盛且美矣。失之于详至宛缛。是特雅颂之流滥耳。何足与于情性之道欤。唐之以诗名者殆数千。而大要不出于此。甚至绮丽风花。伤其正气。流而贻教化主之诮。此岂非诗道之阳九耶。以余观之。唐人五七言绝句。梓而传凡万首。其言短而旨远。其辞藻而不靡。正言若反。厄言若率。不犯正位。不落言筌。含讽托兴。刺讥得中。读之令人三叹咨嗟。真得国风之余音。其去三百篇为最近。是以当世乐人采以填歌曲。如王维，李益辈之作。至以千金购入乐府。王少伯，高达夫之词。云韶诸伎皆能唱之。岂不盛欤。唐之诸家。盛而盛。至中晚而渐漓。独绝句则毋论盛晚。具得诗人之逸韵。悉可讽诵。虽闾巷妇人。方外仙怪之什。亦皆超然。唐之诗到此。可谓极备矣。余于暇日。取沧溟诗删，徐子充百家选，杨伯谦唐音，高氏品汇等书。拔其绝句之妙者若干首。分为十卷。弁曰唐绝选删。寘之案右。以朝夕讽诵焉。噫。唐之绝句。于是尽矣。而三百篇之遗音。亦可以此推求。则其于性情之道。或不无少补云尔。

## 权韠，1569-1612 年

### 《任宽甫 錪 挽词》

我国于为诗，好尚唯苏黄。
中间崔白辈，稍稍归盛唐。
虽然喜清丽，古气颇凋伤。
君侯大雅姿，锦绣为心肠。
平生三百篇，逸韵何铿锵。
不入陶谢室，要升苏李堂。
才名四十年，与世终乖张。
文穷自古然，贫病乃其常。
严霜一夜下，兰蕙委微芳。
伤心悬磬室，门迳已荒凉。
弱龄蒙许与，艺苑参翱翔。
将老失知己，我涕流滂滂。
清谈与雅量，已矣今则亡。
唯应拟古作，万古江河长。

**郑斗卿，1597-1673 年**

《敬亭集序》

岭南山川之气，清淑奇异，故多文章之士。自新罗以来，世不乏人。余少时常闻洛下文士之论，皆曰岭南文章巨擘李某李某，闻公名而仰之亦已久矣。今胤子瑞兴使君廷机甫，示公遗稿。余伏而披读，其文章本诸六经。余以先秦汉魏六朝唐宋，迨于皇明，其间诸书，无不贯穿。故其材富博，其气雄浑。其诗体各异，有似少陵者，有似昌黎者，有似唐宋诸名家者。体虽不同，皆不失大家薮，公真大家哉，文与词赋亦然。向之闻于洛下称文气巨擘者，信不虚矣。仁祖朝，公在政院，见余场屋文。公再三称叹曰，文哉文哉。余每曰吾得伯乐三顾。今廷机甫方索序跋。余少仰公名，今见所著，无一点于少所闻者，又感伯乐之顾，遂不辞而为之序云。

甲辰四月日，温城东溟子郑斗卿谨序。

**宋时烈，1607-1689 年**

《竹阴集序》

盖闻评人易，评诗难。盖人有君子小人之分，为君子所与者，为善流，为小人所好者，为不善之流，此所以评人易也。至于诗也，其格律之高下。音韵之清浊，既有不齐，而又有正变异体。三百篇以后，以至苏、黄、二陈，其变尤穷。而一人之作，亦有先后之异。故晦翁，以杜子之夔州以后，又为一变，则诗岂可易评哉。惟圣人则无所不知，故不期于评诗。而一经品题，即为百世之定论，要是至公而明也。昔在宣庙朝，文章之盛，可比贞和之世。而宣庙独称竹阴赵公诸作曰，一团元气浑浑然也，可谓冀北马多天下。而先影之才独先定价也，自后，污隆不常，荣辱相互。而至于仁庙初服，贤俊汇征，济济洋洋。而公起废为政府舍人、玉堂典翰，此为选地之十分尽头矣。又有清脱其洗索之言，如金清阴、郑守梦诸君子，则不待评而人可知矣。呜呼。公既以其难，被奖于圣祖。独不以其易，受知于神孙哉，故有问竹阴公者。愚只曰，欲知公文章，则但观宣庙之衮褒。欲知公人地，则但观仁祖之睿简可也，且有一说。昔人论杜祈公喜用财而曰，祈公之用财，可及。其用于当用，则难及也。愚于公用才，亦云。盖观公之行状则可知矣。公没几五十年，而其孙景望，与其诸子正万等，收拾公诸作，为若干卷，刊行于世。余谓公之才固出类，而亦幸有遭遇矣。世徒知荆玉丰剑之可宝，而不归功于和氏与雷公者，非知言者也。时崇祯阏逢困敦观之下瀚，恩津宋时烈，序。

《橘屋诗稿跋》

……虽使公之诗，浸淫李、杜，凌掩苏、黄……

金寿恒 1629-1689 年

《竹阴集序》

自古文章之士，名盛矣而实或不副。材优矣而用或不究，尚论者不能无歉于斯焉。至若名与实具全，而不获展其才而究其用，则岂非尤可惜也。观于近世，若竹阴赵公是已。公自弱冠，已以觚墨擅声。及魁司马，赋辞逼古，笔法亦殊绝。诸考官咸啧啧称赋眉山而笔吴兴也，宣庙览之。手批以奖之，于是国中之人，相与脍炙传诵，未几释褐。凡文事所关，人迟其至。既再辟侯幕矣，再以文鸣矣。既又赐暇道山，而演纶銮坡矣，无非极一时之选，需他日之用。华问奕奕，大振朝端，艺苑诸公，皆敛锋退舍，莫之先焉，公之名可谓盛矣。公天得逸才，聪明绝人。兼且泛滥群书，大肆其力。自经史百家，靡不含英咀华。发囊胠箧，以为己有。其发而为文，无论长篇短章。下笔连数十篇，水涌飚驰。动若神助，傍观者自废。至其论议之高，则文非西京以上不厝舌，诗非盛李以上不取则也。

李植，1584-1647 年

《玄洲遗稿序》

昔苏长公论文，以孔子辞达一句为宗旨。说者谓达者，达其意也。词止于达，不必宏肆奇丽之为尚，是固然矣。然惟物之不齐，理之殊也。意有远近，辞有险易。自虞、夏、商、周之文，尚有浑噩诘屈之不同。况由屈、宋以来，六义派分。群轨竝骛，均之各言其志。无阙于理，而轮辕之饰致远。虎豹之斑章彩，斯不亦文之至哉。国朝敦尚经训，文词尔雅。韩、苏之文，以近为范。而秦、汉诸家宏丽之体，犹未备也。逮隆、万以后，作者数公。一大振之，惟时继而和之者。有玄洲赵公蔚为名家。其学，于古无所不搜。故其文，于古无所不备。上蹈两汉，下籍六朝，而不失孔氏辞达之旨。既俯就场屋，大擅屠龙之誉。其应制馆阁之作，皆倚马立成，而一时诸彦，莫之先也。世方期以狎盟文囿，揭旗鼓先多士，而沛有余地矣。不幸仕不遇时，浮沈州县数十年。其有得有丧，欣戚不平。一寓于占毕，故其出不穷而语益奇。惜其天球弘璧，翳郁于蓬蒿沙砾之间。徒使田氓牧竖，见其光怪而疑骇之。岂知为东序之珍照乘之宝，而承奉之哉。今有克家二郎君，得保遗稿于兵火之余。叙次为秩，以图琬琰之传。余每读而伟之，就评其略。骚赋则步骤楚、汉，散文杂著则格法左、马。偶俪之篇则深得徐庾声，律诗大篇广韵则杜、韩驰骋之余也。惟近体律绝，不甚着工。而亦皆奇拔自得，不落宋调。撮之光景高朗，材干环玮。其纵横奔放，若不可畔岸。而融化屈折，各有体裁。往往情艳机动，境与神会，若笙磬相宣而有遗音。噫，公之于斯艺，可谓富有之矣。至于邓林时有朽株，武库不无刃锋，古今大家所不能免。而后生窥识，妄生疵摘。若是者，公既已迢然任之矣。公之所师友，尽一世宗匠。最与深者，吾东岳叔父及石洲权公，而疏菴任君为其次。公之文，兼有数公之长。而无偏至之目，可见其大矣。植也材学晚进，汩没训诂。中年，虽获从公游，荷一言之提警。其于古文大家，常有望洋之叹。自不意承乏负乘，血指词掭，兹岂非世道之慨也。今二郎君，索以序引。殆是以官而不以学，佛头铺粪，可无作乎。公讳缵韩，字善述，天禀绝人，有文武材略。其吏能之少试于下邑者，焯然有张、赵、龚、黄之风。其发于文章者，盖有所本，于乎惜哉。辛巳初冬，德水李植，再拜谨叙。

### 《谿谷集序》

　　世必有英粹聪睿之资，而加之以宏博正大之学。然后其发于文词，如纨素之施丹彩。泉源之注池沼，本末相须，华实相副，不期文而自文。古昔圣贤立言垂世者，皆是道也。外此以为文，虽奇僻以为古。藻绘以为华，比之偏伯闰统，谓足全体正宗则未可也。我东人之诗文，启自唐季，其始丽缛而已。豪杰代有，沿流沂源。至于国朝，馆阁荐绅先生，以经训理趣为尚，而取裁于韩、苏，则典刑备矣。近代诸巨公，力去陈言，视古修辞，追轨乎左、国、班、马，则变化见矣。然而本经者，苍卤而近俗。骋辞者，钩棘而类俳，求其合而一之。融而超之，蔚为一代宗匠。而无愧古昔立言者，其惟吾谿谷张相国乎。公资禀既异，而充养有得。神清气完，德符于行，早岁蜚英。经历艰险，晚更勋名际会。出入谋猷，而乃其平素所存，则专以文学自任。其为学，精邃经书。而淹贯诸子史，上规下逮。聚精撷英，所蓄富矣。而思不踰格，气不累调。其出之也，肆笔成章。左右逢源，其理则孔、孟。其材则秦、汉。其模范则韩、欧大家。以至骚赋诗律，各臻古人阃奥。绝无世俗奇偏飣餖之病，粹然自成一家语，于乎。公之于斯艺，可谓尽善具美而无遗憾矣。公之遗集十六册，曾经公手自删定。江都之烬，什缺其一二。胤子善澂，收拾散稿。追补完秩，方入梓于光山。而牧使李君恪，实相其役。斯集之行，岂非斯文之大幸乎。善澂以植获忝牛耳雁行，属以糠粃之导。噫。公非我辈人，其所抱负树立。非斯集所能尽，亦何待瞽言僭论而为斯集重也。只以畴昔所讲闻于公者，揭于诸公叙述之后，以备后学师慕之一助云。

### 申翊圣，1588-1644 年
#### 《龟谷诗集序》

诗犹禅，禅由悟入。诗贵神解，顿渐皆教。门径自殊，唐宋皆诗，调格自别。当吾世而祝发者何限，操觚者亦何限。未闻有能悟入能神解，岂有之而吾未之闻耶。吾得一人于贱者之中，为学而近于禅。为诗而近于唐，必因悟入而能神解也。噫。之人之诗，可以力取。则已为贵势有力者所夺久矣，造物者哀其穷且贱而以是鸣之耶。余尝评其诗曰："古体酷肖六朝，歌行出入唐诸家。律法长庆以前语也，世人必疑于夸。后之具眼者能辨之，诗卷冠以龟谷。"崔姓名奇男云。

### 李敏求，1589-1670 年
#### 《太医郑君诗稿序》

自圣贤精义妙道外。博亦道，奕亦道，所得浅深，无道不然，况其诗道之尤工而难喻者哉。太医郑君枏寿少治岐黄家言，所习素问，难经而已。所慕卢扁、越人、和绥、仓公而已，于它术当绝忌旁通，以迁业而夺专也。独君耽诗甚酷，由汉东西，下逮唐宋诸家，靡所不阅。

### 金世濂，1593-1646 年
#### 《坡谷集序》

……国朝诗学，莫盛于宣祖朝。治化既隆，声律遂变。高者出魏晋，而他皆出入三唐……

### 李景奭，1595-1671 年
#### 《题杏林诗稿后》

余尝读陈简斋之诗，有曰有手莫挥无诗人，其言傲兀放浪。然反覆味之，则盖甚言人之不可无诗也。见人之有诗者，则自不觉手之挥之也。简斋之言，其亦警之也欤。余自银台至台鼎，忝提内局者屡矣。内局诸太医多好诗者，余窃窃然时挥之。其一即郑同枢也，见其所为诗，且叩之。盖尝屈首于荐绅先辈，本源乎经传而取材乎唐宋诸家。故其辞畅，其声和，所谓诗人僻固而狭陋之习，不翅痛刮磨焉。虽使树颏操觚，专精而攻之者见之，宜无不挥而进之，可见其着力之多也。少而业之者，岐、黄也，俞、卢也。夙夜而奉之者，调御药也，扶圣躬也。苟非好之如嗜欲然，则何暇乎从事词律。摸月露弄风烟，以资其陶写。若是其勤也哉，余尝妄谓诗比之则其犹竹乎。苏子瞻之诗曰："可使食无肉，不可居无竹。"宁无肉而瘦，不欲无竹而俗。岂不以俗之累人也甚乎。夫竹之为物也，冒霜停雪。贯四时而独春，当朱炎金烁之时，见其翛然挺立。玉润碧鲜，先秋而凉。不风而清，则胸襟洒然。若对冰雪，其使人不俗。孰逾于此，惟诗亦然。乃若牢骚伊郁之境，或于风花雪月之夕，朗吟古诗，细酌芳樽，二三佳朋，更唱迭和，当斯时也，有何尘累滓秽吾灵台也哉。故余以为俗客未必有诗，有诗者必不俗。今郑君有诗矣，且能饮矣。其闻竹林之风者乎，知其不俗也。故为是说以引之，其名楛寿，自号杏林者，岂取种杏之遗意也钦。

## 尹新之 1582-1657 年

### 《东溟集序》

风以世变，文以世降，古今常理。无怪乎唐不及汉，宋不及唐。至于今日，其细已甚。泱泱乎大风，谁得以见之。东溟郑君平者，独非今世人乎，何其文之似古人耶，诗文兼备。古人其犹病诸，迁固无诗。卞白之文，尚有六朝余习。韩愈起八代衰，为百世师。至于诗律，犹是元和初唐语一句道不得也。君平以眇然之身，晚生东国。究天人之际，通百家之说。力挽颓波，能复古道。记事似司马子长，论事似战国策。乐府似汉魏，歌行似李杜。五七言绝句近体，都不出初盛唐范围。其以下不为也，呜呼盛哉。就谓风以世变文以世降耶，唯在其人物之高下耳。顾余半生铅椠，心存力疲。卒无所得，不免于画。晚得东溟稿读之，芒乎自失。忽若汾水之阳，窅然丧尧之天下。甌欲尽弃其学而学焉，却恐衰朽甚矣。来日无多，何嗟及矣，不觉三叹而而题之。时丙戌冬腊，海平后人尹新之，书。

## 尹趾完 1635-1718 年

### 《湖洲先生集序》

今何敢妄以己意，评公之文章高下哉，盖闻前辈谭艺之论。诗则有唐之音响而体宋之典雅，文则本诸六经而取则于两汉。

## 许穆 1595-1682 年

### 《漫浪遗卷序》

我朝治道休明，培养才德。自世宗、文宗逮我明、宣之际而盖极矣。次其人物古今，前古已远。如近世文学士，公最后而犹及昭敬之末。而今斯人亦已亡，感怀良为叹息。公少聪明绝人，大肆力于术艺。弱冠登大科，名誉蔚然。其始仕在仁祖世，方国家中兴。当时耆耇诸学士，多在推许。新进才学，公为第一云。其文章，本之六经。参之庄马氏，诗祖韩、苏……

## 朴长远，1612-1671 年

### 《题李季周诗卷》

夫人之为诗，必曰我学唐，唐岂易学哉。余则窃以为人果能致礼以治躬，致乐以治心。而领恶而全好，洗去多少夙生荤血。则其所感发于诗者，皆可一唱而三叹矣。虽唐可也，虽进而魏晋汉可也，虽极而至于三百篇亦可也，宋以下不论也。毕竟曰明曰宋曰唐曰汉魏晋曰风雅颂者，在乎人耳。岂独诗然乎哉，论文亦然。至于论治，无不皆然。文焉而修省言辞，既得于心，然后摅发胸蕴。以自成文，则所谓有德者必有言也，治焉而有关雎麟趾之意。然后行周官之法度，则所谓行尧之行。亦尧而已者也，我何与焉，亦在乎今与后之人之句断曰先秦。先秦以下曰三代，三代以下之如何耳。然则论治论文，不究其本，而曰我法三代。我学先秦者，亦奚异夫为诗者。徒曰我必学唐也哉，其亦不思甚矣。德水李季周才资敏锐，济以家学。蚤已有声于文苑，而逮其居丧读礼之暇。遂用力于古之所谓心学，学以知道，不知不措。数年而几于操戈入室矣，丧除气竭而病作。其日夜之所呻唧无聊而不平者，一则此心，二则此心。心之所之，言不出此，此岂世之所谓诗人墨客嗻哜风月者之为哉。一日贻以示余，余乃盥露而阅之。既而叹曰多矣哉，古未尝有也。虽多而无一不本之于吾心，故观其立言措语。譬如水遇风而成文，草木甘苦之实，得雨露而齐结。其与区区为诗而曰我学唐者，不啻秦楚之远也，何可以诗观诗而止哉。虽然曰唐曰宋则吾岂敢然，而苟推是心以往。何事不可济，发而为黼黻之文。出而资经纶之业，皆足以验他日之所就者。其在是欤，其在是欤。季周要题卷端甚切，顾余不自量而妄语之。近乎僭矣，然而因我不会做。皆使天下之人不做，亦近乎怠。故聊相为言之。

## 南龙翼，1628-1692 年

### 《箕雅序》

箕封而后，我东始知文字。孤云入唐而诗律始鸣，至胜国而大畅，入我朝而彬彬焉。掌故氏各有采辑，而繁略不齐。《东文选》，博而不精，续则所载无多。《青丘风雅》，精而不博，续则所取不明。近代《国朝诗删》，颇似详核。

而起自国初，迄于宣庙朝，首尾亦欠完备，余皆病之。兹将三选中各体，划繁添略。又取近来名家绣梓之已行者，撮其可传之篇。至若草野韦布之咏，亦皆旁搜而并录。暨其羽士、衲子、闺秀、旁流及无名氏之类。一依唐诗品汇例，各附其末，又附除姓氏三人于卷尾，实遵古人不废斯晔之言也。上自孤云，下逮今时。惚若干卷，名之曰《箕雅》。盖以东方诗雅，由箕而作也。古排，少于律绝者。我东古诗，大逊于中华。排律则元非适用故也。七言多于五言者，诗家用功极于七字律，而五字绝则工者绝无故也。略于古而详于今者，盖因前朝诗集。存者无几，亦由于吾从周之义也。窃尝论之，罗氏事唐，正当诗运隆盛之际。而孤云以前，若律若绝，不少概见何哉。其后楚楚可称者，只朴仁范数子而止，则抑何寥寥哉。意者，尔时椎朴犹未开。而干戈抢攘，亦未遑于文学故也。丽代之英，崔清河始倡。而作者辈出，雄博则李文顺、李牧隐、林西河，豪放则金文烈、金英宪、郑圃隐，流丽则郑司谏、金内翰、李银台、陈翰林、郑雪谷、郑圆斋，精鍊则李益斋、高平章、俞文安、金惕斋、李陶隐、李道村诸公。皆以所长鸣世，各臻其妙，可谓盛矣。本朝之秀，自郑三峰、权阳村以后。握灵珠建亦帜者，代不乏人。而乘运跃鳞，莫过于成宣两朝。方之孛唐则开天之际，比诸皇明则嘉隆之会。或铿锵焕烨，擅馆阁之高名。或淡泊枯槁，极山林之幽趣。或音调清婉，咀唐之华。或情境谐惬，夺宋之髓。此外查梨橘柚，各有其味。长短肥瘦，无非本态。下至虫吟之苦，萤爝之微，皆足为声为色。而亦可见其性情右文之化，猗欤休哉。余自幼癖于比，耳剽手剿。积有年所，藏之巾衍，亦已久矣。今适承乏文衡，采诗固其职。而又得芸阁铸字，始用印布。而寿其传，它日国家。如有续选东诗之举，则似不无一助云尔。

## 金锡胄，1634-1684年

### 《唐百家诗删序》

善乎，胡生之论也。自唐以后，选诗者多矣。英灵国秀，间气极玄。但辑一时之篇什，而荆公百家。缺略初盛，章泉唐纪。仅取中晚，周弼三体，有牵合之讥。好问鼓吹，多错杂之失。数百年来，未有得其要领者。独杨伯谦唐音，颇具只眼。然遗杜李详晚唐，尚未尽善。至明高廷礼，品汇而始备。正声而始精，斯言不其然欤。以余观于近世，玄超之类苑，务极广大而既伤于繁芜。于鳞之诗选，一主高简而反失于阨僻。谭艺之家，盖又不能无病之者。去岁之春，余以肺火。杜门养疴，无所事事。偶聚唐人诗集数十家以资阅玩，仍遂不揆寡陋。辄有甄录，且复裁酌乎诸家之选。以成一家之书，得诗满千。为编者九，名之曰《唐百家诗删》。是删也，师其备于品汇而刊削以归约。法其精于正声而搜罗以就博，其于体格声调，尤不敢不致其谨且严焉。则庶几于高氏之权度，不大相螯。而使胡生有知，抑或有以当其意也否乎。凡其去取编撰之由，俱详诸凡例，兹不暇悉。

## 金万重，1637-1692 年

### 《宋诗抄序》

宋人诗集之行于东方者盖鲜矣。今吾之选。只据吕氏文鉴，方氏律髓及近代燕市所鬻数种抄书而精择之。无怪乎简编之不多也。虽然。有宋一代风人之得失优劣。可以知其概矣。今人纔解缀五七字。便薄宋谓不足观。夫宋之不如唐固也。而要识所以不如者。不然。与太史公所讥耳食何异。方正学之诗曰。前宋文章继汉周。盛时诗律亦无俦。世人不识崑仑派。却笑黄河是浊流。读宋诗者。当以此意求之。

### 《瑞石先生集跋》

右先伯氏瑞石先生所为诗文凡若干卷。先生释褐前诗律颇多，而尝手自抹去，故今不敢复录。晚年多用功于礼文度数程、朱全书，而未及有劄记著述文字。故今兹所录，惟中年文居多。万重自童年学于先生，窃瞷先生于论事文。喜朱文公、真西山，叙事爱班史。晚而剧喜欧、曾文。于本朝，最推张谿谷诗学文选。少时拟谢康乐，间有绝类者。近体初主江西，寻嫌门路太偏。兼取王元、美胡、元瑞之说。晚又好看放翁诗。故前后诗格，亦未尝执一也。平居手不释卷，而惟不甚喜。作诗曰："古之诗人，虽号大家，其诗不过千首。今人纔辨平仄，所作七言律，动至累千首。然其材料气格，已尽于十首之内。奚以多为，大抵才具小者，固不可多作。其巨者，亦宜多积而少出也。"又曰："诗有五言而后有七言，有古诗而后有近体。古人于此，固亦不无长短，未有如今人之专习七律者。今世诗，率伤浅促，岂不以把笔之初昧其本源故欤。"凡有所作，虽寂寥短章。必有所取法，未尝苟也。每谓朱文公选体，实是诗家正宗。而其论诗文，如其论学。学者由是而有得焉，则门路不患其不正也。其引用故实，文字出处，的确稳帖，未或少差。常曰今人于此不甚致意，惟以取办应猝为能事，即此便是自欺。不但为文字之疵病，不可不戒也。凡此数者，先生所以见教盖如此。呜呼。先生之文，亦既用于世矣。台阁之所论列，经席之所敷陈，皆足以恢清议而格君心。及乎中年以后，际遭益隆。以渊源之学，贲饰王猷。以深远之识，弘济艰屯。以超卓之见，摆脱事权。其发而为文字者，醇深典重，诚意蔼然，殆不可以文人之文一例而看。具眼者当自得之，重又何赘焉。故于遗文之编次，只记所尝得之于笔砚之间謦欬之余者，以遗后世子孙。而惟其见识污下，又病善忘。所得而记之者，不越乎诗律之末。而又不能保无差误，况其不可以言语文字求之者乎。呜呼痛哉。戊辰十月日，舍弟万重，涕泣再拜书。

## 任相元，1638-1697 年

### 《竹堂集序》

申泥翁遗稿，诗凡三卷，文凡二卷。其诗，即公所自选留者也。吾不敢轻加删裁，以蹈谬妄之诮。独文率皆疏章祭文，而闲以序记。其数亦寡矣，遂削其繁芿。而存其致力者一二，以竢后之知公者。公即吾先世旧契也。幼见公清令酝藉，风仪玉峙，挹之绝无贵气，而萧然若寒素，固知非今世人矣。及公之病也，余尝候焉。公自叙为诗之所由入，评骘诸家，移晷不休，若以余为可与语诗者。公之下世，今已二十有五年矣。公之子姪，始发其所藏遗稿。将镂板而行之，俾余弁其卷端。余观公诗，始之以琢磨。终之以澹雅，能浅能深。不凡不轻，格足以摄其材。辞足以实其境，若赤堇之金。段段而择之，星星而合之。铸以为干莫，而渊渊宝气。自溢于外，公之所独造者，可谓精且奥矣。自古以诗名家者，如钱、刘之清润。近于房，郊、岛之锻刻。入于苦，元、白之宏赡。病于率，长短不齐。览者不能无偏至之憾，是皆才有所压，嗜有所专故也。公之初作，一意温丽。疑若有所泥者，迨乎晚年，益加充拓。古诗则型范汉、魏。能有所裁，不区区于肖拟。律体则兼取宋材。以为吾佐，而不能夺吾之步骤。总而论之，要以唐声而终始者也。古人谓孟浩然学力，不如退之。而其诗则远过者，乃一味癯人也。公之学，不敢轻议。而其诗，固癯而得之。后有锺记室者，庶不以余言为辟矣。公弟初菴公，逸材天授，睥睨古今，公每避其锋。初菴公仅踰三十而早卒，公不胜子敬之恸。惟以觞杓而纾哀于诗，益罕作矣。已而。公亦被窜放。寝与时背，优游散地，遂为陈人而以逝。余及拜公之昆弟，俱蒙吹嘘。故引而序之，以寓知己之感。且谂其子姪曰，公辈既传斯集矣。初菴亦有遗书，其思所以并传也。

### 《苏谷集跋》

吾东文运，肇于新罗，其时迺李唐氏之衰也。崔孤云、朴仁范之诗，清丽稳顺，宛然有晚唐人之风，渐渍之所鑅化乎。自丽讫于我朝，文教益盛。学士先生，飙发云兴。扬声艺苑者，盖不可缕计。大者，驰骋事辞，自辟堂奥。小者，协比声韵，竞尚妍华。大要先诗而后文，诗近唐文近宋。所谓近者，非得之于师范，乃得之于因循也。当穆陵朝，有称三唐集者，谓崔孤竹庆昌、白玉峰光勋、李荪谷达也。是三子者，刻意摹唐，间有绝相肖者。骤而读之，蒨丽可爱。若夺唐人之髓，徐而味之。色泽似矣，风神则未也。其失也格踬而思窄，令人欲投水而不顾。是何也？由学不足以起其材也，其中最深者，惟李氏乎。李氏微甚，世所贱者。流离困悴，备见于诗。乃其兴寄清远，音节铿锵。合作者，足以洗一代之陈。践古人之迹，讵不伟欤。其时许端甫深所推服，以为不可及。彼端甫轻儇，借誉而自高，恐不足为公评。比诸端甫，李氏其避三舍者乎。然则李氏当何居焉。谓之包崔、白而匹石洲，庶几其不僭乎。明尚书钱谦益，收李氏数首，编入诗选。注曰：余从椵岛帅毛文龙，求东人文集。即以荪谷集遗焉。卷首不书述者姓名，未知谁氏之作也。然则李氏，既为中国慧眼之所不弃，吾东固可以无传乎。庆州尹许尧叟，得祕阁本，将梓而行。请余以跋语，遂以平日所尝品者，书以授焉。

## 吴道一，1645-1703 年

### 《龙溪诗集序》

诗可以观，盖言考其得失，观其事迹也。苟不先立乎其大者，则虽有言语之工，藻绘之华，抑末而已，观诗之道岂可直以诗观之哉。自汉魏唐宋来，历数古今诸家之以诗鸣者。其辞丽，其趣深。其风调音节，浏亮而清婉，可脍炙一时。辉映千古者，殆充栋汗牛，指不胜屈。而若其本之伦彝性情之正，文章气节，俪美而双全者，阅累百世，而盖罕觏焉。以余观于近代，奋直舌于昏乱之时。而有霜凛日烈之风，挺绝艺于髫龀之年。而有金铿玉锵之语者，希尔瞻欲废母后意，藉胡氏罪状武氏语以传会之。公举颖考叔感郑庄公事，首明母子大伦。且曰武氏以周易唐，今日有是耶。造辈骨寒胆慑，不敢执前说。公即引避，陈与造崖异状。语益激烈不少挠，长秋呎尺地。卒不得以不测加焉者，实公之力居多，盖当其时也。奸壬逢恶，势焰薰灼。方以刀锯鼎镬待言者，人皆股栗。莫有能抗之者，而公毅然特立。不顾祸福，引经据义。正色直斥，大义以明。彝伦以植，永有辞于天下后世，非禀天地刚方正大之气而其生也关世道邦运之，盛衰者则能若是乎。中兴之后，宜大厥施矣。位不及满其德，而公遽不淑。天乎惜哉公于诗，盖天得。十三，次韩昌黎南山诗。以神童称，名大噪一世。谭者谓不当在晏殊杨亿之下，长益肆力。晚而所诣愈深，长篇近体，并造兼臻。古雅遒逸，骎骎乎古作者阃域，而特公之余事，何足为公轻重。然自慕公之，风者言之即陈踪末迹，皆可宝玩贵重，况精神之运，咳唾之余乎。岁甲午，公之外孙李公观夏甫宰山阴县。收拾遗篇之散逸者而绣之梓，迄今弁卷阙序引，盖有意而未就也。其胤子今侍郎公善溥，慨然思述先志，征余言以发挥之甚恳。余衰且病，荒落于觚翰家事，无以应是请之勤。顾公于余高王父殿中公为女婿，而余少也因门党长老言。闻公之平生甚熟，而慕用公不浅尠。追惟畴昔，义有不可辞者，遂书其所感于中者如此。俾后之观斯集者，知公之诗不可直以诗观之，而其亦有所本之哉。公讳止男，字子定，其先光山人云。

## 崔锡鼎，1646-1715 年

### 《东溟集序》

文章与时代渐降，而谈艺家以复古为难。夫文之于西汉，诗之于盛唐，至矣尽矣，蔑以复加矣。后世操觚之十为西汉为盛唐者，亦多有之。穷年没世，竭力模拟而卒未有几及者。有能得其声音色泽，肖其形似髣髴，斯亦谓之难矣。况生乎百岁之下，处于偏荒之俗。而能不局于时代，不累于耳目。奋然自拔，独追古人而为之，不其尤难乎。国朝文章，大略三变。国初诸家，平实浑厚，埤顺辞达而止。及至穆陵之世，文苑诸公，拟议修辞。学嘉隆诸子，一反正始，而笃论者犹未翕然。仁庙中兴，谿、泽诸公，折衷前古，步骤韩苏，质有其文，殆所谓彬彬君子矣乎。然引绳于西汉盛唐，则或有所未逮焉。东溟郑公晚起而振之。公有高才逸气，早负盛名。既取魁科登显仕，而不汲汲于世路名利，独喜为文章。遍读先秦两汉之文，而尤酷嗜马迁。终身肆力，诵数至累百千。从横贯穿，取之如探囊。然于诗则独取李杜及盛唐诸名家，为之标准，死不道黄陈以下语。故其为文。洪畅雄伟，如长河巨浸浩荡弥漫，读者茫然有望洋之叹。虽有千里一曲，不害其为大也。其为诗，隽拔扬厉，如天骥名驹奔轶绝尘，往往有踶啮不驯，而毋失其为上乘也。我东文体，大约有三病：其气衰薾而不振也，其辞卑陋而不雅也，其为理纤琐而不浑全也。公则不然。既以隽拔雄伟为主，力反古作者之风。故文若寡要而毋或拙，诗若少味而毋或凡，求一言之涉于衰陋纤琐而无得焉，要之非叔世偏邦之语，若公真可谓杰然命世而间出者矣。谈者或以精诣深造，责备于公。谓非经世适用之文，骚坛主盟。公望久郁而卒不见处，此则公固已捐而与之矣，类非知言者也。后公而为文词者，设有雄视高步，掩迹前人。若夫前茅先驱，则当属之公。然则其倡导正宗之功，于是乎益大矣。至于诗讽数卷，即公所矢谟陈忠于上者。而孝庙亟嘉奖之，至被皋比之锡。毋论其辞意古雅，明于治乱成败之理，辨于需世应物之方。读之，令人感发而兴起。可与韩婴刘向之伦，颉颃于异代。呜呼盛哉。公没未几，药泉南先生在北藩，刊行诗集。而文稿久藏家篚。公之孙寿仑请于药泉，取全稿通修而钞订。及其伯寿崑宰宜宁，乃付剞劂。公之仲季玉壶、南岳二公诗篇存者不多，仍附刻于公集。可比王窦之叠珠联芳，其亦奇矣。既又属序于锡鼎。公尝受知于先祖文忠，先亲静修公少时问业于公，不佞自在髫屶，望颜色而承謦咳者屡矣。见公胸怀旷朗，神骨清邵，超然有驭风凌云之想。视世之矜饰握龊者，若将浼焉，得丧毁誉，嗜欲忻戚，一无入于其心。噫。公之文章，夫岂无所本原哉。顾不佞场屋少作，猥蒙一言之奖。至今铭在心肺，而遗集钞订之事。亦得以与闻，遂敢以平昔衡度于中者，书诸卷端，以质于世之具眼者。岁壬辰之夏六月上浣，完山崔锡鼎汝和父谨序。

## 《鸣皋集序》

诗者文之精华也。太上格调，其次声韵。其次体裁，其次思致。格调声韵，得之于天。体裁思致，可以人巧造极。自古以诗名家者多矣，得其体裁思致者，十之六七，若晚李赵宋名家是已。得其声韵者，堇二三，若中唐诸家是已。至如得其格调者，盛唐数家之外，盖寥寥无闻。诗岂可易言乎哉！诗道莫盛于李唐。谭诗者以太白为诗仙，子美为诗圣。岂不以宗庙百官，制作具备，故谓之圣。水月空花，色相超绝，故谓之仙耶。高氏廷礼深于知诗，其编品汇也。以子美为大家，太白及王孟为正宗，其意盖曰得之天者为上，亦礼乐从先进之义也。本朝之诗，中叶以前，皆效宋人，概不出苏陈范围。穆陵之世，文士郁兴，稍稍步骤于三唐，操觚讲艺者，举能羞道宋元，而犹未能尽洗习气。独苏谷、石洲号为近唐，实有倡道正始之功。以余观于鸣皋任公之诗，可与权李鼎时参盟。其于格调声韵，殆庶几焉。公之为诗，直探风骚之源。务求本来面目，不涉理路，不落言筌，绝不为元和以后口气。冲雅孤高，自有天然之色。高者往往出入王孟，下者亦不失钱刘门迳。其于世之粗豪以为大，叫謞以为雄，拗险以为奇者，非唯不屑为，抑亦深病而力绌。故其诗尝曰：杨墨乱仁义，苏黄乱风雅，即其所自标置者然也。盖公人品清高脱俗，不规规于绳尺，绝类金粟后身。虽勉就禄仕，栖栖薄宦，而不染世之滋垢，飘然有遗世羽化之意。故其所唫咔，不作喧卑烟火人语。清文绝艺，夫岂无本而然耶。同时权李诸公，固皆交驩无间，诵称之不厌。后辈若谿谷泽堂及吾先祖迟川，亦皆长事之，屡形于咏歌。虽其年位不称其才，文苑声价，未始不在卢前，则斯文岂可终于堙没无传哉。顾后承旁落不振，遗稿久未刊行。朴君衡圣为按使岭南，慨然捐俸，遂付剞劂。有才而无命者，自此而庶可劝矣。公孙进士世鼎兄弟请余为序引。噫。公之诗，奚待余一言而不朽，为其先契有素，且得与闻钞定之役，略志于卷端。

### 郑澔，1648-1736 年

#### 《关北抄诗序》

昔夫子编诗三百，而以二南，系于国风之首。盖二南，即岐丰之域。而圣化最先被者，故其风俗之美。歌谣之盛，可为诸国之始也，然则诗岂但以声音格韵而观之哉。我东之关北，实圣祖兴王之地。而周之岐丰也，则其遗风余韵之见于谣俗者，必有所征矣。岁甲申，余猥膺藩寄，来莅是邦。观风之暇，时引章甫，扣其所有。乡射以讲礼，文会以居业，彬彬乎可观。而至于诗教，大有雅古醇清之气，绝无退荒驳陋之习。固已默赏而心异之，顾未暇乎探本穷源而振作之也。后七年庚寅，余获罪于朝，御魅北荒。一日，咸山朱上舍处正静夫以书来，仍寄关北古今抄诗一册曰："愿以一言发挥之。"试一览过，则其篇殆数百。其人过半百，盖集关北诸郡之秀。而公其选也，其体制之正驳，格韵之高低。余非能诗者，顾何能妄有评议。第其源委之所自，风化之所由。雅古醇清之有渊源，自不可诬。而前日所以默赏而心异之者，于是乎益验矣。呜呼。鲁无君子，斯焉取斯，其亦盛矣哉。或曰："此篇固极精选，而但初末醇醨不齐，似不可以一概论之。"余曰："何妨"。朱子尝论诗教，上自虞夏，下逮唐宋，而亦有三变之叹，盖欲抄取经史所载韵语。以及汉魏古词，而又择颜谢以后近古者，以为之羽翼舆卫。况此篇体格之正变，系乎风气之醇醨，固非选者之所可低仰。静夫之意，其亦有见乎夫子编诗之义，而不废朱子羽翼舆卫之志乎。后之善观者，审其雅俗向背之辨而取舍之，则亦无往而不达云尔。

## 第三节　朝鲜朝后期

### 金昌协，1651-1708 年

#### 《农岩杂识》

诗者，性情之发而天机之动也。唐人诗有得于此，故无论初盛中晚，大抵皆近自然。今不知此，而专欲摸象声色，黾勉气格，以追踵古人，则其声音面貌虽或髣髴，而神情兴会都不相似。此明人之失也。

宋人之诗以故实议论为主，此诗家大病也。明人攻之是矣。然其自为也未必胜之，而或反不及焉。何也？宋人虽主故实议论，然其问学之所蓄积，志意之所蕴结，感激触发，喷薄输写，不为格调所拘，不为涂辙所窘，故其气象豪荡淋漓时，有近于天机之发，而读之犹可见其性情之真也。明人太拘绳墨，动涉摸拟，效颦学步，无复天真。此其所以反出宋人下也欤？

诗固当学唐，亦不必似唐。唐人之诗，主于性情兴寄，而不事故实议论，此其可法也。然唐人自唐人，今人自今人。自今人相去千百载之间，而欲其声音气调无一不同，此理势之所必无也。强而欲似之，则亦木偶泥塑之象人而已。其形虽俨然，其天者固不在也，又何足贵哉！

宋诗如山谷、后山，最为一时所宗尚。然黄之横拗生硬，陈之瘦劲严苦，既乖温厚之旨，又乏逸宕之致。于唐固远，而于杜亦不善学，空同所讥不色香流动者，诚确论也。简斋虽气稍诎，而得少陵之音节；放翁虽格稍卑，而极诗人之风致。与其学山谷、后山，无宁取简斋、放翁，以其去诗道犹近尔。

苏、黄以前如欧阳荆公诸人，虽不纯乎唐，而其律绝诸体，犹未大变唐调。但欧公太流畅，荆公太精切，又有议论故实之累耳。自东坡出而始一变，至山谷、后山出，则又一大变矣。

世称本朝诗莫盛于穆庙之世，余谓诗道之衰实自此始。盖穆庙以前，为诗者大抵皆学宋，故格调多不雅驯，音律或未谐适，而要亦疎卤质实，沈厚老健，不为涂泽艳冶，而各自成其为一家言。至穆庙之世，文士蔚兴，学唐者寝多。中朝王李之诗，又稍稍东来，人始希慕倣效锻练精工。自是以后，轨辙如一，音调相似，而天质不复存矣。是以读穆庙以前诗，则其人犹可见；而读穆庙以后诗，其人殆不可见。此诗道盛衰之辨也。

### 《文谷集跋》

蔡湖洲裕后实以大学士提衡，而特推府君为首。每课试诸学士诗，独赏府君作。称为主文手，俞市南棨亦称其诗。出入唐宋，自然不可及。

## 金昌翕，1653-1722 年

### 《观复稿序》

余之迂疎，百无所解。独于诗道，三十年用心矣。其始以立格必高取法必古为准，务以矫东人卑靡之习。其自标致与夫为人向导，辄曰汉古唐律。崔崔乎上薄云霄，抗论则然，而及其自运，一皆是寻逐影响而为者。所谓汉者非真汉，唐者非真唐，而乃自己之汉与唐也。于是废然而返，因难生厌，不复以声病为究竟法矣。晚得吾崇谦于阶庭，则其为诗嗜好过我。而学殖甚约，问其师法。高不蹴少陵，而辅之以宋世黄、陈。暨我东之翠轩、苏斋，以相颉颃。而又其推敲专在近体，则亦太卑矣。然其所脱手者，杰然超乘之气，不受法缚而能自成法。肆意而往，邂逅与对属平仄凑着焉，大抵得之容易而工若老练。余每称奇以为倩人，则云自少陵之室。于是知诗有别才，果非虚言，而规规于师法高下亦陋矣。如明人剿傲剥割之习，崇谦所耻。余亦耻之。若论其敏滞，则不翅较三十里耳。崇谦为人明洁开豁，不设畦畛，即其眉目而肝胆是也。自梨栗之岁，已能与大人同忧乐。死时未弱冠耳，深为知己乎我仲氏。所供子职，或有疎阙于洒扫诸节。而其为长者虑，不放一毫。于乡党州间之议，推以至朝野安危之事。横在胸肚，结为碨礧。则往往于雪月风花之会，郁然其佗傺忼慷之寓焉。斯亦利害必明，无遗锱铢。勃然不释而后有此，非尽由模拟老杜，强为是扶杖伛偻态也。然其致夭，岂亦太老苍之为祟耶。呜呼惜哉。崇谦与世少求，于山水友朋。独有苦癖浓情而陶之，必以诗焉。其游白云，所发于穷迹孤兴者泓峥，有辋川鹿门之韵，而及与一二同伴。跌宕东湖，相命为皮陆酬唱。则漫浪孤卢之兴，殆欲乐而忘死。是其才高而意多，融洽于羑洋嘤鸣之间者，有足以贯幽明焉。其谁忍于相捐乎，白其始死。而一二同伴，收拾残稿，图以印行，仲氏亦不能禁焉。则使余略删为三百余首，仍命作序。而缘余颓惰，不即应命者踰年，奄遭大存没矣。呜呼。纵余费辞，亦何能有改于仲氏所题评乎。其谓奇峻苍老，不作软熟语。已为赏音，不容更赘。则独以余短长相方，而夙知其可畏者为说。所以重惜其有如许心量才格，而偶局于诗。诗亦不能多，为可怜也。仲氏文集，既已入印，斯稿亦将附行。余朝作大序矣，夕又题此，呜呼悲夫，己丑季秋。

### 《鸣岩遗稿序》

李监司子东既没，其家集其遗文为若干卷。属余删定，仍使为序。余不忍辞，则扰涕而为之说曰："呜呼子东，余畏友也。"其人固可畏，其文章亦可畏。即人而文其人，即文而人其文，惟子东为然。夫落落穆穆终日，对密友不创谀辞，俨然有大人君子之度。其为人品，大略如此。其象于文辞，则天然秀杰。自作风格，上不效颦于古人，下不献妍于今人。盖其不肯于龌龊琐细，而必为磊落伟卓。不肯于淟涊回互，而必为峻洁简直。作人则然，文亦如之。此子东之所树立，而余所畏之归焉耳。子东故肮脏，懒与世俯仰。及登仕路，依旧偃蹇。间有风议，夬夬淑慝之别，则触目睢盱。所与者益寡，即其所慕悦者。例称以奕世翰苑，承家凤毛。至悼其亡也，则曰失一文衡材耳。嗟乎。是乌足为知子东也哉。如子东巉巉山立，足为万夫之望。初非受资于濡染，而若其性情之发。不惟华敏是袭，而别有所雄迈绝透彻底。可见其情深骨劲者，又若无源而出焉。虽谓之自我作古可也，笃论者少，孰知其人与文之可畏哉。噫。世颓而文亦靡矣，脂韦之成习。而直道消焉，纤艳之同风。而大雅圮焉，若李元礼之抗标龙门。与李北海之儿叱崔颢，惟子东可任其责，而惜乎其未及矣。则斯集之行，其尚为捍颓之巨堤乎。然今兹文章，方骛于摸拟刻画。则子东之义，得无受其嗤点于唐调宋格之离合哉。是则子东固已任之矣，如欲知笔力斤重乎。盍于大处观之，如范围赤县。则有瀛岳一记，掀搜十洲，则有岷山卅咏，轩豁乎干端坤倪，错落乎海月石华。凡水族万品，鲸洪鰕细。与乌兔飞沉，风涛霹雳。互吞吐而相磨荡，以及浮世扰扰。若醯鸡之沸于瓮，蛮触之阓于角。捴在里许，一以供吾之笑傲，于是笔随气肆而摸写亦至焉。凡天下事苟为大矣，不患乎不兼精微。而自其纤碎而入，未闻其能造大也，是以论人。当观其气象，论文章，当观其地步。吾之所畏乎子东者，岂有他哉，亦以其能为大已耳。

## 《何山集序》

诗之为道，不可无法，不可为法所拘也，佞尝闻朱子之论诗矣。其于风雅正变之别，非不截然。至答或人之问，则曰关关雎鸠。出自何处，快哉斯言。可以破千古胶固之见，而足为声病家活句矣。夫诗何为者也，原于性灵。假于物象，青黄之错为文。宫商之旋为律，不可为典要。惟变所适，神无方而易无体，诗亦如之。故象有所转，雪中芭蕉可也。境有所夺，芥里须弥可也。是岂可以安排拘滞为哉。我东为诗渊源既浅，无复宪章之可论。而独其详于忌讳，狃于仍袭，实为三百年痼弊。然而宣庙以前，虽有巧拙，犹为各呈其真态。以后渐就都雅，则磨砻粉泽之日胜。而忌讳愈详，仍袭愈熟，非古之为法而终为法拘也。故命物之，必依汇部。使事之，要有来历。蹙蹙圈套之中，不敢傍走一步。遂使真机活用，括而不行，岂复有截断中流，超津筏而上者乎。盖合而论之，百家一格，即夫一人之作。而境事雷同，情致混并，又是千篇一律，无可拣别矣。噫！诗可以观，岂欲其如是哉。余于青丘之诗，所病其拘于法者如此。晚得何山诗而读之，是真能脱略忌讳而不安于仍袭者也。看其体格，不唐不宋，可知无所师承。而声调爽亮，气机横活，往往突如其来。造险出奇，忽如冷水之浇背。迅雷之烨眼，殆令人胆掉神夺。及其徐绎而种种诸境之该，百态具呈，可愕可喜，不觉解颐而抚掌久矣。无此诗，虽谓之百年创格可也。公姓崔，名孝骞，何山其号也。盖尝决科盛际而官不大遂，晚亦愠于群小。佗傺居多。独其旷怀冲襟。虽有朝虀暮盐之时，而夷然以穷为戱。至于忠爱之悃，拳拳于希泰愿丰者，殆子美之每饭不忘。凡此皆于诗上见之，其亦可慕也哉。窃怪夫一时所追游，概多哲匠名流，而未闻有藉吹嘘而假羽毛者，甚矣。赏音之难也，文亦骏利。颇有庄、马奇气，而顾不肯刻意绳削。以故少完篇，要为不可弃也。公既肮脏，不曾买价于世矣。遗稿之委诸尘篚，无异夜光之韫椟。古剑之埋狱，閟郁半百年。其曾孙致城哲卿，一朝抱稿而访余于雪山深处，辄命以丹铅焉。余则欣然应之，岂亦有声气之感。不可以前后限，而邂逅显晦，又莫不有数而然欤。哲卿再来，告以印役将讫。要有一语弁卷，余又不辞而为之，非敢曰不朽公也。将以播告于今世操觚者曰，诗如何山，方是自为诗者也。

## 朴泰辅，1654-1689 年

### 《唱和集序 癸丑》

唱和之义，尚矣。偏弦独张，曲虽美而寡欢。阴鹤孤鸣，神虽朗而易哀。钟不考则无以吐洪亮之音，风不激则无以发调刁之籁。物固有形殊而气求，声异而响应者，不可废也。诗者，所以言志也。今于一岁一月之中，一日一时之间，欣喜忧戚，居止行迈。与夫天地之运，草木之态，风雨霜雪之变。事有万族，感非一绪，一皆发之于诗。而同志者又为之揄扬赞叹，张皇补苴。以通其浑罍愤懑之气，其亦快矣。及夫分雄角势，争奇鬭巧，营垒正正，矛盾搅搅。扣之而应，荡之而动。奔走追逐，不可以自已。方其得意之时，世间何乐果有以加于此者乎。余酷好吟咏，与南子闻共其乐。尤专且久，观乎集中，可知已。世之稱唱和者，唐之元、白，宋之苏、黄，明之王、李，其杰然者也。彼六子者之唱和，亦奚以异于今日，而人乃喷喷称彼而不已。以为不可复及，殊不知其唱和之乐。则今未必不如古，古未必胜于今。此集之成，聊以记其乐，何暇顾人之知不知哉。

## 金镇圭，1658-1726 年

### 《梧滩集序》

自古攻诗文者，华而少实。言语虽妙，鲜有行义之可称，又就其言语而论之，亦多流宕而不能雅正。朱夫子以人之不讲义理，而只学诗文，为落第二义。又病其不学好而学不好者，诚是至论。噫。以前古而已然，况于挽近哉。而若梧滩沈公者，庶几言语行义之具美，而所学亦可谓得其好者矣。公早以词翰名，而尤长于诗。为词林所推，盖同时诸子虽有以才气自许。不取法于古，而公则斤斤以少陵与盛唐名家为型范。无论苏、黄之非所学，亦不肯出入于元和长庆。譬如阙里缝掖之徒，羞道桓、文。人或目以连城千里之瑕蹶，而较其品格，不啻高于诸子矣，抑公所存又不在此。公之考晴峰公以先冤未伸，临绝握公手以勉而目不瞑，公以为至痛。其初除从官，沐血讼冤。而朝廷以事在先朝，不即准许。公遂自屏州县，栖迟半世。常如穷人之含恤者，前后诸公为之陈辨，竟复其已裸之鞶带。此盖公诚孝之恳恻有以感人也。及其当谏职则斥奸壬之矫诬，处经幄则辨上下之疑阻。虽至困厄触忤，而亦不悔。其忧国忠君之笃挚，于此可见矣。呜呼。凡此岂世所谓诗人之所能及哉。盖公敦厚静退，其平日内行纯备。通籍四十年，而每逡巡荣涂。晚虽名位渐显，亦多引疾郊居。惟托兴于江湖觞咏之间，不以世之得丧荣辱。置其胸次，此所谓不累于外物而全其懿德者也。且夫所贵乎义理者，以其明于忠孝之道。而今公之孝于亲忠于君如此，使朱夫子而见之，未知当何以品题。而尤菴宋文正以一代宗儒，尝深许公贤。而至白其先冤，由是观之则公可免为第二义之归。而其诗学之得失，具眼者亦当辨之也。始余少时，望见公容仪之魁垒，固意其为厚德君子。及详其居家立朝之大节，则益信前见之不谬。今读遗集，又知其诗格之高。窃叹华与实之兼备，古所罕有。而乃幸得之于公，遂识其慕仰者而为之序。

## 任璟，1667-? 年

### 《玄湖琐谈》

《麦秀歌》出于欲泣，为近妇人，而古诗所谓"悲歌可以当泣"者此也。李白诗"平生不下泪，于此泣无穷"，李义山诗"三年已制思乡泪，更入东风恐不禁"，黄山谷诗"西风壮夫泪，多为程颢滴"。元人牛继志即牧隐榜元也。牧隐东还也，牛继志赠诗曰："我有丈夫泪，泣之不落三十年。今日离亭畔，为君一洒春风前。"率相蹈袭，而句法渐下。我朝郑士龙诗"向来制泪吾差熟，今日当筵自不禁"，亦祖义山者也。

## 李宜显，1669-1745 年

### 《陶谷杂著》

吾甥沙热金会一，搜辑唐宋元明诸诗人短律五七言若而篇，朝夕吟讽，间以示余。余曰："自唐而明，诗人甚多，而为卷者只四，其选固艰矣。然其时代之高下，制作之粹驳，不可不知也。唐以辞采为尚，而终和且平，绝无浮慢之态。所以去古最近，末流稍趋于下。则宋苏、陈诸公矫以气格，后又不免粗卤之病。而元人欲以华腴胜之，靡弱无力，愈离于古而莫可返。于是李何诸子起而力振之，其意非不美矣，摹拟之甚殆，同优人假面，无复天真之可见。锺谭辈厌其然，遂揭'性灵'二字以哗世率众，而尤怪癖鄙倍无可言矣。钱虞山至比天宝人破曲，以为国运兆于此，非过论也。此四代诗学迁变之大较也。是编虽遍录四代之作，而淘其精，汰其滓，鲜有不中选者。会一若就其中深究高下粹驳之别，知所商量，则几矣。"余素昧诗学，犹知"温柔敦厚"四字为言诗之妙谛，而朱夫子《与巩仲至书》为至论，于是乎言。若其传写笔迹皆倩亲族朋游，而不拘腕法之工拙，则又可见会一笃于人伦，缠绵不解，必欲造次浏览之间，常如其人之在旁，其亦可尚也已。岁舍己酉中夏，陶山老夫书。

　　诗之有律自唐始，唐固为后人准的。然竟无一人能及之者，以其型范自在而神韵难求也。矧此芜陋偏邦，不及中土远甚，虽极力摩仿，曷足以仿像其一二哉？是以国朝三百年来，非尤鸿匠巨笔，率不无可议。是岂尽其才之罪？概亦为风气所局，不能自拔而然耳。今欲选东律，只合降格而求之，不可一切责以唐调。如占毕之苍古，讷斋之奇崛，容斋之老实，挹翠之俊迈，湖阴之工致，苏斋之沉着，芝川之劲拔，简易之矫健，大都出岳入溟，意深而语确。比之业唐而绵浅尢意味者固自有胜，何可以非唐而废之哉？遂就八家各有抄选，于毕丁容于翠，俱得四十七首，芝加一首，讷得卅八首，湖得百廿八首，苏得卅二首，简得二百卅五首，合成一册，用作闲中流览之资，其五言当续有所选云。

　　诗以道性情。《诗经》三百篇，虽有正有变，大要不出"温柔敦厚"四字，此是千古论诗之标的也。屈原变而为骚，深得《三百篇》遗音。西京建安卓矣，无容议为。下及陶谢江鲍，又皆一时之杰然者。至唐益精练，众体克备，而杜陵集大成，此又诗家正脉然也。为诗而偭此规矩，不可谓之诗矣。宋人虽自出机轴，亦各不失其性情，犹有真意之洋溢者。至于明人，浮慕《三百篇》、汉魏，鄙夷唐以下。而究其所成就正如仲默所谓"古人影子"，不能自道出胸中事，吟咀数三，索然无意味。以余揆之，反不如宋也。譬之，则《三百篇》、楚辞、汉魏以至盛唐李、杜诸公，其才虽有等差，而皆是玉也，玉亦有品之高下故也。宋则珉也，明则水晶琉璃之属也。余于陶谢以后，剧喜鲍明远。盖宋齐以来駸駸过于靡丽，多姿而少骨，西京、建安之音节几乎绝矣。而明远之诗乃独俊快矫健，骨气高强，类非后来诸人所可几及，是以李杜亦极宗尚。朱夫子谓"李太白专学之"者得之。太白天仙之才虽出天授，而其奇逸之气固自有所从来矣。

宋诗门户甚繁，而黄陈专学老杜，以苍健为主。其中简斋语深而意平，不比鲁直之峻嶒、无己之枯涩，可以学之无弊。余最喜之放翁，如唐之乐天，明之元美，真空门所谓"广大教化主"，非学富不可能也。朱夫子于诗亦一意诠古，《选》体诸作俱佳。《斋居感兴》以梓潼之高调发洙泗之妙旨，诚千古所未有。余窃爱好，常吟咏焉。

明人卑斥宋诗，漫不事搜录。近来稍厌明人浮慕汉唐之习，乃表彰宋诗，此固盛衰乘除之理也。于文亦然，为文专尚平易，王李波流顿无存者，矫枉过直之甚。诗文俱绵靡少骨，殊无鼓发人意处矣。康熙辛亥年间，有吴之振者就宋人诗集广取之，几录其全集，卷帙甚多。其中诗不多传只有五六首者，以未成集，另作一编附全集后云。而此则未得见矣。既成又自序之，其序曰："自嘉隆以还，言诗家尊唐而黜宋，宋人集覆瓿糊壁，弃之若不克尽。宋人之诗变化于唐，而出其所自得，皮毛落尽精神独存，不知者或以为腐。后人无识，倦于讲求，喜其说之省事，而地位高也。群奉'腐'之一字，以发全宋之诗。故今之黜宋者皆未见宋诗者也，虽见之而不能辨其源流。此病不在黜宋，而在尊唐。盖所尊者嘉隆后之所谓唐，而非唐宋人之唐也。唐非其唐，则宋非其宋，以为腐也固宜。宋之去唐也近，而宋人之用力于唐尤精以专。今欲以鲁莽剽窃之说，凌古人而上之，是犹逐父而弥祖，固不直宋人之轩渠，亦唐之所吐而不飡非类者也。今之尊唐者目未及唐诗之全，守嘉隆间固陋之本，皆宋人已陈之刍狗，践其首脊，苏焚之久矣。顾复取而篋衍文绣之，陈陈相因，千喙一唱，乃所谓腐也。腐者以不腐为腐，此何异狂国之狂其不狂者欤？"又杨大鹤者，亦康熙时人，序陆放翁《诗抄》而曰"诗者性情之物，源源本本神明变化。不可以时代求，不可从他人贷者也。必拘拘焉规模体格，较量分寸，以是为推高一代、擅名一家之具，何其隘而自小也？自李沧溟不读唐以下，王弇州蹑其说，后遂无敢谈宋诗者。南渡以后又勿论"云云。吴序显斥王李之论不遗余力，杨序语虽婉，亦斥王李者也，其所论尽有见矣。

## 金春泽，1670-1717 年

### 《论诗文》

论诗且休千言万语，惟知宋之猖狂，明之假饰为尽可戒而已，此其要法。若夫性情才气，在乎其人焉耳。

子瞻高处或似渊明、太白，下处自不免猖狂。山谷可戒者尤多。自学者言之，简斋或胜后山，如宛陵未见有可戒，而其可师却不若简斋。放翁岂不自得乎道？而猖狂处甚于子瞻。明诗大抵如美人障子，岂不眩目？无以致情。惟弇州稍黠，间有类子瞻者。其论子瞻曰："虽不能为吾式，亦足以为吾用。"沧溟长律尽有绝唱，空同岂不亦雄健哉？然欲求明诗之最胜者，当于《弇州集》中所谓类子瞻者得之。弇州诗如："时清转自饶封事，岁稔尤闻罢上供。"岂非宋人语？然且讳宋，余窃哂之。所谓性情才气，未易遽言，然自古能诗者未必皆高人达士，或多奸雄浪子，而惟庸俗之人鲜有能诗。

东方之诗，翠轩为最。但以其少时所作或病粗率。使假之年，当胜东坡，其才然也。然余恨其取法不高。或有自以谓法高者，才又不逮。如苏斋终日矻矻于绳墨之间，而似不知九方皋相马之术者。东溟其亦杰出矣，而要不出明人轨度耳。其他又鲜有可观。吾家西浦翁古诗短律，本诸《风》《雅》，出入《骚》《选》唐宋，多有绝佳处，未知笃论者何以处之也？

## 李德寿，1673-1744 年

### 《怡斋集序》

诗之有律，非古也。始于唐而盛于唐，自宋明以来，流波漫矣，其为体以精致为上。然缀辞丽矣而不能发其意，命意新矣而不能精其辞，皆非其全者。此所以学之者虽多，而罕臻其奥也。沈君圣凝少聪慧，有绝人之菽。其为诗尤长于律，排辞比句，靓密要妙，往往或出奇巧。以惊人目，意之所向，辞亦从之。辞之所就，意在言先。情境妥适，绝无慢声死语。信其大才之高，非近世诗学者所能及也。帝子夕降，珮声泠然。如其清也，幽花在谷，婳约映日。如其丽也，偃师运斤，物物生动。如其巧也，刚金埋土，千年木化。如其劲也，其长若此，外此则余亦不得以名之也。古云：诗人多穷。如孟郊贾岛辈，动为后来口实。君平生无田于野，无庐于廛。释褐十年，官不过持宪。饥寒困阨，以没其身，岂亦诗之祟欤。虽然，一时显扬者，皆电逝泡灭，乃或遗之臭。而君独以数寸之管，能留芬于百代之下。则较其得失，孰为优劣，此可以少慰君于无穷矣。湖西方伯李君寿沆，与君无一日之雅，而惜君之才，恐其沉没无传也，捐赀与纸将梓君遗集。而问序于余，余既赏君之诗，又义李君之为，遂不辞而为之说，凡集拣其半而去其半。云谷李相公之所命，而亦相其役云。乙卯初冬，序。

## 申靖夏，1681-1716 年

### 《放翁律钞跋》

余尝谓古今诗人。杜子美以后，惟陆务观一人。盖诗至子美而极其变，而子美之所不言，而务观言之。诗至务观，亦可以止矣。余自小酷嗜其诗，至忘寝饭，盖非特为其诗之工而已，爱其言之切于我也。余之在湖舍，每遇春秋胜节，无日不出游。游亦无日不作诗，至其意与景会，往往有佳语。谓可以无负湖山风物，而及归读务观诗，不觉怃然自失，盖于余之所欲言。而务观已先言之，其余又奚诗哉。今以其诗考之，务观之迹，多在于山阴、禹穴、太湖、笠泽之间，而好与渔人樵父游，故其诗之得于渔歌菱唱者为多。而余又水居，故其言之种种着题如此。余于是既喜务观之作，早多为余准备。而又喜吾居之胜，其去吴越山水不远也。昔苏子瞻寓居惠之行舘，称刘梦得楚望赋而曰，句句是也。其居白鹤观也，极赏柳宗元钻鉧潭记，以为只此便是东坡新文。今务观之诗，一联一字，无非湖舍之寔景。而余之所作，终未有以出务观之外。则今以此百十篇，取为余新作。如坡翁之故事，其谁曰不可。而其使务观有知于九原之下，亦必莞尔而许之矣。癸巳十一月辛亥，反观居士书于苕川渔。

## 李瀷，1681-1763 年

### 《星湖先生僿说》

#### 夺胎换骨

诗莫盛于李唐。国开媒进之涂，人怀沽丏之愿。四海之内，凡几人矣。一人之作，凡几篇矣。自是以后，经宋历明，凡几代矣。都不过五字七字为句，皆取料于人情物态之间，岂有不穷之理耶？今之才思之徒，捻须苦索，矜作新意。然何代何地何人必先有此语，而不待后来之刱始也。余尝语人曰："诗莫非陈腐，或以为古无者，井蛙之谈天也。"一日，与儿辈论诗，试依夺胎换骨法成数联。如陶诗："春水满四泽，夏云多奇峰。""水""泽""云""峰"是实字，余皆虚字。乃存虚而换实，曰："春阴满四野，夏树多奇花。"又存实而换虚，曰："流水归成泽，晴云逗作峰。"今与陶诗较看，固有巧拙真赝之别矣。至若充栋汗牛之篇，谁得以攷覈哉？故作诗非难，做此牵构，未有不能得之理。后世之诗，盖滔滔是也。

## 赵龟命，1693-1737 年

### 《华谷集序 乙巳》

华谷居士，诗人也。乃请余序其稿，余素不能诗。于窥居士之稿也，茫然眩惑。殆如鸡鹜之飨钟鼓，又奚能按其音节，辨其清浊。以发挥其指归哉，抑尝闻诗文二矣，而理则一。吾姑以吾之论文，而移之论诗可乎。自唐以来，文章之杰然者。莫尚于韩、苏，而韩、苏之体故自不同。弇州曰："太史如老将用兵，操纵伸缩，自合奇正。庄子如飞偓下世，戏笑咳唾，皆变风云。"余尝谓韩、苏二家之辨，亦犹是矣。其于诗也，子美似韩，太白似苏。此非余言，天下诗人之评也。夫以韩，苏门户，分开于千古，而合而一之之难也。则知诗之于李、杜亦然。今居士之诗，一集之内，有顿挫雄厉者，有清逸豪放者，各极其趋，并行而不相悖。夫顿挫雄厉者，杜也。清逸豪放者，李也。岂非所谓禀才之得其全而用功之臻其难乎。抑今人之不能为古，非才也气也，气诎以浅矣。学杜而病于涩，学李而病于浮，此近世诸家之所不免。居士老白首矣，穷饿海滨。寂寥与鱼鳖为伍，而气蜂勃愈壮。歌咏裂金石，目煌煌如曙星。故其发乎诗者，不涩不浮。连章累篇，而常有余力，乃其所以尤难也。居士曰："世不我知，当藏此以竢后世之子云。"余曰："子云之有竢于后，犹以太玄之传也。向使太玄，真覆酱瓿。即朝暮一子云，无如玄何。今之文章，惟有力者得传，子何力而使之传以期千百载之远耶。"居士瞿然曰："然则奈何。"余复解之曰："患不玄耳。果玄也。知亦玄，不知亦玄。传而金口木舌，不为玄益。不传而覆酱瓿，不为玄损。且子已子云矣，尚奚竢子云哉。"居士大笑，遂录之以为序。

### 安鼎福，1712-1791 年

#### 《百选诗序 癸未》

文章一小技，而诗又为其偏艺，则古人曷取乎斯而津津言之不已耶。夫性之动为情，情有喜怒哀乐之感，发之声而有讴吟叹诧之不同。于是焉文之以词而诗道兴，不假修饰而率由于性情之本然。然则诗之于文章，岂浅浅也哉。尝历考而论之，风雅之正，始于赓载。其变者兆于五子，降是而作者渐繁。至周大备，陈诗观风，而郊庙乡党，莫不用之。及乎夫子定着为三百五篇，以传后世。诗之道，于斯盛矣。噫。周衰而诗亡，屈原得之以为骚，苏李得之以为五言，继是而七言作，又继而律诗作。自汉以后，诗别为一格，与三百篇之诗不同。而陈诗之义无闻，人执椎凿，家开门户，而诗道遂大变矣。然就其变而论之，则汉魏质过于文，六朝华浮于实。得二者之中，备风人之体。惟唐为然，唐又有初盛晚之分。盛其尤卓然者也，若能求质实于汉魏，采文华于六朝，取体裁于盛唐，则后世言诗，无过于是矣。历代述作纷然，可以汗牛，于是而选抄者出焉。萧统文选，古今推为第一。于唐则杨士弘之唐音，高廷礼之品汇，最号上乘奇品。而独唐音盛行东方。近世又有所谓诗选者，拣择亦精矣。余素昧诗学，且僻陋穷居。虽欲教授家塾童子，而患无以应之。遂取诸家所选五七言，分长篇短篇律诗绝句。而无论往体近体，皆止于百首，名曰《百选诗》。又以古短歌三言四言六言骚体琴操之属，以及于诗余，谓之杂体，附于篇末。宋人之诗，论者讥其涉于议论。然而名章杰作，自有难揜者矣。今取诸名家若干篇，谓之续篇。元明以下，亦略取之。而附濂洛诸贤之诗，亦本于楚辞后语。特着鞠歌拟招之遗意，盖欲使学者知诗不独为嘲风弄月，矜巧衒奇之资而已。若能自此推而上之，则可以得三百篇之遗旨，而本乎性情之义，亦庶几矣。客有过而诮之者曰，未尝闻子以文称，而尤未闻能诗。则是书之选，安能称声律词理之轻重，而其不取侮于人乎。余应之曰唯。然自昭明以后，选诗者非一家。自锺嵘以后，评诗者非一人。余就其选而取诸评之所称者，则思过半矣，于此有马焉，伯乐过之曰千里马。使奴隶牵而过市，人虽笑奴隶之无知，而必信伯乐之言矣。余虽奴隶之牵马者，今所选，皆曾经伯乐之品题矣。人若有讥，吾必以评家质之。客笑而去，并记其问答之语。为之序。

## 李献庆，1719-1791 年

### 《顺庵安君百选诗序》

礼之用，管摄人之百体，以靖其心志。乐之用，动荡人之七情，以畅其气血。故礼主外乐主内。然乐崩盖久矣，其器已亡，其教不传，其声音律吕，独存乎天地橐籥之中。为风雨之啸号，草木之萧瑟，鸟兽之嗥吟，而诗人得之以宣其思以咏其物。欢忻悲慕忧愁幽鬱，莫不以诗而泄之。至于力排元气，巧夺真宰，则匹夫而动天地，单辞而感神人。典乐所掌，仲尼所删，尚矣勿说。汉晋以来，至于叔季。作者代有，诗道相传。亦足以补乐之教残缺，而志于道者所不弃也。顺庵安君百顺裒集百选诗七卷，投示不佞。求文以弁之，不佞谨受而读之。七编之中，众体具备。每一体以众家之言，汇以类之。各满百首，其亦多乎哉，或言安君当世之名儒也。于儒者书，采掇补苴。惟日不足，诗于何暇，安君岂欲为诗人欤。不佞曰不然。昔胡澹庵以朱紫阳寘诸十诗人之选，紫阳耻之。不复为诗。然紫阳感兴诗，高出于陶靖节、陈拾遗之上。君子虽不欲以一艺名，何尝不为诗也。且世无伯牙，而未尝无琴。世无奕秋而未尝无碁，曾谓风雅三百篇之后，更无诗人乎。王者作，后世之诗，亦必使太史陈之。以观民风，伶官采之。以被弦歌，乌可以世级之渐降而忽之哉。噫。后世诗人间有学道者，其言亦往往有几乎道者。冲和之辞，比于庙瑟。慷慨之音，甚于燕筑。岂不足以追古乐之余响，养时人之性情也哉。安君抄诗之意，斯可以默识也。众家之言，或甘酸同器。则学者欲专习为一家言者，容或病之。而汉魏之淳真，陈隋之靡曼。唐之声色，宋之理趣，同一编。则览者指之，可以论其世也。青莲之豪侠，杜陵之浑厚，子厚之峭刻，用晦之轻儇，同一编。则览者指之，可以论其人也。古太史考治乱辨得失，行劝惩之法，又安知不隐然于其间钦。姑以此序之，质诸安君百顺。

### 《敬亭李先生遗集跋》

诗与文孰难？曰皆难。孰尤难？曰诗尤难，文次之，曷异哉。曰文或可以鲁得之，诗非天才，未可学而能也，大抵二仪剖判。清虚之气，昭明之精，上而为三光，又上而为天，下而为花草姣丽之物，又下而为江海。人生两间，独无得是精气者乎。天必以是厚饷于文章之士，而诗人得其粹者也。是以上世之教民化俗，非无典谟诰训之作。而至于感天神和人心则必以风雅颂，非神机自鸣，天光自照，夫孰能与于斯。敬亭李先生近古文章之士，而尤长于诗。李杜以下唐宋诸名家，非不学习也，其自得之妙，常出于所学习之外。回顾所学习者，若敖而不足数也。发之以胸中之天机，不专一家之绳尺。故其诗沉郁似少陵，豪宕似青莲。妍妙似唐人，理趣似宋儒。抑扬顿挫，疾徐流止，无不如意。诚艺苑之高步，诗垒之偏霸。向所谓得是精气者非钦。词赋序记等作，各臻其妙。脍炙一世，皆古诗之推也。世所称诗为百文之宗，不其信钦。至若驰骤湖堂，震耀上国，皆是涕唾之捐尘粃之铸，而人莫不汗流僵仆，鼓掌称诵，况其上乘也哉。或曰先生之学，本源经术。且当昏朝，扶伦纲诛奸凶。仁祖改玉后，有万里专对之劳。丁卯虏难，张旅轩先生以义兵大将推荐，恶可以诗人视先生乎。不佞曰噫。诗人何可少也，诗三百篇，率多贤人君子所作。杜少陵之爱君忧国，李青莲之力救汾阳，亦岂庸下人所能哉。胡不观于先生朝天时，洋中遇吞舟巨鱼，啸咏自如者乎。其意以天地为暂寓，以死生为循环。傲睨千古，谑浪万物。虽高鲸巨鳐，纵横于我侧，曾不动吾之一发，况视尔瞻、造、䜣辈为何物，而岭海鈇钺为何地耶。先生所得之精气，无往而不峥嵘也，岂直以诗鸣而止哉。微斯集，无以知先生之大也，谨为之跋。

### 《艮翁先生文集跋》

李唐以后，天下无诗。马迁以后，天下无文。苏黄出而溃裂甚，孙李作而萎薾极。逮夫皇明雪楼诸子，虽夸虚矜壮，自谓大家。然亦不过下俚琐语委巷丛谈而止。嗟乎。诗文至此，莫非世运之所关也。公崛起左海，洗却近千载下劣之陋。而一以正派雅韵，力追古道。若其五七律则骎骎乎老杜矣，若其五七古则比诸隋唐，又轶而上之矣。记序诸作则又庶几不远乎子长之体矣，岂不伙哉。昔韩昌黎为文，能起八代之衰。今诗文之衰亦已九代矣，苟非公大力量，何以摆脱自立，作为大门户乃如是乎。不佞从公游四十有余年，知公最深。其道义经学，非独文章而已。中岁以来，宦业蹉跎。晚始受知圣明，位跻八座，然竟未能展布其十一，斯岂非命欤。公昔以诗寄余日，吾道浩无托，秋宵深一樽。其微意概可知也。公殁五年，余以行部适峤南。公之孙升镇抱公遗集，剞劂于永川佛舍。工垂讫，书以告余，敢无一语，以负公畴昔之托。遂为跋，乙卯孟秋上瀚，通训大夫前行司谏院正言李之珩谨跋。（李之珩）

## 丁范祖，1723-1801 年

### 《宋金元诗永抄序》

诗有榘度焉，有机神焉。榘度，随世而无定。机神，应物而弗穷，然则榘度未必皆同。而机神不期同而同焉耳。明人之言曰："古诗准汉魏，近体准三唐，下此则无诗"，谬矣。夫诗言志，故志有浅深远近。而言之长短多寡，形焉。四言变而为六言，六言变而为五七言，古变而为律，此榘度之不同。而势使然尔，至若机神之在人者则弗然。宇宙间风云日月山川卉木虫鸟物态之变常新，而机神与之常新。自十五国至汉魏，汉魏至六朝，六朝至唐宋元，壹机神也。善诗者观机神而已，奚规规乎榘度为哉，奚可日唐以下无诗云哉。清人吴绮采录宋元并金人诗众体颇精毲。其自叙推本气运性情，以证宋金元诗之不可废。盖宋人主理致，其失弗讳其肤率而寡法。明人尚词华，其失弗讳其轻弱而少质。然其出之心灵之微，而参之物类之变。以各尽其趣，各造其极之沙。则诚无愧乎古初，是之谓机神之不期同而同者。而宋金元之诗，诚不可废也。余于吴氏之选，删其半而益致其精。以贻学者，使知元会以前无非诗，而诗不可以榘度拘也。

### 《兀山遗稿序》

……公于诗，才高而法古。古近诸体，直逼魏、晋、唐诸子，蔚然为近世名家。文亦儁爽赡畅有轨则，然此犹为体裁声调言也。观其性情之所发，然后可以得公之诗矣……

### 《文兆三选序》

文章盛衰有兆。其盛也，有兆之使盛者。其衰也，有兆之使衰者。要之运势使然，而其兆之使盛衰者，盖亦有过人者矣。汉之文，盛于司马迁。而兆之盛衰者，董、贾、匡、杜诸人是已。唐之文，盛于韩愈、柳宗元，而兆之盛衰者王、杨、卢、骆、元、白诸人是已。宋明之文，欧阳修、苏洵父子王安石、曾巩及方孝孺、王守仁、李梦阳、王世贞十家为盛。而兆之盛衰者，亦各有其人焉。余于宋取若干人，明取若干人，盖兆之盛也。故混窍方凿，灵华未敷。譬如五酒之在，毋滓浊未袪而郁烈之气可掬。兆之衰也，故元精渐漓。大朴已散，譬如都房晚葩，真色欲谢。而浅紫澹红，点缀可爱。总论之则体裁声格，与运推敚，有莫之为而为者。而开荒继明始终斯文之功，乌可少之哉。或曰，文期于盛。兆之盛衰者，又何足取欤，是不识四时之化者也。长养之夏，在时为盛。而春之发生，兆之盛而为夏。秋之肃杀，兆之衰而为冬，为一岁之始终。若曰，春夏秋冬无当于岁云尔，则天地之运，几乎熄矣。吾东学士夷元而訾其世，故不甚取其文辞。过矣。文以世变世夷，而文不振固也。神州百年，光岳之气锺而为英华者，岂谓全无可取乎。余于元，取若干人，以系四时之秋云尔。

### 《菊圃集序》

文章，气之达也。气醇醨，固运世使然。然亦存乎其人之所养，而形诸文章者，可征焉耳。方且为支离腐臭澁僻怪幻寒瘦细巧之辞，以眩俗沽誉，而駴駬日就衰剥矣。于是焉而全之以天质，反之以古则，蔚然有朴茂之气，则是其人。岂徒文章之观而已哉，若近世菊圃姜公是已。公之所着诗文凡七卷，而众体备。其文则赡而有法，华而有致，明洁整致。学班、韩而工者也，尤专于诗。壹以汉、魏、唐诸子为准。而其意欲镕化众长，采咀群英，融而会之，使皆出之吾鑪锤而成一家。故弗区区为做拟也。夫峻洁则鲜弗失褊，而抑何浑庞也。矫健则鲜弗失粗，而抑何粹雅也。沉郁则鲜弗失局，而抑何疏畅也，是则言其体也。其意象风调之动荡常格之外，而凌轶群物之上。则若飞霜曙月之黯而光也，若崇冈潜壑之截而深也，若古剑哀玉之廉而戛也。盖去俗染，存真朴，卓然而成者。视国朝中世作者，而加洒脱焉。是非其所受之大，所积之厚，发之以专壹之气者，若是哉。当时并驱而雄，推药山吴公。而譬诸射穿札之手，百步惊人，无出吴公上者。伏弩之发，迟疾有时，而摧陷之势，则孰与公当哉。是其气力之大，虽谓之盖一世，可也哉。嗟夫。此犹公之外者耳。公少壮登朝，慨然有当世志，而顾时有所局也。然犹论思于输忠，章奏于抗言，弗顾一身之利害。既掇而弗振，则益修洁亢厉自持，视弃义命奔不择地者。若狗彘，议论风旨，为士流重，而截然若水之有防，若公岂不诚天下士哉。其郁积于中者，不得施诸事业，而独泄之讴吟叙述之间，则无怪其文章之杰特也。故苟不识公之为人，则观于其文章得之矣。公之胤子必岳氏，负遗集。将往托西关伯蔡公伯规。锓之梓，过属不佞以删定之役。不佞谢不敢当，则又属为叙。谨叙之而告必岳氏曰："尝闻公临殁。"指所著书叹曰："与我俱葬。"盖伤世无知之者而终于陲没也。今蔡公感念先彦，重惜遗文。图不朽于百世，其义气有足多者，抑可以少慰公于地下矣。又曰："公之诗文未易删也，不见夫函鼎之牛乎。"肤革筋骨，皆是牛也。公之诗文，一气磅礴。而长短疾徐，浅深粹驳，种种皆其本色也。若之何其易以删，请往质诸蔡公。

**李种徽，1731-1797 年**

### 《杜工部文赋集后序》

世以为韩昌黎诗不如文，杜工部文不如诗。然韩诗盛行，不减于文，而杜文竟不显。余尝疑之。及读其三大礼赋与巴蜀安危诸表，皇甫淑妃碑文等。雄爽遒紧，沉着痛快，令人战掉眩冒。口呿而舌举急，与之角而不可入，然后知劲气古色，肩班、扬而直上之。昌黎门户，亦由此权舆矣。余于是益叹其读之晚也。夫文章以气为主，秦汉以前，其气阳盛。上而为尧舜禹之典谟，夏之贡，殷之盘庚，周之八诰四誓，孔子之春秋论语，曾子、子思、孟子之书，及其降也。犹不失为左氏之传，庄周、荀卿、列御寇之言，太史迁、刘向父子、扬子云、班固之文。魏、晋以降，五胡人而其气阴盛，于是乎士趋日委靡而文章日卑弱。唐以中国为天子，而李白、杜甫、韩愈、柳宗元之徒，起而振之。及宋之兴而有欧、苏之属，元之人而其文益微。又稍振于皇明，而宋濂、王守仁、李梦阳、王世贞之文，颇有力。近者，清儒之文，浮游散涣。衰蔺而卑贱，不可复振，益可见阴气之盛也。杜氏之文，虽不居以作者，而其气过于昌黎，且其三赋之作。当开元、天宝之盛，犹有中州沉厚博大之气象。盖自韩愈以前，班固以下一人而已。然士之于文，非尚气而好古，孰知斯文之可贵。非心深而独见，孰知吾言之不夸也哉。且我东方，近北而阴。其文大抵蔽于弱而失之蹈袭，欲矫以正之，其要未必不出于此。又自念昌黎之文，如日月。废二百年，得永叔而大见于世。若子美者，所为文少。特蔽于诗而终不显，岂非数耶。然余集其若干首而扬扢之，要为子弟劝。其自是而稍见，则不亦幸哉。虽然，余非永叔，其言不见信。余于是，又自悲也。

成大中，1732-1809 年

《感恩诗叙》

夫惟三百篇尚矣。屈骚汉诗，可称绝响。而楚兵一冠诸侯，汉之重兴者再，有是哉。诗道之关治运也。相如之赋，子长之文，亦其特气之昌也。汉之至今存也，岂独三章之效哉。唐之李、杜，犹是大雅之余。而唐运之盛，亦其时也。故文则西京，诗则盛唐。犹晋帖之二王，而操觚者悉宗之也。宋之故实，明之声响，迭为长世之资。而正始希音，去已邈矣，况其下劣之魔耶。王、李、徐、袁，殆亦耻与之伍矣。大抵论古人之醇疵，则今人之是非。不难知也，独文体乎哉。犹日之舒促，而世之衰旺判焉。故文章偏言之则一技也。大而言之则包六合而有余，非学足以通其奥。气足以率其巧，辩足以发其华，力足以制其变则不能也。故袭而取之者，夸以为能。模而索之者，浅以为工。假而专之者，眩以为巧。是皆未得乎道而自逞其才者也。文体之乖，盖由此也。孟子曰："君子反经而已。"经正则庶民兴，庶民兴，斯无邪慝矣。

俞汉隽，1732-1811 年

《农、渊诗选跋》

农、渊诗，世每以偏见相高下。余谓二先生诗，各极其工。汉魏以上尚矣，自其下古今以来论者言诗则必曰盛唐，岂非以其调远其致澹其思深而其真见哉。二先生之为诗也，其道亦如是已矣。不能无初晚粹驳之别，则犹风变而雅。雅变而颂，颂变而骚。孔子曰："先进于礼乐野人也，后进于礼乐君子也。"如用之则吾从先进，此选所以作也。农岩诗五十首，三渊诗一百首。

《云窗诗稿序》

诗道比物引类，则近乎云。云运也，云泱然起于万里一碧之虚空。寻常之间，指顾之顷。有而忽无，无而忽有。其渍如水，其撒如絮。瑞而为卿，珑而为霈。雨而为油，雪而为同。山而为草莽，水而为鱼鳞。其形万殊，其态百变，盖其运如此，故能行于空中而不碍。其于诗亦然。诗在乎运，风花雪月，草木鸟兽。天地间千汇万品之森罗者，诗得以妙化之。笼三来于水月镜花之中，而或有或无，或变或殊。直任性情则如三百篇，质而不俚则如汉魏，情思则如唐，故实则如宋。舒而放之而弥六合，缩而泯之而返于无形，运于诗如此。此亦诗中之云也。延安李詹玉于诗有盛名，其为诗运而不滞。故往往妙化而舒缩之，撒渍而变殊之。故其诗有纯出性情者，有迥脱俚俗者，有甚近情思者，有参用故实者。譬如云为卿为霈为油为同为草莽为鱼鳞之不一也。惜乎其篇帙零琐也。然文章愈少愈精，愈精愈传。詹玉之诗异日者，安知不如天上之云汎布而四之乎。昔詹玉自号云窗，求余记。记未及成而詹玉没。没后几年，其胤度中编录遗诗为一卷，问序于余。余乃推演云之说，以评其诗。因以补记文之缺。

## 朴胤源，1734-1799 年

### 《汉魏五言序》

诗之有五言，自行露章始。至汉魏益盛，汉魏诗三四六七八九言，亦颇多有。而余独取五言者，取其得短长之中也。诗与乐为一类，五言犹四声，余甚好焉。大抵汉魏去古未远，其诗渢渢乎有三百篇之遗韵，非唐宋人诗所可及也。今之诗人，多学唐宋，而鲜学汉魏。何哉？汉魏醇淡，唐宋华靡。醇淡难为味，而华靡易为悦故也。然汉魏之于唐宋，犹先进后进也，吾于斯知所从矣。吾尝闲居观汉魏诗，选其五言。使家弟平叔，写为一册，遂序之。

## 金载瓒，1746-1827 年

### 《题国器诗卷后》

夫诗不可学古也。由汉魏而下数十百年，历三大国，不复有能汉魏者何也，年代降而声气变也。以中国之大人才之盛，生乎而下之世矣。不能复为而上之语，则宋不可为唐，明不可为宋。诗之道，终不可古矣。东方与中国，大小绝异，风气不同也，才力不同也。时或有以诗名者，其欲自同于中国难矣。况于遡中国以上，学所谓汉与魏乎。诗者发于吾肠，出于吾喉者也。虽欲学宋学唐学汉魏，毕竟落而归之，反归于吾焉。吾非汉魏之人，汉魏不可为也。古慢云一人梦入大舟中，奋櫂踔数千里大海。自以为善操舟也，醒者过而视之，则蹢破桥板，卧小泑中，嗓噪作上碇声。呜呼。世之为诗者，其不醉者几人。摆去开阖首尾综错经纬之法，别作一种室窣语。谓以汉魏如是耳。噫，其果汉乎魏乎！与卧小泑而醉，而且语曰涉大海者，同乎否乎。吾见其不能于古，并与自己而病之，未知其可也。吾弟国器少有能诗声，方慕古而锐进者，吾以是戒焉。

### 《题琴湖相公续北征诗卷后》

诗与文判不相夺。雅颂不可为典诰，左国不可为风骚，是犹兵农虽相寓，其为用未尝一者也。诗以世迁，文逐运移。拗情之体胜，而建安以下文涉于诗。叙事之法作，而大历以上诗近于文。如月蚀诗、南山篇，即有韵之文也。诗于是小变，而至少陵。刱立壁垒，别设机轴。以三百篇兴比之旨，兼二十代记述之手。综错阖捭，极其神化。爵为诗中之太史，方之汉魏。正果虽非最上，犹是大乘。而其流也漫，遂启宋诸家用事之文，去诗道益远矣。今见琴湖相公续北征诗，自春明唧命之初。至玉河弭节之后，寒燠阴晴，道涂铺亶，起居笑谈，车马仆御之一路所管领。壹于诗发之，模写入细。洪纤无遗，诗凡万有余言，而至反面之日篇止矣。此固鸿匠之巨笔，而在诗家为极变之运也。下上千年，诗运三变。少陵之诗，诗以用文而一变。玉谿昌黎之诗，近于文而二变。琴湖公之诗，纯乎文而自成一家，又不得不三变。是盖愈往愈变，而变到此极矣，变极而诗之道，其将复明于今欤。虽然满纸波澜浩浩乎，不见其涯汜。操我蹄涔小筏，却自有望洋之叹也。

## 黄德吉，1750-1827 年

### 《三先生诗序》

诗亡盖千五百有余年，降而汉，靡而六朝，变而唐。中间作者往往接武，华丽致于曹谢而无实，高大极于李杜而无用，之说诗者，惟以格调气音情色相上下之。甚者曰非关书也，非关理也，彼哉彼哉，不可拟夫言诗也。有宋洛闽诸君子出，斯文丕变。正声复作，康节发之以平远闲雅之趣。考亭彰之以纯正刚大之气，南轩和之以温厚高明之思，彬彬乎诗之大成矣。帝曰言志，子曰思无邪，志心之之也。无邪，性情之正也。之其至焉，粹然一出于正者，三先生是已。学诗者省括于是，发轫于是，庸下成于是，不离夫吾之日用天德物则，而斐然其成章。推而放诸百家而准，溯而达之三百篇而造其阃，庶乎其可也。

## 朴齐家，1750-1805 年

### 《诗学论》

吾邦之诗，学宋金元明者为上，学唐者次之，学杜者寙下，所学弥高。其才弥下者何也，学杜者知有杜而已。其他则不观而先侮之，故术益拙也。学唐之弊，同然而小胜焉者，以其杜之外。犹有王孟韦柳数十家之姓字存乎胸中，故不期胜而自胜也。若夫学宋金元明者，其识又进乎此矣。又况博极群书，发之以性情之真者哉。由是观之，文章之道，在于开其心智，广其耳目，不系于所学之时代也，其于书也亦然。学晋人者寙下，学唐宋以后帖者稍佳，直习今之中国之书者寙胜。岂晋人唐宋之书，不及今之中国者耶。代远则摸刻失传，生乎外国则品定未真，反不如中国今人之书之可信而易近。古书之法，犹可自此而求也。夫不知搨本之真赝，六书金石之原委，与夫笔墨变化流动自然之体势，而规规然自以为晋人也二王也，不几近于尽废天下之诗。而胶守少陵数十篇之勾字，以自陷于固陋之科者耶。夫君子立言，贵乎识时，使余而处中国则无所事于此论矣。在吾邦则不得不然者，非其说之迂也，抑势之使然也。或曰杜诗晋笔，譬诸人则圣也。弃圣人而曰学于下圣人者耶，曰有异焉。行与艺之分也，虽然画地而为宫曰此孔子之居也。终身闭目，不出于斯，则亦见其废而已矣。若夫文章，古今升降之概。风谣名物同异之得失，在精者自得之，殆难与人人说也。上之五年辛丑初冬，苇杭道人书于兼司直中。

## 正祖，1752-1800 年

### 《二家全律引》

予既编杜、陆《分韵》，复取二家近体诗，依本集序次而全录之，分上下格书之，句句相对，所以便观览也。杜律二卷，陆律十三卷。亲撰引曰："《风》、《雅》变而楚人之《骚》作，词赋降而柏梁之诗兴。魏晋以还，五言浸盛。有唐之世近体出，而及至赵宋，遂为诗家之上乘，谓之以律。"律之云者有二义焉。其一，宫商征羽之和也。其一，制令典宪之严也。隔八而金石，用五而关勾，盖亦难乎为言哉。于唐得杜甫，于宋得陆游，然后发扬橐籥之妙，疎泄流峙之精，有如虞廷跄跄，皋夔按律。后来诸子无敢有轩轾者，秩然凤箫之谐音也，廪然象魏之悬法也。渊乎盛哉！诗当以《三百篇》为宗。而《三百篇》取其诗中之一二字以名篇，故古人有言曰："有诗而后有题者，其诗本乎情；有题而后有诗者，其诗徇乎物"。若所谓杜、陆者，真有诗而后始有题者也。予之所取，在于此而不在于声病工拙之间。葛洪不云乎："古诗刺过失，故有益而贵。今诗纯虚誉，故有损而贱。"若使"石壕""铁衣"之句出于司马氏之前，则其为抱朴之所赞美，居可知已。昔我宣陵盛际，命词臣谚解杜诗，即此义也。如放翁之富赡宏博，远出千古。而今之操觚弄墨者，骎骎乎南朝之绮丽，棼棼乎西崑之脂韦，曾不窥放翁之樊蔽一步，而犹能厌然自命曰："放翁何可论"，此岂非萤爝增辉于太阳，蹄涔助深于巨壑者乎？予所以拈出放翁于众嘲群笑之中，直配少陵，而悉取全稿载之，仍谓之二家者，盖亦光武封卓茂之微意也。此意要与会予意者道之。

### 《弘斋日得录》

三渊之诗不但近古无此格，虽厕中国名家想或无媿，而犹逊于东岳、挹翠、石洲、讷斋、稣斋诸集。东岳诗骤看无味，再看却好。譬如源泉浑浑，一泻千里，横着竖着，自能成章。挹翠神与境造，格以韵清，令人有登临送归之意。世以为学苏、黄而益多自得，毋论唐调宋格，可谓诗家绝品。讷斋清高淡泊，自有无限趣味，虽谓之颉颃挹翠未为过也。石洲虽欠雄浑，一味袅娜，往往有警绝处，谓之盛唐则未也，而谓之非唐则太贬也。稣斋居谪十九年，多读老庄书，颇有顿悟处。故其韵远，其格雄。古人所谓"荒野千里之势"，真善评矣。然其大体则不失濂洛气味，平生学力亦不可诬也。

予少颇耽诗。上自《三百篇》，下至宋明诸家，欲窥其藩篱，掇其英华，亦往往见作者笔意而得其妙悟。旋以为无益而害工，一切抛弃者今且二十年。于兹近觉气不平，故取诸集之性所喜者，披阅数过，顿觉意思宽敞，是为《诗观》之缘起。古人云："气未舒时，读《乐记》一回，可以写得幽悄。"良然。

尝教诸阁臣曰："文章有道有术。道不可以不正，术不可以不慎。"学文者当宗主《六经》，羽翼子史，包括上下，博极今古。而卒之会极于朱子书，然后其辞醇正，而道术庶几不差误。况文章之道人矣。治教之污隆也，风俗之醇漓也，人心之正伪也，视此为高下升降，而卜其八九。独怪夫近世为文之士，厌菽粟而嗜龙肝，毁冠冕而被侏儒。自知学识不及古人，力量不及古人，则乃反舍正路而求捷径。剽窃稗官小说之字句，又就明清诸子蹈袭奇僻，自为标致。曰："我学先秦两汉而非先秦两汉矣。"曰："我学唐宋而非唐宋矣。"都是假汨董、赝法帖之锢人赏鉴者也。以是之故，世道日就浇漓，士风日趋浮薄。清庙琴瑟寂寥无闻，而小品绮罗日传方纸。予于此未尝不深恶切痛，而莫知救正之术也。予于万几之暇，惟以经史翰墨自娱。近又就历代诸诗，搜辑为一部全书。凡例规模今已就绪，盖上溯《三百篇》，中历先秦、汉、魏，下迄唐、宋、明，自风谣雅颂，大家、名家、正始、正变、羽翼、旁流，以及于金陵之诸子、雪楼之七家，无不俱收并蓄，广加集成，为五百余卷。而若孟郊、贾岛、徐袁、钟谭四子则不与焉，以其体法寒瘦，音韵噍杀，实非治世之希音。故存拔笔削之际，自以锤秤衮钺寓于其间，此意不可以不知。大抵近时之士，不独于文章为然。平居皷琴瑟、列铜玉，评书品画，焙茶燃香，自以为清致文采。而后生少年往往多效嚬而成习者。此与向日邪学其害正而违道大小不同，而为弊则一也。可胜叹哉！

# 张混，1759-1828 年

## 《唐律集英序》

七言律，推李唐为尤，而莫之埒何也。于唐倡而盛也，选者众，而《鼓吹》

元遗山也，《品汇》高棅也，《律髓》方回也，《三体》周伯弢也，《诗解》唐汝询也，《诗归》锺惺谭元春也，此特着行者也。然而或羼以诸体，或偏于盛晚，或不举李杜，偏则枯杂则不专，惜乎。尽美未尽善也，然则如何而可，曰："脍炙吾所好也"。大羹玄酒，亦吾所好也。取舍在乎心乎，故学之有准，选之不可以拘。朝廷有赓载之什，朋友有赠投之诗。大而山川楼台，寓游观也。细而月露花鸟，写情境也。耕渔闲适，仙佛诡幻。与夫羁旅行役离别之作，皆所以感发人意。其情切其体完，粲粲焉锦绣，铿铿然金石，盖常论之。三唐气格，虽降而变，学诗者越皮陆之藩翰，踬韦柳之门迳，臻李杜之壶奥，则上追风骚，亦由斯乎。三余之暇，合众选而芟猬撷英，编为四卷。未可谓集大成，亦可云备述矣。进退得失，当竢罪当世君子。岁己巳姑洗之月哉生魄，识于而已广中。

### 《诗宗义例》

古今选家，赞毁不同，取舍以随。《昭明文选》《冯氏诗纪》《高氏品汇》，最号精博。文选未及近体，诗纪止于隋氏，品汇专于一代，咸为缺典，是编也搜诸集稽逸传。遡自皇明，极干轩唐。古多歌谣，故先之以襟言。次之以四言，其次古体。其次绝句，诗至律而体穷，故终以律。诗，三言六言，间以类附，总计古逸。汉魏什之八九，六朝什之四五，唐则多取初盛而略于中晚，宋元明什之二三，务取其通体完整。一韵之奇巧，一句之清警，置不收焉。此选之之大旨云。

## 南公辙，1760-1840 年

### 《雅亭集序》

李懋官既卒且葬之三年。内阁奉圣旨，征其诗文遗稿于其孤光葵。将以印行于世，费皆出内帑。诸一时名士之尝与懋官有故旧者，各出力以助其役。而尹学士圣甫实主其选，余得其所为歌诗三百三十二篇、书牍一百篇、策论五篇、序记杂著一百三十一篇为四卷者而读之。曰："懋官之于斯术，可谓能事尽矣。"方懋官之在世，虽忌其名而媢嫉之者，至其文则曰近世无此作矣。且士以一言而合于当世之大人君子，尚且感激而流涕，况懋官以蓬荜幽潜之士。受遇于圣明之世，能自知名。而至其殁而得不朽之传，则宜如何也。虽其死而将不恨于地下矣。尝攷罗丽之际，文章衰陋，不可与议于中国。而及本朝受命，累圣相承，透迤至穆陵中兴之世而始大备，盖是时。搢绅大夫号能文者，莫不与王李诸子。往复京师，而经史子集之出来者，于斯为盛。得以博其闻见而革去固陋，今夫乡塾先生之平居教人，辄曰专熟一书而不资于博学者，非通论也。懋官虽晚生偏邦，然遭值圣上右文之治，得以尽见阅古观书籍。而间尝游燕京，与闽浙间文人才子，上下角逐。其幽愁不平之郁于中者，一发之诗，而又深于草木鸟兽山川风俗之学，著述皆可传于世。虽其学问之深厚，材力之雄浑，不及于先达诸大家。而若其博极群书，倡起新调，一洗近时之陋俗，则未有如懋官之妙者也。懋官为人清介，外虽冷落，而中自怡愉可亲。酒酣论天下事是非人物可否，谈锋迭出，而当其意者无几人。为文章，心眼慧而性灵巧，不为执缚之论，亦不为鄙俚之词。曰："两汉自有文，不必贾董马班也。唐宋自有诗，不必李杜黄陈也。人笑我笑，人怒我怒。"吾于世，亦莫之效，况肯以笔墨为古人之奴仆僮隶乎。故其平生所著书至多，而求一字一句之彷彿陈言死法，不可得焉。论者以为自懋官出，俗学虽废而古文亦一变，后必有辨之者。懋官名德懋，以奎章阁检书官，为沙斤道察访，后至积城县监以卒，享年五十三。

## 李钰，1760-1812 年

### 《百家诗话抄》

言者心之声。古今来未有心不善而诗能佳者。《三百篇》，大半贤人君子之作。溯自四汉苏、李，以下至魏、晋、八朝、唐、宋、元、明，所谓大家名家者，不一而足。何一非有心胸有性情之君子哉？即其人稍涉诡激，亦不过不矜细行，自损名位而已。从未有阴贼险狠妨民病国之人。至若唐之苏涣作贼，刘叉攫金，罗虬杀妓：须知此种无赖，诗本不佳，不过附他人以传耳。

## 申纬，1769-1845 年

### 《论诗。为锦舲、荷裳二子作》

学诗有本领，非可貌袭致。诗中须有人，崑山吴修龄乔修论诗语。诗外尚有事。东坡论老杜语。二言是极则，学者须猛记。诗人贵知学，尤贵知道义。坡公论少陵，是其推之至。青袍最困者，自许稷卨比。是以尚有事，关系诗不翅。因诗知其人，亦知时与地。所以须有我，不然皆属伪。今人自忘我，区执唐宋异。是古而非今，妄欲高立帜。不能自作家，一生廊庑寄。故自风人始，博究作者秘。不必立门户，会心之是视。辅以学与道，役言而主意。主强而役弱，有令无不遂。随吾性情感，融化一鑪锤。力量之所及，鲸鱼或翡翠。锻鍊到极致，自泯古今二。尽得风流后，了不着一字。王官廿四品，此其尤精粹。锦舲与荷裳，朴学诗最嗜。向我每求益，诚好颇勤挚。锦舲灵慧性，荷裳质厚器。异日青蓝誉，未易论第次。金针岂在多，二言拈以示。

《题石史诗卷 三首》

其二

转益多师不自由，陈言蹈袭是深忧。

君能上薄风骚际，我亦覃精七十秋。

腔口揣摩云格律，宋唐区执眩源流。

争如放下韩苏杜，真性真诗自我收。

**洪奭周，1774-1842 年**

《拟古诗序》

拟古诗若干篇。上自虞廷，下讫于唐、宋，总而汇之。凡一卷，或曰："嘻，不已过欤。"虞廷之与唐、宋，甚相远也。唐、宋之与今日，又甚相远也。子乃以今世之人，而为唐，宋之文，又自唐、宋之文，而推以及乎虞廷，是结绳于七雄之世，干羽于五季之后也。嘻不已过欤。洪子曰："不然。诗者，出乎天者也。絪缊荡轧，风雨时行。浚其精华，流为品物，天之机也。有触其中，恻羞以类。不思不度，蔼然其真，天机之动乎人也，故由混元以迄于今，六万八千九百余岁，而春秋冬夏四时之序，未尝忒也。由开物以迄于今，四万七千三百余岁。而仁义礼智之端，喜怒哀乐之发，亦未尝殊也，奚但是而已哉。虽前乎此亿千万世，后乎此亿千万世，亦惟如是而已矣。夫其变者，人也。其未尝变者，天也。诗者，出乎天者也。故曰诗未尝有古今之变也。"然则今日之村讴巷谣，皆可以续国风之后，而况其他乎。惟其组织以为华，斲削以为工，以人而灭其天者，则不与焉尔。子曰："生乎今之世，反古之道，未有不灾及其身者也，此为礼乐刑政言也。夫礼乐刑政，专之有禁，反之有灾，既不可得而古矣。其专之无禁，反之无灾者，惟文词为然。令又沮而抑之，俾不得古焉。则将使人于何而见古昔之彷佛哉，嗟乎悲夫，何今人之不幸也。"虽然，诗也者，各言其志者也，固无事乎拟焉。独尝论之，冲天之翮，非一毛之力也。凌云之厦，非一木之任也。天地生物，而毒草得以攻疾。圣人御世，而瞽蒙得以司音。窃独恨当世之人，执一而遗千，主此而奴彼，嚣嚣焉长短得失之争也。是作也，虽高下异体，雅俗殊涂，而曲畅兼收，混然归一。其将以兼通天下之志，而各尽天下之能也，岂徒然哉。为拟古诗者多矣，或用其题，或代其人，是托也而非拟也，或专用其意，或时剽其语，是窃也而非拟也。托近乎伪，窃近乎鄙，君子不为也。余之拟也，拟其体而已。知古今之未始异而大朴反，知同异之未始不通而大公恢。知君子之不屑偭鄙而本心之德全，于是乎一诗而三善具焉。

### 《玄岩遗稿序》

文必先秦西京下，乃为韩、欧，诗必曹、刘、陶、谢下，乃为盛唐，此好古者之恒言也。而徇时好者笑之曰："三代之不能不秦、汉，秦、汉之不能不唐、宋，皆势也。何必唐、宋之不可为元、明，而又不可为今人之新體哉。"于是乎鬭巧竞异，仄媚尖纤，百怪睒睗，目眩耳夺，文之卑极矣，而害且移于心术。嗟乎。彼徇时好者，固过矣。而所谓好古者，卒亦未尝见其能古也，是其故何哉。夫文者，言之精也，言者衷之声也。自夫大朴之离，而天下之习于便儇偷薄也久矣。由其心事性情之微，以及乎一叶吻举足。罔有非徇时好者，而徒欲以笔墨句字之表袭古人而像之，不亦远且末乎。吾表兄玄岩金公，生今世五十余年。口无饰语，身无佻行，胸中无机械。望其步趋，听其咳唾，使人肃然无嫚易想。而与之交，天真烂然，风谊笃厚，久益可亲爱。至所谓时俗好尚，则漠然不识为何事，以故时俗之人知好公者甚少。至摸象其言，动以为戏笑。然及论世有古人风者，未尝不独数公。公蚤攻古文，而尤喜为歌诗，往往有盛唐风韵。读其辞，常泊然不见其用力，而人亦莫能为之。譬如澜袖方舄，缓步于大道之中，而策蹄啮躪荆棘者，顚蹶喘吁，瞠乎而恒后。嗟乎，是岂可以强而求哉。公于近代杂书，未尝少过目。一日造余居，独坐顾侍者。取架上书，侍者以南宋以后书进。公徐摇首曰："吾不解观此。"其取孟子若史记来。讥公者，以为公狭而不博。知公者，亦谓公专精于古文而已。不知公性情嗜好，宜于古而不宜于今者率如此，非独于文也。呜呼，公则已远矣。吾又安得不徇时好之士，而与之读公文也哉。

### 《题〈诗薮〉后》

癸亥春，余直玉堂时夜方永。独阅藏书之籍，取胡应麟《诗薮》读之。废卷而叹曰，有是哉。贯穿之博也，品藻之精也，用心之专且勤也。风雅以来，殆未之有也。虽然，彼乌覩所谓诗哉。诗者，何也？言之精也，天机之自然也。人情之所不能已也，言不期乎同也。期乎当而已，情不期乎同也，期乎正而已。若夫天机之流动，吾又安得以容吾意哉。若必期乎同而后可，则风何以不同乎雅。雅何以不同乎颂，而文王宣父之操，何以不同乎虞舜也。且由风而骚，由骚而汉魏，由汉魏而六朝而唐也，既不能尽同矣。由唐而宋，由宋而明也，又可尽责其不同耶。如曰某诗失其意，某诗失其辞，某诗失其气格则可矣。今也字字而求之，句句而拟之曰。某字如此，非汉之字也。某句如此，非唐之句也。

呜呼，宁复有诗哉。夫所谓同者，亦有说焉，皋、夔、稷、卨，虞、夏之相也。伊、傅、周、召，殷、周之相也，诸葛孔明、宋广平、韩魏公，三代以后之相也。彼固有高下优劣矣，其为良相则同也。其所谓同者，亦以其善为国家云尔，匪为其容貌声音之皆同也。不然则捧土揭木，塑焉而刻焉。与皋、夔、稷、卨，无毫发可辨也，亦安可以置诸庙堂之上哉。胡氏之所谓同乎古者，李梦阳、李攀龙，其尤也。梦阳之于杜氏，攀龙之于古乐府，步则步焉，趣则趣焉，几乎其真矣。然求其天机之自然，人情之所不能已者，则漠然无有也，其异于捧土而揭木者几何哉。胡氏言诗主情景，切不可入议论，是又何尝覩所谓诗者哉。夫诗，莫如国风雅颂。天生烝民，有物有则，非学者之议论乎。文王曰咨，咨汝殷商，非史家之议论乎。若其刺人情，尽物态，曲畅而恰当者，殆八九于十矣。即如楚人之骚，汉人之四言。其若是者，又何可胜数。杜子美以诗为史，邵尧夫、朱文公，以诗为学问。白乐天、苏子瞻，以诗为议论。虽精粗不同，要皆有裨于世教。彼呫吻刿心，求工于单辞之间。而不自知其流荡忘返者，亦将以奚用与。胡氏又言诗在神韵，不必切题。如九方皋之忘其牝牡骊黄，是又乌知所谓诗哉，亦乌知所谓九方皋哉。夫求马者，将以致远也。如其致远也，虽忘其牝牡骊黄可也。诗者，将以何为哉。曰抒情而纪实也，咏怀而忘其情。即事与物而忘其实，又焉用诗。由乎千百载之下，居乎千万里之外。而往往得之目前者，诗不为无助焉。夫诗之不必切题者，莫如兴。然终南、河洲，必其地也。罝兔、来葛，必其事也。晨风、六驳，必其即目之所见也。唐魏之风，必不曰沅芷澧兰。而上林之赋，必不曰江上有枫也。今其言曰，在楚言秦，当壮言老，辞苟工矣，后世谁知。又曰："夜半钟声，不必闻钟。春潮带雨，不必观潮。权龙褒之夏日严霜，罪在于不工，而不在于不切题。呜呼，亦可谓知诗者欤。"或曰："子谓诗不必皆同，则学诗者，固无所择欤。"曰："奚可以无择也，立志不可以不高也，取涂不可以不古也，然其终也，必自成一家而后。谓之大，自出性情而后。谓之真，不然则规规然刻画于形似之间。要不免为叔敖之衣冠耳。若夫齐梁之淫靡，晚唐之迫促。江西诸子之求险，以为奇工则工矣。吾不欲学也。自是以降，吾又有不欲言者焉。嗟乎，胡氏之于诗勤矣，其成就者安在哉。吾既爱其博，而悲其用力之勤也。徐而察之，往往有非世俗所及者。盖长短不相掩也，乃钱谦益诋而黜之。不啻若不识一字者，何哉。"呜呼，钱氏之论诗也，其果以大过于胡氏耶。

金正喜，1786-1856 年

《士说为诗二十年，忽欲学元人诗，盖其意元人多学唐故也。余遂书辨诗一篇，以明诗道之作》

唐宋皆伟人，各成一代诗。

变出不得已，运会实迫之。

格调苟沿袭，焉用雷同词。

宋人生唐后，开辟真难为。

一代只数人，余子故多疵。

敦厚旨则同，忠孝无改移。

元明不能变，非仅气力衰。

能事有止境，极诣难角奇。

奈何愚贱子，唐宋分藩篱。

哆口崇唐音，羊质冒虎皮。

习为廓落语，死气蒸伏尸。

撑架陈气象，榰梧立威仪。

可怜馁败物，欲代郊庙牺。

使为苏黄仆，终日当鞭笞。

七字推王李，不免贻笑嗤。

况设土木形，浪拟神仙姿。

李杜若生晚，亦自易矩规。

寄言善学者，唐宋皆吾师。

宋来熙，1791-1867 年

《唐诗选序 丁卯》

古人谓文章关于时运，有盛有衰，乃风气使然，非人力所可强勉。是以其盛也，必待贤明之君。其衰也，常在叔季之世。诗之以代变，由来久矣。稽自诗三百篇而外，为楚骚为乐府为古诗之类，次第迭作。而两汉以前，去世近古，风俗质厚，其本于性情而发乎吟咏者。犹有淳实不杂之意。及魏晋齐梁之际，则潘、陆、鲍、谢之徒，迭唱竞和。非无警世之语，超人之句，举皆流荡于绮丽。风雅之音，几于不振，逮乎唐兴。太宗、玄宗以英迈之姿，拨乱致治，大阐文教。王、杨、卢、骆，唱之于前。陈、杜、沈、宋，接之于后。以汉氏之淳实，济六朝之绮丽。文质得中，宫商克谐。作者之体，于斯大备。其篇什之佳者，往往有一唱三叹之致。可以接武于风雅，岂不盛哉。然或以歌行，或以律绝。众制锋起，体裁寔繁。有唐三百年，词人辈出。其长笺短轴，家有户藏。卷帙既多，亦有工拙之不齐。自非略其芜秽，集其清英。则学之者，不可领其要而得其路矣。余于是历观全唐之诗，兼采诸家之注解，撦略干诗，辑为二卷。名之曰《唐诗选》。非敢妄拟于古人之删述，而聊为自览之津梁云尔。

## 李圭景，1788-1856 年

### 《历代诗体辨证说》

若论诗体，则《风》、《雅》、《颂》一变而为《离骚》，再变而为西汉五言，三变而为歌行杂体，四变而为沈、宋律诗。时以论之，则汉有建安体，汉末曹子建父子及邺中七子之诗魏有黄初体、魏黄初与汉建安相接，其体一也。正始体，魏正始时嵇、阮诸公之诗。晋太康体，晋太康时左思、潘岳、二张、二陆诸公之诗。宋元嘉体，宋元嘉时颜、鲍、谢诸公之诗。齐永明体、齐永明时齐诸公之诗。齐梁体，通齐、梁两朝而言南北朝体，通魏、周而言，与齐梁体一也。唐初体、唐初犹袭陈隋之体。盛唐体、景云以后，开元天宝诸公之诗。大历体、元和体、元、白诸公晚唐体，晚唐诸公宋朝体、通前后而言元祐体、宋苏、黄、陈诸公江西宗派体。山谷为之宗若人论之，则有苏李体，汉苏武、李陵曹刘体，子建、公干陶体，陶渊明谢体，灵运徐庾体，徐陵、庾信沈宋体，全期、之问陈拾遗体，子昂王杨卢骆体，王勃、扬炯、卢昭隣、骆宾王。唐四才子张曲江体，九龄少陵体，杜甫太白体，李白高达夫体，高适孟浩然体，浩然岑嘉州体，岑参王右丞体，韦苏州体，应物韩昌黎体，韩愈柳子厚体，柳宗元韦柳体，韦应物与柳宗元合言李长吉体，李长吉李商隐体，李商隐，即西崑体。卢同体，卢同白乐天体，白居易元白体，元微之、白乐天，合其体而言。杜牧之体，杜牧之张籍王建体，谓二人乐府体合贾浪仙体，贾岛孟东野体，孟郊杜荀鹤体，杜荀鹤东坡体，苏轼山谷体，黄鲁直后山体，后山本学杜，其语似之，但数篇，他或似而不全。又其他则自体也。王荆公体，王介甫邵康节体，邵先生雍也陈简斋体，陈去非与义也，与江西之派而小异。杨诚斋体，杨万里，其初学半山、后山，最后亦学绝句于唐人。已而尽弃诸体，而别出机杼也。又有所谓选体，选诗，时代不同，体随异。今人例为五言古诗为选体者。非也。柏梁体，汉武帝与群臣共赋七言，每句用韵。后人谓此体柏梁体也。玉台体，《玉台集》乃今徐陵所序，汉魏六朝之诗皆有之。或者但谓纤艳者为玉台体，其实不然。西崑体，即李商隐体。然兼温庭筠及宋朝杨、刘诸公体。香奁体，韩偓体。皆裾裾脂粉之语，有《香奁集》。宫。梁简文伤于轻靡，时号"宫体"。其他体制尚或不然，大概不出此耳。清商丘宋荦《漫堂说诗》以为："唐以后诗派历宋元明至今，略可指数。宋初晏殊、钱惟演、杨亿号西崑体，仁宗时欧阳脩、梅尧臣、苏舜钦谓之欧、梅，亦称苏、梅，诸君多学杜、韩。王安石稍后亦学杜、韩。神宗时，苏轼、黄庭坚谓之苏、黄，又黄与晁补之、张耒、陈师道、秦观、李廌称"苏门六君子"。庭坚别开江西诗派，为江西初祖。南渡后，陆游学杜、苏，号为大宗。又有范成大、尤袤、陈与义、刘克庄诸人，大概杜、苏之支分派别也。其后有江湖四灵徐照、翁卷等专攻晚唐五言，益卑卑不足道。金初以蔡松年、吴激为首，世称蔡吴体。后则赵秉文、党怀英为巨擘，元好问集其成。其后诸家俱学大苏。元初袭金源派，以好问为大宗。其后则称虞集、杨载、范梈、揭傒斯。元末杨维桢、李孝光、吴莱为之冠。前如赵孟頫、郝经，后如萨都剌、倪瓒，皆有可观。明初四家称高启、杨基、张羽、徐贲，而高为之冠。成弘间李东阳雄张坛坫，迨李梦阳出而诗学大振，何景明和之，边贡、徐桢卿羽翼之，亦称四杰，又与王廷相、康海、王九思称七子。正嘉间又有高叔嗣、薛蕙、皇甫氏兄弟稍变其体。嘉隆间李攀龙出，王世贞和之，吴国伦、徐中行、宗臣、谢榛、梁有誉羽翼之，称后七子。此后诗派总杂，一变于袁弘道、锺惺谭元春，再变于陈子龙。本朝初又变于钱谦益。其流别大概如此云。"

愚按：牧斋之后有王渔洋士祺，渔洋之后有李雨村调元，竝称海内宗匠云。有杂体：日风人、上句述其语，下句释其义。如《古子夜歌》、《读曲歌》之类。藁砧、即《古乐府》"藁砧今何在，山上复安山。何当大刀头，破镜飞上天"。僻辞隐语。五杂组、见《乐府》两头纤纤、亦见《乐府》盘中、《玉台集》有此诗，苏伯玉妻作，写之盘中，屈曲成文也。回文、起丁窦滔之妻。织锦以寄其夫也。反覆、举一字而诵皆成句，无不押韵，反覆成文也。李公《诗格》有此诗。二十一字诗。离合、字相折合成文。孔融：虽不关诗之重轻，其体亦古也。建除、鲍明远有《建除诗》，每句首冠以建、除、平、定等字。其诗虽佳，盖鲍本工诗。非因建除之体而佳者也。字谜、人名、卦名、数名、药名、州名。如此等体，只成戏谑，不足法也。又有六甲十属之类及藏头歇后等体，(四)皆非诗之正格有集句、联句、分韵之名。诗外有词。元人最重词曲，世多效之。关汉卿辈有《西厢记》，专以词曲演以为记。尖新。又有《草堂诗余》，为词之准的云。今略辨之，以为学诗之有征焉。

### 《历代诗集家数辨证说》

宋马端临《经籍考·集类》：吴氏曰："汉时未以集名书，故《汉·艺文志》载赋颂歌诗一百家。皆不曰集。晋孙勉分书为四部，其四曰《丁部》。宋王俭撰《七志》，其三曰《文翰志》。皆无集名。至梁阮孝绪为《七录》，始有《文集录》。《隋·经籍志》。遂以荀况等赋，皆谓之集。而又有别集。史官谓别集之名，汉东京所创。按闵马父论《商颂》之乱曰，韦昭注'辑，成也'。盖东京别集之名，实本于刘歆之《辑略》，而《辑略》又本于《商颂》之辑云。"又别出诗集一目：陈氏曰："凡无他文而独有诗，及虽有他文而诗集复独行者，别为类云。"

  愚窃以为《诗经》独不可为诗集之祖乎？《礼·经解篇》五教有诗教。孔子曰："不学诗，无以言也。"春秋之后，周道寖坏，采诗观风仍废，而不列于侯国，学诗之士逸在布衣矣。历代诸家诗集未知为几何，今断自唐代而言之，清周亮工《书影》云：昔人云唐人诗有八百家。宋《洪景卢集》万首唐绝，仅见五百家。若今日流传者不过二百家耳。虞山先生言，丙戌年在都门，于灰烬中检出宋刻唐诗数册，乃宋人赵氏所汇集，分门别类，无体不备。自序言其家藏唐人诗集千家，汇成此书。计全书可五百余册。其书是明仁宗东宫所阅，上有监国之宝。后绛云楼灾，竝此数册亦不可见矣⑶。《全唐诗》九百卷，四万八千九百余首，凡二千二百余人，集一代之盛典。清圣祖康熙四十六年，命通政曹寅、待读潘从律等编较。然亦有所漏，今不暇及矣。王渔洋士禛《池北偶谈》载《宋元人集目》，宋集凡一百八十家，元集凡一百十有五家。秀水曹侍郎秋岳溶好收宋、元人文集，尝见其《静惕堂书目》所载宋集，自柳开《河东集》已下凡一百八十家，元集自耶律楚材《湛然集》已下凡一百十有五家，可谓富矣。近朝鲜入贡使臣至京，多购宋、元文集，往往不惜重价。祕本渐出，亦风会使然云矣。吕晚村留良辑《宋诗钞》，列传凡八十二家，亦可考者也。至于金诗，则元好问《中州集》二百十九人。皇明诗则朱竹垞彝尊《明诗综》三千四百余家。清诗则王贻上士禛《感旧集》凡三百三十三人。沈德潜《别裁集》九百九十三人诗四千九十九首。《布衣权》，诗集名也。徽闵景贤字土行，辑有明三百年布氏诗，名以《布衣权》。凡自古诗人中，以一人之诗最多，放翁是已。然以帝王诗，其多又几倍于放翁，则挽古罕有者。清高宗《乾隆御制集》，其《乐善堂集》即潜邸所撰，而所载诗不须论。至若御极，丙辰以来至辛卯编初二三集，诗凡二万四千余首。自壬辰至癸卯编第四集，诗凡九千七百余首。合三万三千七百余首。自丙辰丁巳之间又不知为几万首。则较诸唐人全诗四万八千九百余首，二千二百余人之所作，倘谓如何也？且注人诗者不过一二人所自为，而至于杜诗为千家，《昌黎集》注五百家，《东坡集》注为九十六家，亦已极矣。朱彝尊《跋五百家昌黎集注》："宋人辑书，以摭采之富夸人。若蔡梦弼《杜诗注》号为千家，成申之《尚书集解》号四百家，亡名子《播芳文粹》号五百家是也。《昌黎集训注》亦称五百家，按其实，则列名者一百八十家而已云。"清康熙纂《全金诗》未知几家几首。《盛明百家诗》、《皇清百家诗》撰人未详。我东则自新罗，惟崔孤云致远及崔承祐二人有集。孤云则《崔氏文集》三十卷，承祐则《觚本集》五卷而已。闻韶金烋《文献录》载之如是。然以李厚菴万运《东国榜眼》考之，致远、承祐外，有金云卿、崔彦撝、金夷鱼、金可纪、朴仁范、金文蔚、金渥凡七人人唐登第，则乃是诗人也，必有诗文集而无考。海东文献无征如此也。高丽，则见于金烋《海东文献录》者仅四十七家。自姜邯赞《乐道郊居集》为首为四十七家，五百年之间岂止是哉？人于国朝，以《镂版考》计之，则已刊之集为二百六十余家。又以愚之所见闻，《镂版考》外已刻未刻更不下数百家。或有大家名族之集，或有寒门陋巷之稿。统以数之，凡为家者当至六七百之多。此言今所传者、料其方来诗人又不知几何。则是岂非昭代右文之化也耶？

## 黄玹，1855-1910 年

### 《小川诗集序 此文于刊序文之时，偶然飘转，故今追刊之》

凡以学问称者，贵乎师古而不贵乎泥古，神而明之之谓师，拘执不通之谓泥，均是古也。而古今得失之迹了然矣，世之学诗者，勤闻唐人之为诗之极盛也。开口称非唐不学，或又悍然并不论唐，直曰吾所学者杜甫而已。于杜则又极推其七言律诗，以为古今无两。呜乎，是可谓真知也哉。汉魏之诗，古体而已，故即才有利钝而体无工拙。至唐流派既众，近体乃作。有所谓五七律绝之分，于是工于古而不工于近者有之，工工律而不工于绝者有之，就言乎杜则古体上也。五律次也，七五绝又其次也。若七言律则往往横厉恣肆，险崛粗拙，实有不可以为常法者。欧阳公所不喜者，盖当在此耳。使后之学者，先且从事乎其古体。沈浸咀嚼，以究其力量之广阔。气格之雄伟，求免为旁门小家。则谁曰不可。何必株守其次乘，假意虚喝，欲售其武断之私哉。然则夫所谓律诗者何也，律也。律者何也，和声者也。必其韵调圆畅，兴象高华。可以谐金石而被管弦，不失为雅音正轨者是已。则其在唐也。若高、岑、钱、刘诸什，概其尤也。今薄高岑钱刘，以为不足为，而甘心作黄、陈辕下驹，抑独何哉。小川老人攻诗且四十年，未尝规规于唐。而其才性时与唐人近，其论唐则最服膺义山。谓其言精而旨远，为中晚诸子之所无。而其所自运则又自优游倡叹，依俙有得于元和、长庆之间。盖随意命词，不求似乎一家。而神情所到，脱手天然。吾党之士以近体称工者或有矣，而可推以师古者，其在小川乎。余尝试问曰："子于近体，尊义山而不尊杜，其如法凉何。"小川笑曰："子见言言而杜者，有一近杜者乎。极其选，不出江湖末派。而乃曰非杜不学，我则无是也。

尊义山者，亦岂欲必学哉。"所见然耳，嗟乎诚通人之论也，得小川可以信余说乎。余读其全稿，既又妄加批选。因录其平日所相上下者以复之，以见夫谬见之不甚斥，而庶或被其引而进之也。

# 附录　韩国古代文人生卒年表

（基于《影印标点韩国文集丛刊》而整理）

| 序号 | 文人姓名 | 生卒年 | 文集名称 | 所在韩国文集丛刊卷数 |
|---|---|---|---|---|
| 1 | 崔致远 | 857-? | 桂苑笔耕集、孤云文集 | 1 |
| 2 | 林椿 | 不详 | 西河集 | 1 |
| 3 | 李奎报 | 1168-1241 | 东国李相国集 | 1-2 |
| 4 | 陈澕 | 不详 | 梅湖遗稿 | 2 |
| 5 | 白贲华 | 1180-1224 | 南阳诗集 | 2 |
| 6 | 金坵 | 1211-1278 | 止浦集 | 2 |
| 7 | 李承休 | 1224-1300 | 动安居士集 | 2 |
| 8 | 洪侃 | ?-1304 | 洪崖遗稿 | 2 |
| 9 | 安轴 | 1282-1348 | 谨斋集 | 2 |
| 10 | 李齐贤 | 1287-1367 | 益斋集 | 2 |
| 11 | 崔瀣 | 1287-1340 | 拙稿千百 | 3 |
| 12 | 闵思平 | 1295-1359 | 及庵诗集 | 3 |
| 13 | 李穀 | 1298-1351 | 稼亭集 | 3 |
| 14 | 郑誧 | 1309-1345 | 雪谷集 | 3 |
| 15 | 李达衷 | 1309-1385 | 霁亭集 | 3 |
| 16 | 白文宝 | 1303-1374 | 淡庵逸集 | 3 |
| 17 | 李集 | 1327-1387 | 遁村杂咏 | 3 |
| 18 | 田禄生 | 1318-1375 | 埜隐逸稿 | 3 |
| 19 | 李穑 | 1328-1396 | 牧隐稿 | 3-5 |
| 20 | 郑枢 | 1333-1382 | 圆斋稿 | 5 |

| 21 | 朴翊 | 1332-1398 | 松隐集 | 5 |
|---|---|---|---|---|
| 22 | 韩修 | 1333-1384 | 柳巷诗集 | 5 |
| 23 | 郑道传 | ？-1398 | 三峰集 | 5 |
| 24 | 郑梦周 | 1337-1392 | 圃隐集 | 5 |
| 25 | 成石璘 | 1338-1423 | 独谷集 | 6 |
| 26 | 元天锡 | 1330-？ | 耘谷行录 | 6 |
| 27 | 卓光茂 | 1330-1410 | 景濂亭集 | 6 |
| 28 | 李存吾 | 1341-1371 | 石滩集 | 6 |
| 29 | 李詹 | 1345-1405 | 双梅堂箧藏集 | 6 |
| 30 | 郑浚 | 1346-1405 | 松堂集 | 6 |
| 31 | 河仑 | 1347-1416 | 浩亭集 | 6 |
| 32 | 李崇仁 | 1347-1392 | 陶隐集 | 6 |
| 33 | 南在 | 1351-1419 | 龟亭遗稿 | 6 |
| 34 | 权近 | 1352-1409 | 阳村集 | 7 |
| 35 | 李行 | 1352-1432 | 骑牛集 | 7 |
| 36 | 吉再 | 1353-1419 | 冶隐集 | 7 |
| 37 | 郑摠 | 1358-1397 | 复斋集 | 7 |
| 38 | 李种学 | 1361-1392 | 麟斋遗稿 | 7 |
| 39 | 李稷 | 1362-1431 | 亨斋诗集 | 7 |
| 40 | 李原 | 1368-1429 | 容轩集 | 7 |
| 41 | 卞季良 | 1369-1430 | 春亭集 | 8 |
| 42 | 尹祥 | 1373-1455 | 别洞集 | 8 |
| 43 | 朴兴生 | 1374-1446 | 菊堂遗稿 | 8 |
| 44 | 申槩 | 1374-1446 | 寅斋集 | 8 |
| 45 | 河演 | 1376-1453 | 敬斋集 | 8 |
| 46 | 朴宜中 | 1337-1403 | 贞斋逸稿 | 8 |
| 47 | 河纬地 | 1412-1456 | 丹溪遗稿 | 8 |
| 48 | 柳方善 | 1388-1443 | 泰斋集 | 8 |
| 49 | 丁克仁 | 1401-1481 | 不忧轩集 | 9 |
| 50 | 南秀文 | 1408-1442 | 敬斋遗稿 | 9 |
| 51 | 金守温 | 1409-1481 | 拭疣集 | 9 |
| 52 | 崔恒 | 1409-1474 | 太虚亭集 | 9 |

| 53 | 元昊 | 不详 | 观澜遗稿 | 9 |
|---|---|---|---|---|
| 54 | 梁诚之 | 1415-1482 | 讷斋集 | 9 |
| 55 | 李石亨 | 1415-1477 | 樗轩集 | 9 |
| 56 | 朴彭年 | 1417-1456 | 朴先生遗稿 | 9 |
| 57 | 申叔舟 | 1417-1475 | 保闲斋集 | 10 |
| 58 | 成三问 | 1418-1456 | 成谨甫集 | 10 |
| 59 | 徐居正 | 1420-1488 | 四佳集 | 10-11 |
| 60 | 赵旅 | 1420-1489 | 渔溪集 | 11 |
| 61 | 李承召 | 1422-1484 | 三滩集第 | 11 |
| 62 | 姜希孟 | 1424-1483 | 私淑斋集 | 12 |
| 63 | 成侃 | 1427-1456 | 真逸遗稿 | 12 |
| 64 | 金宗直 | 1431-1492 | 佔毕斋集 | 12 |
| 65 | 洪裕孙 | 1452-1529 | 篠䕺遗稿 | 12 |
| 66 | 崔淑精 | 1432-1480 | 逍遥斋集 | 13 |
| 67 | 金时习 | 1435-1493 | 梅月堂集 | 13 |
| 68 | 李陆 | 1438-1498 | 青坡集 | 13 |
| 69 | 洪贵达 | 1438-1504 | 虚白亭集 | 14 |
| 70 | 成俔 | 1439-1504 | 虚白堂集 | 14 |
| 71 | 杨熙止 | 1439-1504 | 大峰集 | 15 |
| 72 | 孙肇瑞 | 不详 | 格斋集 | 15 |
| 73 | 俞好仁 | 1445-1494 | 𣿰谿集 | 15 |
| 74 | 金䜣 | 1448-1492 | 颜乐堂集 | 15 |
| 75 | 李宜茂 | 1449-1507 | 莲轩杂稿 | 15 |
| 76 | 蔡寿 | 1449-1515 | 懒斋集 | 15 |
| 77 | 表沿沫 | 1449-1498 | 蓝溪集 | 15 |
| 78 | 郑汝昌 | 1450-1504 | 一蠹集 | 15 |
| 79 | 南孝温 | 1454-1492 | 秋江集 | 16 |
| 80 | 丁寿岗 | 1454-1527 | 月轩集 | 16 |
| 81 | 曹伟 | 1454-1503 | 梅溪集 | 16 |
| 82 | 崔溥 | 1454-1504 | 锦南集 | 16 |
| 83 | 李湜 | 1458-1488 | 四雨亭集 | 16 |
| 84 | 崔忠成 | 1458-1491 | 山堂集 | 16 |

| 85 | 李宗准 | ？-1499 | 慵斋遗稿 | 16 |
|---|---|---|---|---|
| 86 | 李黿 | ？-1504 | 再思堂逸集 | 16 |
| 87 | 郑光弼 | 1462-1538 | 郑文翼公遗稿 | 17 |
| 88 | 申用溉 | 1463-1519 | 二乐亭集 | 17 |
| 89 | 姜浑 | 1464-1519 | 木溪逸稿 | 17 |
| 90 | 金馹孙 | 1464-1498 | 濯缨集 | 17 |
| 91 | 权五福 | 1467-1498 | 睡轩集 | 17 |
| 92 | 李贤辅 | 1467-1555 | 聋崖集 | 17 |
| 93 | 李胄 | 1468-1504 | 忘轩遗稿 | 17 |
| 94 | 李堣 | 1469-1517 | 松斋集 | 17 |
| 95 | 郑希良 | 1469-1502 | 虚庵遗集 | 18 |
| 96 | 朴英 | 1471-1540 | 松堂集 | 18 |
| 97 | 李穆 | 1471-1498 | 李评事集 | 18 |
| 98 | 金世弼 | 1473-1533 | 十清轩集 | 18 |
| 99 | 李希辅 | 1473-1548 | 安分堂诗集 | 18 |
| 100 | 洪彦忠 | 1473-1508 | 寓庵稿 | 18 |
| 101 | 金克成 | 1474-1540 | 忧亭集 | 18 |
| 102 | 朴祥 | 1474-1530 | 讷斋集 | 18-19 |
| 103 | 沈义 | 1475-？ | 大观斋乱稿 | 19 |
| 104 | 洪彦弼 | 1476-1549 | 默斋集 | 19 |
| 105 | 权橃 | 1478-1548 | 冲斋集 | 19 |
| 106 | 金安国 | 1478-1543 | 慕斋集 | 20 |
| 107 | 李荇 | 1478-1534 | 容斋集 | 20 |
| 108 | 朴誾 | 1479-1504 | 挹翠轩遗稿 | 21 |
| 109 | 李耔 | 1480-1533 | 阴崖集 | 21 |
| 110 | 梁彭孙 | 1480-1545 | 学圃集 | 21 |
| 111 | 金安老 | 1481-1537 | 希乐堂稿 | 21 |
| 112 | 赵光祖 | 1482-1519 | 静庵集 | 22 |
| 113 | 李迨 | 1483-1536 | 月渊集 | 22 |
| 114 | 申光汉 | 1484-1555 | 企斋集 | 22 |
| 115 | 金正国 | 1485-1541 | 思斋集 | 23 |
| 116 | 金净 | 1486-1521 | 冲庵集 | 23 |

| 117 | 苏世让 | 1486-1562 | 阳谷集 | 23 |
|---|---|---|---|---|
| 118 | 韩忠 | 1486-1521 | 松斋集 | 23 |
| 119 | 宋麟寿 | 1499-1547 | 圭庵集 | 24 |
| 120 | 沈彦光 | 1487-1540 | 渔村集 | 24 |
| 121 | 金絿 | 1488-1534 | 自庵集 | 24 |
| 122 | 徐敬德 | 1489-1546 | 花潭集 | 24 |
| 123 | 李彦迪 | 1491-1553 | 晦斋集 | 24 |
| 124 | 郑士龙 | 1491-1570 | 湖阴杂稿 | 25 |
| 125 | 奇遵 | 1492-1521 | 德阳遗稿 | 25 |
| 126 | 赵晟 | 1492-1555 | 养心堂集 | 25 |
| 127 | 闵齐仁 | 1493-1549 | 立崖集 | 25 |
| 128 | 尚震 | 1493-1564 | 泛虚亭集 | 26 |
| 129 | 成守琛 | 1493-1564 | 听松集 | 26 |
| 130 | 宋纯 | 1493-1583 | 俯仰集 | 26 |
| 131 | 金义贞 | 1495-1547 | 潜庵逸稿 | 26 |
| 132 | 周世鹏 | 1495-1554 | 武陵杂稿 | 26-27 |
| 133 | 李瀣 | 1496-1550 | 温溪逸稿 | 27 |
| 134 | 林亿龄 | 1496-1568 | 石川诗集 | 27 |
| 135 | 成运 | 1497-1579 | 大谷集 | 28 |
| 136 | 罗世缵 | 1498-1551 | 松斋遗稿 | 28 |
| 137 | 罗湜 | 1498-1546 | 长吟亭遗稿 | 28 |
| 138 | 赵昱 | 1498-1557 | 龙门集 | 28 |
| 139 | 李浚庆 | 1499-1572 | 东皋遗稿 | 28 |
| 140 | 李恒 | 1499-1576 | 一斋集 | 28 |
| 141 | 林薰 | 1500-1584 | 葛川集 | 28 |
| 142 | 李滉 | 1501-1570 | 退溪集 | 29-31 |
| 143 | 曹植 | 1501-1572 | 南冥集 | 31 |
| 144 | 崔演 | 1503-1549 | 艮斋集 | 32 |
| 145 | 林亨秀 | 1514-1547 | 锦湖遗稿 | 32 |
| 146 | 洪暹 | 1504-1585 | 忍斋集 | 32 |
| 147 | 宋麒秀 | 1506-1581 | 秋坡集 | 32 |
| 148 | 严昕 | 1508-1553 | 十省堂集 | 32 |

| 149 | 金麟厚 | 1510-1560 | 河西全集 | 33 |
| 150 | 金澍 | 1512-1563 | 寓庵遗集 | 33 |
| 151 | 吴祥 | 1512-1573 | 负暄堂遗稿 | 33 |
| 152 | 李桢 | 1512-1571 | 龟崖集 | 33 |
| 153 | 丁熿 | 1512-1560 | 游轩集 | 34 |
| 154 | 朴枝华 | 1513-1592 | 守庵遗稿 | 34 |
| 155 | 柳希春 | 1513-1577 | 眉岩集 | 34 |
| 156 | 尹铉 | 1514-1578 | 菊涧集 | 35 |
| 157 | 卢守慎 | 1515-1590 | 苏斋集 | 35 |
| 158 | 郑惟吉 | 1515-1588 | 林塘遗稿 | 35 |
| 159 | 洪仁祐 | 1515-1554 | 耻斋遗稿 | 36 |
| 160 | 宋寅 | 1517-1584 | 颐庵遗稿 | 36 |
| 161 | 沈守庆 | 1516-1599 | 听天堂诗集 | 36 |
| 162 | 朴承任 | 1517-1586 | 啸皋集 | 36 |
| 163 | 杨士彦 | 1517-1584 | 蓬莱诗集 | 36 |
| 164 | 李之菡 | 1517-1578 | 土亭遗稿 | 36 |
| 165 | 林芸 | 1517-1602 | 瞻慕堂集 | 36 |
| 166 | 许晔 | 1517-1580 | 草堂集 | 36 |
| 167 | 黄俊良 | 1517-1563 | 锦溪集 | 37 |
| 168 | 卢祺 | 1518-1578 | 玉溪集 | 37 |
| 169 | 金贵荣 | 1519-1594 | 东园集 | 37 |
| 170 | 梁应鼎 | 1519-1581 | 松川遗集 | 37 |
| 171 | 康惟善 | 1520-1549 | 舟川遗稿 | 38 |
| 172 | 权擘 | 1520-1593 | 习斋集 | 38 |
| 173 | 吴健 | 1521-1574 | 德溪集 | 38 |
| 174 | 姜翼 | 1523-1567 | 介庵集 | 38 |
| 175 | 徐起 | 1523-1591 | 孤青遗稿 | 38 |
| 176 | 朴淳 | 1523-1589 | 思庵集 | 38 |
| 177 | 赵穆 | 1524-1606 | 月川集 | 38 |
| 178 | 金隆 | 1525-1594 | 勿岩集 | 38 |
| 179 | 具凤龄 | 1526-1586 | 柏潭集 | 39 |
| 180 | 文益成 | 1526-1584 | 玉洞集 | 39 |

| 181 | 朴光先 | 1526-1605 | 竹川集 | 39 |
|-----|--------|-----------|--------|-----|
| 182 | 郑琢 | 1526-1605 | 药圃集 | 39 |
| 183 | 奇大升 | 1527-1572 | 高峰集 | 40 |
| 184 | 郑介清 | 1529-1590 | 愚得录 | 40 |
| 185 | 具思孟 | 1531-1604 | 八谷集 | 40 |
| 186 | 金富伦 | 1531-1598 | 雪月堂集 | 41 |
| 187 | 权好文 | 1532-1587 | 松岩集 | 41 |
| 188 | 金孝元 | 1532-1590 | 省庵遗稿 | 41 |
| 189 | 辛应时 | 1532-1585 | 白麓遗稿 | 41 |
| 190 | 黄廷彧 | 1532-1607 | 芝川集 | 41 |
| 191 | 尹斗寿 | 1533-1601 | 梧阴遗稿 | 41 |
| 192 | 高敬命 | 1533-1592 | 霁峰集 | 42 |
| 193 | 郑惟一 | 1533-1576 | 文峰集 | 42 |
| 194 | 权文海 | 1534-1591 | 草涧集 | 42 |
| 195 | 宋翼弼 | 1534-1599 | 龟峰集 | 42 |
| 196 | 成浑 | 1535-1598 | 牛溪集 | 43 |
| 197 | 郑仁弘 | 1535-1623 | 米庵集 | 43 |
| 198 | 李济臣 | 1536-1583 | 清江集 | 43 |
| 199 | 李珥 | 1536-1584 | 栗谷全书 | 44-45 |
| 200 | 李海寿 | 1536-1599 | 药圃遗稿 | 46 |
| 201 | 郑澈 | 1536-1593 | 松江集 | 46 |
| 202 | 洪圣民 | 1536-1594 | 拙翁集 | 46 |
| 203 | 金千镒 | 1537-1593 | 健斋集 | 47 |
| 204 | 白光勋 | 1537-1582 | 玉峰集 | 47 |
| 205 | 尹根寿 | 1537-1616 | 月汀集 | 47 |
| 206 | 赵宗道 | 1537-1597 | 大笑轩逸稿 | 47 |
| 207 | 李山海 | 1539-1609 | 鹅溪遗稿 | 47 |
| 208 | 金诚一 | 1538-1593 | 鹤峰集 | 48 |
| 209 | 郑崐寿 | 1538-1602 | 柏谷集 | 48 |
| 210 | 河沆 | 1538-1590 | 觉斋集 | 48 |
| 211 | 柳云龙 | 1539-1601 | 谦庵集 | 49 |
| 212 | 李诚中 | 1539-1593 | 坡谷遗稿 | 49 |

| 213 | 崔岦 | 1539-1612 | 简易集 | 49 |
|-----|------|-----------|--------|-----|
| 214 | 崔庆昌 | 1539-1583 | 孤竹遗稿 | 50 |
| 215 | 金玏 | 1540-1616 | 柏岩集 | 50 |
| 216 | 金宇顒 | 1540-1603 | 东冈集 | 50 |
| 217 | 朴汝龙 | 1541-1611 | 松崖集 | 50 |
| 218 | 李德弘 | 1541-1596 | 艮斋集 | 51 |
| 219 | 李廷馣 | 1541-1600 | 四留斋集 | 51 |
| 220 | 洪可臣 | 1541-1615 | 晚全集 | 51 |
| 221 | 安敏学 | 1542-1601 | 枫崖集 | 51 |
| 222 | 柳成龙 | 1542-1607 | 西厓集 | 52 |
| 223 | 李瑀 | 1542-1609 | 玉山诗稿 | 53 |
| 224 | 李纯仁 | 1533-1592 | 孤潭逸稿 | 53 |
| 225 | 郑逑 | 1543-1620 | 寒冈集 | 53 |
| 226 | 梁大朴 | 1544-1592 | 青溪集 | 53 |
| 227 | 李鲁 | 1544-1598 | 松岩集 | 54 |
| 228 | 赵宪 | 1544-1592 | 重峰集 | 54 |
| 229 | 刘希庆 | 1545-1636 | 村隐集 | 55 |
| 230 | 李舜臣 | 1545-1598 | 李忠武公全书 | 55 |
| 231 | 曹好益 | 1545-1609 | 芝山集 | 55 |
| 232 | 郑士诚 | 1545-1607 | 芝轩集 | 56 |
| 233 | 成汝信 | 1546-1632 | 浮查集 | 56 |
| 234 | 朴而章 | 1547-1622 | 龙潭集 | 56 |
| 235 | 李元翼 | 1547-1634 | 梧里集 | 56 |
| 236 | 金长生 | 1548-1631 | 沙溪遗稿 | 57 |
| 237 | 沈喜寿 | 1548-1622 | 一松集 | 57 |
| 238 | 许筬 | 1548-1612 | 岳麓集 | 57 |
| 239 | 柳根 | 1549-1627 | 西坰集 | 57 |
| 240 | 李廷馨 | 1549-1607 | 知退堂集 | 58 |
| 241 | 林悌 | 1549-1587 | 林白湖集 | 58 |
| 242 | 宋象贤 | 1551-1592 | 泉谷集 | 58 |
| 243 | 許篈 | 1551-1588 | 荷谷集 | 58 |
| 244 | 郭再祐 | 1552-1617 | 忘忧集 | 58 |

| 245 | 闵仁伯 | 1552-1626 | 苔泉集 | 59 |
| 246 | 吴亿龄 | 1552-1618 | 晚翠集 | 59 |
| 247 | 韩百谦 | 1552-1615 | 久庵遗稿 | 59 |
| 248 | 高尚颜 | 1553-1623 | 泰村集 | 59 |
| 249 | 李好闵 | 1553-1634 | 五峰集 | 59 |
| 250 | 张显光 | 1554-1637 | 旅轩集 | 60 |
| 251 | 韩应寅 | 1554-1614 | 百拙斋遗稿 | 60 |
| 252 | 李达 | 1539-1618 | 荪谷诗集 | 61 |
| 253 | 河受一 | 1553-1612 | 松亭集 | 61 |
| 254 | 赵靖 | 1555-1636 | 黔涧集 | 61 |
| 255 | 李廷立 | 1556-1595 | 溪隐遗稿 | 61 |
| 256 | 车天辂 | 1556-1615 | 五山集 | 61 |
| 257 | 裴龙吉 | 1556-1609 | 琴易堂集 | 62 |
| 258 | 李恒福 | 1556-1618 | 白沙集 | 62 |
| 259 | 韩浚谦 | 1557-1627 | 柳川遗稿 | 62 |
| 260 | 金涌 | 1557-1620 | 云川集 | 63 |
| 261 | 倧湜 | 1558-1631 | 药峰遗稿 | 63 |
| 262 | 李厚庆 | 1558-1630 | 畏斋集 | 63 |
| 263 | 柳梦寅 | 1559-1623 | 於于集 | 63 |
| 264 | 成文浚 | 1559-1626 | 沧浪集 | 64 |
| 265 | 吴允谦 | 1559-1636 | 楸滩集 | 64 |
| 266 | 李埈 | 1560-1635 | 苍石集 | 64-65 |
| 267 | 金尚容 | 1561-1637 | 仙源遗稿 | 65 |
| 268 | 朴仁老 | 1561-1642 | 芦溪集 | 65 |
| 269 | 李德馨 | 1561-1613 | 汉阴文稿 | 65 |
| 270 | 黄慎 | 1562-1617 | 秋浦集 | 65 |
| 271 | 李晬光 | 1563-1628 | 芝峰集 | 66 |
| 272 | 李春英 | 1563-1606 | 体素集 | 66 |
| 273 | 郑晔 | 1563-1625 | 守梦集 | 66 |
| 274 | 许楚姬 | 1563-1589 | 兰雪轩诗集 | 67 |
| 275 | 全湜 | 1563-1642 | 沙西集 | 67 |
| 276 | 崔晛 | 1563-1640 | 讱斋集 | 67 |

| 277 | 郑经世 | 1563-1633 | 愚伏集 | 68 |
|-----|--------|-----------|--------|----|
| 278 | 许谪 | 1563-1640 | 水色集 | 69 |
| 279 | 张兴孝 | 1564-1633 | 敬堂集 | 69 |
| 280 | 李廷龟 | 1564-1635 | 月沙集 | 69-70 |
| 281 | 柳潇 | 1564-1636 | 醉吃集 | 71 |
| 282 | 郑文孚 | 1565-1624 | 农圃集 | 71 |
| 283 | 鲁认 | 1566-1622 | 锦溪集 | 71 |
| 284 | 申钦 | 1566-1628 | 象村稿 | 71-72 |
| 285 | 姜沆 | 1567-1618 | 睡隐集 | 73 |
| 286 | 赵纬韩 | 1567-1649 | 玄谷集 | 73 |
| 287 | 李庆全 | 1567-1644 | 石楼遗稿 | 73 |
| 288 | 梁庆遇 | 1568-? | 霁湖集 | 73 |
| 289 | 卢景任 | 1569-1620 | 敬庵集 | 74 |
| 290 | 许筠 | 1569-1618 | 惺所覆瓿稿 | 74 |
| 291 | 李时发 | 1569-1626 | 碧梧遗稿 | 74 |
| 292 | 权韠 | 1569-1612 | 石洲集 | 75 |
| 293 | 郑蕴 | 1569-1641 | 桐溪集 | 75 |
| 294 | 沈悦 | 1569-1646 | 南坡相国集 | 75 |
| 295 | 权得己 | 1570-1622 | 晚悔集 | 76 |
| 296 | 李民宬 | 1570-1629 | 敬亭集 | 76 |
| 297 | 金尚宪 | 1570-1652 | 清阴集 | 77 |
| 298 | 李安讷 | 1571-1637 | 东岳集 | 78 |
| 299 | 金鎏 | 1571-1648 | 北渚集 | 79 |
| 300 | 李春元 | 1571-1634 | 九畹集 | 79 |
| 301 | 赵缵韩 | 1572-1631 | 玄洲集 | 79 |
| 302 | 洪瑞凤 | 1572-1645 | 鹤谷集 | 79 |
| 303 | 金奉祖 | 1572-1630 | 鹤湖集 | 80 |
| 304 | 朴知诫 | 1573-1635 | 潜冶集 | 80 |
| 305 | 安邦俊 | 1573-1654 | 隐峰全书 | 80-81 |
| 306 | 成汝学 | 不详 | 鹤泉集 | 82 |
| 307 | 李民宬 | 1573-1649 | 紫岩集 | 82 |
| 308 | 洪命元 | 1573-1623 | 海峰集 | 82 |

| 309 | 金集 | 1574-1656 | 慎独斋遗稿 | 82 |
|---|---|---|---|---|
| 310 | 睦大钦 | 1575-1638 | 茶山集 | 83 |
| 311 | 赵希逸 | 1575-1638 | 竹阴集 | 83 |
| 312 | 郑忠信 | 1575-1636 | 晚云集 | 83 |
| 313 | 任叔英 | 1576-1623 | 疏庵集 | 83 |
| 314 | 申敏一 | 1576-1650 | 化堂集 | 84 |
| 315 | 高用厚 | 1577-1652 | 晴沙集 | 84 |
| 316 | 金坽 | 1577-1641 | 溪岩集 | 84 |
| 317 | 沈光世 | 1577-1624 | 休翁集 | 84 |
| 318 | 黄宗海 | 1579-1642 | 朽浅集 | 84 |
| 319 | 赵翼 | 1579-1655 | 浦渚集 | 85 |
| 320 | 金坉 | 1580-1658 | 潜谷遗稿 | 86 |
| 321 | 姜硕期 | 1580-1643 | 月塘集 | 86 |
| 322 | 郑弘溟 | 1582-1650 | 畸庵集 | 87 |
| 323 | 李敬舆 | 1585-1657 | 白江集 | 87 |
| 324 | 李植 | 1584-1647 | 泽堂集 | 88 |
| 325 | 赵任道 | 1585-1664 | 涧松集 | 89 |
| 326 | 崔鸣吉 | 1586-1647 | 迟川集 | 89 |
| 327 | 赵絧 | 1586-1669 | 龙洲遗稿 | 90 |
| 328 | 吴竣 | 1587-1666 | 竹南堂稿 | 90 |
| 329 | 金应祖 | 1587-1667 | 鹤沙集 | 91 |
| 330 | 尹善道 | 1587-1671 | 孤山遗稿 | 91 |
| 331 | 张维 | 1587-1638 | 溪谷集 | 92 |
| 332 | 鲜于浃 | 1588-1653 | 遯庵全书 | 93 |
| 333 | 申翊圣 | 1588-1644 | 乐全堂集 | 93 |
| 334 | 郑百昌 | 1588-1635 | 玄谷集 | 93 |
| 335 | 李敏求 | 1589-1670 | 东州集 | 94 |
| 336 | 尹顺之 | 1591-1666 | 涬溟斋诗集 | 94 |
| 337 | 吴翻 | 1592-1634 | 天坡集 | 95 |
| 338 | 金世濂 | 1593-1646 | 东溟集 | 95 |
| 339 | 李景奭 | 1595-1671 | 白轩集 | 95-96 |
| 340 | 河弘度 | 1593-1666 | 谦斋集 | 97 |

| 341 | 李明汉 | 1595-1645 | 白洲集 | 97 |
|---|---|---|---|---|
| 342 | 许穆 | 1595-1682 | 记言 | 98-99 |
| 343 | 申硕蕃 | 1595-1675 | 百源集 | 99 |
| 344 | 尹舜学 | 1596-1668 | 童土集 | 100 |
| 345 | 金庆余 | 1596-1653 | 松崖集 | 100 |
| 346 | 金烋 | 1597-1638 | 敬窝集 | 100 |
| 347 | 郑斗卿 | 1597-1673 | 东溟集 | 100 |
| 348 | 李尚质 | 1597-1635 | 家州集 | 101 |
| 349 | 河潪 | 597-1658 | 台溪集 | 101 |
| 350 | 李昭汉 | 1598-1645 | 玄洲集 | 101 |
| 351 | 蔡裕后 | 1599-1660 | 湖洲集 | 101 |
| 352 | 郑瀁 | 1600-1668 | 抱翁集 | 101 |
| 353 | 尹元举 | 1601-1672 | 龙西集 | 101 |
| 354 | 金弘郁 | 1602-1654 | 鹤洲全集 | 102 |
| 355 | 郑太和 | 1602-1673 | 阳坡遗稿 | 102 |
| 356 | 姜柏年 | 1603-1681 | 雪峰遗稿 | 103 |
| 357 | 黄㦡 | 1604-1656 | 漫浪集 | 103 |
| 358 | 金得臣 | 1604-1684 | 柏谷集 | 104 |
| 359 | 权諰 | 1604-1672 | 炭翁集 | 104 |
| 360 | 申翊全 | 1605-1660 | 东江遗集 | 105 |
| 361 | 尹文举 | 1606-1672 | 石湖遗稿 | 105 |
| 362 | 赵锡胤 | 1606-1655 | 乐静集 | 105 |
| 363 | 洪宇远 | 1605-1687 | 南坡集 | 106 |
| 364 | 宋浚吉 | 1606-1672 | 同春堂集 | 106-107 |
| 365 | 宋时烈 | 1607-1689 | 宋子大全 | 108-116 |
| 366 | 俞棨 | 1607-1664 | 市南集 | 117 |
| 367 | 李惟秦 | 1607-1684 | 草庐集 | 118 |
| 368 | 吴达济 | 1609-1637 | 忠烈公遗稿 | 119 |
| 369 | 金益熙 | 1610-1656 | 沧洲遗稿 | 119 |
| 370 | 尹宣举 | 1601-1669 | 鲁西遗稿 | 120 |
| 371 | 朴长远 | 1612-1671 | 久堂集 | 121 |
| 372 | 徐必远 | 1613-1671 | 六谷遗稿 | 121 |

| 373 | 杨健 | 1614-1662 | 葵窗遗稿 | 122 |
|---|---|---|---|---|
| 374 | 金佐明 | 1616-1671 | 归溪遗稿 | 122 |
| 375 | 柳赫然 | 1616-1680 | 野堂遗稿 | 122 |
| 376 | 李殷相 | 1617-1678 | 东里集 | 122 |
| 377 | 尹镌 | 1617-1680 | 白湖集 | 123 |
| 378 | 李徽逸 | 1619-1672 | 存斋集 | 124 |
| 379 | 李翔 | 1620-1690 | 打愚遗稿 | 124 |
| 380 | 洪汝河 | 1620-1674 | 木斋集 | 124 |
| 381 | 洪葳 | 1620-1660 | 清溪集 | 125 |
| 382 | 金寿增 | 1624-1701 | 谷云集 | 125 |
| 383 | 李端夏 | 1625-1689 | 畏斋集 | 125 |
| 384 | 李惟樟 | 1625-1701 | 孤山集 | 126 |
| 385 | 丁时翰 | 1625-1707 | 愚潭集 | 126 |
| 386 | 金寿兴 | 1626-1690 | 退忧堂集 | 127 |
| 387 | 苏斗山 | 1627-1693 | 月洲集 | 127 |
| 388 | 李玄逸 | 1627-1704 | 葛庵集 | 127 128 |
| 389 | 闵鼎重 | 1628-1692 | 老峰集 | 129 |
| 390 | 申最 | 1628-1687 | 汾厓遗稿 | 129 |
| 391 | 李端相 | 1628-1669 | 静观斋集 | 130 |
| 392 | 南龙翼 | 1628-1692 | 壶谷集 | 131 |
| 393 | 南九万 | 1629-1711 | 药泉集 | 131-132 |
| 394 | 金寿恒 | 1629-1689 | 文谷集 | 133 |
| 395 | 朴世堂 | 1629-1703 | 西溪集 | 134 |
| 396 | 朴尚玄 | 1629-1693 | 寓轩集 | 134 |
| 397 | 尹拯 | 1629-1714 | 明斋遗稿 | 135-136 |
| 398 | 闵维重 | 1630-1687 | 文贞公遗稿 | 137 |
| 399 | 宋奎濂 | 1630-1709 | 霁月堂集 | 137 |
| 400 | 李嵩逸 | 1631-1698 | 恒斋集 | 137 |
| 401 | 朴世采 | 1631-1695 | 南溪集 | 138-142 |
| 402 | 吴始寿 | 1632-1681 | 水村集 | 143 |
| 403 | 尹推 | 1632-1707 | 农隐遗稿 | 143 |
| 404 | 李选 | 1631-1692 | 芝湖集 | 143 |

| 405 | 李敏叙 | 1633-1688 | 西河集 | 144 |
|-----|--------|-----------|--------|-----|
| 406 | 金万基 | 1633-1687 | 瑞石集 | 144-145 |
| 407 | 金锡胄 | 1634-1684 | 息庵遗稿 | 145 |
| 408 | 申翼相 | 1634-1697 | 醒斋遗稿 | 146 |
| 409 | 李世白 | 1635-1703 | 雩沙集 | 146 |
| 410 | 柳世鸣 | 1636-1690 | 寓轩集 | 147 |
| 411 | 赵圣期 | 1638-1689 | 拙修斋集 | 147 |
| 412 | 赵持谦 | 1639-1685 | 迂斋集 | 147 |
| 413 | 金万重 | 1637-1692 | 西浦集 | 148 |
| 414 | 任相元 | 1638-1697 | 恬轩集 | 148 |
| 415 | 任埅 | 1640-1724 | 水村集 | 149 |
| 416 | 李箕洪 | 1641-1708 | 直斋集 | 149 |
| 417 | 权尚夏 | 1641-1721 | 寒水斋集 | 150-151 |
| 418 | 崔慎 | 1642-1708 | 鹤庵集 | 151 |
| 419 | 权斗寅 | 1643-1719 | 荷塘集 | 151 |
| 420 | 吴道一 | 1645-1703 | 西坡集 | 152 |
| 421 | 李畲 | 1645-1718 | 睡谷集 | 153 |
| 422 | 崔锡鼎 | 1646-1715 | 明谷集 | 153-154 |
| 423 | 金榦 | 1646-1732 | 厚斋集 | 155-156 |
| 424 | 李玄锡 | 1647-1703 | 游斋集 | 156 |
| 425 | 郑澔 | 1648-1736 | 丈岩集 | 157 |
| 426 | 金昌集 | 1648-1722 | 梦窝集 | 158 |
| 427 | 辛梦参 | 1648-1711 | 一庵集 | 158 |
| 428 | 金宇杭 | 1649-1723 | 甲峰遗稿 | 158 |
| 429 | 林泳 | 1649-1696 | 沧溪集 | 159 |
| 430 | 郑齐斗 | 1649-1736 | 霞谷集 | 160 |
| 431 | 崔奎瑞 | 1650-1735 | 艮斋集 | 161 |
| 432 | 金昌协 | 1651-1708 | 农岩集 | 161-162 |
| 433 | 徐宗泰 | 1652-1719 | 晚静堂集 | 163 |
| 434 | 宋征殷 | 1652-1720 | 约轩集 | 163-164 |
| 435 | 李衡祥 | 1653-1733 | 瓶窝集 | 164 |
| 436 | 金昌翕 | 1653-1722 | 三渊集 | 165-167 |

| 437 | 洪世泰 | 1653-1725 | 柳下集 | 167 |
|---|---|---|---|---|
| 438 | 朴泰辅 | 1654-1689 | 定斋集 | 168 |
| 439 | 李玄祚 | 1654-1710 | 景渊堂集 | 168 |
| 440 | 权斗经 | 1654-1726 | 苍雪斋集 | 169 |
| 441 | 崔锡恒 | 1654-1724 | 损窝遗稿 | 169 |
| 442 | 李喜朝 | 1655-1724 | 芝村集 | 170 |
| 443 | 朴光一 | 1655-1723 | 逊斋集 | 171 |
| 444 | 宋相琦 | 1657-1723 | 玉吾斋集 | 171 |
| 445 | 李寅烨 | 1656-1710 | 晦窝诗稿 | 172 |
| 446 | 李颐命 | 1658-1723 | 疏斋集 | 172 |
| 447 | 李栽 | 1657-1730 | 密庵集 | 173 |
| 448 | 金镇圭 | 1658-1726 | 竹泉集 | 174 |
| 449 | 金昌业 | 1658-1721 | 老稼斋集 | 175 |
| 450 | 赵德邻 | 1658-1737 | 玉川集 | 175 |
| 451 | 李海朝 | 1660-1711 | 鸣岩集 | 175 |
| 452 | 赵泰采 | 1660-1722 | 二忧堂集 | 176 |
| 453 | 金柱臣 | 1661-1721 | 寿谷集 | 176 |
| 454 | 金昌缉 | 1662-1713 | 圃阴集 | 176 |
| 455 | 李观命 | 1661-1733 | 屏山集 | 177 |
| 456 | 李健命 | 1663-1722 | 寒圃斋集 | 177 |
| 457 | 李万敷 | 1664-1732 | 息山集 | 178-179 |
| 458 | 李载亨 | 1665-1741 | 松岩集 | 179 |
| 459 | 梁德中 | 1665-1742 | 德村集 | 180 |
| 460 | 任守干 | 1665-1721 | 遯窝遗稿 | 180 |
| 461 | 李宜显 | 1669-1745 | 陶谷集 | 180-181 |
| 462 | 蔡彭胤 | 1669-1731 | 希庵集 | 182 |
| 463 | 崔昌大 | 1669-1720 | 昆仑集 | 183 |
| 464 | 鱼有凤 | 1672-1744 | 杞园集 | 183-184 |
| 465 | 金春泽 | 1670-1717 | 北轩集 | 185 |
| 466 | 申益愰 | 1672-1722 | 克斋集 | 185 |
| 467 | 李真望 | 1672-1737 | 陶云遗集 | 186 |
| 468 | 李德寿 | 1673-1744 | 西堂私载 | 186 |

| 469 | 烘泰猷 | 1672-1715 | 耐斋集 | 187 |
|---|---|---|---|---|
| 470 | 李光庭 | 1674-1756 | 讷隐集 | 187 |
| 471 | 权榘 | 1672-1749 | 屏谷集 | 188 |
| 472 | 尹东洙 | 1674-1739 | 敬庵遗稿 | 188 |
| 473 | 赵泰亿 | 1675-1728 | 谦斋集 | 189-190 |
| 474 | 李秉 | 1677-1727 | 巍岩遗稿 | 190 |
| 475 | 玄尚璧 | 1673-1731 | 冠峰遗稿 | 191 |
| 476 | 李夏坤 | 1677-1724 | 头陀草 | 191 |
| 477 | 李森 | 1677-1735 | 白日轩遗集 | 192 |
| 478 | 尹淳 | 1680-1741 | 白下集 | 192 |
| 479 | 赵文命 | 1680-1746 | 鹤岩集 | 192 |
| 480 | 金德五 | 1680-1748 | 痴轩集 | 193 |
| 481 | 尹凤朝 | 1680-1761 | 圃岩集 | 193 |
| 482 | 李縡 | 1680-1746 | 陶庵集 | 194-195 |
| 483 | 朴弼周 | 1680-1748 | 黎湖集 | 196-197 |
| 484 | 申靖夏 | 1681-1716 | 恕庵集 | 197 |
| 485 | 郑来侨 | 1681-1759 | 浣岩集 | 197 |
| 486 | 李瀷 | 1681-1763 | 星湖全集 | 198-200 |
| 487 | 申维翰 | 1681-1752 | 青泉集 | 200 |
| 488 | 韩元震 | 1682-1751 | 南塘集 | 201-202 |
| 489 | 金崇谦 | 1682-1700 | 观复庵诗稿 | 202 |
| 490 | 林昌泽 | 1682-1723 | 崧岳集 | 202 |
| 491 | 尹凤九 | 1683-1767 | 屏溪集 | 203-205 |
| 492 | 蔡之洪 | 1683-1741 | 凤岩集 | 205 |
| 493 | 林象德 | 1683-1719 | 老村集 | 206 |
| 494 | 金圣铎 | 1684-1747 | 霁山集 | 206 |
| 495 | 沈錥 | 1685-1753 | 樗村遗稿 | 207-208 |
| 496 | 尹东源 | 1685-1741 | 一庵遗稿 | 208 |
| 497 | 黄宅厚 | 1687-1737 | 华谷集 | 209 |
| 498 | 权万 | 1688-1749 | 江左集 | 209 |
| 499 | 南克宽 | 1689-1714 | 梦呓集 | 209 |
| 500 | 李匡德 | 1690-1748 | 冠阳集 | 209 |

| 501 | 姜再恒 | 1689-1756 | 立斋遗稿 | 210 |
|---|---|---|---|---|
| 502 | 吴光运 | 1689-1745 | 药山漫稿 | 210-211 |
| 503 | 赵观彬 | 1691-1757 | 悔轩集 | 211 |
| 504 | 赵显命 | 1691-1752 | 归鹿集 | 212-213 |
| 505 | 俞拓基 | 1691-1767 | 知守斋集 | 213 |
| 506 | 李宗城 | 1692-1759 | 梧川集 | 214 |
| 507 | 赵龟命 | 1693-1737 | 东溪集 | 215 |
| 508 | 闵遇洙 | 1694-1756 | 贞庵集 | 215-216 |
| 509 | 申暻 | 1696-1766 | 直庵集 | 216 |
| 510 | 南有容 | 1698-1773 | 雷渊集 | 217-218 |
| 511 | 李天辅 | 1698-1761 | 晋庵集 | 218 |
| 512 | 吴瑗 | 1700-1740 | 月谷集 | 218 |
| 513 | 金道洙 | 1699-1733 | 春洲遗稿 | 219 |
| 514 | 尹衡老 | 1702-1782 | 戒惧庵集 | 219 |
| 515 | 柳正源 | 1702-1761 | 三山集 | 219 |
| 516 | 金元行 | 1702-1772 | 渼湖集 | 220 |
| 517 | 赵载浩 | 1702-1762 | 损斋集 | 220 |
| 518 | 宋明钦 | 1705-1768 | 栎泉集 | 221 |
| 519 | 李匡师 | 1705-1777 | 圆峤集 | 221 |
| 520 | 崔兴远 | 1705-1786 | 白弗庵集 | 222 |
| 521 | 金乐行 | 1708-1766 | 九思堂集 | 222 |
| 522 | 李用休 | 1708-1782 | 㷍㷍集 | 223 |
| 523 | 尹光绍 | 1708-1786 | 素谷遗稿 | 223 |
| 524 | 黄景源 | 1709-1787 | 江汉集 | 224-225 |
| 525 | 宋能相 | 1710-1758 | 云坪集 | 225 |
| 526 | 宋文钦 | 1710-1752 | 闲静堂集 | 225 |
| 527 | 李麟祥 | 1710-1760 | 凌壶集 | 225 |
| 528 | 李象靖 | 1711-1781 | 大山集 | 226-227 |
| 529 | 任圣周 | 1711-1788 | 鹿门集 | 228 |
| 530 | 宋德相 | 1710-1783 | 果庵集 | 229 |
| 531 | 安鼎福 | 1712-1791 | 顺庵集 | 229-230 |
| 532 | 任希圣 | 1712-1783 | 在涧集 | 230 |

| 533 | 申景浚 | 1712-1781 | 旅庵遗稿 | 231 |
|-----|--------|-----------|----------|-----|
| 534 | 申光洙 | 1712-1775 | 石北集 | 231 |
| 535 | 李光靖 | 1714-1789 | 小山集 | 232 |
| 536 | 李敏辅 | 1717-1799 | 丰墅集 | 232-233 |
| 537 | 徐命膺 | 1716-1787 | 保晚斋集 | 233 |
| 538 | 安锡儆 | 1718-1774 | 云桥集 | 233 |
| 539 | 李献庆 | 1719-1791 | 艮翁集 | 234 |
| 540 | 蔡济恭 | 1720-1799 | 樊岩集 | 235-236 |
| 541 | 李福源 | 1719-1792 | 双溪遗稿 | 237 |
| 542 | 李匡吕 | 1720-1783 | 李参奉集 | 237 |
| 543 | 金钟厚 | 1721-1780 | 本庵集 | 237-238 |
| 544 | 柳道源 | 1721-1791 | 蘆厓集 | 238 |
| 545 | 金履安 | 1722-1791 | 三山斋集 | 238 |
| 546 | 丁范祖 | 1723-1801 | 海左集 | 239-240 |
| 547 | 金熤 | 1723-1790 | 竹下集 | 240 |
| 548 | 洪良浩 | 1724-1802 | 耳溪集 | 241-242 |
| 549 | 吴载纯 | 1727-1792 | 醇庵集 | 242 |
| 550 | 魏伯珪 | 1727-1798 | 存斋集 | 243 |
| 551 | 宋焕箕 | 1728-1807 | 性潭集 | 244-245 |
| 552 | 赵璥 | 1727-1787 | 荷栖集 | 245 |
| 553 | 金钟秀 | 1728-1799 | 梦梧集 | 245 |
| 554 | 黄胤锡 | 1729-1791 | 颐斋遗稿 | 246 |
| 555 | 俞彦镐 | 1730-1796 | 燕石 | 247 |
| 556 | 李种徽 | 1731-1797 | 修山集 | 247 |
| 557 | 洪大容 | 1731-1783 | 湛轩书 | 248 |
| 558 | 成大中 | 1732-1809 | 青城集 | 248 |
| 559 | 俞汉隽 | 1732-1811 | 自著 | 249 |
| 560 | 朴胤源 | 1734-1799 | 近斋集 | 250 |
| 561 | 庄宪世子 | 1735-1762 | 凌虚关漫稿 | 251 |
| 562 | 申大羽 | 1735-1809 | 宛丘遗集 | 251 |
| 563 | 李万运 | 1736-1820 | 默轩集 | 251 |
| 564 | 李东汲 | 1738-1811 | 晚觉斋集 | 251 |

| 565 | 朴趾源 | 1737-1805 | 燕岩集 | 252 |
|---|---|---|---|---|
| 566 | 李令翊 | 1738-1780 | 信斋集 | 252 |
| 567 | 李彦瑱 | 1740-1766 | 松穆馆烬余稿 | 252 |
| 568 | 郑宗鲁 | 1738-1816 | 立斋集 | 253-254 |
| 569 | 朴准源 | 1739-1807 | 锦石集 | 255 |
| 570 | 金正默 | 1739-1799 | 过斋遗稿 | 255 |
| 571 | 李家焕 | 1742-1801 | 锦带诗文钞 | 255 |
| 572 | 李忠翊 | 1744-1816 | 椒园遗稿 | 255 |
| 573 | 尹愭 | 1741-1826 | 无名子集 | 256 |
| 574 | 李德懋 | 1741-1793 | 青庄馆全书 | 257-259 |
| 575 | 金载瓒 | 1746-1827 | 海石遗稿 | 259 |
| 576 | 柳得恭 | 1749-1807 | 泠斋集 | 260 |
| 577 | 黄德壹 | 1748-1800 | 拱白堂集 | 260 |
| 578 | 黄德吉 | 1750-1827 | 下庐集 | 260 |
| 579 | 徐滢修 | 1749-1824 | 明皋全集 | 261 |
| 580 | 朴齐家 | 1750-1805 | 贞蕤阁集 | 261 |
| 581 | 正祖 | 1752-1800 | 弘斋全书 | 262-267 |
| 582 | 李晚秀 | 1752-1820 | 屐园遗稿 | 268 |
| 583 | 车佐一 | 1753-1809 | 四名子诗集 | 269 |
| 584 | 李颐淳 | 1754-1832 | 后溪集 | 269 |
| 585 | 徐荣辅 | 1759-1816 | 竹石馆遗集 | 269 |
| 586 | 李书九 | 1754-1825 | 惕斋集 | 270 |
| 587 | 张混 | 1759-1828 | 而已广集 | 270 |
| 588 | 宋穉圭 | 1759-1838 | 刚斋集 | 271 |
| 589 | 赵秀三 | 1762-1849 | 秋斋集 | 271 |
| 590 | 南公辙 | 1760-1840 | 金陵集 | 272 |
| 591 | 成海应 | 1760-1839 | 研经斋全集 | 273-279 |
| 592 | 申绰 | 1760-1828 | 石泉遗稿 | 279 |
| 593 | 吴熙常 | 1763-1833 | 老洲集 | 280 |
| 594 | 丁若镛 | 1762-1836 | 与犹堂全书 | 281-286 |
| 595 | 尹行恁 | 1762-1801 | 硕斋稿 | 287-288 |
| 596 | 徐有榘 | 1764-1845 | 枫石全集 | 288 |

| 597 | 金鑢 | 1766-1821 | 藫庭遗稿 | 289 |
|---|---|---|---|---|
| 598 | 沈象奎 | 1766-1838 | 斗室存稿 | 290 |
| 599 | 李勉伯 | 1767-1830 | 岱渊遗稿 | 290 |
| 600 | 李学逵 | 1770-1835 | 洛下生集 | 290 |
| 601 | 申纬 | 1769-1845 | 警修堂全稿 | 291 |
| 602 | 朴允默 | 1771-1849 | 存斋集 | 292 |
| 603 | 洪奭周 | 1774-1842 | 渊泉集 | 293-294 |
| 604 | 金迈淳 | 1776-1840 | 台山集 | 294 |
| 605 | 洪直弼 | 1776-1852 | 梅山集 | 295-296 |
| 606 | 柳致明 | 1777-1861 | 定斋集 | 297-298 |
| 607 | 赵寅永 | 1782-1850 | 云石遗稿 | 299 |
| 608 | 成近默 | 1784-1852 | 果斋集 | 299 |
| 609 | 郑元容 | 1783-1873 | 经山集 | 300 |
| 610 | 金正喜 | 1786-1856 | 阮堂全集 | 301 |
| 611 | 赵秉铉 | 1791-1849 | 成斋集 | 301 |
| 612 | 李是远 | 1789-1866 | 沙矶集 | 302 |
| 613 | 朴永元 | 1791-1854 | 梧墅集 | 302 |
| 614 | 卞钟运 | 1790-1866 | 歗斋集 | 303 |
| 615 | 宋来熙 | 1791-2867 | 锦谷集 | 303 |
| 616 | 李晚用 | 1792-1863 | 东樊集 | 303 |
| 617 | 李恒老 | 1792-1868 | 华西集 | 304-305 |
| 618 | 尹定铉 | 1793-1874 | 梣溪遗稿 | 306 |
| 619 | 金进洙 | 1797-1865 | 莲坡诗钞 | 306 |
| 620 | 洪翰周 | 1798-1868 | 海翁稿 | 306 |
| 621 | 赵斗淳 | 1796-1870 | 心庵遗稿 | 307 |
| 622 | 许传 | 1797-1886 | 性斋集 | 308-309 |
| 623 | 申佐模 | 1799-1877 | 澹人集 | 309 |
| 624 | 奇正镇 | 1798-1879 | 芦沙集 | 310 |
| 625 | 赵秉德 | 1800-1870 | 肃斋集 | 311 |
| 626 | 俞莘焕 | 1801-1859 | 凤栖集 | 312 |
| 627 | 李尚迪 | 1803-1865 | 恩诵堂集 | 312 |
| 628 | 朴珪寿 | 1807-1876 | 瓛斋集 | 312 |

| 629 | 郑芝润 | 1808-1858 | 夏园诗钞 | 312 |
|-----|--------|-----------|----------|-----|
| 630 | 宋达洙 | 1808-1858 | 守宗斋集 | 313 |
| 631 | 柳畴睦 | 1813-1872 | 溪堂集 | 313 |
| 632 | 任宪晦 | 1811-1876 | 鼓山集 | 314 |
| 633 | 李裕元 | 1814-1888 | 嘉梧稿略 | 315-316 |
| 634 | 张福枢 | 1815-1900 | 四未轩集 | 316 |
| 635 | 南秉哲 | 1817-1863 | 圭斋遗稿 | 316 |
| 636 | 李震相 | 1818-1886 | 寒洲集 | 317-318 |
| 637 | 姜玮 | 1820-1884 | 古欢堂收草 | 318 |
| 638 | 金平默 | 1819-1891 | 重庵集 | 319-320 |
| 639 | 金兴洛 | 1827-1899 | 西山集 | 321 |
| 640 | 金永寿 | 1829-1899 | 荷亭集 | 322 |
| 641 | 韩章锡 | 1832-1894 | 眉山集 | 322 |
| 642 | 柳重教 | 1832-1893 | 省斋集 | 323-324 |
| 643 | 崔益铉 | 1833-1906 | 勉庵集 | 325-326 |
| 644 | 许愈 | 1833-1906 | 后山集 | 327 |
| 645 | 许薰 | 1836-1907 | 舫山集 | 327-328 |
| 646 | 金允植 | 1835-1922 | 云养集 | 328 |
| 647 | 宋秉璿 | 1836-1905 | 渊斋集 | 329-330 |
| 648 | 李种杞 | 1837-1902 | 晚求集 | 331 |
| 649 | 田愚 | 1841-1922 | 艮斋集 | 332-336 |
| 650 | 柳麟锡 | 1842-1915 | 毅庵集 | 337-339 |
| 651 | 郭钟锡 | 1846-1919 | 俛宇集 | 340-344 |
| 652 | 奇宇万 | 1846-1916 | 松沙集 | 345-346 |
| 653 | 李沂 | 1848-1909 | 李海鹤遗书 | 347 |
| 654 | 金泽荣 | 1850-1927 | 韶濩堂集 | 347 |
| 655 | 申箕善 | 1851-1909 | 阳园遗集 | 348 |
| 656 | 黄玹 | 1855-1910 | 梅泉集 | 348 |
| 657 | 李建昌 | 1852-1898 | 明美堂集 | 349 |
| 658 | 李南珪 | 1855-1907 | 修堂遗集 | 349 |
| 659 | 曹兢燮 | 1873-1933 | 岩栖集 | 350 |